VOO
FANTASMA

VOO
FANTASMA

BEAR GRYLLS

Tradução de
Paulo Mendes

MARCADOR

Para mais informações sobre Bear Grylls e os seus livros,
consulte *www.beargrylls.com*.

A presente edição segue a grafia do novo Acordo Ortográfico da Língua Portuguesa

info@marcador.pt
www.marcador.pt
facebook.com/marcadoreditora

© 2017
Direitos reservados para Marcador Editora
uma empresa Editorial Presença
Estrada das Palmeiras, 59
Queluz de Baixo
2730-132 Barcarena

Título original: *Ghost Flight*
Título: *Voo-Fantasma*
Autor: Bear Grylls
Tradução: Paulo Mendes
Revisão: Sérgio Fernandes
Paginação: Maria João Gomes
Capa: Vera Braga/Marcador Editora
Imagens de capa: homem © CollaborationJS/Arcanjel; restantes imagens © Shutterstock
Impressão e acabamento: Multitipo – Artes Gráficas, Lda.

ISBN: 978-989-754-299-2
Depósito legal: 421 097/17

1.ª edição: fevereiro de 2017

*Este livro é dedicado ao meu falecido avô,
o brigadeiro William Edward Harvey Grylls, OBE,
do 15.º/19.º Regimento de Cavalaria King's Royal Hussars e
comandante da Target Force.*

Não será esquecido.

AGRADECIMENTOS

Gostaria de agradecer especialmente: aos agentes literários do Grupo PFD – Caroline Michel, Annabel Merullo e Tim Binding – pelo seu apoio incansável e pelos comentários perspicazes às versões iniciais da obra. A Laura Williams, agente associada do PFD, pelos esforços hercúleos de sempre. Agradeço a Jon Wood, a Jemima Forrester e a todos os elementos da minha editora, a Orion – Susan Lamb, Sophie Painter, Malcolm Edwards, Mark Rusher, Gaby Young –, bem como a todos os membros da «Equipa Grylls».

A Hamish de Bretton-Gordon OBE MD CBRN, da Avon Protection, pelos seus conselhos e pelas suas informações especializadas sobre armas químicas, biológicas e nucleares, e sobre medidas de defesa e proteção. A Chris Daniels e a todos os funcionários da Hybrid Air Vehicles, pelas suas opiniões e orientações a respeito de todos os aspetos do Airlander. À Dra. Jacqueline Borg, uma das principais peritas em problemas cerebrais, incluindo estados de choque. A Anne e Paul Sherrat, pelos seus conselhos e críticas pertinentes sobre todos os aspetos do nazismo e do Bloco de Leste.

Como seria de esperar, dedico o agradecimento final, e maior, ao Damien, por me ter ajudado a criar algo a partir do que descobrimos juntos no baú que o meu avô trouxe da guerra, onde estava escrito «Ultrassecreto». A forma como deu vida àqueles documentos foi simplesmente brilhante.

NOTA DO AUTOR

O meu avô, o brigadeiro William Edward Harvey Grylls, OBE, pertenceu ao 15.º/19.º Regimento de Cavalaria King's Royal Hussars e foi comandante da Target Force (a unidade secreta criada a pedido de Winston Churchill no final da Segunda Guerra Mundial). Essa unidade constituiu um dos grupos operacionais mais clandestinos que o War Office alguma vez criou e destinava-se primordialmente a localizar e proteger tecnologias secretas, armas, cientistas e altas patentes nazis, de modo a servirem a causa aliada contra a nova superpotência mundial inimiga – a União Soviética.

Ninguém na nossa família teve conhecimento do seu papel secreto enquanto comandante da T-Force até muitos anos depois de ter falecido, quando foram disponibilizadas informações devido à conclusão do prazo de setenta anos imposto pelo Official Secrets Act. Foi esse o processo de descoberta que inspirou a composição desta obra.

O meu avô era um homem de poucas palavras, mas tenho memórias carinhosas dele dos meus tempos de criança. Fumava cachimbo, era enigmático, sarcástico, e as pessoas que liderava adoravam-no.

Para mim, porém, sempre foi o avô Ted.

Harper's Magazine, outubro de 1946
SEGREDOS AOS MILHARES
C. Lester Walker

Alguém escreveu recentemente à Base Aérea de Wright Field a dizer que tinha conhecimento de que o Reino Unido reunira uma coleção substancial de segredos de guerra do inimigo (...), e pedia que lhe enviassem tudo o que tinham sobre motores a jato alemães. A Divisão de Documentos de Aeronáutica da Força Aérea respondeu:

«Lamentamos, mas seriam cinquenta toneladas».

Além disso, essas cinquenta toneladas eram apenas uma pequena porção daquela que é atualmente a maior coleção de todos os tempos de segredos de guerra inimigos. Se sempre pensou nos segredos de guerra (quem não o fez?) como algo que existe às meias dúzias (...), talvez lhe interesse saber que os desta coleção ascendem aos milhares, que o volume de documentos é gigantesco, e que nunca existiu nada semelhante.

....

Daily Mail, março de 1998
A CONSPIRAÇÃO *PAPERCLIP*
Tom Bower

A conspiração *Paperclip* representou, no seguimento da guerra, o clímax de uma batalha impressionante entre os Aliados pelos despojos da Alemanha nazi. Poucas semanas após a derrota de Hitler, homens considerados «nazis fervorosos» foram escolhidos por altas patentes do Pentágono para se tornarem respeitáveis cidadãos norte-americanos.

Enquanto na Grã-Bretanha a controvérsia política impedia planos com vista à contratação de alemães cadastrados para o esforço de recuperação económica, os franceses e os russos aceitavam qualquer pessoa, independentemente do seu registo criminal, e os americanos, através de uma série de mentiras, limpavam o cadastro sangrento dos seus cientistas nazis.

As provas das proezas técnicas dos alemães encontram-se estabelecidas esmagadoramente nas centenas de relatórios da autoria de investigadores

Aliados que não se coibiram de descrever os «sucessos impressionantes» e o «engenho soberbo» dos alemães.

Não há dúvida de que Hitler foi o último a rir-se dos seus inimigos.

....

The Sunday Times, dezembro de 2014
ENORME FÁBRICA DE «ARMAS DE TERROR» NAZIS DESCOBERTA NA ÁUSTRIA
Bojan Pancevski

Foi descoberto na Áustria um complexo subterrâneo secreto construí-do pelos nazis em finais da Segunda Guerra Mundial que poderá ter sido utilizado para o desenvolvimento de armas de destruição maciça, incluindo uma bomba nuclear.

A enorme fábrica foi descoberta na semana passada perto da vila de Sankt Georgen an der Gusen. Aparentemente, estaria ligada à fábrica sub-terrânea vizinha B8 Bergkristall, que produziu o Messerschmitt Me 262 (o pri-meiro caça a jato), um avião que constituiu temporariamente uma ameaça para as Forças Aéreas Aliadas na fase final da guerra. Documentos secretos entretanto revelados, bem como testemunhos de pessoas que ajudaram nas escavações, identificaram a entrada oculta.

«Tratava-se de um complexo industrial gigantesco e, muito pro-vavelmente, da maior fábrica secreta de armamento do Terceiro Reich», referiu Andreas Sulzer, realizador de documentários austríaco e responsável pelas escavações.

Sulzer reuniu uma equipa de historiadores e encontrou mais provas do envolvimento de cientistas num projeto secreto, dirigido pelo general Hans Kammler, das SS. Kammler tinha a seu cargo os programas de mísseis de Hitler, incluindo os mísseis V2 utilizados contra Londres na fase final da guerra.

Este general era conhecido por ser um comandante brilhante, mas im-placável, e autor dos projetos das câmaras de gás e dos crematórios para o campo de concentração de Auschwitz, no Sul da Polónia. Subsistem boatos de que terá sido capturado pelos americanos, que lhe terão dado uma nova identidade depois da guerra.

As escavações de Sulzer foram embargadas, na quarta-feira, pelas auto-ridades locais, que lhe exigiram uma autorização para efetuar investigações em locais de interesse histórico. Não obstante, o realizador está confiante de que poderá retomar as escavações no próximo mês. «Foram escolhidos primorosamente prisioneiros dos campos de concentração de toda a Europa com base nas suas competências especiais – físicos, químicos, entre outros peritos – para trabalharem neste projeto monstruoso, e temos uma dívida para com as vítimas: descobrir a fábrica e revelar a verdade», declarou Sulzer.

1

A briu os olhos.
Lentamente.

Separou uma pálpebra de cada vez, debatendo-se com a camada espessa de sangue seco que as unia. Foram surgindo, aos poucos, pequenas frestas, semelhantes a estilhaços de vidro em olhos raiados de sangue. A claridade parecia queimar-lhe a retina, como se lhe estivessem a apontar um *laser* aos olhos. Mas quem era? Quem eram os inimigos... os seus algozes? E onde diabo estavam?

Não se lembrava mesmo de nada.

Que dia seria? Que ano, até? Como tinha chegado ali – onde quer que estivesse?

A luz natural causava-lhe imensas dores, mas pelo menos estava a recuperar a visão, pouco a pouco.

A primeira coisa específica que Will Jaeger reconheceu foi a barata. Esta foi oscilando até se tornar menos desfocada, algo monstruoso e estranho que lhe preenchia todo o campo de visão.

Aparentemente, ele tinha a cabeça deitada de lado no chão. De cimento. Coberto com uma imundície castanha espessa, sabe Deus de quê. Com a cabeça neste ângulo, a barata parecia aproximar-se como se estivesse prestes a entrar-lhe pela órbita esquerda.

A criatura agitou as antenas na sua direção e, no último momento, fugiu-lhe do campo de visão, esgueirando-se rente à ponta do nariz. Foi então que Jaeger a sentiu a subir-lhe pelo lado da cabeça.

A barata deteve-se algures na sua têmpora direita – a que estava mais longe do solo, totalmente exposta ao ar.

O inseto começou a tatear com as patas dianteiras e as mandíbulas.

Como se procurasse algo. *Como se estivesse a provar.*

Jaeger sentiu-a a começar a mastigar; a morder-lhe a carne; as mandíbulas de inseto escavavam uma entrada. Sentiu o embate sibilante e oco das mandíbulas serrilhadas da barata a arrancarem pedaços de carne apodrecida. Depois – quando o grito mudo lhe abandonou os lábios –, sentiu que tinha dezenas delas aglomeradas em cima... como se estivesse morto há muito tempo.

Jaeger tentou conter as ondas de enjoo, com uma pergunta a assaltar-lhe o cérebro: *por que motivo não ouvira o seu próprio grito?*

Com um esforço sobre-humano, mexeu o braço direito.

Foi um movimento ínfimo, mas ele sentiu que tentava erguer o mundo inteiro. A cada centímetro de movimento conquistado, a omoplata e a articulação do cotovelo provocavam-lhe dores horríveis, e aquele esforço mínimo causava-lhe espasmos nos músculos.

Sentia-se incapacitado.

Que diabo lhe teria acontecido?

O que lhe teriam feito?

De dentes cerrados e concentrado apenas na força de vontade, ergueu o braço em direção à cabeça, arrastando a mão pela orelha, a sacudi-la em desespero. Os dedos entraram em contacto com... patas. Patas escamosas, espinhosas, selvagens, de insetos, cada uma delas a mexer-se e a pulsar como se tentasse impulsionar o corpo de barata mais para o interior do seu canal auditivo.

Tirem-nas daqui! Tirem-nas! Tirem-NAAAAAAAAS!

Sentiu vontade de vomitar, mas não tinha nada no estômago. Tinha apenas a película asquerosa da proximidade da morte, que tudo revestia – o estômago, a garganta, a boca; até as narinas.

Oh, merda! As narinas! Elas estavam a tentar entrar por ali também!

Jaeger berrou novamente. Um grito mais longo. Mais desesperado. *Não quero morrer assim. Por favor, meu Deus, assim não...*

Sacudiu repetidamente os dedos pelos orifícios corporais, com as baratas a pontapearem e a silvarem na sua fúria de insetos enquanto as afastava.

Finalmente, o som começava a penetrar o sangue que lhe cobria os sentidos. Primeiro, os seus gritos desesperados ecoaram através dos ouvidos ensanguentados. Depois, tornou-se ciente de um elemento adicional – algo mais aterrorizante ainda do que o monte de insetos que pretendiam devorar-lhe o cérebro.

Uma voz humana.

Cavernosa. Cruel. Uma voz que se regozijava com a dor.

O seu carcereiro.

A voz trouxe-lhe uma onda de recordações. A Prisão de Black Beach. O cárcere no fim do mundo. Um lugar para onde as pessoas eram enviadas para sofrerem torturas horríveis e morrerem. Jaeger tinha sido encarcerado ali por um crime que não cometera, por ordem de um ditador louco e homicida – e aí começara o verdadeiro tormento.

Em comparação com acordar neste inferno, Jaeger preferia até a paz escura da inconsciência. Tudo menos as semanas que passara encerrado neste local pior do que a condenação eterna – a sua cela. O seu túmulo.

Desejou que a sua mente se retirasse novamente para as sombras suaves, informes, oscilantes, que o haviam acolhido, até algo – o quê? – o arrastar para este momento inqualificável.

Os movimentos do seu braço direito tornaram-se cada vez mais fracos.

O braço tombou novamente para o chão.

Que as baratas lhe devorassem o cérebro.

Até isso era preferível.

Então, aquilo que o acordara voltou a atacar – uma torrente de líquido frio sobre o rosto, como a estalada de uma onda no mar. Apenas o cheiro era diferente. Não era o aroma puro e gelado do oceano revigorante. Este cheiro era fétido; era o odor forte e salgado de um urinol que não via desinfetante há anos.

O seu algoz riu-se uma vez mais.

Estava muito divertido.

Despejar o conteúdo do balde sanitário na cara do prisioneiro – haveria melhor brincadeira?

Jaeger cuspiu o líquido repugnante. Piscou os olhos para atenuar o ardor. Pelo menos o jato de fluido imundo tinha afastado as baratas. A sua mente procurava as palavras certas – os palavrões ideais para atirar à cara do carcereiro.

Uma prova de vida. Uma demonstração de resistência.

– Vai...

Jaeger começou a proferir em voz rouca o tipo de insulto que certamente lhe valeria um espancamento com a mangueira que aprendera a temer.

No entanto, se não resistisse, estava arrumado. Só conhecia a resistência.

Porém, não chegou a terminar a frase. As palavras ficaram-lhe presas na garganta.

De repente, ouviu outra voz, tão familiar – tão amistosa –, que, por momentos, teve a convicção de que estava a sonhar. O encantamento começou baixinho, mas foi crescendo em força e volume; um cântico rítmico inexplicavelmente repleto de uma promessa impossível...

– *Ka mate, ka mate. Ka ora, ka ora. Ka mate, ka mate! Ka ora, ka ora!*

Jaeger conhecia bem aquela voz.

Takavesi Raffara; como poderia estar ali?

Quando jogavam na mesma equipa de râguebi contra o Exército britânico, era Raff quem liderava a *haka* (a dança de combate tradicional que os maoris efetuam antes dos jogos). Sempre. Arrancava a camisola, fechava os punhos e avançava até ficar cara a cara com a equipa adversária, a bater com as mãos no peito enorme, com as pernas como pilares feitos de troncos de árvore e os braços como aríetes, ladeado pelos restantes membros da equipa (incluindo Jaeger), destemidos, imparáveis.

Com os olhos dilatados, a língua inchada, o rosto paralisado na rigidez do desafio guerreiro, fazia ressoar as palavras:

– *KA MATE! KA MATE! KA ORA! KA ORA!* Morrerei? Morrerei? Viverei? Viverei?

Raff tinha-se revelado igualmente inexorável ao seu lado no campo de batalha. Era o irmão de armas perfeito. Maori por nascimento e comando dos Royal Marines por destino, tinha participado em missões militares com Jaeger nos quatro cantos do mundo e era um dos seus companheiros mais próximos.

Jaeger rodou os olhos para o lado direito, em direção à fonte do cântico.

No limite do seu campo de visão, conseguia vislumbrar um vulto, em pé, do outro lado das grades da cela. Enorme. Até o seu carcereiro parecia pequeno. Sorria como um raio de luz solar que rasga os céus após uma tempestade escura e aparentemente infindável.

– Raff? – O nome foi proferido a custo e soou com um toque de incredulidade.

– Sim, sou eu. – Aquele sorriso. – Já te vi pior, rapaz. Como daquela vez em que te arrastei para fora do bar em Amesterdão. Ainda assim, é melhor limpar-te. Vim buscar-te, companheiro. Tirar-te daqui. Vamos voar para Londres, na British Airways, e em primeira classe.

Jaeger não respondeu. Que poderia dizer? Como era possível que Raff estivesse ali, naquele lugar, aparentemente tão próximo?

– É melhor irmos andando – sugeriu Raff. – Antes que aqui o teu amigo major Mojo mude de ideias.

– *Ya*, Bob Marley! – Por trás dos olhos rasgados e maléficos, o verdugo de Jaeger assumiu uma jovialidade fingida. – Bob Marley, és um grande brincalhão.

Raff sorriu de orelha a orelha.

Era o único homem que Jaeger conhecia capaz de sorrir para alguém com uma expressão que gelava o sangue. A referência a Bob Marley só podia referir-se ao cabelo de Raff (tinha-o comprido, às tranças, como é típico dos maoris). Como muitos adversários já tinham aprendido no campo de râgue-bi, Raff não aceitava bem quando desrespeitavam a sua preferência capilar.

— Abre a porta da cela — retorquiu Raff, irritado. — Eu e o meu amigo, o Sr. Jaeger, estamos de saída.

2

O jipe partiu da Prisão de Black Beach, com Raff debruçado sobre o volante. O maori deu uma garrafa de água a Jaeger.

– Bebe. – E apontou um polegar para o banco traseiro. – Há mais na geleira. Bebe o máximo que conseguires. Precisas de te reidratar. Temos um dia infernal pela frente...

Raff não disse mais nada. Tinha a cabeça ocupada com a viagem que os esperava.

Jaeger deixou que a calma se instalasse.

Depois de passar semanas na prisão, o seu corpo tornara-se uma massa de queimaduras. Sentia dores horríveis em todas as articulações. Parecia ter decorrido uma eternidade desde que fora atirado para aquela cela; desde a última vez que tinha ido a algum lado num automóvel; desde que o seu corpo estivera exposto à impetuosidade do sol tropical de Bioko.

Jaeger fazia um esgar de dor a cada safanão do veículo. Seguiam pela estrada marginal – um caminho estreito de alcatrão que conduzia a Malabo, a principal cidade de Bioko. As estradas asfaltadas eram raras neste minúsculo país africano. Em geral, a riqueza que o país obtinha com o petróleo era canalizada para o financiamento de um novo palácio para o presidente, ou de mais um iate gigantesco para a sua frota, ou para dilatar ainda mais as suas contas na Suíça.

Raff apontou para o *tablier* do jipe.

– Tens aí uns óculos escuros, companheiro. Pareces-me um pouco incomodado.

– Já há algum tempo que não via o Sol. – Jaeger abriu o porta-luvas e tirou de lá um par de óculos, aparentemente da marca Oakley. Examinou-os por um momento. – É uma imitação? Sempre me saíste um forreta.

Raff riu-se.

– Quem se atreve vence.[1]

Jaeger deixou que um sorriso se instalasse no seu rosto maltratado, a custo de muitas dores. Sentiu que já não se ria há séculos, como se aquele sorriso lhe estivesse a rasgar a cara ao meio.

Nas últimas semanas, Jaeger tinha começado a acreditar que jamais sairia daquela cela. Ninguém que o pudesse salvar sabia sequer onde estava. Estava convencido de que morreria em Black Beach, oculto e esquecido, e de que o seu cadáver, como muitos outros, seria atirado aos tubarões.

Nem percebia muito bem como estava vivo e livre.

O carcereiro tinha-os deixado sair pela cave escura (o local onde ficavam os cubículos de tortura), por onde passaram em silêncio entre paredes manchadas de sangue. Era o sítio onde deitavam o lixo, bem como os corpos daqueles que morriam nas celas, à espera de serem atirados ao mar.

Jaeger não conseguia imaginar que tipo de acordo teria feito Raff de modo a permitir-lhe sair dali.

Ninguém saía da Prisão de Black Beach.

Nunca.

– Como é que me encontraste? – Jaeger lançou as palavras pesadamente sobre o silêncio.

Raff encolheu os ombros.

– Não foi fácil. Foram precisas várias pessoas: o Feaney, o Carson, eu. – Riu-se. – Estás contente por nos termos dado ao trabalho de o fazer?

Jaeger encolheu os ombros.

– Estava a começar a conhecer o major Mojo. É um rapaz simpático. Do tipo que gostaríamos de ter como cunhado. – Olhou fixamente para o grande maori. – Mas *como* é que me encontraste? E porque é que...

– Estou sempre pronto para te ajudar, companheiro. Além disso... – A expressão de Raff tornou-se sombria. – Precisam de ti em Londres. É uma missão. E precisam de mim também.

– Que tipo de missão?

A expressão de Raff tornou-se ainda mais soturna.

– Dou-te os pormenores quando estivermos longe daqui. Porque não haverá missão nenhuma se não o conseguirmos.

Jaeger bebeu um grande gole de água. Era água engarrafada fresca, límpida – parecia um doce néctar, comparada com o que ele tinha sido obrigado a beber para sobreviver em Black Beach.

– O que acontece a seguir? Tu tiraste-me de Black Beach, mas isso não implica que saiamos da *Ilha do Inferno* (é isso que lhe chamam aqui).

---

[1] *Who dares wins* – lema do SAS (Special Air Service) do Exército britânico. (*NT*)

– Já ouvi dizer. O acordo que fiz com o major Mojo foi: ele recebe um terceiro pagamento quando estivermos os dois no nosso voo para Londres. Mas nós não vamos nesse avião. Ele planeia capturar-nos no aeroporto. Tem uma comissão de boas-vindas à nossa espera. Vai dizer que te ajudei a fugir de Black Beach, mas que nos capturou. Assim, recebe dois pagamentos – um nosso e um segundo do presidente.

Jaeger tremeu. Tinha sido o presidente de Bioko, Honore Chambara, a ordenar a sua detenção. Há cerca de um mês, houvera uma tentativa de golpe de Estado. Alguns mercenários conquistaram o poder na outra metade da Guiné Equatorial (Bioko é a capital insular do país), a parte que fica do outro lado do oceano e que pertence à África continental.

No seguimento, o presidente Chambara mandara reunir todos os estrangeiros de Bioko, que não eram muitos. Jaeger era um deles, e uma busca ao seu alojamento revelou algumas recordações dos seus tempos de soldado.

Assim que Chambara soube disso, concluiu que Jaeger estaria envolvido no golpe de Estado – *era o elemento infiltrado*. O que não era verdade. Jaeger estava em Bioko por um conjunto de motivos totalmente diferente, e era inocente. No entanto, não conseguiu convencer Chambara. Por ordem do presidente, Jaeger foi detido na Prisão de Black Beach, onde o major Mojo se tinha esforçado ao máximo para o fazer ceder, para o forçar a confessar.

Jaeger colocou os óculos escuros.

– Tens razão. Nunca conseguiremos sair daqui pelo aeroporto. Tens um plano B?

Raff lançou-lhe um olhar.

– Segundo ouvi, estavas aqui a trabalhar como professor. A ensinar inglês numa aldeia na extremidade norte da ilha. Fiz-lhes uma visita. Um grupo de pescadores de lá acha que és o melhor que aconteceu à *Ilha do Inferno*. Ensinaste os filhos deles a ler e a escrever. É mais do que aquilo que o presidente Chugga fez por eles. – Depois de uma pausa, acrescentou: – Estão a preparar uma canoa para tentarmos chegar à Nigéria.

Jaeger refletiu por um momento. Tinha passado quase três anos em Bioko. Já conhecia bem as comunidades piscatórias locais. Atravessar o golfo da Guiné de canoa... era possível. Talvez.

– São trinta quilómetros, mais ou menos – referiu. – Os pescadores fazem essa travessia de vez em quando, quando o tempo está bom. Tens um mapa?

Raff indicou um pequeno saco de viagem aos pés de Jaeger. Este pegou-lhe, a custo, e vasculhou o interior. Encontrou o mapa, desdobrou-o e estudou a topografia. Bioko fica mesmo no golfo da Guiné. É uma ilha minúscula com selva densa, com pouco mais de cem quilómetros de comprimento e cinquenta de largura.

O país africano mais próximo são os Camarões, a nordeste, e a Nigéria fica mais a oeste. Uns duzentos quilómetros a sul, fica a outra metade do domínio do presidente Chambara (a parte continental da Guiné Equatorial). Ou ficava, até os autores do golpe de Estado a terem conquistado.

— Os Camarões ficam mais perto — comentou Jaeger.

— Camarões? Nigéria? — Raff encolheu os ombros. — Neste momento, qualquer lugar é melhor do que este.

— Quanto falta para o anoitecer? — perguntou Jaeger. Os homens de Chambara tinham-lhe ficado com o relógio muito antes de ter sido arrastado para a cela em Black Beach. — Na calada da noite, talvez nos safemos.

— Seis horas. Dou-te no máximo uma hora no hotel. Podes passá-la a limpar toda a porcaria que tens em cima e a beber água. Não terás hipótese se não te hidratares. Já te disse: temos um dia longo pela frente.

— O Mojo sabe em que hotel estás alojado?

Raff riu-se.

— Não valia a pena tentar escondê-lo. Numa ilha deste tamanho, toda a gente sabe o que se passa. Agora que penso nisso, faz-me lembrar a minha terra... — Os dentes do condutor reluziram no escuro. — O Mojo não nos vai arranjar problemas, pelo menos durante algumas horas. Vai estar ocupado a ver se o dinheiro foi disponibilizado e, entretanto, já nós vamos estar longe.

Jaeger bebeu a água engarrafada, forçando-se a ingerir goles sucessivos pela garganta ressequida. O problema era que o seu estômago tinha encolhido até ao tamanho de uma noz. Se não o espancassem e torturassem até à morte, a fome não tardaria a aniquilá-lo; disso não tinha dúvidas.

— A dar aulas a miúdos. — Raff sorriu, com ar de quem sabia alguma coisa. — O que andavas a fazer na realidade?

— Estava a dar aulas a miúdos.

— Sim, sim. A dar aulas a miúdos. Não tiveste mesmo nada que ver com o golpe de Estado?

— O presidente Chugga fartou-se de me fazer a mesma pergunta. Entre espancamentos. Dava-lhe jeito um homem como tu.

— Pronto, estavas a dar aulas a miúdos. Inglês. Numa aldeia de pescadores.

— Estava a dar aulas a miúdos. — Jaeger olhou fixamente pela janela; o sorriso tinha-lhe desaparecido totalmente do rosto. — Além disso, se queres mesmo saber, precisava de um sítio onde me esconder. Para pensar. Bioko, onde Judas perdeu as botas. Nunca pensei que me encontrassem. — Após uma pausa, acrescentou: — Provaste que estava enganado.

A paragem no hotel foi muito proveitosa para Jaeger. Tomou banho. Três vezes. À terceira, a água que descia em espiral pelo ralo já estava quase limpa.

Forçou-se a ingerir uma dose de sais de reidratação. Aparou a barba – de cinco semanas –, mas não a fez totalmente. Não teve tempo.

Verificou se tinha ossos partidos. Por milagre, não parecia ter muitos. Tinha trinta e oito anos e mantivera-se em forma na ilha. Antes disso, passara uma década como militar de elite, pelo que estava praticamente no auge da sua forma física quando foi encerrado na cela. Talvez fosse esse o motivo pelo qual saiu relativamente incólume de Black Beach.

Calculava que tivesse um ou dois dedos partidos nas mãos, e o mesmo se passava com os pés.

Não era nada que não sarasse.

Depois de mudar rapidamente de roupa, Raff levou-o novamente para o jipe e dirigiram-se para este de Malabo, embrenhando-se na densa floresta tropical. A princípio, Raff conduziu debruçado sobre o volante como uma avozinha – a um máximo de 50 km/h. O seu intuito era ver se estava a ser seguido. Em Bioko, as poucas pessoas com a sorte de possuir um automóvel pareciam conduzir como se não houvesse amanhã.

Se algum veículo se mantivesse atrás deles, daria nas vistas.

Quando viraram para a minúscula estrada de terra que conduzia até à costa noroeste, era evidente que ninguém os estava a seguir.

O major Mojo estava decerto a apostar que partiriam pelo aeroporto. Em teoria, não havia outra forma de sair da ilha, a não ser que alguém estivesse disposto a colocar-se à mercê das tempestades tropicais e dos tubarões que circundavam Bioko, famintos.

Poucos o tinham tentado até então.

3

O chefe Ibrahim esboçou um gesto na direção da praia da aldeia de Fernão. Estavam suficientemente perto para ouvir o eco da rebentação através das finas paredes da sua cabana de adobe.

– Preparámos uma canoa. Está abastecida de água e comida. – Após uma pausa, o chefe tocou no ombro de Jaeger. – Nunca o esqueceremos, sobretudo as crianças.

– Obrigado – respondeu Jaeger. – Eu também não vos esquecerei. Não tenho palavras para explicar até que ponto me salvaram.

O chefe olhou para alguém que estava de pé ao seu lado. Era um jovem de músculos bem definidos.

– O meu filho é um dos melhores navegadores de Bioko... Têm a certeza de que não querem que os nossos homens vos ajudem na travessia? Sabem que eles teriam todo o gosto em fazê-lo.

Jaeger abanou a cabeça.

– Quando o presidente Chambara descobrir que escapei, vai tentar vingar-se como puder, sob qualquer pretexto. É melhor despedirmo-nos aqui. É a única alternativa.

O chefe ergueu-se.

– Foram três bons anos, William. Que Alá te ajude a atravessar o golfo e te leve a casa. E, um dia, quando a maldição de Chambara tiver finalmente terminado, oxalá voltes para nos visitar.

– Que Alá o oiça – respondeu Jaeger, dando um aperto de mão ao chefe. – Gostaria muito.

Jaeger olhou de relance para os rostos que rodeavam a cabana. Eram crianças. Sujas, arranhadas, seminuas, mas felizes. Talvez fosse isso que aprendera com elas: o verdadeiro significado da felicidade.

Voltou a encarar o chefe.

— Explique-lhes o que aconteceu, mas só depois de termos partido.

O chefe sorriu.

— Combinado. Agora vá. Fez muitas coisas boas aqui. Vá ciente disso, e com o coração descansado.

Jaeger e Raff dirigiram-se à praia, abrindo caminho ao abrigo dos palmeirais mais densos. Quanto menos pessoas testemunhassem a sua fuga, menos hipóteses havia de serem alvo de represálias.

Foi Raff quem quebrou o silêncio. Estava ciente de que o amigo estava muito perturbado por abandonar os seus jovens pupilos.

— Alá? — perguntou. — Estes aldeões são muçulmanos?

— São. E sabes que mais? Estas pessoas são das mais bondosas que conheço.

Raff olhou-o fixamente.

— Não me lixes. Então não é que três anos na ilha de Bioko foram suficientes para domesticar o Jaeger, a máquina de guerra?

Jaeger esboçou um sorriso contrafeito. Talvez Raff tivesse razão. Talvez fosse esse o caso.

Estavam a acercar-se das imaculadas areias brancas da praia quando um vulto se aproximou a correr, esbaforido. Descalço, em tronco nu e vestido apenas com uns calções esfarrapados, não parecia ter mais de oito anos. Trazia uma expressão de pânico, quase de horror.

— Professor, professor! — Agarrou na mão de Jaeger. — Eles vêm aí. Os homens do presidente Chambara. O meu pai... Alguém o avisou pelo rádio. Eles vêm aí! Atrás de si! Para o prender outra vez!

Jaeger agachou-se até estar ao nível dos olhos do rapaz.

— Escuta, Mo, escuta: ninguém me vai prender outra vez. — Tirou os óculos escuros Oakley de imitação e colocou-os na mão do rapaz. Passou-lhe a mão pelo cabelo empoeirado e crespo. — Mostra lá como é que te ficam — sugeriu.

O *Pequeno Mo* colocou os óculos escuros. Ficavam-lhe tão grandes, que não os podia largar.

Jaeger sorriu.

— Meu! Estás radical! Mas esconde-os, pelo menos enquanto os homens do Chambara andarem por aí. — Após uma pausa, continuou: — Agora, corre. Vai ter com o teu pai. Não saias de casa. E, Mo, diz-lhe que agradeço o aviso.

O miúdo deu um último abraço a Jaeger, muito relutante em se separar dele, e depois afastou-se a correr, com os olhos marejados de lágrimas.

Jaeger e Raff desapareceram por entre uns arbustos que se encontravam ali perto. Agacharam-se, suficientemente próximos para poderem sussurrar, e Jaeger puxou o pulso de Raff para consultar as horas.

– Faltam cerca de duas horas para o anoitecer – murmurou. – Temos duas opções... Uma é tentarmos ir agora, em pleno dia. A segunda é escondermo-nos e tentarmos esgueirar-nos à noite. Se bem conheço o Chambara, ele vai colocar as suas lanchas de patrulha em ação no oceano, além das forças que enviará diretamente para a aldeia. Não são mais de quarenta minutos de barco de Malabo até aqui: mal vamos ter tempo de entrar na água até estarem em cima de nós. Ou seja... não temos escolha: temos de esperar pela noite.

Raff assentiu com a cabeça.

– Já aqui estás há três anos. Tens conhecimento local. Mas precisamos de um esconderijo onde ninguém se lembre de nos procurar.

Examinou o terreno em seu redor com o olhar, e deteve-se na vegetação escura e densa que ficava na extremidade da praia.

– Aquele mangue. É só cobras, crocodilos, mosquitos, escorpiões, sanguessugas e lodo até à cintura. Ninguém no seu perfeito juízo se esconderia ali.

Raff procurou no fundo do bolso e retirou de lá um canivete bastante reconhecível. Deu-o a Jaeger.

– Mantém-no à mão, para o que der e vier.

Jaeger abriu-o e tocou na lâmina semi-serrilhada, a testar o gume.

– Também é uma imitação?

Raff franziu o sobrolho:

– Com armas não brinco.

– Então, os homens do Chambara estão a caminho – refletiu Jaeger –, sem dúvida para nos arrastar outra vez para Black Beach. E nós só temos um canivete...

Raff sacou de outro canivete, idêntico ao primeiro.

– Acredita que conseguir passar com estes dois pelo aeroporto de Bioko já foi um milagre.

Jaeger soltou um sorriso taciturno.

– Muito bem, um canivete para cada um: ninguém nos pode deter.

Os dois homens avançaram ligeiros através do palmeiral até à zona pantanosa e distante do mangue.

Do exterior, o emaranhado de raízes e ramos selvagens parecia impenetrável. Inabalável, Raff começou a rastejar e foi-se embrenhando por espaços impossíveis, onde seres ocultos se esgueiravam para fugir do seu caminho. Não se deteve até já ter avançado uns bons vinte metros, com Jaeger a rastejar imediatamente atrás.

A última coisa que Jaeger fizera na praia fora agarrar alguns ramos velhos de palma e recuar pela areia, enquanto apagava as pegadas. Quando penetrou no mangal, os últimos vestígios da sua passagem já tinham desaparecido.

Em seguida, os dois homens mergulharam no lodo fétido que formava a base do pantanal. Quando terminaram, tinham apenas a cabeça à superfície, ainda assim coberta de uma camada espessa de lodo e sujidade. O único elemento que os destacava da zona envolvente era o branco dos olhos.

Jaeger sentia a superfície negra do pântano a borbulhar e a movimentar-se devido aos seres vivos que os rodeavam.

– Assim, quase tenho saudades de Black Beach – sussurrou.

Raff emitiu um ronco de assentimento. Os dentes reluzentes eram a única coisa que revelava a sua localização.

Os olhos de Jaeger perscrutavam o emaranhado de ramos que formavam a catedral intricada sobre a sua cabeça. A zona mais densa do mangue não era mais espessa do que um palmo e ascendia até pouco mais de seis metros de altura. Porém, nos locais onde se elevavam do lodo e eram banhadas diariamente pela maré, as raízes chegavam a atingir um metro e meio ou mais na horizontal.

Raff pegou numa raiz e cortou-a pela base com a serrilha da faca. Voltou a cortá-la pouco mais de um metro depois, e deu a vara a Jaeger.

Este lançou-lhe um olhar de dúvida.

– *Krav maga* – rosnou Raff. – Competências de combate com bastão, lecionadas pelo cabo Carter. Diz-te alguma coisa?

Jaeger sorriu.

– E eu lá me ia esquecer disso?

Pegou no canivete e começou a desbastar uma ponta da vara dura e resistente, afiando-a até ficar com ponta de flecha.

Lentamente, uma lança curta e afiada foi tomando forma.

O cabo Carter tinha sido o instrutor de armamento, bem como de combate corpo a corpo. Carter e Raff tinham ensinado *krav maga* – uma arte marcial mista desenvolvida em Israel – à unidade de Jaeger. Tratava-se de uma mistura de *kung-fu* e luta de rua que fornecia competências de sobrevivência em situações reais.

Ao contrário da maioria das artes marciais, o *krav maga* resumia-se a terminar o combate o mais depressa possível, causando o máximo de danos ao inimigo. Carter costumava referir «danos sistémicos»: danos com o intuito de aniquilar. Não havia regras, e todos os movimentos se destinavam a atingir os pontos mais vulneráveis do corpo – os olhos, o nariz, o pescoço, a zona das virilhas e os joelhos. E com força.

As regras de ouro do *krav maga* eram: velocidade, violência, surpresa. Além disso, havia que atacar primeiro e improvisar armas. Combatia-se com o que estivesse à mão: tábuas, barras de ferro, ou mesmo garrafas partidas. Ou com uma estaca de madeira afiada, criada a partir de uma raiz de mangue.

Os homens de Chambara apareceram pouco depois do pôr do sol.

Eram pouco mais de vinte, numa carrinha. Atravessaram a praia até à extremidade, afastados uns dos outros, para a vasculharem de ponta a ponta. Detiveram-se junto a cada uma das pirogas, reviraram-nas como se esperassem que o que procuravam estivesse escondido ali debaixo.

Seria o local mais óbvio para alguém se esconder, o que tinha invalidado a sua utilização para Jaeger e Raff.

Os soldados do exército de Bioko dispararam rajadas de G3, furando assim os cascos de várias canoas. No entanto, os seus atos eram muito pouco metódicos, e Jaeger teve o cuidado de fixar as canoas que não tinham sido atingidas pelas balas.

Os soldados não tardaram a encontrar a canoa cheia de mantimentos. Alguém gritou ordens na areia. Um par de vultos camuflados correu até à aldeia, regressando um minuto depois com uma pequena figura aos ombros.

Largaram-na aos pés do comandante.

Jaeger reconheceu-o. Era um homem corpulento e obeso que, numa das suas inúmeras visitas a Black Beach, tinha supervisionado os interrogatórios e os espancamentos.

Em seguida, o comandante pontapeou nas costelas o vulto prostrado no chão.

O *Pequeno Mo* deu um grito abafado, que ecoou tristemente pela escuridão da praia.

Jaeger rangeu os dentes. Gostava do rapaz como se fosse seu filho. Era um aluno inteligente, mas com um sorriso brincalhão que sempre o fizera rir. Além disso, tinha-se revelado um ás no futebol de praia, o passatempo diário favorito do professor e dos alunos quando terminavam as aulas.

Porém, não tinha sido apenas esse o motivo de se ter aproximado do rapaz. Em muitos aspetos, o *Pequeno Mo* fazia-lhe lembrar o seu próprio filho.

Ou pelo menos o filho que tivera outrora.

4

– Sr. Jaeger! – ecoou o chamamento, interrompendo os pensamentos sombrios do ex-militar.

– Sr. William Jaeger. Sim, eu lembro-me de si, seu covarde. Como vê, tenho aqui o rapaz. – Uma mão enorme desceu e puxou o *Pequeno Mo* pelos cabelos até balançar nas pontas dos pés. – Ele tem um minuto de vida. UM MINUTO! Apareçam, seus brancos malditos, AGORA! Ou este rapaz leva um tiro no meio dos olhos!

Jaeger fixou o olhar em Raff. O grande maori negou com a cabeça.

– Companheiro, já sabes como é – sussurrou. – Se aparecermos, a aldeia estará toda condenada, incluindo nós os dois e o *Pequeno Mo*.

Sem dizer uma palavra, voltou a concentrar-se nos vultos distantes. Raff tinha razão, mas a imagem do miúdo a dançar em bicos dos pés enquanto o enorme comandante o agarrava penetrou no cérebro de Jaeger. Fez com que se recordasse de algo de que há muito se esquecera – uma encosta remota e um pedaço de tecido esfarrapado, cortado à faca...

Jaeger sentiu em cima um braço enorme e possante, que o prendia.

– Calma, rapaz, calma – murmurou Raff. – Estou a falar a sério. Se te mostrares agora, vamos morrer todos...

– Acabou o minuto! – berrou o comandante. – APAREÇAM! Agora!

Jaeger ouviu o som agudo de metal a bater em metal do engatilhar de uma pistola. O comandante ergueu a arma e encostou a boca do cano com força à têmpora do *Pequeno Mo*.

– VOU CONTAR ATÉ DEZ. Depois, seus canalhas ingleses, não duvidem de que vou disparar!

O comandante estava virado para as dunas, a passar o foco da lanterna pelos tufos de erva, na esperança de localizar Raff e Jaeger.

– Um, dois, três...

Ouviu-se outra voz na praia escura. Eram gritos de criança que se sobrepunham às palavras do comandante.

– Por favor! Por favor! Não faça isso! *Por favor!*

– Quatro, cinco, seis... Isso, miúdo, pede ao teu amigo branco que te salve... Sete...

Jaeger sentiu o seu enorme amigo maori a segurá-lo no lodo, enquanto alternava horrorizado entre memórias distantes: desde um ataque violento numa encosta de montanha, escura e gelada; passando pelo sangue na primeira neve do inverno; até ao momento em que a sua vida implodiu... Até ao momento presente, ao *Pequeno Mo.*

– Nove! Dez! ACABOU!

O comandante puxou o gatilho.

Um único clarão do cano da arma criou um contraste de luz e sombras na praia. O comandante soltou o cabelo do rapaz, deixando que o corpo minúsculo tombasse na areia.

Jaeger voltou a cabeça em agonia e apertou-a contra as raízes do mangue. Se Raff não o estivesse a segurar, teria saído a correr do esconderijo, armado com o canivete e a lança afiada, com uma expressão de assassino no olhar.

E teria morrido.

Não se teria importado.

O comandante deu um conjunto de ordens breves em sucessão. Vultos camuflados correram em todas as direções; alguns novamente para a aldeia, outros para as extremidades da praia. Um deles estacou abruptamente nos limites do pântano.

– Sendo assim, continuamos com o nosso jogo – anunciou o comandante, ainda à procura em todas as direções. – Então, vamos buscar mais uma criança. Sou um homem paciente. Tenho todo o tempo do mundo. Não me importo nada de matar todos os seus alunos, Sr. Jaeger, se for preciso. Apareça. Ou será que é o branquelas cobarde que eu sempre pensei que fosse? Mostre que estou enganado!

Jaeger viu o movimento de Raff. Estava a avançar silenciosamente, a rastejar pelo lodo como uma gigantesca cobra sobrenatural. Por um instante, olhou por cima do ombro.

– Queres ter uma morte digna de um soldado? – sussurrou.

Jaeger esboçou um gesto sombrio de assentimento com a cabeça.

– Velocidade. Violência...

– Surpresa[2] – Raff concluiu o lema.

---

[2] *Speed, Agression, Surprise* – lema informal do SAS (Special Air Service) do Exército britânico, baseado nas iniciais da sigla. (*NT*)

Jaeger rastejou pelo caminho aberto por Raff. Enquanto avançava, admirava a capacidade de movimento do grande maori. Era capaz de caçar silenciosamente, como um animal, um predador nato. Ao longo dos anos, Raff tinha ensinado muitas dessas competências a Jaeger – a convicção total e a concentração necessárias para perseguir e matar.

Contudo, Raff ainda era o mestre, e o melhor de todos. Saiu do pântano como uma sombra indistinta, enquanto outra criança indefesa era transportada para a praia. O comandante começou a dar-lhe pontapés no estômago, enquanto os soldados sorriam perante o espetáculo cruel que se desenrolava à sua frente.

Foi nesse momento que Raff decidiu agir. Envolto pela escuridão, dirigiu-se ao guarda que estava mais próximo do mangue. Com um movimento rápido, apertou fortemente o pescoço e a boca da sentinela com o braço esquerdo, impossibilitando que gritasse, e puxou-lhe o queixo para cima e para o lado. No mesmo instante, o braço direito subiu num movimento selvagem e afundou a lâmina do canivete na garganta do soldado; de seguida, deslocou-a para frente, cortando-lhe assim a artéria e a traqueia.

Durante alguns segundos, Raff continuou a agarrar o soldado moribundo, enquanto este se afogava no próprio sangue, que lhe jorrava para os pulmões. Silenciosamente, Raff deitou o corpo na areia. Pouco depois, estava de volta ao mangal, com a metralhadora da sentinela nas mãos ensanguentadas.

O maori agachou-se e criou uma saída estreita para Jaeger.

– Anda! – sussurrou. – Vamos!

Jaeger detetou um movimento pelo canto do olho. Um vulto tinha surgido do nada, a apontar a metralhadora diretamente para Raff.

Jaeger atirou a sua faca.

O movimento foi instintivo. A lâmina silvou pelo ar do anoitecer, a rodopiar, e penetrou bem fundo no ventre do vulto.

O homem armado gritou. A sua arma disparou, mas os tiros falharam o alvo, dispersando-se em todas as direções. Quando o eco dos tiros cessou, Jaeger ergueu-se e começou a correr com a lança de madeira na mão.

Tinha reconhecido o atirador.

Saltou e espetou-lhe a vara no peito. Sentiu a estaca afiada a afastar as costelas e a penetrar em músculos e tendões, à medida que a empurrava com toda a força. Quando agarrou na metralhadora do atirador, já o tinha feito tombar na areia, com a estaca a entrar-lhe pelo flanco e a sair pelo ombro.

O major Mojo, o seu antigo algoz, guinchava e contorcia-se como um porco ferido – mas não iria a lado nenhum, disso não havia dúvidas.

Num movimento eficaz, Jaeger ergueu a metralhadora, engatilhou-a e abriu fogo. A boca do cano cuspiu rajadas incandescentes, enquanto as balas rasgavam a escuridão.

Jaeger apontou para o tronco. Os tiros na cabeça são bons para a carreira de tiro, mas num tiroteio real é sempre melhor apontar para o abdómen. É o alvo maior, e poucas pessoas sobrevivem a um tiro no estômago.

Depois, percorreu a praia com a arma, à procura da figura do comandante. Viu o rapaz da aldeia a libertar-se à força e a correr para se esconder num palmeiral próximo. Jaeger soltou uma rajada colérica e observou o comandante a voltar-se e a começar a correr. Viu as suas munições a desfazerem os calcanhares do comandante e a espetarem-se-lhe no tronco.

Sentiu o medo e a indecisão a alastrarem pelas fileiras inimigas enquanto o chefe tombava, a gritar de medo e agonia mortal.

Agora, eram como uma cobra decapitada.

Era o momento de aproveitar a posição de vantagem.

– Mudança de carregador! – gritou Jaeger, enquanto tirava um carregador novo do bolso do seu antigo carcereiro e o colocava na metralhadora. – Vai! Vai! Vai!

Raff não precisou de que lho dissessem duas vezes.

Num instante, já estava de pé, a avançar e a lançar o seu grito de guerra, com Jaeger a abrir fogo para o proteger. Enquanto Raff, escuro e temível, abria caminho, o companheiro viu o primeiro soldado inimigo virar costas e bater em retirada.

Raff progrediu cerca de trinta metros, pousou um joelho no solo e disparou uma rajada na direção do inimigo. Foi a sua vez de gritar a Jaeger:

– VAAAAAAAI!

Jaeger levantou-se da areia, com a arma ao ombro, a canalizar para o combate toda a raiva acumulada. Avançou a correr, apenas com o branco dos olhos e dos dentes cerrados visível entre a camada escura de lodo imundo que o cobria da cabeça aos pés, como uma força da Natureza à solta na amplitude da praia, com a boca do cano da arma a cuspir fogo.

Pouco depois, o último dos soldados do presidente Chambara já tinha batido em retirada. Raff e Jaeger perseguiram-nos pelo palmeiral com rajadas direcionadas, até não se vislumbrar um único vulto inimigo.

Segundos depois, caiu o silêncio sobre a extensão escura de areia, cortado apenas pelos gemidos dos moribundos e dos feridos.

Sem perder tempo, os dois homens procuraram a canoa do chefe e arrastaram-na no sentido da rebentação. A piroga era grande e espessa, difícil de transportar em terra, pelo que precisaram de toda a força para a carregar até às ondas. Estavam prestes a embarcar quando Jaeger fez sinal a Raff para esperar.

Correu pelas ondas e atravessou a praia até a um vulto que jazia na areia ensanguentada. Retirou a estaca de madeira, carregou o ferido em ombros até à piroga e atirou o corpo semi-inconsciente do seu carcereiro para o centro da embarcação.

– Mudança de planos! – gritou a Raff, enquanto empurravam a canoa para águas mais profundas. – O Mojo vem connosco. Além disso, vamos para leste e depois para sul. Os homens do Chambara vão pensar que seguimos para norte, em direção aos Camarões ou à Nigéria. Nunca lhes passaria pela cabeça que fôssemos no sentido contrário, de volta ao seu país.

Raff saltou para a piroga e ajudou Jaeger a subir.

– Para que é que vamos voltar para o território do presidente Chugga?

– Vamos para a parte continental. É duas vezes mais longe, mas não lhes ocorrerá seguir-nos nessa direção. Além disso, se bem te lembras, já não é território do Chambara. Contactamos os autores do golpe de Estado e vemos o que acontece.

Raff sorriu.

– *Ka mate! Ka mate! Ka ora! Ka ora!* Vamos embora!

Remaram mar adentro, com Jaeger a juntar-se ao cântico, e foram rapidamente engolidos pela obscuridade do luar.

5

– Muito bem, senhores, podem ficar descansados, que confirmámos o que disseram. Bastaram um ou dois telefonemas. Aparentemente, as vossas reputações precedem-vos.

O interlocutor de Jaeger e Raff tinha sotaque sul-africano, era corpulento, sem ser muito alto, com um rosto redondo e uma barba ruiva típicos dos bóeres. A sua estatura denunciava uma juventude passada a jogar râguebi, a abusar do álcool e a servir como militar no mato africano, antes de a idade e a artrite o debilitarem.

Contudo, Pieter Boerke não estava ali para combater. Era o líder do golpe de Estado e chefiava o movimento com a energia típica de um homem muito mais jovem e em melhor forma.

– Ainda tencionam ocupar Bioko? – perguntou Jaeger. – O golpe Wonga quase nem chegou a começar...

Alguns anos antes, ocorrera uma tentativa de derrubar o presidente Chambara. O projeto revelara-se um fracasso e recebera a designação depreciativa de «golpe Wonga».[3]

Boerke riu-se.

– O meu projeto é muito diferente. Este é o golpe Gotcha. O Chambara tem os dias contados. A comunidade internacional, as empresas petrolíferas, o povo de Bioko... todos querem vê-lo pelas costas. Não me surpreende. O tipo é um animal. Come pessoas, sobretudo os seus prisioneiros favoritos. – Boerke encarou Jaeger: – Aposto que está contente por ter conseguido fugir de Black Beach a tempo, não?

Jaeger sorriu. Este ainda era um gesto doloroso, depois de três dias a ser fustigado por tempestades tropicais e pelos salpicos das ondas na travessia do golfo da Guiné.

---

[3] *Wonga* – no calão de algumas zonas do Reino Unido, significa «dinheiro». O termo ridiculariza os interesses petrolíferos que motivaram a tentativa de golpe de Estado. (*NT*)

– Neste preciso momento, tenho vários Hercules C-130 a fazerem viagens de transporte de armamento da Nigéria – continuou Boerke. – Estamos a acumular para a grande ofensiva. Agora que penso nisso, davam-me jeito mais uns soldados experientes como vocês. – O sul-africano fitou os dois homens. – Querem juntar-se a nós?

Jaeger voltou-se para Raff.

– Segundo aqui o meu grande amigo maori, temos trabalho no Reino Unido.

– Infelizmente – rosnou Raff. – Depois da amostra de hospitalidade dada pelo presidente Chugga, adorava rebentar-lhe a porta de casa ao pontapé.

– Não duvido disso. – Boerke riu-se à gargalhada. – É a vossa última oportunidade, rapazes. Preciso de vocês. A sério. Afinal, vocês escaparam de Black Beach. É quase impossível. Fugiram da ilha a lutar com dois palitos e um saca-rolhas. Chegaram aqui depois de uma viagem de três dias numa piroga. Repito: preciso de vocês.

Jaeger levantou as mãos.

– Desta vez, não. Estou farto de Bioko.

– Entendido. – Boerke ergueu-se e começou a andar energicamente de um lado para o outro atrás da secretária. – Então, posso tirar-vos daqui no próximo C-130. Quando chegarem à Nigéria, serão transferidos para um voo da British Airways direto para Londres, sem perguntas. É o mínimo que poderia fazer por vocês depois de me entregarem aquele pulha.

Boerke apontou com um polegar por cima do ombro. O major Mojo, cheio de ligaduras, encontrava-se meio tombado numa cadeira, a um canto da sala. Depois de três dias no mar e dos ferimentos que sofrera, estava quase inconsciente.

Raff olhou-o com desprezo.

– Agradecia que lhe desse o mesmo tratamento que ele dedicou aqui ao meu amigo. E com juros. Isto se ele sobreviver.

Boerke sorriu.

– Não se preocupe. Temos muitas perguntas para lhe fazer. E lembre-se: somos sul-africanos. Não fazemos prisioneiros. Ora, posso fazer mais alguma coisa por vocês antes de nos despedirmos?

Jaeger hesitou por um instante. O seu instinto dizia-lhe que podia confiar no sul-africano, além de que eram camaradas militares. Fosse como fosse, se queria enviar dinheiro ao chefe Ibrahim, Boerke era a sua única alternativa naquele momento.

Retirou um pedaço de papel do bolso.

– Depois de tomarem Bioko, pode fazer chegar isto ao chefe da aldeia de Fernão? É o número de uma conta em Zurique, juntamente com os códigos de acesso. Está lá uma quantia considerável: o que o Raff tinha pago ao major Mojo para me deixar fugir. O filho do chefe morreu por nossa causa. O dinheiro não o vai trazer de volta, mas talvez seja um começo.

– Conte comigo – confirmou Boerke. – Mas digo-lhe uma coisa: fez muito bem em trazer esse crápula do Mojo para aqui. Ele conhece a fundo as defesas do Chambara. É pena que tenha sido necessária a morte de uma criança de Bioko para obtermos esse tipo de conhecimento privilegiado. Esperemos que essa morte poupe muitas outras.

– Talvez. Esperemos que sim – concordou Jaeger. – Mas ele não era seu aluno; o seu melhor aluno.

– Acredite, quando o Chambara desaparecer, todas as crianças de Bioko terão um futuro muito melhor. Ouça, aquele país devia ser rico. Tem petróleo, gás, minério... tudo. Vender os iates do Chambara e confiscar as suas contas bancárias no estrangeiro já será um bom começo. Entretanto, precisam de mais alguma coisa?

– Talvez haja mais uma coisa... – refletiu Jaeger. – Sabe, estive três anos na ilha. É muito tempo num lugar como Bioko. Resumindo, deu-me para investigar o passado da ilha. A época da Segunda Guerra Mundial. No final da guerra, os britânicos efetuaram uma operação ultrassecreta destinada a espiar um navio inimigo. O *Duchessa*, uma embarcação de carga que estava ancorada no porto de Malabo. Foi uma operação extremamente elaborada. A minha pergunta é: porquê?

Boerke encolheu os ombros.

– Não faço ideia.

– Aparentemente, o capitão do navio tinha apresentado um manifesto às autoridades portuárias de Bioko – prosseguiu Jaeger. – Estava incompleto; continha seis páginas de mercadorias, mas faltava a sétima. Corre o boato de que a sétima página está escondida no cofre do Palácio do Governo. Fiz tudo o que estava ao meu alcance para ter acesso a ela. Quando tomarem a capital, acha que me pode arranjar uma cópia?

Boerke assentiu com a cabeça.

– Não se preocupe. Deixe-me o seu endereço de *e-mail* e o seu telefone. O que pensa que o navio transportava? E qual a razão desse interesse?

– Fui contagiado pelos boatos; aguçaram-me a curiosidade. Diamantes. Urânio. Ouro. É o que dizem. Algo que pudesse ser extraído de minas em África; algo de que os nazis precisavam desesperadamente para ganhar a guerra.

– Muito provavelmente, urânio – sugeriu Boerke.

– Talvez – disse Jaeger, encolhendo os ombros. – Mas a sétima página dissiparia todas as dúvidas.

6

O navio *Global Challenger* ancorou no Tamisa, sob um céu pardacento e carregado. O táxi negro que recolhera Raff e Jaeger no aeroporto de Heathrow encostou numa curva, com os pneus em cima de uma poça cinzenta de óleo.

Jaeger ficou chocado quando pensou que, em Bioko, o preço daquela corrida de táxi seria suficiente para comprar manuais para uma turma inteira. E, como Raff não lhe deu uma gorjeta tão avultada como esperava, o taxista arrancou sem dizer uma palavra, salpicando-lhes os sapatos com os conteúdos da poça.

Londres em fevereiro. Há coisas que nunca mudam.

Jaeger tinha dormido durante quase todo o tempo dos dois voos – um continental, entre a Guiné Equatorial e a Nigéria num barulhento avião de carga Hercules C-130, e depois outro para Londres. O trajeto entre Lagos e Londres tinha sido efetuado no maior luxo, mas Jaeger sabia por experiência própria que os voos em primeira classe têm um preço.

Sempre.

Alguém estava a pagar aqueles voos da British Airways, e sete mil libras por bilhete não era uma quantia negligenciável. Quando questionou Raff a esse respeito, o enorme e descontraído maori demonstrou uma reticência estranha. Era evidente que alguém queria muito que Jaeger voltasse a Londres, sem olhar a custos, mas Raff não queria falar nisso.

Jaeger decidiu aceitar a situação. Confiava plenamente no amigo.

Quando chegou a Londres, Jaeger começava a sentir os efeitos cumulativos de cinco semanas de encarceramento na Prisão de Black Beach, bem como do combate e da subsequente fuga. Subiu o portaló do *Global Challenger* com as articulações a estalar, como se fosse muito mais velho, e foi nesse momento que começou a chover.

O *Global Challenger*, outrora um navio de pesquisa oceanográfica no Ártico, albergava agora a sede da Enduro Adventures, uma empresa que Jaeger fundara com Raff e outro camarada de armas quando abandonaram o Exército. Esse camarada – Stephen Feaney – estava no cimo do portaló, pouco visível devido à chuva.

Stephen estendeu a mão para o cumprimentar.

– Nunca pensei que te encontrasse. Estás com péssimo aspeto. Parece que te libertámos mesmo a tempo.

– Sabes como é – respondeu Jaeger, com um encolher de ombros. – O presidente Chambara estava prestes a cozinhar e a comer este matulão maori. Alguém tinha de o arrastar dali para fora.

Raff fez um ruído de troça.

– O tanas!

Os três homens riram-se e partilharam um instante de boa-disposição, enquanto a chuva fustigava o convés.

Era bom, fantástico até, estarem novamente juntos.

A vida de militar de elite sempre foi para os jovens. Jaeger, Raff e Feaney tinham estado onde poucos estiveram e feito o que poucos considerariam possível. Era uma aventura fantástica, mas muito desgastante.

Alguns anos antes, tinham decidido desistir enquanto podiam. Com as competências adquiridas à custa dos contribuintes, montaram o seu próprio negócio. O resultado era a Enduro Adventures, com o lema «O planeta Terra é o nosso espaço de aventura».

Concebida por Jaeger, a Enduro dedicava-se a proporcionar algumas das mais radicais experiências de sobrevivência na Natureza a indivíduos abastados (homens de negócios, atletas e algumas celebridades). Com o tempo, tinha-se tornado um negócio lucrativo, atraindo grandes personalidades para algumas das aventuras mais incríveis que o planeta Terra pode oferecer.

Depois, quase de um dia para o outro, a vida de Jaeger desintegrara--se e ele desaparecera do mapa, tornando-se o homem invisível da Enduro Adventures. Feaney tinha sido forçado a assumir a gestão das contas, e Raff ficara encarregado da organização burocrática das expedições, apesar de nenhum dos dois se sentir à vontade com essas tarefas.

Jaeger era o único ex-oficial dos três – tinha sido capitão. No Exército, comandara o Esquadrão D, uma unidade do SAS com sessenta homens. Tinha trabalhado em proximidade com o comando superior e movimentava--se bem nos meios empresariais de topo.

Feaney era mais velho e tinha subido a pulso na hierarquia, chegando a sargento-mor sob o comando de Jaeger. Quanto a Raff, o facto de se embebedar e de se envolver em lutas tinha dificultado as promoções, mas o grande maori não parecia importar-se muito com isso.

Os últimos três anos tinham sido difíceis para a Enduro Adventures, uma vez que estava privada do seu mentor. Jaeger sabia que, em parte, Feaney guardava algum ressentimento pelo facto de se ter refugiado em Bioko. Porém, estava ciente de que, se Feaney tivesse passado pelo mesmo horror, muito provavelmente teria sentido as mesmas dificuldades. O tempo e a experiência haviam-lhe ensinado que todos os homens têm um limite. Quando Jaeger atingiu o seu, refugiou-se no último lugar do mundo onde alguém se lembraria de o procurar – Bioko.

7

Feaney conduziu-os até ao interior do navio. A sala de reuniões do *Global Challenger* era um templo dedicado à aventura, com as paredes forradas de recordações dos cantos mais recônditos do Planeta: estandartes de vários exércitos do mundo; distintivos e boinas de unidades de elite que poucas pessoas conheciam; armeiros com armas desativadas, incluindo uma AK-47 revestida de ouro que provinha de um dos palácios de Saddam Hussein.

No entanto, este era igualmente um tributo impressionante às maravilhas do planeta Terra: as paredes estavam adornadas com fotografias de alguns dos biomas mais selvagens e radicais (desertos ressequidos e batidos pelo vento, montanhas cobertas de neve gelada azul, uma selva densa e escura penetrada por feixes incandescentes de luz), bem como com muitas imagens das equipas que a Enduro Adventures tinha levado a esses locais.

Feaney abriu ruidosamente a porta do frigorífico por detrás do bar.

– Vai uma cerveja?

Raff rosnou:

– Depois de Bioko, matava por uma.

Feaney deu-lhe uma garrafa.

– Jaeger?

Jaeger abanou a cabeça, em sinal de recusa.

– Não, obrigado. Estive sem beber em Bioko. Não no primeiro ano. Mas nos outros dois. Se beber uma cerveja, vou trepar pelas paredes.

Pegou numa água e os três homens sentaram-se em torno de uma das mesas baixas. Falaram um bocado, para se inteirarem do que cada um tinha feito nos últimos tempos, e depois Jaeger conduziu a conversa para o cerne da questão: o motivo pelo qual Raff e Feaney o foram procurar aos confins do mundo e o trouxeram para casa.

– Então, de que trata esse novo trabalho? Quer dizer, o Raff já me disse qualquer coisa, mas, sabes como ele é, é capaz de fazer dormir uma pedra.

Raff pousou a cerveja com estrondo.

– Sou um soldado, não um bem-falante.

– És um bêbedo, não um amante.

Riram-se os três.

Nos três anos de ausência, Jaeger tornara-se um homem diferente do jovem guerreiro expedicionário que desaparecera. Estava mais soturno. Mais calado. Fechado. Contudo, exibia igualmente rasgos esporádicos do humor fácil e do carisma que o tinham tornado tão bom administrador da Enduro Adventures.

– Suponho que já o tenhas percebido – começou Feaney –, mas a empresa, a Enduro, passou por algumas dificuldades depois de tu...

– Eu tive as minhas razões – interrompeu Jaeger.

– Escuta, eu não digo que não. Só Deus sabe como nós...

Raff ergueu a sua enorme mão sapuda para o calar.

– O Feaney está a tentar dizer que... por nós está tudo bem. O que lá vai lá vai. E o futuro, para nós, está neste fantástico novo contrato. O problema é que nas últimas semanas as coisas começaram a azedar.

– É verdade – confirmou Feaney. – Esta é versão resumida: aqui há um mês ou dois fui contactado pelo Adam Carson. Deves lembrar-te dele, do tempo em que foi diretor das Forças Especiais.

– O brigadeiro Adam Carson? Sim – assentiu Jaeger. – Quanto tempo esteve connosco? Dois anos? Era um comandante competente, mas nunca gostei particularmente dele.

– Nem eu – concordou Feaney. – Bem, quando saiu do Exército, foi contratado por um grupo da comunicação social. Acabou diretor-geral de uma produtora de filmes chamada Wild Dog Media. O que não é tão estranho como parece: a especialidade deles são as filmagens em locais remotos. Expedições, vida selvagem, documentários desse género. E empregam muitos ex-elementos das Forças Especiais. São as pessoas ideais para uma parceria connosco.

– Parece que sim – confirmou Jaeger.

– O Carson tinha uma proposta para nós, e lucrativa. Foram descobertos os destroços de um avião que caiu no interior da Amazónia. O mais provável é que seja da Segunda Guerra Mundial. O Exército brasileiro encontrou-o numa patrulha aérea da fronteira ocidental do seu território. Escusado será dizer que está no meio do nada. Pois bem, a Wild Dog estava a competir por uma oportunidade para descobrir o que são exatamente aqueles destroços.

– É no Brasil? – perguntou Jaeger.

– É. Quer dizer, não é bem. Está mesmo na fronteira onde o Brasil, a Bolívia e o Peru se encontram. Parece que está uma asa na Bolívia, outra no Peru, e que a cauda está apontada no sentido da praia de Copacabana. Digamos que quem deixou aquilo ali não estava minimamente preocupado com as fronteiras internacionais.

– Faz-me lembrar o tempo que passámos no regimento – comentou Jaeger, com ironia.

– Faz mesmo. Houve alguma celeuma por causa das jurisdições, mas o único exército com capacidade para fazer alguma coisa era o brasileiro. E mesmo assim era de mais, mesmo para eles. Por isso, tentaram sondar a ver se era possível reunir uma equipa internacional para descobrir aqueles segredos.

– Seja o que for aquele avião, é enorme – prosseguiu Feaney. – O Carson poderá dar-te mais pormenores, mas é mesmo um mistério, dentro de um enigma, dentro de... sei lá como é que se diz. O Carson propôs enviarem uma expedição para filmar aquilo tudo. Um grande evento televisivo a ser transmitido para todo o mundo. Assegurou um orçamento enorme. Porém, houve ofertas de rivais, e os sul-americanos começaram a discutir entre eles.

– Cada cabeça... – começou Jaeger.

– Sua sentença – concluiu Feaney. – Ah, e já agora: a região onde estão os destroços é também onde vive uma tribo amazónica muito pouco amistosa. Os Amahuacas, ou lá o que é. Nunca contactaram com o exterior. Estão muito contentes assim. E não se inibem de utilizar as flechas e as zarabatanas contra quem entrar no seu território.

Jaeger ergueu uma sobrancelha.

– Dardos envenenados?

– Nem perguntes. É mesmo uma expedição bicuda. – Feaney fez uma pausa. – Ora bem, o teu papel começa aqui. Os brasileiros assumiram o controlo das operações. Só revelaram o mínimo e mantiveram o local exato dos destroços em segredo, para que ninguém se pudesse antecipar. No entanto, a Bolívia está para o Brasil como a França está para a Inglaterra. E digamos que os Peruanos são o equivalente aos Alemães. Ninguém confia em ninguém.

Jaeger sorriu.

– Gostamos do vinho de uns, dos carros dos outros, mas fica por aí. É isso?

– Nem mais. – Feaney bebeu um trago de cerveja. – Mas o Carson é esperto. Conseguiu convencer os brasileiros, e tudo graças a um compromisso: seres tu a liderar as missões no Brasil. Treinaste os seus esquadrões de combate ao narcotráfico, as suas forças especiais. Parece que causaste boa impressão, e o Andy Smith, o teu adjunto, também. Eles confiam em ti. Totalmente. Saberás melhor do que eu porquê.

Jaeger anuiu.

— O capitão Evandro ainda trabalha para eles?

— Coronel Evandro. É a sua patente agora. Não só trabalha para eles, como é o líder das Forças Especiais do Brasil. Salvaste alguns dos seus melhores homens, e ele nunca se esqueceu disso. O Carson prometeu que tu ou o Smith seriam responsáveis pela missão. De preferência, os dois. Foi isso que convenceu o coronel, e ele chegou a acordo com os bolivianos e com os peruanos.

— O coronel Evandro é boa pessoa — comentou Jaeger.

— Parece que sim. Pelo menos não se esquece de quem o ajudou. Daí o Carson e a Enduro terem ficado com a missão. Foi por isso que fomos à tua procura. E não há dúvida de que fomos em boa hora. — Feaney fitou Jaeger por um instante. — Em suma, é um contrato avultado. De vários milhões de dólares. É o suficiente para dar a volta à Enduro.

— Muito bom. — Jaeger encarou Feaney. — Talvez bom de mais...

— Talvez. — O rosto de Feaney ensombrou-se. — O Carson começou a recrutar uma equipa. Internacional, metade homens, metade mulheres, para apelar às audiências televisivas. Teve voluntários em barda. Eram até de mais. No meio disso tudo, não fazia a mínima ideia de onde andavas. Por isso, o Smithy aceitou chefiar a missão sozinho, uma vez que tu tinhas... bem... tinhas desaparecido do mapa.

A expressão de Jaeger permaneceu imperscrutável.

— Ou tinha ido ensinar inglês para Bioko. Depende do ponto de vista.

— Pois. Continuando... — Feaney encolheu os ombros. — Estava tudo pronto para a Amazónia, a expedição memorável estava preparada, encontravam-se todos à espera de uma descoberta estonteante.

— Foi então que os executivos da televisão decidiram meter o nariz — rosnou Raff. — Foram metendo cada vez mais o nariz, os sacanas gananciosos.

— Raff, escuta, o Smithy *concordou* — protestou Feaney. — Ele concordou que era boa ideia.

Raff foi buscar outra cerveja.

— Sim, mas foi por isso que um tipo fantástico...

— Não sabemos! — interrompeu Feaney.

Raff bateu com a porta do frigorífico.

— Sabemos, sabemos.

Jaeger ergueu as mãos.

— Alto aí! Calma, malta. Então, o que aconteceu?

– Em certa medida, o Raff tem razão. – Feaney retomou o fio à meada. – Os tipos da TV exigiram mais qualquer coisa. Um episódio pré-missão, por assim dizer. Queriam que o Andy Smith levasse os recrutas para as montanhas da Escócia, para ganharem ritmo. Como se fosse um minicurso de seleção do SAS: eliminava os recrutas mais fracos, e era tudo filmado.

Jaeger assentiu com a cabeça.

– Então foram para as montanhas da Escócia. Qual é o problema?

Feaney olhou para Raff.

– Ele não sabe?

Raff pousou a cerveja, ponderadamente.

– Escuta, eu tirei-o de Black Beach mais morto do que vivo, fugimos à luta da *Ilha do Inferno* armados com dois canivetes, e depois abrimos caminho pelo meio de tubarões e tempestades tropicais. Diz-me lá qual é que tinha sido o melhor momento para lhe contar… Feaney passou a mão pelo cabelo, cortado rente. Voltou-se para Jaeger.

– O Smithy levou a equipa à Escócia. Era a costa oeste em janeiro. O tempo estava horrível. Infernal. A polícia encontrou o corpo dele no fundo da ravina de Loch Iver.

Jaeger sentiu uma arritmia. *O Smithy, morto?* Já tinha tido um pressentimento estranho de que algo de mau acontecera, mas nunca isso. Não ao Smithy. O Andy Smith era constante e fiável, um tipo com quem sempre pudera contar. Nunca perdia o sentido de humor, por pior que fosse a situação. Jaeger tinha poucos amigos como ele.

– O Smithy sofreu uma queda mortal? – inquiriu Jaeger, incrédulo. – Não acredito. O tipo era indestrutível. Era um mestre das montanhas.

O silêncio abateu-se sobre a sala. Feaney olhava fixamente para a sua garrafa de cerveja, com um olhar perturbado.

– A polícia disse que ele tinha um nível de álcool altíssimo no sangue. Dizem que bebeu uma garrafa de Jack Daniel's, subiu a montanha e sofreu uma queda mortal no escuro.

Os olhos de Jaeger brilharam perigosamente.

– Tretas. O Smithy bebia ainda menos do que eu.

– Ouve, foi isso mesmo que eu lhes disse. À polícia. Mas mantiveram a versão deles: morte por acidente, com algumas suspeitas de suicídio.

– Suicídio?! – explodiu Jaeger. – Que raio levaria o Smithy a suicidar-se? Com uma mulher e uns filhos daqueles? Com uma missão de sonho como esta para liderar? Não brinquem. *Suicídio?* Tenham juízo. O Smithy tinha todos os motivos para viver.

– É melhor contares-lhe, Feaney – interveio Raff, com a voz rouca de uma fúria quase incontrolável. – *Tudo.*

Feaney preparou-se visivelmente para o que se seguia.

– Quando encontraram o Smithy, tinha metade dos pulmões cheios de água. Os polícias concluíram que tinha estado deitado toda a noite debaixo de chuva torrencial e que a tinha inspirado. Também dizem que a queda o matou quase instantaneamente. Partiu o pescoço. Ora, não se pode inspirar água quando se está morto. Aquela água só pode ter entrado enquanto ainda estava vivo.

– O que queres dizer com isso? – Jaeger fitava Feaney e Raff, alternadamente. – Que foi torturado com afogamento simulado?

Raff apertou a garrafa de cerveja, com os nós dos dedos a branquearem.

– Tinha metade dos pulmões cheios de água. Os mortos não respiram. Como é que se explica? Além disso, há mais. – E olhou para Feaney, a apertar ainda mais a garrafa.

Feaney retirou uma pasta de plástico de debaixo da mesa. Tirou de lá uma fotografia e passou-a a Jaeger.

– A polícia deu-nos isso. Ainda assim, fomos à morgue, para confirmar. Esse desenho, esse símbolo, estava no ombro esquerdo do Andy.

Jaeger examinou a imagem, e sentiu um arrepio na espinha. O seu antigo adjunto tinha a figura estilizada de uma águia talhada profundamente na pele. Estava apoiada na cauda, com o bico em forma de um gancho cruel voltado para a direita, as asas bem abertas e as patas a agarrarem uma estranha forma redonda.

Feaney inclinou-se para a frente e espetou um dedo na fotografia.

– Não sabemos de onde vem. O símbolo da águia. Ninguém parece conhecê-lo. E acredita que perguntámos a muita gente – disse, encarando depois Jaeger. – A polícia diz que é apenas uma imagem pseudomilitar qualquer. Que o Smithy fez isso a si mesmo. Automutilação. Faz parte do argumento deles a favor do suicídio.

Jaeger não conseguia falar. Mal tinha ouvido as palavras de Feaney. Não conseguia tirar os olhos daquela fotografia. Em certa medida, a imagem eclipsava até os horrores que tinha sofrido na Prisão de Black Beach.

Quanto mais olhava fixamente para aquele símbolo escuro da águia, mais o sentia a cravar-se-lhe no cérebro. Evocava memórias terríveis que trazia ocultas no seu íntimo.

Era tão invulgar e tão familiar ao mesmo tempo, e ameaçava reavivar aquelas memórias há muito recalcadas, da pior forma possível.

8

Jaeger agarrou no pesado alicate corta-arame e trepou a vedação. Felizmente, a segurança na Springfield Marina de Londres nunca fora muito rigorosa. Tinha abandonado Bioko com a roupa que trazia no corpo. Não tinha tempo para ir buscar as suas chaves, incluindo as que abriam os portões da marina.

Não obstante, o barco era seu e não via nenhum motivo para não arrombar a sua própria casa.

Tinha comprado o corta-arame numa loja ali perto. Antes de deixar Raff e Feaney, pedira-lhes quarenta e oito horas (bem como a Carson, o diretor-geral da Wild Dog Media). Dois dias para decidir se estava disposto a continuar o que Smithy começara, encabeçando aquela malfadada expedição à Amazónia.

Porém, apesar do tempo que tinha solicitado, Jaeger sabia que não conseguia enganar ninguém. Já o tinham nas mãos: por inúmeras razões, não poderia recusar.

Em primeiro lugar, estava em dívida para com Raff. O grande maori salvara-lhe a vida. A não ser que as forças mercenárias de Pieter Boerke ocupassem Bioko em tempo recorde, Jaeger teria perdido a vida na Prisão de Black Beach, e a sua morte passaria despercebida a um mundo do qual se retirara completamente.

Em segundo, devia-o a Andy Smith. E Jaeger não desiludia os amigos. Nunca. Não era possível que o Smithy se tivesse suicidado. É claro que teria de investigar. Para ter a certeza. Porém, sentia que a morte do amigo teria de estar relacionada com aqueles destroços misteriosos que jaziam no interior da Amazónia. Que outro motivo – *que outro motivo* – poderia haver?

Jaeger tinha um pressentimento de que o assassino de Smithy pertencia à equipa da expedição. A única forma de o encontrar seria juntar-se ao grupo e identificá-lo a partir de dentro.

Em terceiro lugar, havia a questão do avião. Do pouco que Adam Carson lhe dissera pelo telefone, parecia intrigante. Irresistível. Como dizia a citação de Winston Churchill que Feaney tentara recitar, era um quebra-cabeças, envolto em mistério, dentro de um enigma.

Jaeger sentiu que não conseguiria resistir à tentação.

Não. Estava decidido: iria mesmo.

Tinha pedido as quarenta e oito horas por motivos totalmente diferentes. Tencionava fazer três visitas, realizar três investigações, sem que ninguém suspeitasse de nada. Talvez os últimos três anos o tivessem tornado extremamente desconfiado, incapaz de confiar em quem quer que fosse.

Era possível que os últimos três anos em Bioko o tivessem transformado numa pessoa solitária, demasiado à vontade com a sua própria companhia.

Contudo, talvez também fosse melhor – *mais seguro* – assim. Era uma forma de sobreviver.

Jaeger seguiu o caminho que contornava a marina, com as botas a rasparem no cascalho liso e encharcado. A tarde já ia avançada e o anoitecer ia-se instalando na marina, com aromas de comida caseira a disseminarem-se pela quietude das águas invernais.

O cenário (os barcos de cores vivas, o fumo a sair das chaminés em espirais vagarosas) contrastava com os cinzentos esbatidos, de árvores despidas, na envolvência da bacia do canal em fevereiro. Três longos anos. Jaeger sentiu que a sua ausência durara uma eternidade.

Deteve-se dois ancoradouros antes do seu. A embarcação de Annie tinha as luzes acesas e o velho fogão a lenha tossia nuvens de fumo. Subiu a bordo e, sem aviso, enfiou a cabeça pela vigia aberta que dava para a cozinha.

– Olá, Annie. Sou eu. Tens aí a cópia das minhas chaves?

Um rosto ergueu-se na sua direção, com os olhos arregalados de susto.

– *Will?!* Meu Deus... Mas onde é que... Pensámos todos que... Quer dizer, estávamos preocupados, a julgar que tivesses...

– Morrido? – Jaeger sorriu. – Não sou nenhum fantasma, Annie. Estive fora. A dar aulas. Em África. Estou de volta.

Annie abanou a cabeça, confusa.

– Meu Deus... Sabíamos que eras irrequieto, mas três anos em África... Quer dizer, um dia estavas aqui, no dia seguinte já te tinhas ido embora, sem dizer nada a ninguém...

O tom de Annie denotava alguma mágoa, ressentimento até.

Com os seus olhos cinzento-azulados e o cabelo escuro e algo longo, Jaeger era bem-parecido, de feições marcadas, ligeiramente esguio e algo selvagem. Tinha apenas vestígios de cabelos brancos e parecia muito mais novo do que era na realidade.

Nunca partilhara muitos pormenores pessoais com os habitantes da marina (nem mesmo com Annie), mas tinha-se revelado um vizinho fiável e leal, além de zelar sempre pelo bem-estar dos proprietários dos outros barcos. Aquela comunidade orgulhava-se da sua relação de proximidade. Fora em parte esse elemento que atraíra Jaeger, além da ideia de ter um pé no centro de Londres e outro em campo aberto.

A marina ficava no rio Lee, no Vale de Lee, que formava uma faixa de verde no sentido norte, desembocando em prados extensos e montes ondulantes. Depois de um dia de trabalho no *Global Challenger*, Jaeger costumava correr nos trilhos ribeirinhos, de modo a eliminar as tensões e a recuperar a forma física de que tanto necessitava.

Nunca tivera grande necessidade de cozinhar: Annie estava sempre a oferecer-lhe iguarias caseiras, e ele gostava particularmente dos batidos dela. Annie Stephenson – solteira, trintona, bonita num estilo *hippie*, e com um toque de timidez. Já suspeitava há muito tempo de que ela tinha um fraquinho por ele. Porém, Jaeger mantivera-se teimosamente fiel à mulher.

Ruth e o filho eram tudo para ele na vida.

Ou pelo menos tinham sido.

Annie, por melhor vizinha que fosse, e por mais que ele gostasse de gozar com ela por ser tão *hippie*, nunca tivera hipótese.

Depois de muito procurar, Annie entregou-lhe as chaves.

– Ainda não acredito que estás de volta. Quer dizer, estou contente. É isso que eu queria dizer. Sabes, o George, o latoeiro, estava prestes a ficar com a tua mota. Bem, o forno está quente – disse ela, a sorrir, nervosa, mas com um toque de esperança. – Que achas de eu fazer um bolo para comemorarmos?

Jaeger sorriu. Parecia muito jovem e infantil nos raros momentos em que se tornava menos soturno.

– Sabes que mais, Annie? Senti a falta dos teus cozinhados. Mas não vou ficar por aqui muito tempo. Tenho de resolver umas coisas primeiro. Mais tarde, vamos ter muito tempo para uma fatia de bolo e uma conversa.

Jaeger desceu para terra e passou ao lado da embarcação de George. Não resistiu a sorrir ironicamente: seria de esperar que aquele sacana atrevido estivesse de olho na mota dele.

Pouco depois, subiu a bordo do seu próprio barco. Sacudiu os montes de folhas com os pés e debruçou-se sobre a porta. A corrente grossa e o cadeado estavam intactos. Tinha sido este o seu último ato antes de abandonar Londres num avião destinado aos confins do mundo – trancar a embarcação.

Apertou a corrente com o corta-arame, contraiu os músculos e… *zás!* Estava destrancada. Enfiou a cópia da chave que Annie lhe dera na fechadura principal e abriu as portas duplas que davam acesso ao interior. Era uma embarcação do Tamisa. Como estas são mais largas e profundas do que os barcos comuns, tendem a dispor de espaço para alguns luxos.

Não era o caso do barco de Jaeger.

O interior era extremamente parco. Totalmente funcional, quase sem objetos pessoais.

Uma das divisões era um ginásio improvisado. Outra era um quarto espartano. Havia uma cozinha minúscula, além de uma sala de estar com algumas almofadas e tapetes velhos espalhados pelo chão de madeira. No entanto, a maior parte do espaço interior estava reservada ao escritório, pois era ali que Jaeger preferia trabalhar sempre que conseguia evitar o trânsito infernal que o separava da sede da empresa – o *Global Challenger*.

Não ficou ali muito tempo. Pegou noutro conjunto de chaves que estava pendurado num prego e saiu para o exterior. A sua Triumph Tiger Explorer encontrava-se presa com uma corrente na proa e totalmente coberta por uma capa. A mota era uma velha amiga. Tinha-a comprado em segunda mão para celebrar o facto de ter passado no curso de seleção do SAS, há uma década ou mais.

Desatou a capa e dobrou-a. Debruçou-se sobre uma segunda corrente de segurança, cortou-a, e estava prestes a erguer-se quando ouviu um som ligeiro, apenas um indício mínimo de um passo pesado sobre o cascalho húmido e cheio de óleo. Enrolou instantaneamente a corrente grossa na mão, deixando mais de meio metro suspenso, com o cadeado pesado suspenso na ponta.

Voltou-se com a arma improvisada em posição, como se fosse uma esfera com corrente medieval.

Uma figura gigantesca surgiu da escuridão.

– Bem me parecia que estarias aqui. – O olhar desceu até à corrente. – Mas estava à espera de um acolhimento mais simpático.

Jaeger permitiu que a tensão lhe abandonasse os músculos contraídos.

– Tens razão. Queres uma bebida? Posso oferecer-te leite com três anos e saquetas de chá bolorentas.

Os dois homens avançaram para o interior. Raff varreu a embarcação com o olhar.

– Isto traz-me algumas memórias, companheiro.

– É. Passámos bons momentos aqui.

Jaeger pôs a chaleira a aquecer e, depois, entregou uma caneca de chá a ferver a Raff.

– O açúcar está duro como uma pedra. As bolachas estão feitas em papa. Presumo que não queiras.

Raff encolheu os ombros.

– O chá está bom. – Espreitou pela porta aberta para a Triumph. – Estavas a planear dar uma volta?

Jaeger não estava disposto a revelar muito.

– Sabes como é: parar é morrer.

Raff enfiou a mão no bolso e entregou um pedaço de papel a Jaeger.

– Essa é a nova morada da família do Smithy. Não vale a pena ires à antiga. Já se mudaram duas vezes nos últimos três anos.

O rosto de Jaeger permaneceu uma máscara imperturbável.

– Por algum motivo em especial? As mudanças?

Raff encolheu os ombros.

– Estava a ganhar bem a trabalhar para nós. Para a Enduro. Estava sempre a comprar casas melhores. Precisava de mais espaço. Queria ter mais um filho, foi o que ele disse.

– Não é exatamente o comportamento de um suicida.

– Pois não. Precisas de uma ajuda com a mota?

Os dois homens levaram a Triumph por um portaló improvisado até ao caminho ribeirinho. Jaeger percebeu que os pneus estavam meio vazios. Precisavam de uma dose de ar. Regressou ao barco e foi buscar os seus apetrechos para andar de mota: um blusão impermeável Belstaff; botas; luvas grossas de cabedal; o seu capacete sem viseira. Por fim, agarrou num cachecol e num par de óculos que pareciam de aviador da Segunda Guerra Mundial.

Em seguida, retirou uma gaveta do lugar, virou-a ao contrário e arrancou o envelope que estava colado ao fundo com fita-cola. Verificou o interior: lá estavam as mil libras, em notas, que ali deixara.

Jaeger guardou o dinheiro no bolso, trancou a porta e foi ter com Raff. Ligou um compressor elétrico e encheu os dois pneus. Tinha deixado um carregador solar ligado à mota. Mesmo no pico do inverno, fornecera carga suficiente para carregar a bateria. Após algumas tentativas, o motor rugiu em funcionamento.

Jaeger enrolou o cachecol em volta da zona inferior do rosto, colocou o capacete e cobriu os olhos com os óculos. Para ele, eram uns óculos muito especiais, preciosos até. O avô, Ted Jaeger, tinha-os usado durante a Segunda Guerra Mundial, quando servira nas operações especiais. Nunca falara muito a esse respeito, mas, a julgar pelas fotos que adornavam as paredes de sua casa, era evidente que tinha levado o seu jipe descapotável para muitos territórios remotos e assolados pela guerra.

Jaeger desejara muitas vezes ter feito mais perguntas ao avô Ted, quando este ainda era vivo, sobre o que fizera exatamente durante a guerra. Depois do que acontecera nas últimas horas, deu por si ainda mais arrependido do que antes.

Montou-se na Triumph, com os olhos na caneca vazia de Raff.

— Deixa-a ficar no barco, está bem?

— Certo. — Raff hesitou, e depois estendeu uma mão enorme e colocou-a sobre o guiador. — Escuta, eu vi aquela expressão no teu olhar quando examinaste a fotografia do Smithy. Aonde quer que vás, seja o que for que estejas a planear... tem cuidado.

Jaeger fixou Raff demoradamente. Mesmo assim, o seu olhar parecia voltado para dentro de si mesmo.

— Eu tenho sempre cuidado.

Raff apertou o guiador com mais força.

— Sabes que mais? Mais tarde ou mais cedo vais ter de começar a confiar em alguém. Nenhum de nós sabe aquilo por que passaste. Nem vamos fingir que sabemos. Mas somos teus amigos. Teus irmãos. Não te esqueças disso.

— Eu sei. — Jaeger fez uma pausa e acrescentou: — Quarenta e oito horas. Depois volto com uma resposta.

Em seguida, rodou o acelerador, arrancou pelo cascalho encardido e desapareceu.

9

Jaeger só fez uma paragem na viagem para oeste, na Carphone Warehouse, uma loja onde comprou um *smartphone* de tarifário pré-pago. Manteve a mota a uma velocidade constante de 120 km/h na autoestrada M3, mas foi quando entrou na A303 e nas estradas menores de Wiltshire que começou finalmente a concentrar-se no passeio.

Durante o longo trajeto de autoestrada, a sua mente estivera ocupada com outras preocupações. Andy Smith. Não era fácil encontrar amigos como ele. Jaeger contava os seus amigos, incluindo Raff, pelos dedos de uma mão. E agora tinha menos um, e estava decidido a descobrir exatamente como e por que motivo Smithy morrera.

Aquelas missões no Brasil de treino de unidades para combate ao narcotráfico tinham sido das últimas em que participaram juntos. Jaeger abandonaria o Exército pouco depois, para fundar a Enduro Adventures. Smithy escolhera permanecer nas forças especiais. Argumentara que tinha mulher e três filhos para sustentar, e não poderia prescindir de um salário seguro.

Foi na terceira missão de treino no Brasil que algo inesperado aconteceu. Em teoria, Jaeger e os seus homens estavam ali exclusivamente para treinar as forças especiais brasileiras – a Brigada de Operações Especiais (B-BOE). Porém, com o tempo, foram criando laços e começaram a detestar quase tanto os narcotraficantes (e os seus gangues) como os rapazes da B-BOE.

Quando uma das equipas B-BOE do capitão Evandro desapareceu, Jaeger e os seus homens envolveram-se diretamente. Esta tornou-se a mais longa patrulha pedestre da história das forças especiais brasileiras. Jaeger chefiou-a, acompanhado dos seus homens e de um número equivalente de operacionais da B-BOE. Localizaram o esconderijo do gangue de narcotraficantes no interior da selva, observaram-no durante vários dias, e depois levaram a cabo um assalto intensíssimo.

No banho de sangue que se seguiria, os vilões foram aniquilados. Oito dos doze homens do capitão Evandro foram salvos com vida, o que (dadas as circunstâncias) foi um bom resultado. Contudo, o próprio Jaeger quase perdeu a vida na missão, e foi a coragem e o altruísmo de Andy Smith que o salvaram.

À semelhança do capitão Evandro, Jaeger não se esquecia de quem o ajudara.

A Triumph abrandou na saída para Fonthill Bishop. Ao chegar aos arredores da pitoresca aldeia de Tisbury, Jaeger olhou para a direita, no sentido de uma casa um pouco afastada da estrada. As janelas estavam iluminadas num tom esbatido de amarelo, como olhos tristes a piscarem para um temível mundo exterior.

A vivenda Millside: Jaeger reconhecera a morada assim que Raff lhe entregara o papel. Tinha telhado de colmo, musgo, era típica, coberta de trepadeiras, com um curso de água e uns dois mil metros quadrados de terreno. Desde que se mudara para a zona, de modo a estar mais perto de Will Jaeger, seu ex-comandante e melhor amigo, Smithy sempre ambicionara ter aquela casa. Era evidente que acabara por conseguir a casa dos seus sonhos, mas nessa altura Jaeger estaria desaparecido há pelo menos dois anos.

A Triumph Explorer afastou-se da aldeia a acelerar pela estrada sinuosa que conduzia a Tuckingmill e a East Hatch. Jaeger abrandou sob a ponte ferroviária da linha principal para Londres – a que costumavam utilizar quando o tempo estava demasiado frio e húmido para suportarem a viagem de mota.

Por um instante, a luz da Triumph incidiu sobre a indicação da viragem para o New Wardour Castle. Jaeger virou à direita, atravessou um caminho curto e cruzou dois umbrais de pedra despretensiosos.

Os pneus atingiram um caminho largo de cascalho ladeado por castanheiros, como sentinelas fantasmagóricas. Wardour era um palacete imponente que tinha sido comprado quase em ruínas por um amigo dos tempos de escola. Nick Tattershall fizera fortuna na City, o centro financeiro de Londres, e utilizara o dinheiro para restaurar o esplendor do New Wardour Castle.

Dividira-o em vários apartamentos, reservando o maior de todos para si. Todavia, quando as obras de recuperação estavam quase terminadas, o Reino Unido atingiu mais uma das suas recessões cíclicas e o mercado imobiliário caiu a pique. Tattershall arriscou-se a perder tudo.

Jaeger interveio e comprou o primeiro apartamento (ainda por concluir), um voto de confiança que atraiu outros compradores. Tinha conseguido um preço reduzido, adquirindo assim um imóvel que, em condições normais, não poderia pagar.

Com o tempo, a casa revelara-se perfeita para a família.

Localizada no meio de uma extensão considerável e aprazível de área verde, era totalmente privada e pacífica – mas estava situada apenas a cerca de duas horas de Londres (de mota ou comboio). Jaeger tinha conseguido dividir o seu tempo entre o palacete, a embarcação do Tamisa e o *Global Endeavour* sem nunca passar muito tempo longe da família.

Estacionou a mota em frente à fachada imponente de calcário. Enfiou a chave na fechadura da porta do edifício, atravessou o vestíbulo frio de mármore e dirigiu-se à escadaria. Logo nos primeiros passos que deu nos degraus de pedra, sentiu que as pernas lhe pesavam com memórias alegres e, simultaneamente, tristes.

Tinha passado tantos bons momentos ali.

Tanta felicidade.

Como era possível que tudo tivesse acabado tão mal?

Hesitou à porta do seu apartamento. Sabia o que o esperava. Ganhou coragem, rodou a chave na fechadura e entrou.

Acendeu as luzes. A maior parte do mobiliário estava coberta com lençóis, mas a sua fiel empregada de limpeza, a Sra. Sampson, vinha aspirar e limpar o pó uma vez por semana, pelo que o apartamento estava imaculado.

Jaeger deteve-se por um momento. Na parede mesmo à sua frente estava um quadro enorme – retratava um impressionante pássaro de peito alaranjado, o sabiá-laranjeira, um dos símbolos nacionais do Brasil. Pintado por um artista brasileiro de renome, tinha sido um presente do capitão Evandro, a título de agradecimento muito especial.

Jaeger adorava o quadro. Fora por isso que o colocara na parede em frente à porta, para que fosse a primeira coisa que via quando entrava.

Quando partiu para Bioko, pediu à Sra. Sampson para não o cobrir. Não sabia bem porquê. Talvez tivesse esperanças de voltar mais cedo e quisesse que o pássaro estivesse ali, como sempre, à espera para o saudar.

Jaeger dirigiu-se para a esquerda e entrou na zona espaçosa da sala de estar. Não valia a pena abrir as enormes portadas de madeira; há muito que escurecera no exterior. Ligou as luzes, e o seu olhar fixou-se no vulto indistinto da escrivaninha encostada à parede. Aproximou-se e puxou a coberta muito devagar. Estendeu a mão e tocou no rosto de uma bela mulher numa fotografia emoldurada. Deixou ficar os dedos por um instante, como se não os conseguisse descolar do vidro. Agachou-se até os olhos ficarem ao nível da escrivaninha.

– Estou de volta, Ruth – sussurrou. – Foram três longos anos, mas estou de volta.

Deixou os dedos deslizarem pelo vidro até repousarem sobre a figura de um rapazinho, ao lado da mãe numa atitude algo protetora. Estavam ambos vestidos com *t-shirts* a dizer «Salvem os rinocerontes». Tinham-nas comprado numas férias em família passadas no Parque Nacional de Amboseli, na África Oriental. Jaeger nunca esqueceria o safári noturno, a pé, no qual participaram os três, com os seus guias massais. Tinham feito uma caminhada pela savana ao luar, entre manadas de girafas, gnus e (acima de tudo) rinocerontes, o animal preferido da família.

— Luke, o pai está de volta... — murmurou Jaeger. — E só Deus sabe as saudades que tive de vocês.

Seguiu-se uma pausa, durante a qual um silêncio pesado ecoou pelas paredes.

— Mas, sabes, nunca houve a mínima pista, uma prova de vida sequer. Se me pudessem ao menos ter enviado alguma coisa. Fosse o que fosse. O Smithy esteve de vigia. Não tirou os olhos. Nunca. Ele prometeu que me diria.

Pegou na fotografia e abraçou-a.

— Fui aos confins do mundo à vossa procura. Teria ido até aos confins do Universo. Nenhum sítio seria longe de mais. Mas passaram três anos e não apareceu nada.

Passou a mão pelo rosto, como se sacudisse a dor daqueles longos anos perdidos. Quando a afastou, tinha os olhos húmidos de lágrimas.

— Para ser sincero, se queremos ser totalmente francos, talvez seja o momento. O momento de nos despedirmos em condições... de aceitar que vocês... partiram mesmo.

Jaeger baixou a cabeça. Aproximou os lábios da fotografia. Beijou o rosto da mulher. Beijou o do filho. Depois, devolveu a fotografia à escrivaninha e deitou-a suavemente sobre a coberta.

Voltada para cima, para que pudesse vê-los aos dois, e recordar.

10

Jaeger atravessou a sala até à extremidade oposta, onde umas portas duplas davam para a divisão a que chamavam «sala da música». Uma das paredes estava coberta de prateleiras cheias de CD. Escolheu um – *Requiem*, de Mozart. Inseriu-o no leitor, ligou-o, e a música começou a tocar.

A melodia cadenciada trouxe-lhe tudo de volta, todas as memórias familiares. Pela segunda vez em poucos minutos, Jaeger deu por si a reprimir as lágrimas. Não podia permitir-se ceder, chorar devidamente aquela perda. Ainda não.

Havia algo mais, algo muito, muito perturbante que o trouxera ali.

Arrastou o velho baú de metal do seu lugar, debaixo da prateleira da música. Por um instante, os seus olhos repousaram nas iniciais desenhadas na tampa: «W. E. J.» – William Edward «Ted» Jaeger. Era o baú que o avô trouxera da guerra e que tinha oferecido a Jaeger pouco antes de falecer.

Enquanto o *Requiem* entrava no seu primeiro crescendo, Jaeger recordou as ocasiões em que o avô Ted o tinha levado às escondidas para o seu estúdio, onde partilhavam um cachimbo de tabaco e alguns momentos preciosos entre avô e neto, a vasculhar aquele mesmo baú.

O avô Ted trazia sempre o cachimbo entalado entre os dentes. O cheiro era de tabaco Player's Navy Cut embebido em *whisky*. Jaeger quase conseguia ver a cena: a espaços, o avô soprava um anel de fumo, que dançava, suave e etéreo, à luz do candeeiro da secretária.

Jaeger abriu os fechos do baú e levantou a tampa pesada. Logo em cima estava uma das suas recordações preferidas: uma pasta de cabedal, com a palavra ULTRASSECRETO, carimbada em letras encarnadas esbatidas. Mais abaixo, dizia: «Comandante da Unidade de Ligação n.º 206».

Jaeger sempre achara estranho que os conteúdos da pasta não estivessem à altura do que a capa prometia.

Continha manuais de frequências de rádio e códigos da Segunda Guerra Mundial, bem como diagramas dos principais tanques de guerra, turbinas, bússolas e motores da época. Tinham-se revelado extremamente fascinantes para uma criança. Porém, na idade adulta, Jaeger percebera que não havia ali nada que fizesse jus à capa da pasta, nem que justificasse tanto segredo.

Quase parecia que o avô tinha reunido os conteúdos da pasta para fascinar e entreter um adolescente, sem revelar nada de secreto – ou realmente valioso.

Após a morte do avô, Jaeger tentara investigar a Unidade de Ligação n.º 206, de modo a estabelecer a sua história. No entanto, nada encontrara. Nos Arquivos Nacionais, no Imperial War Museum, no Almirantado Britânico, em todos os arquivos que deveriam conter algum tipo de registo (nem que fosse apenas um diário de guerra), não se encontrava qualquer menção.

Era quase como se a Unidade de Ligação n.º 206 nunca tivesse existido, como se fosse um esquadrão-fantasma.

Então, tinha encontrado algo. Ou melhor, Luke tinha-o encontrado.

O seu filho de oito anos tinha demonstrado um fascínio semelhante pelos conteúdos do baú (a pesada faca de comando do bisavô, a sua boina extremamente usada, a velha bússola de metal). Um dia, as mãos do filho de Jaeger tinham ido ao fundo do baú, bem ao fundo, e encontrado algo que até então permanecera escondido.

A um ritmo febril, Jaeger fez o mesmo naquele momento, atirando os conteúdos para o chão. Havia muitos objetos nazis lá dentro: um distintivo de boina das SS com a caveira de sorriso misterioso e os ossos cruzados; um punhal da Juventude Hitleriana com a imagem do *Führer* no cabo; uma gravata dos Lobisomens, um reduto de resistência nazi criado para continuar o combate depois de a guerra estar perdida.

Por vezes, Jaeger chegara a perguntar-se se o avô não se teria afeiçoado ao regime nazi, uma vez que tinha guardado tantos objetos alusivos a este. Independentemente do que tivesse feito durante a guerra, ter-se-ia aproximado perigosamente do mal e da escuridão? Tê-lo-iam contagiado e levado a tornar-se um deles?

Jaeger não acreditava nessa hipótese, mas nunca conseguira ter esse tipo de conversas com o avô até este falecer inesperadamente.

Por um instante, contemplou um livro de aspeto distinto – quase se esquecera de que estava no baú. Era um exemplar raro do manuscrito *Voynich*, um texto medieval ricamente ilustrado, escrito numa língua misteriosa. Curiosamente, aquele livro sempre estivera em cima da secretária do escritório do avô, e chegara às mãos de Jaeger juntamente com os conteúdos do baú.

Este era outro dos assuntos que nunca chegara a discutir com o avô: porquê aquele fascínio por um manuscrito medieval obscuro e ininteligível?

Jaeger retirou o pesado livro do baú, revelando o fundo falso de madeira. Nunca tinha percebido se o avô deixara ali o documento por acaso ou se o fizera deliberadamente, na esperança de que o neto um dia encontrasse o compartimento.

Não obstante, esteve ali, escondido entre um monte de recordações de guerra, três décadas, ou mais, à espera de ser descoberto.

Os dedos de Jaeger alcançaram o fundo de madeira, encontraram o fecho do compartimento e destrancaram-no. Tateou e retirou de lá um envelope grosso e amarelecido. Ergueu-o à altura do rosto com as mãos visivelmente trémulas. Tinha fortes reservas em abri-lo, mas sabia que teria de o fazer.

Retirou o documento.

Datilografado, agrafado numa das extremidades, era exatamente como o recordava. Na parte superior da capa, escrita na grossa letra gótica típica do regime nazi de Hitler, estava uma palavra, em maiúsculas: *KRIEGSENT-SCHEIDEND*.

Jaeger não percebia praticamente nada de alemão, mas conseguiu, recorrendo a um dicionário de alemão-inglês, traduzir as poucas palavras que figuravam na capa do documento. *Kriegsentscheidend* era a mais alta classificação de segurança atribuída pelos nazis. O equivalente mais próximo em português seria «Mais do que ultrassecreto».

Abaixo estava escrito: *Aktion Werwolf* – «Operação Lobisomem».

Um pouco mais abaixo, encontrava-se uma data, que se percebia perfeitamente: 12 de fevereiro de 1945.

Por fim, *Nur für Augen Sicherheitsdienst Standortwechsel Kommando* («para ser lido apenas pelo Sicherheitsdienst Standortwechsel Kommando»).

O Sicherheitsdienst constituía o serviço de segurança das SS e do Partido Nazi – era o mal supremo. A tradução de Standortwechsel Kommando era «Comando de Deslocalização», o que pouco significava para Jaeger. Tinha procurado ambas as referências misteriosas no Google («Operação Lobisomem» e «Comando de Deslocalização»), tanto em inglês como em alemão.

Não obtivera resultados.

Nem uma única referência no ciberespaço.

Os seus esforços de investigação ficaram por aí, uma vez que, pouco depois, a escuridão caíra sobre a sua vida e ele viajara para Bioko. No entanto, era evidente que se tratava de um documento extremamente secreto da altura da guerra que, de algum modo, chegara às mãos do seu avô.

A página seguinte foi a que mais memórias evocou em Jaeger, transportando-o de Londres para Wiltshire, de regresso à casa da sua família, agora em grande medida votada ao abandono.

Abriu a capa com um forte sentimento de desgraça iminente.

À sua frente, na primeira página, tinha uma imagem de severidade estampada a preto. Jaeger ficou a olhar para ela, a divagar. Como temia, a sua memória não o traíra.

A imagem negra era de uma águia estilizada apoiada na cauda, com as asas bem abertas sob um bico implacável em forma de gancho – as garras prendiam um estranho símbolo redondo, marcado com símbolos ilegíveis.

11

Jaeger estava sentado à mesa, na cozinha, a refletir.

À sua frente, encontravam-se alinhadas três fotografias: a primeira, do corpo de Andy Smith, com o símbolo da águia talhado na carne do seu ombro esquerdo; a segunda, tirada por Jaeger com o seu *smartphone*, era o símbolo da águia na primeira página do documento da Operação Lobisomem.

A terceira era a imagem da mulher e do filho.

Durante o tempo que passou no Exército, Jaeger não era propriamente do tipo de casar. Um casamento longo e feliz não era muito compatível com a vida nas Forças Especiais. Todos os meses havia uma nova missão que o levava a um deserto escaldante, a uma selva abafada e húmida, ou a uma montanha coberta de gelo. Não havia muito tempo para romances prolongados.

Porém, depois aconteceria aquele acidente. Durante um salto a grande altitude sobre a savana africana, o paraquedas de Jaeger avariou-se. Teve sorte em escapar com vida. Passaria alguns meses no hospital com lesões na coluna e, apesar de, com grande esforço, ter alcançado novamente a forma física, tinha os dias contados no SAS.

Foi nesse período – durante o longo ano de recuperação – que conheceu Ruth. Foram apresentados por um amigo comum e, a princípio, não se tinham dado muito bem. Ruth, seis anos mais jovem, licenciada e defensora acérrima da vida selvagem e do ambiente, assumira que Jaeger era o oposto dela.

Quanto a Jaeger, presumiu que uma pacifista como ela desprezaria um soldado de elite como ele. Foi graças à combinação do humor acutilante e provocador dele com a atitude atrevida (a par dos atributos físicos) dela que se foram gradualmente afeiçoando um ao outro... acabando por se apaixonar.

Com o tempo, aperceberam-se de que tinham um interesse comum: uma enorme paixão pela Natureza.

Ruth estava grávida de três meses (do seu filho Luke) no dia do casamento, e Andy Smith foi o padrinho. Através do nascimento de Luke, bem como nos anos e meses que se seguiram, sentiram o milagre de trazer ao mundo uma versão minúscula dos dois.

Cada dia passado com Luke e Ruth fora um desafio maravilhoso e uma aventura, o que tornava ainda mais difícil suportar o vazio da sua perda desventurosa.

Jaeger olhou fixamente para as três fotografias durante quase uma hora – um documento nazi amarelecido e uma fotografia policial de uma alegada vítima de suicídio, ambos com o mesmo símbolo de uma águia; e o retrato de Ruth e Luke – na tentativa de estabelecer uma ligação entre elas. Tinha a sensação irreprimível de que o símbolo da águia estava relacionado com a morte... não... com o *desaparecimento* da mulher e do filho.

Misteriosamente, sem que pudesse explicar o motivo, tinha a sensação perturbante de que havia ali uma causa e um efeito. Chamem-lhe o sexto sentido de um soldado, mas ele tinha aprendido a confiar naquela voz interior ao longo dos anos. Ou talvez fosse tudo uma ilusão. Era possível que três anos em Bioko e cinco semanas na Prisão de Black Beach tivessem finalmente acabado com ele, e que a paranoia estivesse a devorá-lo por dentro, como um ácido negro e corrosivo a apodrecer-lhe a mente.

Jaeger quase não se lembrava da noite na qual a mulher e o filho foram arrebatados da sua vida. Tudo acontecera numa noite calma de inverno, límpida, de serenidade e beleza encantadoras. Estavam acampados nas montanhas do País de Gales, sob uma extensão de céu iluminada pelas estrelas, enorme e selvagem. Era o tipo de local onde Jaeger tinha sido mais feliz.

O fogo convertera-se em cinza e a última memória consciente de Jaeger era a de entrar na tenda, ligar os sacos-cama pelos fechos e sentir a mulher e o filho a apertarem-se contra ele para se aquecerem. Deixaram-no quase morto (tinham enchido a tenda com um gás tóxico que o incapacitara totalmente), pelo que o facto de não se lembrar de mais nada não era surpreendente. Quando recuperou os sentidos, estava deitado nos cuidados intensivos e a mulher e o filho tinham desaparecido há vários dias.

Todavia, o que não conseguia compreender, o que o aterrorizava, era a forma como aquele símbolo da águia parecia estar intimamente ligado àquelas memórias que há tanto tempo reprimira.

Os psicólogos do Exército tinham-no avisado de que aquelas recordações deveriam estar algures na sua mente. Que era provável que um dia começassem a vir à tona, como fragmentos de madeira que a tempestade no mar empurra para terra.

Mas porque seria este símbolo, esta águia negra, a ameaçar chegar bem fundo e arrastá-las para a luz?

12

J aeger passou a noite sozinho no apartamento.

Teve novamente o mesmo sonho, aquele que tanto tempo o atormentara após o desaparecimento de Ruth e Luke. Como de costume, o sonho conduziu-o até ao momento em que eles estavam prestes a ser-lhe retirados – em imagens tão nítidas como se tudo tivesse acontecido no dia anterior.

No entanto, quando chegou o momento terrível, acordou, a gemer, enrolado em lençóis encharcados de suor. Era uma tortura, a incapacidade de ir até àquele momento, de se lembrar, mesmo na relativa segurança dos seus sonhos.

Levantou-se cedo.

Tirou um par de ténis de corrida do armário e saiu para dar o litro nos campos cobertos de geada. Encaminhou-se para sul, seguindo uma elevação suave que atravessava um vale pouco profundo, limitado pelo bosque de Grove Coppice. Tomou o caminho que ziguezagueava pelas árvores e acelerou o passo até atingir o seu ritmo habitual de progressão.

Esta sempre fora a sua parte preferida do percurso – com a mata densa a ocultá-lo de olhares curiosos e as altas fileiras de pinheiros a abafarem o som da sua passagem. Deixou que a mente se concentrasse no ritmo da corrida, que a cadência meditativa dos passos lhe acalmasse a consciência perturbada.

Quando atingiu campo aberto novamente, no extremo norte de Pheasant's Copse, sabia exatamente o que teria de fazer.

De regresso ao Wardour Castle, tomou um duche rápido e, em seguida, ligou o computador. Enviou uma curta mensagem ao capitão (agora coronel) Evandro, na esperança de que o seu endereço de *e-mail* ainda fosse o mesmo. Depois dos cumprimentos habituais, avançou com a pergunta: quem eram as outras partes que haviam licitado contra a Wild Dog Media para organizar a expedição?

Para Jaeger, se existia alguém com motivos para assassinar Andy Smith, os licitadores rivais seriam certamente os primeiros suspeitos.

Quando terminou, pegou no precioso retrato da mulher e do filho, guardou os papéis secretos no esconderijo do baú do avô Ted, trancou a porta do apartamento e arrancou na Triumph. Uma vez que ainda era cedo e tinha tempo, deu um passeio vagaroso por Hazeledon Lane.

Estacionou em frente à Beckett Street Delicatessen, em Tisbury. Eram nove da manhã e o estabelecimento estava mesmo a abrir as portas. Pediu ovos escalfados, *bacon* fumado em lenha de nogueira e café. Enquanto esperava pela comida, o seu olhar foi atraído pelo expositor dos jornais. A parangona do jornal mais próximo dizia: «Golpe de Estado na África Central: presidente Chambara da Guiné Equatorial capturado».

Jaeger pegou no periódico e passou os olhos pela história, a saborear a notícia juntamente com o excelente pequeno-almoço.

Pieter Boerke estava certíssimo: o seu golpe Gotcha tinha estado à altura das promessas. Boerke conseguira transportar os seus homens de barco pelo golfo da Guiné em plena tempestade tropical. Tinha sido uma decisão deliberada, pois fontes locais (muito provavelmente o próprio major Mojo) indicaram que as forças de Chambara estariam inativas devido ao mau tempo.

Os homens de Boerke atacaram numa noite infernal de ventos fortes e chuva intensa. Os guardas de Chambara, totalmente apanhados de surpresa, depressa deixaram de resistir. O presidente foi capturado quando tentava fugir do país no seu jato privado, no aeroporto de Bioko.

Jaeger sorriu. Afinal, talvez viesse a ter acesso à sétima página do manifesto do navio *Duchessa* — apesar de, naquele momento, isso não lhe parecer particularmente importante.

Quinze minutos depois, estava a tocar a uma campainha. Tinha deixado a Triumph no centro e subido a uma colina, não sem antes telefonar a Dulce a avisar da sua visita.

Dulce. *Doce*. Não havia dúvida de que a mulher de Smith fazia jus ao nome.

Smith conhecera-a no Brasil, durante a sua segunda missão de treino. Dulce era uma prima afastada do coronel Evandro. O casamento surgiu logo após um romance-relâmpago, e Jaeger não censurava Smithy por querer agarrar aquela rapariga.

Com um metro e oitenta, olhos escuros e fogosos, morena, Dulce era irresistível. Era perfeita para o casamento, como Jaeger salientara no seu discurso de padrinho, enquanto subtilmente informava Dulce de que Smithy tinha maus hábitos, mas era senhor de uma lealdade perene.

A porta de Millside abriu-se. Dulce estava ali, tão atraente como sempre, com um sorriso corajoso no seu rosto sombrio. Contudo, não havia como ocultar o desgosto recente e devastador que trazia no peito. Jaeger deu-lhe o cabaz que acabara de comprar, acompanhado de um cartão escrito à pressa.

Dulce fez café, enquanto Jaeger lhe contava a versão curta dos três anos em que estivera desaparecido. Tinha mantido contacto com ela através do marido, é claro, mas a comunicação funcionara sobretudo num sentido – Smithy enviava-lhe mensagens de *e-mail* a informar que não se sabia nada da sua mulher e do seu filho.

O acordo entre Jaeger e o seu melhor amigo era que o seu paradeiro permaneceria um segredo muito bem guardado até novas ordens. Havia uma exceção: se Smithy falecesse ou ficasse incapacitado, o seu advogado divulgaria o paradeiro de Jaeger.

Este depreendera que teria sido assim que Raff e Feaney o encontraram, mas não se tinha dado ao trabalho de o perguntar. Perante a morte de Smithy, tudo isso se tornara irrelevante.

– Havia alguma coisa? – perguntou Jaeger, na mesa da cozinha, enquanto partilhavam uns pastéis de nata feitos por Dulce. – Havia alguma coisa que pudesse sugerir que ele estava infeliz? Que se poderia suicidar?

– É claro que não! – Os olhos de Dulce piscaram com um toque de ira latina. Ela sempre tivera uma vertente feroz. – Isso nem se pergunta. Éramos felizes. Ele era tão feliz… Não. O Andy nunca faria o que eles dizem que fez. Não é possível.

– Não tinha preocupações financeiras? – questionou Jaeger. – Não havia problemas com os miúdos na escola? Preciso que me ajudes. Estou a tentar desesperadamente encontrar alguma coisa.

Ela encolheu os ombros.

– Não havia nada.

– Não andava a beber, a abusar do álcool?

– Jaeger, ele morreu. E não, não andava a beber.

O olhar dela encontrou o de Jaeger. Dorido. Turvo. Ensombrado.

– Ele tinha uma marca – prosseguiu ele. – Uma espécie de tatuagem. No ombro esquerdo…

– Que marca? – Dulce parecia atónita. – Não tinha nada. Eu saberia.

Nesse momento, Jaeger apercebeu-se de que a polícia não lhe tinha mostrado a fotografia da águia negra talhada no ombro do marido. Não os censurava. O acontecimento já tinha sido suficientemente traumático para ela; não precisava de ser confrontada com todos os pormenores.

Apressou-se a mudar de assunto.

– Em relação à expedição à Amazónia, como é que ele se sentia? Tinha problemas com a equipa? Com o Carson? Com a empresa produtora? Com alguém?

– Sabes como ele era em relação à selva: adorava aquilo. Estava muito entusiasmado. – Depois de uma pausa, acrescentou: – Talvez houvesse uma coisa, que me incomodou mais a mim do que a ele. Até brincámos com a situação. Eu conheci a equipa. Havia lá uma mulher, uma russa. Irina. Irina Narov. Uma loira. Achava-se a mulher mais bonita do mundo. Não nos demos lá muito bem.

– Continua – pediu Jaeger.

Dulce refletiu por um instante.

– Era quase como se ela pensasse que era uma líder natural, que era melhor do que ele. Como se quisesse chefiar a expedição em vez dele.

Jaeger tomou uma nota mental para investigar a fundo os antecedentes de Irina Narov. Nunca tinha ouvido falar de alguém que tivesse cometido um crime por tão pouco. No entanto, havia muito em jogo neste caso, com a exposição televisiva global, a promessa de fama internacional e a potencial fortuna que se seguiria.

Afinal talvez houvesse um motivo.

Jaeger seguiu para norte, com a Triumph a devorar quilómetros.

De uma forma estranha, a visita a Dulce acalmara-o. Tinha confirmado o que sabia intuitivamente: que tudo estava bem na vida de Andy Smith. Não se suicidara; tinha sido assassinado. Agora havia que identificar os assassinos.

Quando se despediu de Dulce, disse-lhe que, caso ela precisasse de algo – fosse o que fosse –, bastava pedir.

A viagem entre Tisbury e a fronteira com a Escócia foi longa.

Jaeger nunca percebera muito bem o motivo pelo qual o seu tio-avô Joe se mudara para ali, para tão longe dos amigos e da família. Sempre sentira que se estaria a esconder, mas não sabia exatamente de quê. Buccleuch Fell, a leste de Langholm, imediatamente abaixo de Hellmoor Loch – dificilmente haveria um lugar mais remoto e escondido neste mundo.

A Triumph era um veículo híbrido de estrada todo-o-terreno. Foi com grande satisfação que Jaeger virou para o caminho de terra que conduzia à «cabana do tio Joe», como lhe costumavam chamar. Encontrou os primeiros vestígios de neve no solo e, à medida que o caminho foi ganhando altitude, as condições foram piorando.

Situada a meio caminho entre Mossbrae Height e Law Kneis (dois picos de quase quinhentos metros de altitude), a casa ficava numa das raras clareiras da extensa floresta, a uma altitude de quase trezentos metros. Pela espessa camada de neve, Jaeger sabia que há muitos dias que nenhum carro percorria aquela estrada.

Trazia uma caixa de mantimentos atada à grelha traseira da mota: leite, ovos, *bacon*, salsichas, flocos de aveia e pão. Tinha feito uma paragem na estação de serviço de Westmorland, uma das últimas antes da saída da M6. Quando chegou à clareira do tio-avô Joe, recorreu aos dois pés para estabilizar a mota, pois esta estava a deslizar nos amontoados de neve com trinta centímetros ou mais de altura.

No verão, aquele local era quase um paraíso. Jaeger, Ruth e Luke não resistiam a lá ir.

Já nos longos meses de inverno...

Três décadas antes, o tio-avô Joe comprara o terreno à Comissão Florestal. Construiu praticamente sozinho «a cabana» – na verdade, era demasiado sumptuosa para merecer essa designação. Desviou o curso de um ribeiro para o seu terreno e escavou um conjunto de pequenos lagos, com cada um deles a fazer um efeito de cascata para o seguinte. Toda a zona envolvente tinha sido transformada num paraíso ecológico, incluindo cantos de sombra para o cultivo de vegetais.

Com painéis solares e um fogão a carvão, bem como com energia eólica, era quase autossuficiente. Não havia telefone nem rede de telemóvel, pelo que Jaeger não conseguiu avisar que viria. O tubo de aço que servia de chaminé e percorria a zona lateral da casa de madeira emitia um fluxo espesso de fumo. A lenha era obtida de graça na floresta e, normalmente, a cabana era mantida a uma temperatura agradável.

Aos noventa e cinco anos de idade, o tio-avô Joe precisava de calor, sobretudo quando o tempo piorava, como era o caso naquele momento.

Jaeger estacionou a Triumph, deu alguns passos pelos amontoados de neve e bateu à porta. Teve de dar bastantes pancadas na porta até ouvir uma voz no interior.

– Já vai, já vai! – Ouviu-se o som de uma porta a ser destrancada, que logo se abriu.

Um par de olhos espreitou por debaixo de uma cabeleira branca espessa. Pequenos e brilhantes, cheios de vigor, não pareciam ter perdido nenhuma vitalidade com o passar dos anos.

Jaeger apresentou a caixa de víveres.

– Pensei que pudesse precisar disto.

O tio-avô Joe olhou-o fixamente sob um sobrolho enrugado. Desde a morte do avô Ted que o tio Joe, como Jaeger lhe chamava, assumira o papel de avô honorário; e revelara-se muito competente. Eram muito próximos um do outro.

Os olhos do tio Joe iluminaram-se quando ele reconheceu o visitante inesperado.

– Will, meu filho! Escusado será dizer que não contávamos com a tua visita... Mas entra. Entra. Tira essas roupas molhadas, que eu vou pôr a chaleira ao lume. A Ethel saiu. Foi dar um passeio na neve. Com oitenta e três anos, parece que tem dezasseis.

Era uma reação típica do tio Joe.

Jaeger não o via há quase quatro anos. Tinha-lhe enviado um postal ou outro de Bioko, mas com muito poucas notícias, só para informar que ainda estava vivo. E agora estava ali, sem avisar, a bater-lhe à porta, e Joe não se mostrara minimamente perturbado.

Era um dia como os outros em Buccleuch Moor.

Por um momento, efetuaram o necessário: trocaram notícias. Jaeger contou a história do tempo que passara em Bioko, em versão resumida. O tio-avô Joe narrou como haviam decorrido os últimos quatro anos em Buccleuch – sem grandes novidades. Foi então que Joe perguntou por Ruth e Luke. Não resistiu, apesar de no fundo saber que, caso Jaeger tivesse novidades, seria um dos primeiros a ser informados.

Jaeger confirmou que o desaparecimento dos dois permanecia tão misterioso como no primeiro dia.

Posta a conversa em dia, Joe lançou um dos seus olhares a Jaeger: meio de inquisidor implacável, meio de provocador brincalhão.

– Então, não me digas que percorreste um caminho tão longo no pico do inverno só para trazeres uns mantimentos aqui ao velhote. Não é que não façam falta, mas qual é o verdadeiro motivo da tua visita?

A título de resposta, Jaeger foi ao bolso interior do seu blusão Belstaff e retirou de lá o telemóvel. Passou algumas fotografias até chegar à do símbolo da águia, aquela que vira no *dossier* da Operação Lobisomem.

Pousou-o na mesa da cozinha, em frente a Joe.

– Peço desculpa pela tecnologia da moda, mas esta imagem diz-te alguma coisa?

O tio-avô Joe remexeu nos bolsos do casaco de malha.

– Vou precisar dos meus óculos.

Pegou no telefone com o braço esticado e inclinou-o para um lado e para o outro. Claramente, não estava habituado à tecnologia, mas, quando os seus olhos identificaram a imagem, Joe alterou-se de um modo inesperadamente dramático.

Em poucos segundos, o seu rosto perdeu toda a cor. Ficou lívido. Com a mão trémula, pousou lentamente o telemóvel na mesa. Quando ergueu o olhar, tinha uma expressão que Jaeger nunca lhe conhecera e nunca esperaria ver nele.

Medo.

13

– Eu... Eu tinha uma suspeita... Sempre receei... – Ofegante, o tio-avô Joe fez um gesto em direção ao lava-loiça, sinalizando que precisava de água.

Jaeger apressou-se a fazer-lhe a vontade.

O tio-avô pegou no copo com a mão a tremer e bebeu, entornando metade do conteúdo para o chão da cozinha. Quando o seu olhar voltou a encontrar o de Jaeger, toda a vitalidade parecia ter desaparecido. Olhou em redor pela divisão, como se a casa estivesse assombrada, como se estivesse a tentar lembrar-se de onde estava, para poder voltar àquele momento, ao presente.

– Onde diabo é que arranjaste isso? – sussurrou, apontando para a imagem do telemóvel. – Não, não, nem respondas! Eu *temia* que este dia chegasse. Mas nunca imaginei que viesse por teu intermédio, rapaz. E depois de tudo o que sofreste...

Os seus olhos divagaram para um canto distante da cozinha.

Jaeger não sabia muito bem o que dizer. Não tinha a mínima intenção de perturbar aquele idoso simpático, de o deixar agitado. Que direito tinha Jaeger de fazer aquilo ao tio Joe, naquela idade?

O tio-avô Joe acordou da sua divagação.

– Olha, é melhor irmos para o escritório. Não quero que a Ethel oiça nada do que... Nada disto. Apesar das suas investidas pela neve, não é tão robusta como era. Nenhum de nós é.

Pôs-se de pé, a gesticular em direção ao copo.

– Trazes a minha água?

Voltou-se para o escritório e, enquanto avançava, Jaeger viu-o a uma nova luz. Estava curvado, quase dobrado ao meio, como se carregasse todos os problemas do mundo nos ombros.

O tio-avô Joe suspirou profundamente, com um som idêntico ao do vento a soprar pelas montanhas.

– Sabes, pensámos que poderíamos levar os nossos segredos para o túmulo. O teu avô. Os outros. Homens de honra, que conheciam o código, que o entendiam. Éramos todos soldados, sabíamos o que esperavam de nós.

Tinham-se trancado no escritório, e o tio-avô Joe quis saber tudo. Cada pormenor mínimo, cada ocorrência que conduzira àquele momento. Quando Jaeger terminou o seu relato, Joe manteve-se em silêncio, embrenhado nos seus pensamentos.

Quando finalmente quebrou o silêncio, foi como se estivesse a falar sozinho, ou como se ali estivessem outras pessoas: os fantasmas daqueles que há muito haviam partido.

– Pensámos, esperámos, que o mal já tivesse passado – murmurou. – Que cada um de nós pudesse seguir para o repouso eterno com a alma em paz, de consciência tranquila. Acreditámos que tínhamos feito o suficiente, há tantos anos.

Os dois homens estavam sentados frente a frente num par de cadeirões velhos e confortáveis de cabedal, rodeados de paredes decoradas com recordações do tempo da guerra: fotografias a preto-e-branco do tio-avô Joe fardado; bandeiras esfarrapadas; insígnias lendárias; a faca de combate dos comandos; a sua velha boina bege.

Havia poucas exceções ao tema da guerra. Joe e Ethel nunca haviam tido filhos. Jaeger, Ruth e Luke eram a sua família adotiva. A secretária estava coberta de fotografias (sobretudo de Jaeger e da família em férias na cabana), e havia também um livro invulgar que parecia desenquadrado no meio das recordações da guerra.

Era uma segunda cópia do manuscrito *Voynich*, aparentemente idêntica à que se encontrava no baú do avô Ted.

– Agora aparece-me aqui este rapaz, este querido rapaz – prosseguiu o tio-avô Joe –, com... com isso. *Ein Reichsadler!* – As últimas palavras foram cuspidas com veemência, com o olhar fixo no telefone de Jaeger. – Aquela terrível maldição! Pelo que o rapaz diz, parece que o mal regressou... Nesse caso, terei eu o direito de quebrar o silêncio?

O tio-avô de Jaeger deixou a pergunta em suspenso no ar. O espesso isolamento das paredes tendia a abafar qualquer som, mas o escritório pareceu ressoar com um mau augúrio.

– Tio Joe, não vim aqui para me meter... – principiou Jaeger, mas o nonagenário ergueu uma mão para o silenciar.

Com evidente esforço, começou a reconcentrar-se no presente.

– Escuta, não creio que te possa contar tudo – murmurou. – O teu avô, por exemplo, nunca o teria aprovado. A não ser que se tratasse de uma situação de desespero total. Mas tu mereces saber *alguma coisa*. Faz-me perguntas. Deves ter vindo aqui com perguntas. Pergunta, e logo verei o que te posso contar.

Jaeger assentiu.

– O que é que tu e o avô fizeram durante a guerra? Eu perguntei-lhe quando ele era vivo, mas foi sempre muito parco nas respostas. O que é que fizeram para ele acabar com documentos como este – e apontou para o telefone – em sua posse?

– Para entenderes o que fizemos na guerra, primeiro tens de compreender o que estávamos a combater – começou Joe, calmamente. – Já se passaram muitos anos, já se esqueceu muita coisa. A mensagem de Hitler era simples, e assustadora.

»Lembras-te certamente do mote de Hitler: *Denn heute gehört uns Deutschland, und morgen die ganze Welt*, «Hoje, a Alemanha pertence-nos; amanhã, seremos donos do mundo». O Reich de Mil Anos seria um verdadeiro império global. Seguiria o modelo do Império Romano; Berlim passaria a ser conhecida como Germania e seria a capital do mundo inteiro.

»Hitler argumentou que os alemães eram a raça superior ariana, do tipo *Übermensch*. Iriam aplicar a *Rassenhygiene*, a higiene racial, para limpar a Alemanha do tipo *Untermensch*, os sub-humanos, e depois seriam invencíveis. O *Untermensch* seria explorado, escravizado e assassinado com impunidade. Oito, dez, doze milhões... Ninguém sabe ao certo quantas pessoas foram exterminadas.

»Temos tendência a pensar que eram apenas judeus – prosseguiu o tio--avô Joe. – Mas não eram. Era qualquer pessoa que não pertencesse à raça superior. *Mischlings*, meio judeus, ou de raças mistas. Homossexuais, comunistas, intelectuais, quem não fosse branco, incluindo polacos, russos, europeus do Sul, asiáticos... Os Einsatzgruppen (os esquadrões da morte das SS) tinham como tarefa exterminá-los a todos.

»Depois havia os *Lebensunwertes Leben*, os indignos de viver, que eram os deficientes e os doentes mentais. Ao abrigo da Aktion T4, os nazis começaram a exterminá-los também. Imagina! Os deficientes. Matar os membros mais vulneráveis da sociedade. E sabes que meios é que utilizaram para o fazer? Recolhiam os *Lebensunwertes Leben* em autocarros especiais, sob um pretexto qualquer, e andavam com eles pela cidade, a olhar pela janela, enquanto bombeavam os gases de escape lá para dentro.

O nonagenário olhou para Jaeger, com uma expressão de horror.

– O teu avô e eu vimos muito disso com os nossos próprios olhos. – Bebeu um gole de água. Fez um esforço claro para se recompor. – Mas não era apenas o extermínio. Por cima dos portões dos campos de concentração estava escrito um lema: *Arbeit macht frei*. «O trabalho liberta-vos.» Ora, é claro que isso era uma grande mentira. O Reich de Hitler era uma *Zwangswirtschaft*, uma economia baseada em trabalhos forçados. As pessoas do tipo *Untermensch* constituíam um enorme exército de escravos, e os nazis obrigaram milhões a trabalhar até à morte.

»E sabes o pior? – sussurrou. – *Funcionou*. Pelo menos nos termos de Hitler, o plano funcionou. Os resultados falam por si. Uma extraordinária construção de foguetões, mísseis guiados dos mais avançados, mísseis de cruzeiro, uma aeronáutica extremamente avançada, aviões a jato, submarinos furtivos, armas químicas e biológicas inovadoras, equipamento de visão noturna... Os alemães criaram produtos novos em quase todos os campos. Estavam anos-luz à nossa frente.

»Hitler era totalmente fanático pela tecnologia – continuou. – Repara, com o V-2, foram os primeiros a colocar um foguete no espaço. Não foram os russos, como se acredita agora. Hitler acreditava piamente que a tecnologia faria com que vencessem a guerra. E acredita: à exceção da corrida nuclear, que ganhámos mais por sorte do que por planeamento, em 1945 eles quase tinham vencido.

»Vê o exemplo do submarino furtivo XXI. Estava décadas à frente do seu tempo. Nos anos setenta, nós ainda andávamos a tentar copiar e igualar aquele modelo. Com trezentos XXI U-Boots, podiam ter cercado a Grã-Bretanha e obtido a nossa rendição. No final da guerra, Hitler tinha uma frota de cento e sessenta, prontos a patrulhar os mares.

»Vê também o foguete V-7. Fazia com que o V-2 parecesse um brinquedo. Tinha um alcance de quase cinco mil quilómetros e estava equipado com um dos seus agentes neurotóxicos secretos, *sarin* ou *tabun*. Podia soltar a morte nos céus de todas as nossas principais cidades.

»Acredita, William, eles estiveram perto. Se não foi perto de vencer a guerra, de conseguir o seu *Tausendjahriges Reich*, pelo menos estiveram próximos de forçar os Aliados a acordar a paz. Caso o tivéssemos feito, Hitler e o nazismo, esse mal supremo, teriam sobrevivido. E era só isso que ele e o seu grupo próximo de fanáticos queriam: salvaguardar o seu *Drittes Reich*, para governar durante mil anos. Estiveram muito perto...

O nonagenário suspirou, fatigado.

– E, em muitos aspetos, a nossa missão (minha e do teu avô) era detê-los.

14

O tio-avô Joe abriu a gaveta da secretária e vasculhou-a. Retirou de lá um ob-jeto enrolado num lenço de papel, desembrulhou-o e entregou-o a Jaeger.
— A insígnia original do SAS. Um punhal branco com o mote QUEM SE ATREVE VENCE por baixo. Era usado em conjunto com as nossas asas de paraquedistas, e juntos resultaram no famoso punhal alado da unidade atual.

»Como sem dúvida saberás, o teu avô e eu servimos no SAS. Combatemos no Norte de África, no Mediterrâneo Oriental e, por fim, no Sul da Europa. Isso não é novidade. Mas tens de perceber que a nossa geração não falava dessas coisas. Foi por isso que mantivemos as nossas insígnias de unidade (e as nossas histórias de guerra) guardadas, escondidas.

»No outono de 1944, fomos ambos feridos no Norte de Itália – pros-seguiu. – Numa operação para lá das linhas inimigas, numa emboscada, num combate feroz. Fomos retirados para o hospital, primeiro para o Egito e, depois, para Londres. Como podes imaginar, nenhum de nós estava disposto a perder muito tempo com recuperações. Assim que surgiu uma oportuni-dade para nos voluntariarmos para uma unidade ultrassecreta... bem, não pensámos duas vezes.

Joe encarou Jaeger, com incerteza no olhar.
— Eu e o teu avô jurámos segredo. Mas... quer dizer, à luz de tudo isto... — Esboçou um gesto em direção a Jaeger, ao telemóvel. — O teu avô tinha uma patente superior à minha; já tinha sido promovido a coronel. Em janeiro de 1945, foi nomeado comandante da Target Force. Eu tornei-me um dos seus oficiais subalternos.

»Olha que eu nunca falei disto antes. Nem com a Ethel. – Joe fez uma pausa para se recompor. – A Target Force foi uma das unidades mais secretas de todos os tempos. É por isso que nunca ouviste falar dela. Tínhamos uma missão muito específica. Recebemos ordens para procurar os segredos mais importantes dos nazis: a sua tecnologia de guerra; as suas *Wunderwaffen*, máquinas de guerra extraordinariamente avançadas; e os seus principais cientistas.

Agora que o nonagenário começara, não parecia querer parar. As palavras jorravam-lhe dos lábios como se estivesse desesperado por se livrar das memórias, dos segredos.

– Tínhamos de encontrar as *Wunderwaffen* antes dos russos, que eram, já naquela altura, vistos como o novo inimigo. Recebemos uma «lista negra» de locais importantes (fábricas, laboratórios, locais de teste, túneis de vento) e de cientistas que jamais deveriam, fosse de que maneira fosse, cair nas mãos dos russos. Os soviéticos estavam a avançar de este para oeste; era uma corrida contra o tempo. Uma corrida que, em grande medida, ganhámos.

– Foi assim que encontrou o documento? – indagou Jaeger, não resistindo a fazer a pergunta. – O relatório da Operação Lobisomem?

– Não é um relatório – murmurou o tio-avô Joe. – É um plano operacional. E não, não foi assim. Um documento daquele nível de sigilo (do mundo negável, obscuro) estava fora do nosso alcance, mesmo pertencendo nós à Target Force.

– Então onde é que... – tentou perguntar Jaeger, sendo interrompido pelo tio-avô, que lhe fez novamente um gesto para que se calasse.

– O teu avô era bom soldado: destemido, inteligente, moralmente incorruptível. No seu tempo na T-Force, apercebeu-se de algo tão chocante, tão negro, que raramente falava nisso. Havia uma operação para além da T-Force, formada no mundo negável, obscuro. A sua missão era transportar os nazis mais importantes e indesejáveis, os intocáveis por excelência, para locais onde pudéssemos lucrar com eles.

»Escusado será dizer que ele ficou chocadíssimo quando soube daquilo. Ficou horrorizado. – Depois de uma pausa, continuou: – Acima de tudo, sabia que não estava certo; que, se trouxéssemos o pior do mal para casa, este nos iria corromper a todos. Acreditávamos que *todos* os criminosos de guerra nazis deviam ser julgados em Nuremberga... E aqui entramos em questões que jurei manter em segredo absoluto. – Após um olhar de relance na direção de Jaeger, perguntou: – Ora, vou faltar à minha palavra?

Jaeger colocou a mão no braço do tio-avô, para o reconfortar.

– Tio Joe, o que me disse até agora... Já é muito mais do que eu sabia, ou do que esperava vir a saber.

Joe deu-lhe umas palmadinhas na mão.

– Agradeço a tua paciência, rapaz, a tua compreensão. Isto... Isto está longe de ser fácil... No final da guerra, o teu avô voltou ao SAS. Quer dizer, o SAS já não existia nessa altura. Oficialmente, fora dissolvido imediatamente após a guerra. A título não oficial, Winston Churchill, o melhor líder que este país poderia desejar, manteve a unidade em funcionamento, e graças a Deus que o fez. – E continuou: – O SAS tinha sido sempre um projeto acarinhado por Churchill. Depois da guerra, dirigiu a unidade em segredo, sem quaisquer registos, a partir de um hotel no centro de Londres. Criaram bases clandestinas por toda a Europa. O seu objetivo era aniquilar os nazis que escaparam às malhas da rede, caçá-los, sobretudo aqueles que tinham sido responsáveis por abusos terríveis durante a guerra.

»Talvez tenhas ouvido falar do *Sonderbehandlung* de Hitler, a sua ordem para os comandos. Decretava que todos os membros das forças especiais dos Aliados deveriam ser entregues às SS para receberem um tratamento especial. Ou seja, tortura e execução. Centenas de soldados desapareceram naquilo a que os nazis chamavam *Nacht und Nebel*, «noite e nevoeiro».

O tio-avô Joe deteve-se um momento, exausto com o esforço de se aventurar tão longe na escuridão.

– O SAS secreto de Churchill dedicou-se a localizar os nazis que ainda andavam a monte. Todos, independentemente do seu nível hierárquico. O *Sonderbehandlung* veio diretamente de Hitler. Os indivíduos de topo do regime nazi estavam na mira do teu avô, o que o punha em conflito direto com as pessoas encarregadas de os levar para um local seguro.

– Então estávamos a combater entre nós? – perguntou Jaeger. – Estava uma parte a tentar aniquilar o pior do mal e a outra a tentar preservá-lo?

– Muito possivelmente – confirmou o nonagenário. – É muito provável que sim.

– E isso durou quanto tempo? – questionou Jaeger. – A guerra secreta do avô Ted, de Churchill?

– No caso do teu avô, acho que nunca terminou. Só quando ele... morreu.

– Então, todos aqueles objetos nazis... – refletiu Jaeger – ...as caveiras das SS, a insígnia dos Lobisomens... Ele ficou com tudo aquilo durante a sua perseguição?

Joe anuiu.

– Sim. Eram troféus, por assim dizer. Cada objeto remetia para uma memória negra, de um mal aniquilado, como todos deveriam ter sido.

– E o documento da Operação Lobisomem? – indagou Jaeger. – Foi assim que ele deu com ele?

– Possivelmente. Provavelmente. Não te sei dizer. – Joe movimentou-se nervosamente no assento. – Sei muito pouco sobre isso. E escusado será dizer que não sabia que o teu avô tinha uma cópia. Ou que a tinha passado para ti. Só tinha ouvido falar disso uma vez ou duas, e só em voz baixa. O teu avô... certamente saberia mais. Porém, levou os seus segredos mais profundos, mais negros, com ele para o túmulo. E partiu cedo de mais.

– E a *Reichsadler*? – insistiu Jaeger. – O que significa? O que representa?

O tio-avô Joe fitou Jaeger durante um longo momento.

– Essa *coisa* que tens no telefone, isso não é uma *Reichsadler* comum. A águia nazi normalmente está sentada sobre uma suástica. – Olhou novamente para o telemóvel de Jaeger. – Essa... é muito diferente. É ao símbolo redondo que está debaixo da cauda da águia que tens de prestar atenção. – O idoso tremeu. – Só uma... *organização* utilizou esse símbolo, e fê-lo *depois* da guerra, quando o mundo se encontrava supostamente em paz e o nazismo estava morto e enterrado...

Estava quente no escritório. O fogão a lenha da cozinha aquecia a casa e mantinha-a a uma temperatura agradável. Ainda assim, Jaeger sentiu que um frio obscuro tinha penetrado na divisão onde estavam.

O tio-avô Joe suspirou, com uma expressão assombrada no olhar.

– Escusado será dizer que não via uma há... bem, há cerca de setenta anos. E ainda bem que não. – Fez uma pausa. – Pronto. Agora receio ter falado de mais. Se falei, o teu avô e os outros que me perdoem.

Depois de mais uma paragem, acrescentou:

– Há mais uma coisa que devo perguntar-te. Sabes como morreu o teu avô? Em parte, foi por isso que vim viver para aqui. Não era capaz de ficar ali, perto da zona onde tínhamos sido tão felizes quando éramos miúdos.

Jaeger encolheu os ombros.

– Só sei que foi inesperado. Imprevisto. Eu tinha só dezassete anos, era novo de mais para que me contassem muitos pormenores.

– Fizeram bem em não tos contar. – O nonagenário deteve-se novamente, a revoltear a insígnia da boina do SAS entre as mãos frágeis. – Tinha setenta e nove anos. São como um pero. Enérgico como sempre, claro. Dizem que foi suicídio. Ligou uma mangueira ao tubo de escape e enfiou-a pela janela do carro. Deixou o motor a trabalhar. Morreu envenenado pelos gases. Estava perturbado com as memórias traumáticas da guerra. Que grandessíssima treta!

Os olhos do tio Joe ardiam agora de raiva incontrolável.

– Lembra-te alguma coisa, a mangueira pela janela do carro? Claro que sim! Ainda que evidentemente ele não fosse um dos *Lebensunwertes Leben*, um deficiente, um daqueles que os nazis consideravam «vida indigna de viver».

Encarou Jaeger em desespero.

– Mas haveria melhor forma de eles se vingarem?

Jaeger acelerou a mota e o poderoso motor de 1200 cc rugiu com o som rouco de uma Triumph a alta velocidade na M6, uma autoestrada deserta em plena noite escura. Porém, enquanto se dirigia para sul na M6, estava longe de se sentir triunfante. Na verdade, a visita ao tio-avô Joe deixara-o perturbado.

O maior choque tinha sido a revelação final do nonagenário.

O avô Ted fora encontrado morto no carro cheio de fumo, tendo aparentemente sufocado devido aos gases de escape. A polícia declarara que o suicídio teria sido a causa mais provável de morte. O mais aterrador é que lhe tinham cravado uma imagem distintiva no ombro esquerdo: uma *Reichsadler*.

Os paralelismos com a morte de Andy Smith eram assustadores.

Jaeger adiara ao máximo a sua partida da cabana. Tinha ajudado Ethel no seu regresso da neve e jantado arenque fumado com os dois idosos. Depois de ambos terem ido para a cama (o tio-avô com um ar mais cansado e perturbado do que alguma vez lhe vira), despedira-se e fizera-se à estrada.

Tinha prometido comunicar pessoalmente uma decisão a Raff, Feaney e Carson num prazo de quarenta e oito horas. O tempo escasseava, sobretudo porque devia ainda fazer uma última paragem na longa viagem de regresso a Londres.

Abandonara a cabana perdida na floresta nevada na esperança de que, no seu isolamento, Joe e Ethel estivessem em segurança. Porém, durante toda a viagem para sul, Jaeger sentiu que os fantasmas do passado o perseguiam pela escuridão.

Como se o perseguissem por *nacht und nebel* – pela noite e pelo nevoeiro.

15

– Aqui estão elas! – Adam Carson atirou um monte de fotografias aéreas para cima da mesa.

Aprumado, de cara quadrada, esperto, confiante, bom orador, Carson tinha nascido para vencer na vida. Jaeger não gostava particularmente dele. Tinha-o respeitado enquanto comandante militar, mas poderia confiar nele? Nunca tivera bem a certeza.

– A serra dos Deuses – prosseguiu Carson. – É uma zona quase com o tamanho do País de Gales de selva totalmente inexplorada. Adornada por picos altíssimos, de 4500, 5000 metros de altura, envoltos em nevoeiro e chuva. Há tribos selvagens, cataratas do tamanho de catedrais, grutas de quilómetros, além de ravinas vertiginosas e desfiladeiros tortuosos. Para completar o quadro, só lá falta uma manada de *Tyrannosaurus rex*. Em suma, é um verdadeiro *Mundo Perdido*.

Jaeger analisou as imagens, uma a uma.

– De facto, parece muito diferente da Soho Square.

– É, não é? – Carson empurrou um segundo conjunto de fotos aéreas na direção de Jaeger. – E, caso ainda tenhas algumas dúvidas, olha para estas. Não é linda? Uma beleza misteriosa, escura e sensual. Uma sereia do ar, a chamar-nos através de três mil quilómetros de selva, um apelo do passado.

Jaeger observou as fotografias. Os misteriosos destroços de avião jaziam num mar verde-esmeralda, ainda mais visíveis porque a floresta em redor estava descolorada, como que coberta de neve. Morta. Ramos secos ascendiam ao céu como múltiplos dedos de esqueleto, como a carcaça de uma selva devastada e nua.

– Uma floresta de ossos – murmurou Jaeger, indicando a zona morta em redor da misteriosa aeronave. – Há alguma ideia do que provocou isto?

– Nenhuma. – Carson sorriu. – Deve ter sido qualquer coisa muito tóxica, mas há muitos potenciais candidatos. É claro que vais levar fatos NBQ e máscaras respiratórias. Vais precisar de proteção em condições; isto, *se* sempre fores.

Jaeger ignorou a provocação. Sabia que estavam todos à espera da sua resposta. As quarenta e oito horas tinham passado. Era por isso que estavam ali reunidos, nas instalações luxuosas da Wild Dog Media, em Soho: Adam Carson, alguns executivos de televisão, mais a equipa da Enduro Adventures.

Aparentemente, todas as organizações televisivas que se prezassem tinham de estar sediadas em Soho, uma zona pomposa do centro de Londres onde todos os pesos pesados da comunicação social pareciam reunir-se. Carson, como seria de esperar, ambicionara o melhor, pelo que alugara uns escritórios mesmo na Soho Square.

– O avião parece inacreditavelmente intacto – observou Jaeger. – Quase como se tivesse *aterrado* ali. Fazem ideia de onde vinha e para onde voava, e em que ano?

Carson apresentou-lhe um terceiro conjunto de fotografias.

– Grandes planos das inscrições e dos símbolos. Como vês, estão muito esbatidas, mas parecem as cores da Força Aérea dos Estados Unidos. Pela forma como está gasto, está claramente ali há décadas... Todos suspeitam de que seja da altura da Segunda Guerra Mundial. Mas, se for, é um avião único, um fenómeno, décadas à frente do seu tempo.

– Compara-o com o Hercules C-130. – Carson olhou para os executivos. – O C-130 é um avião de transporte moderno utilizado pela maioria das forças da NATO. O nosso avião misterioso apresenta quase trinta e cinco metros de comprimento, quando o C-130 tem cerca de doze metros. Ou seja, tem quase *o triplo do tamanho*. Além de que tem seis motores, e não quatro, e uma envergadura muito superior.

– Então poderia transportar uma carga muito maior? – perguntou Jaeger.

– Sim – confirmou Carson. – O único avião dos Aliados vagamente comparável na Segunda Guerra Mundial seria o Boeing B-29, a superfortaleza voadora, do tipo que largou as bombas atómicas em Hiroxima e Nagasáqui. Porém, o formato deste avião é totalmente diferente, muito mais aerodinâmico e eficiente. Além disso, o B-29 tinha cerca de metade do tamanho. E este é basicamente o nosso enigma: que raio é este avião?

O sorriso de Carson alargou-se, tornou-se mais confiante, quase altivo.

– Já lhe chamaram «O último grande mistério da Segunda Guerra Mundial». E é isso mesmo. – Estava agora em pleno modo de vendedor, a manipular o seu público. – Então, só precisamos do homem certo para liderar a missão. – Olhou para Jaeger. – Estás disposto a isso? Podemos contar contigo?

Jaeger analisou rapidamente os rostos à sua volta. Carson: ultraconfiante de que tinha o seu homem. Raff: imperscrutável, como sempre. Feaney: com marcas de preocupação no rosto, dado estar em jogo o futuro da Enduro Adventures. Depois, havia os executivos de televisão: com trinta e poucos anos, um aspeto pouco cuidado (da moda?), e um ar ansioso (a sua extravagância televisiva dependia daquele encontro).

Por fim, estava lá o Sr. Simon Jenkinson, o arquivista. Com quase sessenta anos, era de longe o mais velho do grupo e tinha o ar de um urso hibernado, com a sua barba grisalha, óculos de fundo de garrafa, um casaco de *tweed* comido pelas traças e a cabeça nas nuvens.

– E o Sr. Jenkinson? – inquiriu Jaeger. – Ouvi dizer que é o perito aqui. É membro do LAAST, o Lost Aircraft Archaeological Society Trust, e perito em todos os aspetos da Segunda Guerra Mundial. Não nos deveria dizer o que pensa que pode ser este avião?

– Quem? Eu? – O arquivista olhou à sua volta, como se acordasse de um longo sono. O seu bigode movimentou-se nervosamente. – Eu? Dizer? Talvez não. Não tenho muito jeito para discussões de grupo.

Jaeger riu-se com simpatia. Tinha gostado imediatamente daquele tipo. Agradava-lhe a sua falta de presunção, de ardileza.

– Estamos com alguma pressa – atalhou Carson, olhando em redor para os executivos. – Faz sentido falar com o arquivista quando tivermos tratado o ponto principal da ordem do dia, não acham? Ou seja, contamos contigo ou não?

– Sempre que tomo uma decisão, gosto de que seja informada – replicou Jaeger. – Por isso, Sr. Jenkinson, peço-lhe o seu melhor palpite. Qual é?

– Bem, ah... Se me permitem a ousadia... – O arquivista pigarreou. – Existe um avião que corresponde às características deste. O Junkers Ju 390. Alemão, obviamente. Na verdade, era um dos projetos preferidos de Hitler. Destinava-se a encabeçar o projeto Amerika Bomber, o programa nazi para bombardeamentos transatlânticos contra os Estados Unidos, no final da guerra.

– E aconteceu? – perguntou Jaeger. – Nova Iorque, Washington... foram bombardeadas alguma vez?

– Não há registo de missões assim – confirmou Jenkinson. – Não se verificou absolutamente nenhuma. Mas há que admitir que o Ju 390 apresentava as características necessárias para as levar a cabo. Tinha a capacidade de ser reabastecido em pleno voo e os pilotos dispunham de um equipamento de ponta de visão noturna, o Vampir, que quase transformava a noite em dia. Por conseguinte, podiam descolar e aterrar em escuridão total.

Jenkinson tocou com a ponta do dedo numa das fotos aéreas.

– E olhem aqui: o Ju 390 tinha uma cúpula em cima da fuselagem, para observações celestes. A tripulação podia navegar ao longo de grandes distâncias com recurso às estrelas, sem utilizar o radar nem o rádio. Em suma, era o avião perfeito para voos furtivos, indetetáveis, que percorreriam meio mundo.

»Então, sim, se quisessem deitar gás *sarin* em Nova Iorque, era perfeitamente possível. – Jenkinson percorreu a sala com o olhar, nervosamente. – Ah... Desculpem por esta última parte. A parte do gás *sarin* em Nova Iorque... Entusiasmei-me um bocadinho. Ainda me estão a ouvir?

Houve uma série de gestos afirmativos com a cabeça. Estranhamente para Jenkinson, parecia ter a atenção total do seu público.

– Foram construídos menos de uma dúzia de Ju 390 – prosseguiu. – Felizmente, os nazis perderam a guerra antes de o programa Amerika Bomber se poder tornar uma realidade tenebrosa. O mais estranho é que nenhum dos Ju 390 foi encontrado. No final da guerra, eles... bem, eles desapareceram. Se esse for *mesmo* um Ju 390, será o primeiro, obviamente.

– Faz ideia do que poderia estar a fazer um avião de guerra alemão no centro da Amazónia? – inquiriu Jaeger. – E pintado com os símbolos dos Estados Unidos?

– Não faço ideia. – O arquivista esboçou um sorriso de modéstia. – Na verdade, devo confessar que é algo que tenho andado a remoer quando estou trancado nos arquivos. Não encontro nenhum registo de um avião desses ter seguido para a América do Sul. Quanto à simbologia da Força Aérea dos Estados Unidos, é um grande mistério.

– Se esse registo existisse, acha que o teria encontrado? – questionou Jaeger.

O arquivista anuiu.

– Tanto quanto sei, é um avião que nunca existiu. Um voo-fantasma.

Jaeger sorriu.

– Sabe uma coisa, Sr. Jenkinson? É um desperdício estar nos arquivos. Podia estar a inventar programas de televisão.

– O avião que nunca existiu – ecoou Carson. – O voo-fantasma. É de mestre. E, Will, isto não te dá vontade de participar na missão?

– Dá – confirmou Jaeger. – Ora, só tenho mais uma pergunta e uma condição, e depois creio que podem contar comigo.

Carson abriu os braços, como que a convidá-lo a prosseguir.

– Força.

Jaeger deitou a pergunta como uma bomba na sala.

– O Andy Smith. Há notícias acerca da forma como ele foi assassinado?

O rosto de Carson permaneceu uma máscara imperscrutável; apenas um espasmo ínfimo no rosto revelou que a pergunta o enervara.

– Segundo a polícia, foi uma morte por acidente ou suicídio. Ora, se é certo que trouxe algum mal-estar à expedição, também é verdade que se trata de algo de que podemos recuperar e que devemos seguir em frente. – Uma pausa. – E a condição?

A título de resposta, Jaeger passou-lhe uma pasta por cima da mesa. Continha várias brochuras coloridas, cada uma delas com uma aeronave na capa, todas com ar de pertencerem à era espacial.

– Fui esta manhã ao hangar de Cardington Field, à sede da Hybrid Air Vehicles. Conheces o Steve McBride e os seus colegas, julgo eu... O McBride? Sim, claro – confirmou Carson. – É bom profissional, fiável. Mas qual é o teu interesse em aviões híbridos?

– O McBride garantiu-me que podem colocar um Heavy Lift Airlander 50, a sua maior aeronave, em órbita sobre aquela região da Amazónia. – Jaeger voltou-se para os executivos. Dois eram britânicos e o terceiro, o investidor, era americano. – Resumindo, o Airlander 50 é uma aeronave moderna. Está cheia de hélio, que é totalmente inerte, e não de hidrogénio. Ou seja, não é nenhum Hindenburg, não vai explodir numa bola de fogo.

– Com cerca de 120 metros de comprimento e 60 metros de largura – continuou Jaeger –, o Airlander foi concebido para duas funções. Em primeiro lugar, para a vigilância constante de zonas amplas, para vigiar tudo o que se passa debaixo dele. Em segundo, para içar grandes cargas.

Após uma pausa, desenvolveu:

– O Airlander tem uma carga útil de sessenta mil quilos. O Sr. McBride calcula que um avião de guerra com estas dimensões pese metade disso: uns trinta mil quilos, talvez cinquenta mil, se estiver carregado de mercadoria. Se utilizarmos um Airlander 50, ele pode vigiar-nos e podemos içar aquele avião de uma só vez.

O executivo norte-americano deu uma palmada na mesa, entusiasmado.

– Sr. Jaeger, Will, se está a dizer o que eu penso, é uma sugestão simplesmente genial. *Genial*. Se conseguirem chegar lá, dar com aquilo, prender e içar tudo de uma só vez, nós... nós duplicamos a nossa contribuição para o orçamento! E corrija-me se estiver enganado, Carson, mas somos nós a avançar com o grosso do dinheiro aqui, não é?

– É, sim, Jim – confirmou Carson. – E porque não utilizar um Airlander? Se o Mcbride diz que pode funcionar, e o Jim está disposto a incluir mais umas despesas no orçamento, vamos lá encontrar esses destroços. Vamos a isso!

– Deixe-me fazer uma pergunta – interrompeu um dos executivos britânicos. – Se, como disse, o Airlander pode flutuar sobre a selva e içar o avião, por que motivo não o utilizamos para vos levar diretamente para lá? Quer dizer, o plano agora é vocês caírem de paraquedas na selva e avançarem a pé durante vários dias. O Airlander não vos poderia facilitar a vida?

– Boa pergunta – retorquiu Carson. – Há três motivos para não o fazer. Primeiro: nunca se atira uma equipa diretamente para um local potencialmente contaminado com uma substância tóxica desconhecida. Seria quase suicídio. É preciso avançar a partir de um local seguro para identificar e avaliar a ameaça. Segundo: olhe para o terreno acima dos destroços. É um monte de ramos mortos, partidos e bicudos. Se largarmos a equipa para cima daquilo, metade dela será trespassada pela copa das árvores.

»Terceiro – Carson esboçou um gesto com a cabeça em direção ao executivo americano –, o Jim quer uma descida de paraquedas, pois isso confere mais dramatismo ao programa. Para as câmaras. Isso implica que saltem para terreno aberto, desobstruído, seguro. Daí que eles tenham de ir como planeámos, recorrendo à zona de aterragem que identificámos.

16

Foi servido um almoço antecipado na sala de reuniões – uma empresa externa de *catering* trouxe tabuleiros cheios de refeições frias, envoltas em celofane. Bastou um olhar para Jaeger decidir que não tinha fome. Avançou pela sala até conseguir encurralar o arquivista num sítio razoavelmente privado.

– Interessante – comentou Jenkinson, enquanto analisava um pedaço de *sushi* com um aspeto pouco fresco. – Surpreende-me que acabemos por consumir a culinária de um antigo inimigo... Eu levo as minhas próprias sanduíches para os arquivos. Queijo *cheddar* maturado com *pickles* Branston.

Jaeger sorriu.

– Podia ser pior: podiam ter servido *sauerkraut*.

Foi a vez de Jenkinson soltar uma gargalhada.

– Bem visto. Sabe, em parte quase tenho inveja de si, por ir à procura desse avião misterioso. É claro que eu seria praticamente inútil no terreno. Mas, na verdade, vai fazer história. Em primeira mão. É imperdível.

– Posso arranjar-lhe um lugar na equipa – sugeriu Jaeger, a entusiasmar-se com a matreirice. – Digo que é uma condição para eu aceitar.

O arquivista engasgou-se com um pedaço de peixe cru.

– Ups! Desculpe. Isto é repugnante. – Enrolou-o num guardanapo de papel e colocou-o num tabuleiro adequado. – Não, não, não, não. Fico mais do que contente ao pé dos meus arquivos.

– Por falar em arquivos... – disse Jaeger. – Por um momento, esqueça as suas certezas. Estou à procura de uma mera suposição. Com base em tudo o que viu e ouviu, o que acha que é o avião misterioso?

Os olhos de Jenkinson moveram-se nervosamente por detrás das lentes grossas.

– Normalmente não gosto de fazer suposições. Não é da minha área. Mas uma vez que pergunta... só há dois cenários possíveis que podem fazer sentido. Cenário A: é um Ju 390 e os nazis pintaram-lhe símbolos americanos para não serem identificados. Cenário B: é um avião de guerra ultrassecreto dos Estados Unidos, um acerca do qual ninguém ouviu falar.

– Qual é o cenário mais provável? – perguntou Jaeger.

Jenkinson olhou para o guardanapo húmido no tabuleiro.

– A opção B é tão provável como eu vir a gostar de *sushi*. Quanto à opção A... bem, ficaria surpreendido com a frequência com que se utilizavam artimanhas dessas. Nós capturávamos os aviões deles, eles capturavam os nossos. Nós pintávamo-los com as cores do inimigo e levávamos a cabo todo o tipo de estratagemas. Eles faziam o mesmo.

Jaeger ergueu uma sobrancelha.

– Entendido. Agora, mudando de assunto... tenho um enigma para si. Julgo que deve apreciar um bom enigma, mas gostava de que este ficasse entre nós. Pode ser?

– Nada me dá tanto gosto como resolver um bom enigma – confirmou Jenkinson, com um brilho no olhar. – Sobretudo um que seja ultrassecreto.

Jaeger baixou a voz.

– Dois velhotes. Veteranos da Segunda Guerra Mundial. Serviram em unidades secretas. Tudo muito dissimulado. Ambos têm os escritórios revestidos de recordações do tempo da guerra. Há uma exceção: os dois mantêm na secretária um manuscrito obscuro antigo, escrito numa língua ininteligível. A pergunta é: porquê?

– Quer saber porque é que cada um teria um exemplar? – Jenkinson coçou a cabeça, pensativo. – Não há lá indícios de um interesse mais generalizado? Não há obras de referência? Não há textos semelhantes? Nenhuma história de um estudo amplo desse fenómeno?

– Nada. Só aquele livro. Mais nada. Pousado em cima da secretária do escritório de cada um deles.

Os olhos de Jenkinson reluziam. Estava claramente a gostar daquilo.

– Existe algo que se chama «código de livro». – Tirou um envelope velho do bolso do casaco e começou a escrevinhar. – A sua beleza é a pura simplicidade. Isso e o facto de ser totalmente indecifrável. A não ser, claro, que saiba em que livro é que a pessoa se baseou.

Anotou uma sequência aparentemente aleatória de números: 1.16.47/ /5.12.53/9.6.16/21.4.76/3.12.9/4.15.7.

– Agora, imagine que você e outra pessoa tinham a mesma edição de um livro. Ele, ou ela, enviava-lhe esses números. Começando pela primeira sequência, 1.16.47, ia ao primeiro capítulo, página dezasseis, linha quarenta e sete. Começa com um «I». A seguir, capítulo cinco, página doze, linha cinquenta e três: começa com um «D». Capítulo nove, página seis, linha dezasseis: começa novamente com um «I». Capítulo vinte e um, página quatro, linha setenta e seis: «O». Capítulo três, página doze, linha nove: «T». Capítulo quatro, página quinze, linha sete: «A». Se juntar tudo, dá o quê?

Jaeger soletrou:

– «I-D-I-O-T-A». Idiota.

Jenkinson sorriu.

– Nem mais.

Jaeger não conseguiu conter o riso.

– Muito engraçado. Acaba de perder uma oportunidade de ser convidado para ir à Amazónia.

Jenkinson riu-se em silêncio, com os ombros a arquejar.

– Desculpe, foi a primeira palavra que me ocorreu.

– Não abuse, está a ir de mal a pior. – Jaeger deteve-se por um segundo. – Mas suponhamos que o livro está escrito numa grafia e num idioma desconhecidos. Como funciona então? Nesse caso, o código torna-se indecifrável, não?

– Não, se tiver uma tradução que possa utilizar. Sem a tradução, teria uma palavra de seis letras totalmente ininteligível, que não faria qualquer sentido. No entanto, a tradução adiciona mais um nível de codificação. É só isso. É evidente que ambos os indivíduos devem ter os dois livros à mão, de modo a descodificarem a mensagem. Mas é, de facto, genial.

– Um código desses pode ser decifrado? – indagou Jaeger.

Jenkinson negou com a cabeça.

– É muito difícil. Quase impossível. Isso é o mais fantástico: é preciso saber qual é o livro que os dois estão a utilizar e, nesse caso, ter também acesso a uma tradução. Assim é quase impossível de decifrar. Isto é, a não ser que alguém capture os dois velhotes e os espanque e torture até confessarem.

Jaeger fitou o arquivista com curiosidade.

– Tem uma mente perversa, Sr. Jenkinson. Mas obrigado pelo esclarecimento. E continue à procura de mais pistas acerca do nosso voo misterioso. – Apontou o seu endereço de *e-mail* e o número de telefone no fundo do envelope de Jenkinson. – Gostaria muito de que me informasse do que descobrir.

– Com todo o gosto. – Jenkinson sorriu. – Fico contente por alguém finalmente se interessar por isto.

17

– É um espelho falso – anunciou Carson. – Utilizamo-lo para determinar que personagens são mais apelativas para as audiências televisivas. Ou, pelo menos, é essa a teoria da treta.

Carson e Jaeger estavam numa sala escura, em frente ao que parecia ser uma grande parede de vidro. Do outro lado estavam algumas pessoas a desfrutar de um *buffet* frio, aparentemente sem terem noção de que estavam a ser observadas. O registo da conversa de Carson tinha mudado consideravelmente. Tinha voltado ao que claramente considerava cavaqueira entre camaradas militares.

– Nem acreditas nas chatices que já tive para reunir esta equipa – continuou. – Os executivos da televisão queriam pessoas meio loucas, com *glamour* e atraentes. Material para boas audiências, como eles dizem. Eu queria ex--militares duros, que tivessem ao menos uma hipótese de ser bem-sucedidos. Aquele grupinho ali – e apontou um polegar em direção ao vidro – é o resultado.

Jaeger indicou os tabuleiros com as sanduíches que a equipa da expedição estava a consumir.

– Então e a eles não lhes deram aquela porcaria do...

– Do *sushi*? Isso é só para a administração – interrompeu Carson, soturno. – Só nós é que temos direito à comida obscenamente cara e indigerível. Então, vou falar-te de cada elemento da equipa, e depois sugiro que lhes vás dizer umas palavrinhas queridas de apresentação.

Apontou para um vulto através do vidro.

– O tipo grande é o Joe James. Neozelandês. Ex-militar das forças especiais de lá. Perdeu demasiados camaradas ao longo do tempo e sofre de *stress* pós-traumático, daí o cabelo comprido e gorduroso e a barba à Osama

Bin Laden. Parece o cruzamento de um motoqueiro com um sem-abrigo, o que os executivos adoraram, claro. Mas quem vê caras não vê corações: continua a ser um operacional duro e engenhoso, ou pelo menos foi isso que me disseram.

»Em segundo lugar, tens o africano das feições marcadas, Lewis Alonzo. Ex-Navy SEAL dos Estados Unidos. Atualmente trabalha como segurança, mas tem saudades da adrenalina do combate. Daí ter-se voluntariado para esta brincadeira. Deve ser o mais fiável de todos. Faças o que fizeres, não o percas na Amazónia. Como o executivo americano fez questão de dizer na reunião, são eles que vão pagar o grosso da conta. Precisam de americanos na equipa, de preferência daqueles que realizam atos heroicos imbatíveis, para cativar as audiências dos Estados Unidos.

»O Canal Plus francês assumiu uma parte considerável das despesas, daí termos, em terceiro lugar, a francesinha elegante. Sylvie Clermont. Serviu no CRAP: Commandos de Recherche et d'Action en Profondeur. É como o SAS, sem ser uma força especial. Andou vestida de Dior o tempo todo durante os testes nas montanhas da Escócia. E estava bem gira. Não deve ser muito asseada (as francesas não costumam sê-lo), mas acho que podemos fechar os olhos a isso...

Carson riu-se com a própria piada. Voltou-se para Jaeger, na esperança de que este alinhasse na graçola. Não obteve o mínimo vestígio de um sorriso. Encolheu os ombros, inabalável, e prosseguiu sem a mínima perturbação.

– Número quatro: o tipo com ar de asiático. Hiro Kamishi, a escolha do canal japonês NHK. Hiro de nome, herói por natureza. Ex-capitão das Tokusha Sakusen Gun, as forças especiais japonesas. Considera-se um samurai moderno, um guerreiro do mais alto nível. Tornou-se conhecido como historiador militar, sobretudo devido à culpa dos japoneses por causa da Segunda Guerra Mundial. Pessoalmente, não percebo o motivo da culpa. Nós ganhámos, eles perderam. Acabou-se.

Carson riu-se novamente com a própria piada, já sem se preocupar se Jaeger o estava a acompanhar ou não. A mensagem era clara: aqui quem manda sou eu, e vou dizer o que muito bem me apetecer.

– Números cinco e seis: um par de cabeludos que há pouco tempo ainda nem sequer faziam a barba. Mike Dale e Stefan Kral. Um australiano e um eslovaco. São os operadores de câmara da Wild Dog Media, pelo que não precisas de te preocupar com eles. Já trabalharam em regiões remotas e de conflito, pelo que devem ser capazes de se desenrascar sem ajuda. A vantagem é que vão estar atrás das câmaras a filmar o programa e não te devem estorvar. A desvantagem: tens quase idade para ser pai deles.

Carson riu-se à gargalhada. Fora claramente a sua piada preferida do dia.

— Número sete: Peter Krakow. Polaco/alemão. A ilustre escolha do canal alemão ZDF. É um ex-GSG9. O que é que posso dizer mais? É um boche. Tem o caráter de um parasita e o sentido de humor de um calhau. É um tipo seco, o típico teutónico. Se o avião for alemão, podes contar com o Krakow para te lembrar constantemente disso.

»Em oitavo lugar: a tipa latina e atraente, Letícia Santos. Foi-nos imposta pela brigada dos ambientalistas. Uma miúda brasileira que trabalha atualmente para a FUNAI, a Fundação Nacional do Índio, do Governo brasileiro. Já pertenceu à B-BOE, a brigada de forças especiais brasileiras do teu amigo coronel Evandro. Agora tem um novo objetivo: abraçar um índio da Amazónia. Não é bem um homem do coronel Evandro, mas, neste caso, é o mais perto disso.

»E por fim, em nono lugar, a sorte grande. Sim, estou a falar da loura estonteante. Que borracho! Irina Narov. Ex-oficial do Spetsnaz russo, agora com cidadania norte-americana e a viver em Nova Iorque. A Narov tem nervos de aço. É altamente capaz. E é de encher o olho. Ah, e nunca larga a sua faca, nem gosta de ser contrariada. Escusado será dizer que os executivos a adoram. Acham que ela vai rebentar com a escala das audiências.

Carson voltou-se para Jaeger.

— Com o meu bom amigo, fazem dez. Então, o que achas? Uma equipa de sonho, não?

Jaeger encolheu os ombros.

— Presumo que seja tarde para mudar de ideias e desistir…

Carson exibiu um sorriso de orelha a orelha.

— Acredita que vais adorar. És a pessoa ideal para os transformar numa equipa coesa.

Jaeger emitiu um som derrisório.

— Há mais uma coisa. Gostaria de ter o Raff como meu adjunto. Preciso de alguém de confiança para me dar apoio operacional e me ajudar a lidar com aquele monte de malucos.

Carson negou com um gesto de cabeça.

— Não é possível, lamento. Como soldado, não há melhor. Mas não é propriamente erudito, nem tem boa aparência. Os executivos insistem na equipa que reuniram. Isso significa que terás a deliciosa Irina Narov, a cidadã honorária americana, como teu braço-direito... E que braço.

— Isso não é negociável?

— Não. Ou é a louraça, ou não há nada para ninguém.

Jaeger voltou-se para o espelho falso e observou Irina Narov demoradamente. Era estranho, mas ela parecia saber que estava a ser observada, como se sentisse a intensidade do olhar dele através do vidro.

18

A manhecia. Aproximava-se o momento de ligar os motores do Lockheed Martin C-130J Super Hercules e levantar voo. Os restantes elementos da equipa de Jaeger estavam em posição e prontos para sair. Estavam presos com segurança a assentos desdobráveis de pano, ligados ao sistema de oxigénio de bordo e preparados para o que se seguiria – um mergulho do teto do mundo para o desconhecido.

Era a altura de Jaeger reservar um último instante para si, agora que estava quase a levantar voo rumo à sua missão (ou, neste caso, à expedição de uma vida).

Estavam prestes a descolar.

Tinham luz verde, autorização para levantar voo.

Não havia volta a dar. Estavam indubitavelmente vinculados à missão.

Aqueles eram os últimos minutos antes de a luta pela sobrevivência se tornar preponderante. Jaeger afastou-se um pouco na pista, na tentativa de obter alguns segundos de privacidade, sem dúvida os últimos que teria nos dias e nas semanas que se seguiriam. Já o tinha feito no mundo da elite militar. Agora repetiu o gesto, enquanto se preparava para liderar aquela expedição até ao coração da Amazónia.

Iriam descolar do Aeroporto de Cachimbo, no Brasil, situado no meio da serra do Cachimbo. Era uma zona equidistante entre o Rio de Janeiro, na costa atlântica, e os limites ocidentais da Amazónia, a meio do caminho que teriam de percorrer no Brasil.

Era muito fácil esquecer a grandeza das dimensões de um país como o Brasil, ou a vastidão da bacia do Amazonas. O Rio de Janeiro ficava cerca de dois mil quilómetros a leste de Cachimbo, e o avião misterioso ficava dois mil quilómetros a oeste, aproximadamente, no limiar da floresta tropical. Entre estes dois pontos não havia muito mais do que selva densa.

Reservado apenas a operações militares, o Aeroporto de Cachimbo era o ponto de lançamento perfeito para a entrada da equipa naquele verdadeiro *Mundo Perdido*. Além disso, o coronel Evandro, comandante da B-BOE, decretara que não haveria filmagens antes da descolagem. Tinha o argumento de que era por questões de segurança, devido a todas as missões especiais que partiam de Cachimbo. Na verdade, tinha-o feito a pedido de Jaeger, que estava farto de ter uma câmara em cima durante vinte e quatro horas por dia.

Os operadores de câmara já estavam há quase duas semanas com os elementos da equipa, a filmá-los a cada momento do dia, na esperança de capturar o menor indício de um drama. Jaeger estava longe de estar habituado a estas intrusões constantes.

Para piorar a situação, tinha de lidar com Irina Narov, supostamente a sua adjunta e, na opinião de Jaeger, a principal suspeita do assassínio de Andy Smith. Enquanto o resto da equipa parecera aceitar de bom grado a presença de Jaeger, Narov pouco fizera para disfarçar a sua hostilidade.

Desde o início que a louraça russa parecia discordar da sua presença, e a sua hostilidade começava a irritá-lo. Quase parecia que Narov esperava assumir a liderança quando Andy Smith saísse do seu caminho, como se em certa medida as suas ambições tivessem sido contrariadas.

Os dedos das mãos e dos pés que Jaeger tinha fraturado, por cortesia da Prisão de Black Beach, ainda lhe doíam. Estavam bem imobilizados com ligaduras, pelo que ele se considerava apto para o que se avizinhava – desde que conseguisse evitar que Narov utilizasse a sua faca para o apunhalar pelas costas. Não entendia muito bem a hostilidade da russa, mas calculava que tudo se iria revelar quando a tensão subisse no meio da selva.

Havia outra dinâmica na expedição que não tinha passado despercebida a Jaeger. Desde o primeiro instante, havia uma clara incompatibilidade entre Letícia Santos, o elemento brasileiro da equipa, e Irina Narov. Jaeger concluiu que se trataria de um caso típico de duas mulheres lindas que competem entre si.

Todavia, em parte sentia que, apesar da rivalidade entre as duas, de algum modo era ele a fonte daquele ciúme e daquela tensão.

Jaeger fez um esforço para não pensar nisso. Tinha chovido na noite anterior e ele sentia claramente o cheiro fresco da chuva torrencial sobre a terra ressequida pelo sol. Era inconfundível. Transportava-o de volta à primeira vez que estivera «no meio das árvores», a designação do SAS para selva.

O treino na selva era uma parte importante da seleção para o SAS – a prova brutal que cada soldado teria de superar antes de conseguir o seu lugar na unidade. Desde o primeiro dia no meio das árvores, Jaeger apercebera-se de que tinha um gosto natural pela vida na selva. Calculara que fosse pelo denso matagal, pela lama e pela chuva, pois lembravam-lhe o tempo que passara ao ar livre na infância com o pai. A luta pela sobrevivência em dias intermináveis de lama e chuva numa selva claustrofóbica forçava uma pessoa a improvisar, e Jaeger gostava dessa vertente, de ser obrigado a recorrer ao engenho para se adaptar às circunstâncias.

Fechou os olhos e respirou fundo, enchendo os pulmões de ar húmido, a cheirar a musgo e a terra.

Era o momento que dedicava a sintonizar-se com a sua voz interior, com o seu sexto sentido de guerreiro. Sempre lhe prestara atenção, desde os dias que passara a calcorrear os montes em redor da casa de infância, na zona rural de Wiltshire, ou nos fins de semana em que acampara na floresta, dependente do seu engenho e do que encontrava na Natureza.

O pai tinha-o ensinado a apanhar trutas com as mãos nuas: passava os dedos pela corrente suave, percorria lentamente os flancos frios e escamosos do peixe, «massajando-o» até à submissão, e em seguida atirava-o para a margem com um gesto ultrarrápido. Aprendera a montar armadilhas para coelhos e a construir um abrigo à prova de água com aquilo que se encontra habitualmente num bosque britânico.

Nesses tenros anos, a voz interior demonstrara-se digna de atenção, pois recordava-o da ordem natural num ambiente selvagem. Já como soldado de elite, anos depois, esse mesmo instinto redobrara a sua determinação. Durante a «Semana de Oficiais», nas provas para o SAS, tinha seguido planos diferentes de quase todos os outros candidatos, o que o tornou alvo de chacota generalizada – mas sentira fortemente a voz interior e confiara nela. Acabou por demonstrar que estava certo após apenas dois oficiais terem superado as provas naquele inverno cruel.

Aquela voz interior sempre o norteara.

Pelo menos até então.

Por algum motivo estranho, Jaeger estava extremamente receoso desta expedição, o que não fazia sentido. Não se tratava de uma missão em pleno território inimigo, com uma desvantagem numérica e armamento reduzido. Ele não conseguia identificar exatamente o que o preocupava.

Muito provavelmente, seria a morte de Andy Smith, bem como tudo o que se seguira.

Antes de abandonar o Reino Unido, Jaeger tinha assistido ao funeral de Smithy. Até ao lado de Dulce e dos filhos, naquela derradeira homenagem, aquele mau pressentimento o perseguira. Depois, na cerimónia em casa do falecido, bebera uma cerveja com Raff. Nesse momento, o enorme maori partilhara um pormenor crucial sobre a morte de Andy Smith.

Não tinha havido sinais de entrada forçada no quarto de hotel. Na opinião da polícia, Smithy saíra de livre vontade, escalara a montanha totalmente inebriado, e tivera uma queda mortal. No entanto, se não se tinha suicidado, então claramente não esboçara qualquer tentativa de impedir os assassinos de entrarem no seu quarto de hotel.

Isso sugeria que os conhecia.

Sugeria que os conhecia e que confiava neles.

Estavam alojados no remoto Loch Iver Hotel, em meados de um janeiro tempestuoso. O hotel quase não tinha hóspedes, à exceção dos membros da expedição, o que, por sua vez, sugeria que o assassino deveria pertencer à equipa de Jaeger.

Em suma, era muito provável que ele, ou ela, ali estivesse naquele momento.

Jaeger tinha as suas desconfianças quanto ao assassino. Porém, nada dissera a esse respeito, sobretudo porque não queria dar a entender a nenhum membro da equipa que poderia ser suspeito. Os únicos com quem não simpatizara, além de Irina Narov, tinham sido os operadores de câmara (Mike Dale, convencido e espalhafatoso, e Stefan Kral), mas não fazia qualquer sentido serem eles os assassinos de Smithy.

Com a sua desconfiança inata em relação a toda a comunicação social, Jaeger considerava que Dale e Kral não passavam de fanfarrões. Já eles, por sua vez, achavam-no claramente muito irritadiço e incapaz de colaborar quando lhe apontavam uma câmara. Andy Smith decerto se teria revelado um protagonista mais descontraído e flexível, pelo que eles seriam os últimos a desejar a sua morte.

Para onde quer que olhasse, Jaeger permanecia convencido de que a resposta para o «como» e o «porquê» do assassínio do amigo (e estava mesmo convencido de que ele fora assassinado) se encontraria algures no interior da selva, no percurso da expedição. Sentia uma necessidade urgente de seguir caminho naquele instante. Era o momento de passar à ação e provar aquela teoria de uma vez por todas.

Jaeger não tinha o hábito de deixar nada pela metade. Assim que aceitara liderar a expedição, tinha-se empenhado nisso a cem por cento. Tivera de retomar o trabalho onde Smithy o abandonara e seguir sem hesitações. Os preparativos tinham-lhe consumido quase todo o tempo disponível.

Só teve tempo de fazer um telefonema rápido aos pais antes da partida. Estes estavam, há alguns anos, a gozar a reforma nas Bermudas – com sol permanente, um furacão ou outro, e as maravilhas da vida com isenção de impostos. Na chamada apressada, contou-lhes o básico: que voltara de Bioko; que não havia notícias de Ruth e Luke; que iria partir para a Amazónia numa expedição da Enduro Adventures; que queria ir visitá-los, para lhes fazer umas perguntas sobre a vida do avô Ted, bem como sobre a forma como falecera.

Prometeu visitá-los em breve e desligou, sem revelar as suas suspeitas a respeito da morte do seu avô. Não lhe pareceu certo abordar o assunto numa linha telefónica cheia de eco. Uma conversa daquelas deveria ter lugar presencialmente. Assim que estivesse despachado da Amazónia, apanharia um voo para as Bermudas.

Jaeger e a sua equipa já estavam no Brasil há uma semana, beneficiando da hospitalidade do coronel Evandro e das suas equipas da B-BOE. Durante esse tempo, o calor brasileiro (tanto de caráter como meteorológico) tinha acalmado os piores receios de Jaeger. Gradualmente, o sentimento pessimista interior que o acometera no Reino Unido dissipara-se.

Foi só naquele momento, enquanto se preparavam para penetrar verdadeiramente na Amazónia, que as preocupações começaram a regressar.

19

A pista de aterragem de Cachimbo ficava num vale de floresta densa, com um tapete impenetrável de vegetação abundante e emaranhada em ambas as encostas. Os primeiros raios de luz começavam a aquecer sobre o horizonte irregular da selva, como feixes de *laser* a queimar as réstias de neblina que subsistiam na copa das árvores. O intenso sol tropical não tardaria a dissolver a frescura da madrugada.

Os profissionais do ramo de Jaeger dizem que existem apenas dois tipos de reação à selva: ou se ama, ou se odeia à primeira vista. Quem a odeia vê-a como algo negro, estranho e ominoso. Claustrofóbico. Cheio de perigos. No entanto, no caso de Jaeger, tinha sido sempre o contrário. Ele sentia uma atração irresistível por aquele tumulto da vida selvagem, rica e exuberante – o assombroso ecossistema da floresta tropical.

Sentia-se deslumbrado pela ideia de um ambiente selvagem sem nenhum dos artifícios da civilização. E, na verdade, a selva era neutra: nem era inerentemente hostil, nem amistosa para com a humanidade. Se aprendermos as suas manhas, se nos afinarmos com a sua ressonância, se nos tornarmos unos com a sua essência, ela poder-se-á revelar uma amiga e um refúgio fantástico.

Além disso, o lado selvagem, puro, simples e remoto da serra dos Deuses não tinha paralelo em todo o mundo. Depois, havia ainda o avião misterioso, escondido nas entranhas da serra.

Acima de Jaeger, o que parecia ser um gavião-real emitiu um guincho agudo, solitário. Ouviu-se uma resposta do topo da mais alta das árvores gigantescas da floresta. Era um «dossel florestal», um estrato superior enorme de ramos quase cinquenta metros acima dos recessos escuros e abrigados do solo da floresta. Havia uma coroa emergente a ascender através da zona de copa, na batalha vertical pela luz solar.

Ali estava o gavião, banhado pelos primeiros raios de um amanhecer glorioso. Rei e senhor dos domínios inferiores.

Os ramos superiores proporcionavam um ponto de observação perfeito para a ave caçar as suas presas. Jaeger analisou a vegetação abundante da árvore, salpicada de uma tonalidade delicada de flores cor-de-rosa. Era a única zona florida. Saltava à vista; era um remendo de cor reluzente num mar de tons de verde-escuro.

Localizou o ninho.

Tratava-se de um casal reprodutor.

Certamente, teriam crias famintas para alimentar.

Por um instante, Jaeger imaginou-se como aquele gavião, a sobrevoar a selva com asas de dois metros de envergadura. Viu-se a mergulhar em direção ao ponto distante onde se escondia o avião misterioso. Com a visão de um gavião poderia localizar o movimento de um rato no solo florestal a uma distância de várias centenas de metros. Seria facílimo encontrar os destroços do avião (os ramos nus, ósseos, desprovidos de vida e vegetação).

Na sua imaginação, pairava lá em cima, a contemplar um cenário muito pouco natural. Estático. Sem vida. Fantasmagórico até.

Que segredos, *que perigos*, encerraria aquele avião misterioso?

Enquanto observava os gaviões-reais, Jaeger lembrou-se da *Reichsadler*. No turbilhão dos dias anteriores, quase não lhe sobrara tempo para pensar naquele símbolo cruel da águia, naquela escuridão profética. É estranho como uma ave tão imponente pode, ao mesmo tempo, representar o mal, a liberdade e a beleza natural.

Foi Sun Tzu, o antigo mestre chinês da arte da guerra, quem cunhou a expressão «conhece o teu inimigo».

No Exército, Jaeger adotara esse lema.

Estava habituado a enfrentar inimigos que conhecia e compreendia bem, que analisara a fundo, recorrendo a imagens de satélite, a fotografias de vigilância e a relatórios das principais agências de espionagem do mundo. Utilizava comunicações intercetadas. Servia-se de ativos humanos no terreno: um espião ou uma fonte em território inimigo.

Antes de uma missão, certificava-se sempre de que conhecia intimamente o inimigo, de modo a derrotá-lo. Contudo, naquele momento, estavam a avançar para todo um leque de potenciais problemas, sem conhecerem nem entenderem um único sequer.

Quaisquer que fossem os riscos permaneciam incógnitos.

Quem quer que fosse o inimigo não possuía um rosto.

Eram desconhecidos.

Disso não havia dúvida, e era por isso que Jaeger estava apreensivo – por estar a avançar em direção a um perigo anónimo e obscuro.

Pelo menos agora sabia que era isso.

O facto de ter chegado a essa conclusão trouxe-lhe alguma tranquilidade. Voltou-se para encarar o avião. Ouviu o ruído intenso da ignição a arrancar a primeira das turbinas gigantescas. As enormes hélices de pás de madeira começaram a girar, devagar, pesadamente, como se estivessem mergulhadas num líquido espesso.

Um Land Rover acelerava pelo caminho de terra batida que ladeava a pista. Jaeger calculou que fosse alguém para o levar de volta ao avião que o esperava. O veículo travou e a figura inconfundível do coronel Evandro saltou para o exterior.

Com um metro e noventa, olhos negros, ágil e de porte atlético apesar da idade, o coronel da B-BOE não perdera nenhuma da sua imponência nos anos que decorreram desde a primeira vez que Jaeger combatera a seu lado. Evandro optara por sofrer na pele o inferno da seleção para o SAS, de forma a melhor poder moldar a sua unidade à imagem do regimento britânico – e Jaeger admirava-o muito por isso.

– Chegou a hora de irmos para o avião – anunciou. – A tua equipa já está a fazer os preparativos finais para descolar.

Jaeger assentiu.

– De certeza que não queres vir connosco?

O coronel sorriu.

– Com sinceridade? Nada me daria mais prazer. Não é que goste do trabalho de secretária. Mas a patente e a responsabilidade implicam as tretas do costume.

– É melhor eu ir andando, então.

O coronel estendeu a mão.

– Boa sorte, amigo.

– Achas que vamos precisar dela?

Evandro fitou Jaeger longamente.

– Sempre se trata da Amazónia. Há que esperar o inesperado.

– Esperar o inesperado... – repetiu Jaeger. Eram palavras sábias.

Entraram juntos no Land Rover e seguiram velozes pelo caminho até ao Hercules que os aguardava.

20

Jaeger deteve-se junto à cabina do avião. Lá em cima, uma cabeça espreitou pela janela lateral.

– O tempo está bom na zona de saltos – gritou o piloto, para baixo. – Levantamos voo daqui a quinze minutos. De acordo?

Jaeger concordou com um meneio de cabeça.

– Para dizer a verdade, mal posso esperar. Detesto a parte da espera.

Os pilotos eram todos norte-americanos e, pela postura e pelo comportamento, Jaeger depreendeu que fossem ex-militares. O Hercules C-130 tinha sido alugado por Carson a uma empresa privada de transporte aéreo, e Jaeger tinha recebido garantias de que se tratava do melhor serviço no mercado. Tinha plena confiança de que o levariam ao ponto exato no céu a partir do qual ele e a sua equipa precisavam de saltar.

– Queres escolher algumas músicas para ouvir? – perguntou o piloto. – Para quando chegar a hora do salto?

Jaeger sorriu. Aquela era uma tradição de longa data nas unidades aerotransportadas – ouvir música em altos berros enquanto se preparavam para a hora H. Estimulava-lhes a adrenalina e o ritmo cardíaco enquanto esperavam para saltar para zonas de guerra ou, neste caso, para uma viagem misteriosa num *Mundo Perdido* dos tempos modernos.

– Uma música clássica qualquer – sugeriu Jaeger. – Que tal Wagner? Há por aí alguma coisa?

Jaeger escolhia sempre música daquele género para saltar. Segundo os seus camaradas, a música clássica não se enquadrava muito bem naquela cultura, mas ajudava-o sempre a concentrar-se. E, neste caso, precisava indubitavelmente de ordenar as ideias.

Seria ele o primeiro a saltar, de modo a guiar os que viriam atrás. E não saltaria sozinho.

Irina Narov tinha sido integrada tarde na equipa – tarde de mais para Andy Smith lhe ministrar o curso de atualização HAHO. A sigla inglesa significa *High Altitude High Opening*, e refere-se a saltos de grande altitude com abertura do paraquedas igualmente a uma altitude elevada, uma forma de inserção que permite aos paraquedistas planar durante quilómetros até atingirem o seu destino. Foi esse o método que escolheu para introduzir os elementos da expedição no terreno.

Jaeger teria de fazer um salto tandem HAHO: iria pular para o vazio a cerca de nove mil metros de altitude com outra pessoa (Irina Narov) presa ao tronco. Concluiu que, mais do que nunca, iria necessitar de uma boa dose de música tranquilizante.

– Tenho a *Highway to Hell*, dos AC/DC, anunciou o piloto. A *Stairway to Heaven*, dos Led Zeppelin. Tenho ZZ Top e Motörhead. Tenho ainda Eminem, 50 Cent e Fatboy. É só escolher.

Jaeger enfiou a mão no bolso, retirou de lá um CD e atirou-o para o piloto.

– Experimenta este. Faixa quatro.

O piloto olhou para o CD – *Cavalgada das Valquírias*. Fez um som de gozo.

– Tens a certeza de que não queres a *Highway to Hell*? – E começou a cantar, com os dedos a tamborilar no exterior do Hercules, a acompanhar a letra dos AC/DC.

Jaeger sorriu.

– Deixamos esse para quando nos vierem buscar, pode ser?

O piloto revolveu os olhos.

– Vocês, os «bifes», precisam de se descontrair um bocadinho. Ainda havemos de conseguir que se divirtam!

Jaeger sentiu que a *Cavalgada das Valquírias* (presente na banda sonora de *Apocalypse Now*, o emblemático filme sobre a Guerra do Vietname) seria a música mais apropriada para aquela missão. Também era um compromisso em relação à escolha do piloto, e Jaeger sabia que é sempre bom manter os pilotos bem-dispostos.

O piloto e a tripulação tinham a difícil tarefa de expulsar dez pessoas do avião num ponto exato do céu, num local que os fizesse chegar ao destino pretendido: uma clareira minúscula a cerca de dez quilómetros de distância na vertical.

Em grande medida, naquele momento, o piloto tinha a vida de Jaeger (e da sua equipa) nas mãos.

Jaeger avançou para a parte traseira do avião e subiu a bordo. Percorreu a penumbra da zona de carga com o olhar. A única luz era o brilho encarnado da esporádica iluminação de baixa intensidade. Contou nove paraquedistas; dez, com ele. Ao contrário do que sucedia normalmente no Exército, não conhecia bem nenhum deles. Tinham passado alguns dias de preparação juntos, mais nada.

A sua equipa estava plenamente equipada. Todos os elementos envergavam um fato de sobrevivência em Gore-Tex, grosso e pouco prático, concebido especialmente para saltos HAHO. Era uma maçada ter de os utilizar – assim que chegassem à selva abafada, iriam assar lá dentro. No entanto, sem aquela proteção, congelariam na longa descida de paraquedas através do azul rarefeito e gelado do céu.

À altitude de nove mil metros prevista para o salto, estariam trezentos metros acima do pico do Evereste, na zona mortal de gelo permanente. A temperatura seria de cinquenta graus negativos e os ventos àquela altitude (a mesma a que voam os aviões comerciais) seriam terríveis. Sem os fatos especiais de sobrevivência, máscaras, luvas e capacetes, morreriam congelados num piscar de olhos, e a descida iria durar muito mais do que isso.

Não poderiam saltar a uma altitude menor, pelo simples motivo de que o plano complexo de descida para os deixar no ponto exato de aterragem implicava que planassem de paraquedas durante cerca de quarenta quilómetros, e só se poderia atingir essa distância saltando a nove mil metros. Além disso, o salto HAHO tinha a vantagem adicional de maximizar a emoção para as câmaras de televisão.

No centro da zona de carga do Hercules, estavam dois contentores gigantescos em forma de rolos de papel higiénico. Eram tão pesados, que estavam pousados em carris que percorriam todo o chão da aeronave. Dois dos paraquedistas mais experientes da equipa – Hiro Kamishi e Peter Krakow – iriam fixar-se aos contentores cilíndricos antes de saltarem, para os conduzirem de paraquedas até ao ponto de aterragem.

Dentro dos contentores estavam os barcos insufláveis da equipa e o equipamento auxiliar – objetos demasiado pesados para carregar em mochilas. Kamishi e Krakow iriam, por assim dizer, «montados no rolo». O esforço físico exigido seria enorme, mas Jaeger tinha uma discreta confiança naqueles dois.

O papel dele seria ainda mais exigente, mas tentou tranquilizar-se com a ideia de que já saltara em tandem dezenas de vezes e de que não deveria estar preocupado com a segurança de Irina Narov.

Assumiu uma posição em que ficava de frente para a equipa. Os elementos estavam espalhados por uma fila de assentos num dos lados do Hercules.

Do lado contrário estavam os elementos da tripulação que providenciariam a saída segura do avião por parte dos paraquedistas.

Com os vários elementos da expedição disseminados por meio mundo, todos necessitavam de uma hora padrão. Jaeger estava prestes a fazer exatamente o que faria caso se tratasse de uma operação militar. Pousou um joelho no chão e arregaçou a manga esquerda.

– Atenção – anunciou, aos berros, devido ao ruído das turbinas do avião. – Vamos confirmar a hora zulu.

Uma fileira de vultos debateu-se com os fatos desconfortáveis, na tentativa de ver os relógios de pulso. Garantir que todos sincronizavam os relógios seria absolutamente crucial para o que se seguiria.

A sua equipa e a aeronave híbrida que a sobrevoaria utilizariam por vezes o fuso horário da Bolívia. A tripulação do C-130 partia do Brasil, que estava uma hora avançado em relação à Bolívia, enquanto a sede da produtora Wild Dog Media, em Londres, tinha mais duas horas.

Seria inútil Jaeger pedir um avião de evacuação no final da missão se eles ou a aeronave chegassem três horas mais tarde ao ponto de encontro, devido à diferença dos fusos horários. O horário zulu é o padrão aceite mundialmente e é seguido por todos os exércitos, e a expedição passaria a segui-lo a partir daquele momento.

– Dentro de trinta segundos, serão cinco horas no horário zulu – anunciou Jaeger.

Todos os elementos da equipa tinham os olhos fixos no ponteiro dos segundos do relógio.

– Vinte segundos – avisou Jaeger, erguendo o olhar para a equipa. – Estão todos preparados?

Seguiu-se uma série de gestos afirmativos. Os olhos brilhavam de excitação por detrás das volumosas máscaras de oxigénio. Num salto HAHO, é preciso respirar uma mistura de ar forçado – é bombeado oxigénio puro sob pressão para os pulmões. É preciso começar a fazê-lo antes da descolagem, de forma a reduzir o perigo de hipobaropatia, ou «mal das alturas», que pode incapacitar ou matar rapidamente.

As máscaras invalidam qualquer conversa, mas, ainda assim, Jaeger sentia-se confiante. A sua equipa parecia muito preparada para atacar a serra dos Deuses.

– Cinco horas zulus em dez segundos... – contou. – Sete... quatro, três, dois... sincronizar!

Ao sinal, cada membro da equipa esboçou um gesto de assentimento. Estavam prontos, sincronizados com o horário zulu.

Todos tinham relógios de qualidade, mas nada que desse nas vistas. A regra de ouro é: quantos menos botões e funcionalidades, melhor. O pior que se pode ter é um relógio com milhentas funções. Os aparelhos com botões e mostradores volumosos têm por hábito avariar-se ou prender-se nalguma coisa. «Quanto mais simples, melhor» era o conselho que Jaeger tinha interiorizado desde o tempo da seleção para o SAS.

Jaeger usava um relógio padrão, verde-tropa, do Exército britânico. Era de baixa luminosidade, para não se ver no escuro, e não tinha qualquer metal refletor ou cromado (nada que pudesse refletir a luz solar no pior momento). Durante o seu tempo de militar, Jaeger utilizara aquele relógio por outro motivo: não fazia com que ele sobressaísse em relação aos outros soldados.

Se fosse capturado pelo inimigo, não queria ostentar nada que pudesse criar a ideia de que era particularmente especial. De facto, ele e os seus camaradas costumavam expurgar-se totalmente antes de qualquer missão: cortavam todas as etiquetas da roupa e não levavam qualquer identificação ou sinal de unidade ou patente.

Como qualquer outro soldado do seu esquadrão, Jaeger tinha treinado para ser um homem cinzento.

Bem, quase...

Tal como naquele momento, sempre mantivera uma exceção à regra: levava consigo duas fotografias, plastificadas e escondidas na sola da bota esquerda. A primeira era da sua cadela de infância, uma *bearded collie* que o avô lhe oferecera. Era muito disciplinada, dedicada, e costumava segui-lo para todo o lado. A outra era de Ruth e Luke, e uma parte significativa de Jaeger recusava-se a desistir da memória da mulher e do filho.

O transporte daquele tipo de fotografias era muito desaconselhado em qualquer missão, mas algumas coisas eram mais importantes do que as regras.

21

Sincronizados os relógios, Jaeger dirigiu-se ao seu paraquedas. Colocou o arnês, apertou as correias e fechou a pesada fivela metálica de peito com um forte estalido. Por fim, apertou as faixas das pernas. Tinha agora o equivalente a um grande saco de carvão preso às costas, e aquilo era só o início.

Nos primeiros saltos de HAHO, foi utilizado um sistema segundo o qual os militares transportavam a pesada mochila às costas, juntamente com o paraquedas. No entanto, isso implicava um enorme desequilíbrio de peso para trás. Se, por várias razões, o paraquedista perdesse os sentidos no salto, todo aquele peso nas costas faria com que tombasse para trás.

O paraquedas estava preparado para se abrir automaticamente a uma determinada altitude. Contudo, se o militar desmaiasse e estivesse a cair de costas, abrir-se-ia por baixo dele. O paraquedista passaria através do próprio paraquedas, que se enrolaria a ele como um monte de roupa húmida, e ambos tombariam em direção ao solo como uma pedra.

Felizmente, Jaeger e a sua equipa utilizariam um sistema muito mais moderno – o BT80. Neste sistema, a pesada mochila estava presa a um saco de lona grossa, fixada à parte frontal do paraquedista. Assim, em caso de desmaio, o peso conduziria o paraquedista a uma queda frontal, com o rosto em direção ao solo. Quando o paraquedas se abrisse automaticamente, estaria por cima dele – o que lhe salvaria a vida.

Os membros da tripulação movimentavam-se à volta de Jaeger, a apertar correias e a realizar ajustes minuciosos na carga que transportaria. Tratava-se de um passo essencial. Num salto daquela natureza, iriam planar, suspensos dos paraquedas, durante cerca de uma hora. Se o peso estivesse desequilibrado ou as correias estivessem soltas, o equipamento mover-se-ia de um lado para o outro, a esfolar a carne do paraquedista e a desequilibrar o salto.

A última coisa que Jaeger queria era aterrar na selva com as virilhas e os ombros doridos e esfolados. Em condições de humidade e calor, as feridas podem infetar. Qualquer ferimento pode significar o fim da expedição para a vítima.

Jaeger colocou o pesado capacete. Os membros da tripulação prenderam-lhe a garrafa de oxigénio ao peito e deram-lhe a máscara, que estava ligada à garrafa por meio de um tubo de borracha estriada. Ajustou a máscara ao rosto e inspirou profundamente, de modo a verificar se tinha um bom ajuste, hermético.

A uma altitude de mais de nove mil metros, existe pouco ou nenhum oxigénio.

Se o sistema de respiração deixasse de funcionar, ainda que por alguns segundos, não sobreviveria.

Jaeger sentiu uma euforia repentina, provocada pelo afluxo de oxigénio puro e frio ao cérebro. Calçou as luvas de cabedal, com outras Gore-Tex por cima, para o proteger do frio cortante que se faria sentir quando estivesse debaixo do paraquedas aberto a elevada altitude.

Jaeger iria saltar com a sua arma ao ombro, uma espingarda de combate padrão Benelli M4 com coronha dobrável, apontada para baixo e presa ao corpo. Era sempre possível perder a mochila no salto, e, nesse caso, afigurar-se-ia essencial a segurança de manter a sua arma principal à mão.

Não esperava que naquela ocasião estivesse presente uma força hostil no solo, mas ainda teria de lidar com aquela tribo isolada – os índios *amahuacas*. O último sinal da sua presença acontecera quando tinham atirado setas com pontas envenenadas a um grupo de prospeção de ouro que se aventurara na sua floresta.

Os mineiros tinham fugido a sete pés, e quase não sobreviveram para contar o que se passara.

Não é que Jaeger culpasse os índios por defenderem o seu território com tanta determinação. Se o mundo exterior só lhes trazia prospeção ilegal de ouro (e provavelmente algum abate de árvores), então Jaeger estava do lado dos índios, uma vez que a prospeção e o abate de árvores causariam poluição e destruição na sua pátria florestal.

Porém, isso significava que qualquer estrangeiro que penetrasse no território dos índios (incluindo Jaeger e a sua equipa) seria provavelmente visto como hostil – sobretudo porque cairia do céu e aterraria mesmo no cerne do seu mundo tribal. Na verdade, Jaeger não fazia bem ideia de que tipo de inimigo poderia encontrar quando chegasse ao solo (ou se encontraria algum), mas o seu treino ensinara-o a estar sempre preparado para tudo.

Fora esse o motivo pelo qual escolhera a espingarda de combate como arma. Era perfeita para um confronto de proximidade na selva densa. Disparava rajadas cónicas amplas, pelo que não era necessário ver o inimigo e apontar na sua direção, no meio das trevas e da vegetação.

Bastava sacudir o cano mais ou menos na direção que se queria e abrir fogo.

22

Na verdade, Jaeger tinha fortes esperanças de que, caso dessem de facto de caras com aquela tribo, tudo decorresse de forma pacífica. Em parte, estava entusiasmado com essa possibilidade: se havia alguém que percebia os mistérios da floresta tropical, era aquela tribo amazónica – o seu conhecimento acumulado ao longo de inúmeros séculos era essencial para desvendar os segredos ancestrais da selva.

Preso ao seu equipamento volumoso, Jaeger moveu-se com dificuldade e ocupou o seu assento.

Era ele quem estava mais próximo da saída, preparado para ser o primeiro a saltar.

Narov, ao seu lado, seria a segunda.

Com todas aquelas amarras, todo o volume e todo o peso, Jaeger sentia-se o Abominável Homem das Neves. Sentia calor e claustrofobia, e detestava aquela espera.

A rampa da aeronave chiou enquanto se fechava, como um gigantesco caixão de metal.

Esperava-os um voo de quatro horas. Por conseguinte, se tudo corresse conforme planeado, sobrevoariam a zona do salto pelas nove horas do horário zulu. Iriam sair todos do avião, dez figuras vestidas de verde-tropa, com os rostos cobertos de creme de camuflagem, suspensos debaixo de paraquedas preto-mate.

Quando atingissem o solo, seriam invisíveis e inaudíveis para qualquer observador. Tudo decorreria de forma muito dramática, o que é ótimo para as câmaras de televisão. No entanto, Jaeger só se sentia bem mantendo-se discreto e longe dos olhares alheios.

O avião deu um estremeção e começou a avançar pela pista banhada por um sol inclemente. Jaeger sentiu a lenta progressão da aeronave, e depois as turbinas chiaram febrilmente enquanto rodopiava no mesmo sítio, a direcionar-se para a zona de descolagem. Sentiu um pico de adrenalina à medida que o ruído dos motores ia aumentando e o piloto efetuava as últimas verificações antes de soltar os travões.

No interior do avião, o ar estava espesso com os gases da combustão de *avgas*, mas Jaeger só sentia o cheiro e o sabor do fluxo extasiante de oxigénio puro. Com todo aquele equipamento de HAHO (fato, luvas, arnês, garrafa de oxigénio, paraquedas, capacete, máscara, óculos), sentia-se terrivelmente restringido; preso, até.

Era difícil manter qualquer sentido de perspetiva.

O oxigénio tende a conduzir as pessoas a um estado de arrebatamento – como se estivessem extremamente alcoolizadas, mas sem as preocupações de uma ressaca depois da festa.

Após uma mudança drástica no rugido das turbinas, o C-130 avançou, a acelerar fortemente. Segundos depois, Jaeger sentiu-o a descolar e a encaminhar-se para os céus abafados. Debruçou-se para trás e ligou o intercomunicador do avião, para poder ouvir a conversa do piloto.

Isso era algo que o acalmava sempre que se preparava para um salto.

– Velocidade de voo de 330 km/h – entoava o piloto. – Altitude de 450 metros. Velocidade de subida de...

Nesse momento, a única ameaça à chegada ao destino seria a formação de uma tempestade sobre a selva. A nove mil metros de altitude, as condições eram algo previsíveis (geladas, ventosas, mas estáveis), independentemente do tempo a altitudes inferiores. Contudo, uma tempestade tropical ao nível do solo poderia impossibilitar a aterragem.

Bastariam ventos acima dos 27 km/h para que sentissem dificuldades em aterrar. Os paraquedas seriam empurrados para os lados, com a sua carga humana, e isso seria extremamente perigoso, tendo em conta que o local escolhido para a aterragem estava rodeado de perigos.

Havia um rio de forte corrente – o rio dos Deuses – que serpenteava pela selva. Num troço particularmente sinuoso, tinha-se criado um longo e estreito banco de areia onde quase não havia vegetação. Era uma das poucas clareiras naquela vasta extensão de selva, daí terem-na escolhido como local de aterragem.

Porém, tinham muito pouca margem de erro.

Num dos limites do estreito banco de areia, ficava a margem do rio, sinalizada por uma parede densa de selva. Se alguém fosse projetado naquele sentido, despenhar-se-ia nas árvores. Se fosse empurrado no sentido contrário, aterraria no rio dos Deuses e o peso do equipamento arrastá-lo-ia para o fundo.

– Altitude de mil metros – anunciou o piloto. – Velocidade de voo de 463 km/h. Em subida para altitude de cruzeiro.

– Vês aquela linha sem árvores na selva? – interrompeu o copiloto. – Seguimos aquele rio em direção a ocidente durante cerca de uma hora.

– Certo – confirmou o piloto. – E está uma bela manhã.

Enquanto ouvia a conversa, Jaeger sentiu um enjoo na garganta. Não costumava ficar maldisposto com a altitude. Só se sentia debilitado por estar preso e com os movimentos limitados devido ao equipamento de HAHO.

Durante a formação em HAHO, tinha feito uma série de testes de resistência a altitudes elevadas, com baixos níveis de oxigénio e em condições de desorientação extrema. Tinham-no posto numa câmara de compressão, que o levara gradualmente até ao tipo de condições que enfrentaria a nove mil metros de altitude.

A cada subida de 900 metros, tinha de retirar a máscara e gritar o seu nome, a sua patente e o seu número mecanográfico, antes de voltar a posicioná-la.

Nesse teste, não tivera dificuldades.

Todavia, a seguir foi colocado na tão temida centrífuga.

A centrífuga é uma espécie de máquina de lavar gigante e acelerada. Fizeram-no girar e girar, cada vez mais depressa, até quase desmaiar. Antes de perdermos os sentidos, a nossa visão desvanece-se até a um caleidoscópio fraturado de tons de cinzento. Temos de perceber quando estamos prestes a ver tudo cinzento, para que reconheçamos a sensação num salto real e reduzamos o efeito giratório.

A centrífuga tinha sido verdadeiramente horrível, de levar aos vómitos.

Jaeger tinha recebido um vídeo de recordação. O processo de chegar ao ponto de ver tudo cinzento não é bonito. Os olhos dilatam-se como os de uma vespa depois de ser atingida por inseticida, o rosto fica comprido e esquelético, as bochechas vão para dentro e as feições ficam todas distorcidas.

A centrífuga quase desencorajara e vencera Jaeger. Sendo uma pessoa que adorava o ar livre, odiou entrar naquele tambor de metal, naquele caixão metálico que o sufocava. Era como uma prisão. Como se fosse a sua própria sepultura.

Jaeger detestava estar fechado ou sentir-se preso de forma artificial. Como naquele momento, atado a todo aquele equipamento de HAHO e à espera de saltar.

Reclinou-se e fechou os olhos, na disposição de dormir. Era o primeiro mandamento de um soldado de elite, mas nunca o aprendera: não se deve recusar uma oportunidade de comer ou dormir, pois nunca se sabe quando surgirá outra.

Algum tempo depois, sentiu uma mão a sacudi-lo para acordar. Era um elemento da tripulação. Por um instante, julgou que teria chegado a hora H. Porém, quando olhou para os outros elementos da equipa, viu que ninguém parecia estar a preparar-se para saltar.

O elemento da tripulação debruçou-se e gritou-lhe ao ouvido:

– O piloto vem aí para te dar uma palavrinha.

Jaeger olhou para a frente e viu um vulto a contornar o copiloto, que estava debruçado no seu assento desdobrável na traseira do *cockpit*. Calculou que o piloto teria passado os controlos do avião ao copiloto.

O piloto aproximou-se e inclinou-se na sua direção, a gritar, para se fazer ouvir por cima do ruído dos motores:

– Que tal vai isso?

– Dormi que nem uma pedra. É sempre um prazer voar com verdadeiros profissionais.

– É sempre agradável pôr o sono em dia – confirmou o piloto. – Então, é o seguinte: surgiu uma coisinha. Achei que vos devia avisar disso. Não faço ideia do que significa, mas... pouco depois de descolarmos, tive a sensação de que estávamos a ser seguidos. É que eu fui um «rastejante noturno», se é que me percebes.

Jaeger levantou uma sobrancelha.

– Pertenceste ao SOAR? Ao 160.º?

– Pertenci, pois – gritou o piloto. – Antes de me tornar demasiado velho e cansado para ser soldado.

O 160.º Regimento de Aviação de Operações Especiais (cujos elementos são conhecidos como Rastejantes Noturnos) é a principal unidade norte-americana de operações furtivas aerotransportadas. Em várias ocasiões, em pleno território inimigo, com os rivais no seu encalço, Jaeger tivera de pedir o apoio de um helicóptero de salvamento do SOAR.

– Vocês são dos melhores – disse Jaeger ao piloto. – Tenho muito respeito pelo vosso regimento. Salvaram-nos de apuros muitas vezes.

O piloto retirou uma medalha militar do bolso e pô-la na mão de Jaeger.

Era mais ou menos do tamanho e do formato de uma grande moeda de chocolate, do tipo que Jaeger costumava deixar na meia de Natal de Luke. A época natalícia era muito especial para a família Jaeger; à exceção da última, que fora passada em escuridão total. Aquela memória causou-lhe uma pontada de dor.

Sentiu a medalha do SOAR fria, grossa e pesada na mão. Tinha a insígnia do batalhão num dos lados e, no outro, o lema «A Morte aguarda na Escuridão». Era tradição do Exército americano dar uma medalha da unidade a outro soldado, mas infelizmente o britânico não tinha nenhum costume equivalente.

Jaeger sentiu-se honrado por receber aquela medalha, e estava determinado a mantê-la consigo na expedição que se avizinhava.

– Voltando ao assunto, fiz uma observação de 360° com o radar – prosseguiu o piloto. – E lá estava, no horizonte, um pequeno avião civil a seguir-nos. Quanto mais tempo passava no meu ângulo morto, mais eu tinha a certeza de que nos estava a perseguir. Ainda lá está, a manter uns seis quilómetros de distância, uma hora e vinte minutos depois de termos descolado.

– Pelo aspeto no radar, suponho que seja algo semelhante a um Learjet 85 – continuou o piloto. – Um jato privado de passageiros, pequeno, rápido, ultramoderno. Queres que os contacte e pergunte que diabo estão a fazer a cheirar-nos o traseiro?

Jaeger refletiu por um momento. Normalmente, um avião com aquele comportamento encontrar-se-ia numa missão de vigilância, a tentar apurar o que estariam a fazer os tipos da aeronave que perseguia. Já se perderam e ganharam muitas guerras dependendo de quem possuía as melhores informações, e Jaeger nunca gostara de que o espiassem.

– Há alguma hipótese de ser uma coincidência? Talvez um voo comercial que calhou ir na mesma direção e à mesma velocidade que nós... O piloto negou com a cabeça.

– Nada disso. Os Learjet 85 voam a quinze mil metros de altitude; nós vamos a nove mil, à altitude do salto. Os pilotos voam sempre a altitudes diferentes, para descongestionar o espaço aéreo. E um Learjet circula cerca de 185 km/h mais depressa do que um Hercules.

– Há alguma forma de nos causarem problemas? – perguntou Jaeger. – Com o salto?

– Um Learjet contra um Super Hercules? – O piloto riu-se. – Gostava de os ver tentar. – E encarou Jaeger. – Está a ir mais devagar e a manter-se no nosso ângulo morto. Não duvides disto: está a perseguir-nos.

– Deixa-os pensar que não sabemos que ali estão. Assim temos mais opções.

O piloto anuiu.

– Parece-me bem. Assim ficam na dúvida.

– Talvez seja uma organização amigável – sugeriu Jaeger. – A tentar saber o que andamos a fazer aqui...

O piloto encolheu os ombros.

– Pode ser. Mas é como dizem: fia-te na Virgem e não corras!

Jaeger sorriu. Esse tinha sido um dos seus ditados preferidos no SAS.

– Vamos presumir que quem nos está a seguir não é a Virgem Maria com o intuito de nos abençoar. Mantenham-se alerta. Avisem-me se houver alguma alteração.

– Afirmativo – confirmou o piloto. – Entretanto, vamos seguir a direito e a velocidade constante, para poderes fazer mais uma soneca.

23

Jaeger recostou-se e tentou dormir, mas sentia-se estranhamente inquieto. Por mais que pensasse, não fazia ideia de quem seria aquele avião desconhecido. Guardou a medalha dos Rastejantes Noturnos bem no fundo do bolso e a sua mão tocou num pedaço de papel dobrado. Quase se esquecera de que o trazia ali.

Pouco antes de abandonar o Rio de Janeiro, tinha recebido um *e-mail* inesperado. Era de Simon Jenkinson, o arquivista. Como Jaeger não iria trazer nenhum computador portátil nem nenhum *smartphone* para a expedição (não haveria eletricidade nem rede de telemóvel no local para onde se dirigiam), imprimira uma cópia.

Passou os olhos pela mensagem novamente:

Pediu-me que o mantivesse informado caso encontrasse algo de interessante. Os Arquivos de Kew acabaram de disponibilizar um novo ficheiro ao abrigo da Lei dos 70 anos: AVIA 54/1403A. Quando o li, não queria acreditar. Era deslumbrante. Quase assustador. Parece-me algo que as autoridades nunca teriam disponibilizado ao público se os censores estivessem a fazer o seu trabalho em condições.

Pedi-lhes uma cópia de todo o ficheiro, mas costumam demorar uma eternidade a mandar. Enviar-lhe-ei os documentos completos por *e-mail* assim que os tiver. Consegui tirar algumas fotografias das partes mais importantes com o iPhone, às escondidas. Uma delas segue em anexo. O elemento-chave é Hans Kammler, ou SS *Oberst-Gruppenführer* Hans Kammler, como era conhecido durante a guerra. Não há dúvida de que Kammler é o elemento-chave.

Os Arquivos Nacionais, sediados em Kew, na zona ocidental de Londres, contêm cofres cheios de documentos oficiais do Governo britânico, alguns com muitos séculos. Era possível consultá-los pessoalmente, mas seria necessário encomendar cópias dos que se quisesse levar e estudar ao pormenor. Era totalmente proibido tirar cópias pessoais.

O facto de Jenkinson ter tirado fotografias à socapa com o seu iPhone deixou Jaeger deveras impressionado.

Era evidente que o arquivista tinha mais coragem do que parecia à primeira vista.

Ou talvez os documentos lhe tivessem parecido tão extraordinários (tão «deslumbrantes», como Jenkinson referira), que não conseguira resistir a violar algumas regras.

Jaeger tinha descarregado a foto que Jenkinson enviara em anexo. Tratava-se de uma imagem desfocada de um documento secreto do Ministério do Ar, um departamento britânico criado propositadamente no tempo da guerra. No topo do documento estava carimbado a encarnado: «ULTRASSECRETO: deve manter-se fechado à chave e nunca poderá sair deste gabinete».

O conteúdo era:

Comunicação intercetada, 3 de fevereiro de 1945. A tradução é a seguinte:
Do *Führer* para o plenipotenciário especial do *Führer*, Hans Kammler, SS *Oberst-Gruppenführer* e general das Waffen SS.
Assunto: Missão especial do *Führer* – referência *Aktion Adlerflug* [Operação Voo da Águia].
Estatuto: *Kriegsentscheidend* [mais do que ultrassecreto].
Missão: Kammler, na qualidade de plenipotenciário do *Führer*, deverá assumir o comando de todos os departamentos e do pessoal (de ar e terra) do Ministério do Ar alemão, das suas atribuições e do desenvolvimento de aviões, e de todas as questões de abastecimento, incluindo combustíveis e organização no terreno, incluindo aeródromos. O quartel--general de Kammler em Reichssportfeld será a sede para a atribuição de equipamento e aprovisionamentos.
Kammler chefiará o programa de deslocação de indústrias vitais de armamento para longe do alcance das forças inimigas. Deverá formar centros de coordenação de deslocação, equipados com o Esquadrão 200 (LKW Junkers), encarregados da remoção, da saída e do transporte

de sistemas de armamento, com vista a efetuar uma redistribuição adequada para esconderijos predefinidos.

Jenkinson tinha acrescentado uma nota na qual explicava que «LKW Junkers» era uma designação alternativa dos nazis para os Ju 390.

Jaeger tinha procurado a palavra «plenipotenciário» no Google. Tanto quanto aquilo que conseguira depreender, designava um emissário especial com poderes extraordinários. Ou seja, Kammler era o braço-direito e o enviado de Hitler, com poderes para fazer o que fosse necessário.

O *e-mail* de Jenkinson era interessante. Parecia sugerir que, no final da guerra, Hans Kammler tinha sido incumbido de retirar o principal armamento nazi do alcance dos Aliados. E, se Jenkinson estava certo, os meios para o fazer poderiam ter sido um esquadrão de gigantescos aviões de guerra Ju 390.

Jaeger enviara um *e-mail* ao arquivista a perguntar o que poderia representar a integralidade do ficheiro Kammler. No entanto, não recebera qualquer resposta, pelo menos até ter entrado no avião com destino ao coração da Amazónia. Tinha de se conformar com o facto de não vir a ter mais explicações até ao final da expedição.

– Vinte minutos para o salto. – O anúncio do piloto interrompeu a meditação de Jaeger. – A informação meteorológica indica bom tempo, o rumo de aproximação mantém-se inalterado.

Havia uma corrente de ar extremamente fria a circular pelo compartimento de carga do avião. Jaeger bateu palmas com as mãos congeladas, para tentar reanimá-las. Dava tudo por uma chávena de café quente naquele momento.

O Super Hercules estava a cerca de duzentos quilómetros do local do salto. Por intermédio de um conjunto de cálculos complicados (que tinham em conta a velocidade e a direção do vento a nove mil metros de altitude e a todas as altitudes até ao chão), tinham determinado o ponto exato no céu a partir do qual deveriam saltar.

A partir daí, planariam ao longo de quarenta quilómetros até ao banco de areia.

– Dez minutos para o salto – declarou o piloto.

Jaeger ergueu-se.

À sua direita, viu uma fila de pessoas que, como ele, se levantavam dos assentos e movimentavam as pernas rígidas para afastar o frio. Debruçou-se e prendeu a sua pesada mochila à parte frontal do arnês do paraquedas, por meio de uns mosquetões grossos de aço. Quando saltasse, a mochila ficaria pendurada no peito, suspensa por um sistema de rolete.

– Oito minutos para o salto – anunciou o piloto.

A mochila de Jaeger pesava trinta quilos. O peso do equipamento do paraquedas que trazia às costas era equivalente. Além disso, ele transportava quinze quilos de armamento e munições, bem como o sistema de oxigénio.

No total, eram quase noventa quilos.

Jaeger tinha cerca de um metro e oitenta, era elegante, cheio de músculos trabalhados e tonificados. As pessoas tendem a pensar que os tipos das forças de elite são monstros, verdadeiras montanhas humanas. Alguns, como Raff, eram de facto enormes, mas uma grande percentagem deles assemelhava-se a Jaeger: esguios, rápidos e mortíferos como leopardos.

O elemento principal da tripulação deu um passo para trás de forma que todos o pudessem ver. Ergueu a mão com cinco dedos esticados: faltavam cinco minutos para o salto. Jaeger já não ouvia o piloto; tinha desligado o intercomunicador. A partir daquele momento, o salto seria preparado apenas através de gestos.

O elemento da tripulação ergueu o punho e soprou lá para dentro, afastando os dedos como uma flor a abrir-se. Mostrou cinco dedos, duas vezes seguidas. Era o sinal que indicava a velocidade do vento no solo: dez nós, o equivalente a cerca de 18,5 km/h. Jaeger suspirou de alívio. Aquela era uma velocidade de vento viável para a aterragem.

Tratou de ajustar todas as fivelas uma última vez e de verificar novamente o equipamento. O tripulante exibiu três dedos em frente aos óculos que Jaeger já trazia postos. Era o momento de se fixar a Irina Narov para o salto tandem.

Jaeger voltou-se para a traseira do Hercules. Avançou a custo, segurando na mochila com uma mão e recorrendo à outra para se apoiar na parte lateral do avião. Precisava de se aproximar ao máximo da rampa antes de estar preso à companheira de salto.

Ouviu um estrondo seco proveniente do topo do avião. Seguiu-se um ruído mecânico arrastado e uma corrente de ar gelado. A rampa estava aberta e começava a descer, deixando entrar progressivamente um forte vento glacial para a zona de carga do avião.

Enquanto se aproximava da rampa descendente, Jaeger teve alguma esperança de ouvir as primeiras notas de Wagner a soarem bem alto nos altifalantes do avião. Normalmente, seria por aquela altura que o piloto iniciaria a música.

Ao invés, escutou uns acordes de guitarra irreverentes e selvagens, seguidos da batida ritmada de uma bateria. Foi então que a voz aguda e tresloucada do vocalista de uma banda de *heavy metal* se fez ouvir...

Era a *Highway to Hell*, dos AC/DC.

Não havia dúvida de que o piloto era um «rastejante noturno»: claramente, decidira fazer tudo à sua maneira.

O refrão obsessivo soou no momento em que o chefe da tripulação empurrava um vulto na direção de Jaeger: era Irina Narov, pronta para ser emparelhada.

Highway to Hell...

O piloto e o nome da música pareciam sugerir que Jaeger e a respetiva equipa estavam a caminho da condenação eterna.

«Estariam?», perguntou-se. «Estariam a caminho do Inferno? Seria para lá que esta missão os estava a encaminhar?»

Tinha sinceras esperanças de que um destino bastante melhor os aguardasse na selva.

Contudo, em parte, temia que estivessem a saltar para o seu pior tormento na serra dos Deuses.

24

Jaeger tentou ao máximo banir o refrão tresloucado e frenético da cabeça. Por um instante, encarou a russa alta e de músculos tonificados que tinha à sua frente. Ela parecia em forma: aparentemente não tinha um grama de peso a mais no corpo esguio.

Jaeger não sabia exatamente o que esperava detetar no olhar dela.

Apreensão? Medo?

Ou talvez algo semelhante a pânico?

Narov tinha pertencido ao Spetsnaz, o mais próximo que os russos tinham do SAS. Por tradição, uma ex-oficial daquela unidade deveria ser extremamente competente. No entanto, Jaeger vira muitos soldados de elite a entrarem em pânico quando estavam prestes a saltar de uma rampa para o céu azul gelado.

Àquela altitude, a curvatura da Terra seria claramente visível, alongando-se até ao ténue horizonte. Saltar da rampa de um C-130 já era assustador em condições normais. Fazê-lo nos limites exteriores da atmosfera terrestre era um verdadeiro salto de fé, e podia ser aterrador.

Contudo, quando Jaeger olhou para os olhos azul-celestes de Narov, detetou apenas uma calma indecifrável, imperscrutável. Viu apenas uma surpreendente ausência de emoção, uma calma resoluta, quase como se nada, nem sequer um mergulho para o vazio a nove mil metros de altitude, a pudesse afetar.

Narov afastou o olhar, virou-lhe as costas e adotou a sua posição.

Aproximaram-se a custo.

Num salto tandem, ambos os paraquedistas estão virados na mesma direção. O paraquedas de Jaeger deveria chegar para amortecer a queda de ambos, proporcionando-lhes um pedaço de tecido que partilhariam de modo a pairarem até ao solo. Os membros da tripulação ao lado de ambos prenderam--nos muito bem um ao outro.

Jaeger já tinha saltado em parelha muitas vezes. Sabia que não devia sentir-se daquela forma – pouco à-vontade e desconfortável por ter outro ser humano àquela proximidade.

Até àquele momento, sempre se emparelhara com camaradas das forças de elite, irmãos de armas. Eram pessoas que conhecia bem, ao lado das quais combateria de bom grado, se fosse necessário. Não se sentia nada confortável assim, preso daquela forma a uma pessoa estranha – ainda por cima a uma mulher.

Além disso, Narov era o membro da sua equipa em quem menos confiava naquele momento: ela era a principal suspeita do homicídio de Andy Smith. Porém, não podia negar que estava a ficar afetado pelo facto de ela ser muito atraente. Por mais que tentasse ignorar aqueles pensamentos e concentrar-se no salto, não conseguia.

A música não ajudava – aquela letra maluca dos AC/DC a martelar-lhe na cabeça.

Jaeger olhou para trás. Tudo aconteceria depressa a partir daí.

Viu os elementos da tripulação a empurrarem os dois cilindros pelos carris que percorriam a zona de carga do avião. Kamishi e Krakow avançaram e ajoelharam-se junto desses contentores volumosos, como se fossem rezar. A tripulação prendeu-lhes os cilindros ao peito com arneses. Os dois paraquedistas iriam rolar os cilindros à sua frente e saltar com eles, poucos segundos depois de Jaeger e Narov terem abandonado o avião.

Jaeger voltou-se para a frente e encarou o vazio banhado de sol.

De repente, a barulheira dos altifalantes do avião silenciou-se. A *Highway to Hell* tinha sido interrompida. Após alguns segundos de silêncio, apenas cortado pelo vento, Jaeger ouviu uma nova explosão de som. Em vez do som infernal dos AC/DC, uma música extremamente forte e estimulante começou a ecoar na zona de carga do C-130.

Era inconfundível.

Clássica.

Jaeger não resistiu a sorrir.

O piloto tinha-o provocado por um momento, mas acabou por cumprir a promessa. Era a *Cavalgada das Valquírias*, de Wagner – e nos últimos segundos antes do salto.

Jaeger tinha uma ligação de longa data àquela música.

Antes de se alistar no SAS, tinha sido comando nos Royal Marines. Após o treino de paraquedismo, a música na cerimónia de atribuição do *brevet* de paraquedista tinha sido a *Cavalgada das Valquírias*. Já havia saltado muitas vezes de um C-130 na companhia dos camaradas do SAS com aquela composição clássica de Wagner aos berros nos altifalantes do avião.

Era o hino de serviço das unidades aerotransportadas britânicas.

E era uma ótima música para saltar de paraquedas numa missão como aquela.

Enquanto se preparava para a saída, Jaeger pensou por um instante no avião que os seguira. O piloto do C-130 não voltara a falar nele. Talvez tivesse desaparecido; provavelmente teria desistido da perseguição quando o Hercules entrou no espaço aéreo boliviano.

Decerto não poderia interferir no salto, ou o piloto não os deixaria prosseguir.

Jaeger esqueceu essa questão.

Empurrou levemente Narov para a frente, com os dois a arrastarem os pés em simultâneo na direção da rampa aberta. Em ambos os flancos, os tripulantes prenderam-se à fuselagem para evitar serem arrastados pela ferocidade do vento.

O segredo num salto HAHO é manter sempre uma perceção espacial, saber exatamente onde se está posicionado na sequência de paraquedistas. Enquanto coordenador do salto, era vital que Jaeger os mantivesse em coesão. Se perdesse uma pessoa, não poderia chamá-la pelo rádio – o ruído da turbulência e do vento impossibilitaria as comunicações durante a queda livre.

Jaeger e Narov detiveram-se na extremidade da rampa.

Havia vários vultos alinhados atrás deles. Jaeger sentiu que o coração galopava, à medida que a adrenalina aumentava e lhe fervia nas veias. Estavam no teto do mundo, no reino do céu estrelado.

Os elementos da tripulação efetuaram uma última verificação visual a cada paraquedista, de modo a garantir que não havia correias presas, emaranhadas, ou até soltas. No caso de Jaeger, era uma verificação tátil, para garantir que todos os pontos de contacto entre ele e Narov estavam bem presos.

O responsável da tripulação gritou as instruções finais:

– Verificação de equipamento a partir do fundo!

– DEZ PRONTO! – gritou a pessoa que estava mais atrás.

– NOVE PRONTO!

À medida que cada pessoa anunciava a sua prontidão, dava um toque no ombro da seguinte. Se alguém não recebesse o toque no ombro, sabia que o camarada anterior estava em apuros.

– TRÊS PRONTO! – Jaeger sentiu uma pancada do paraquedista atrás de si. Era Mike Dale, o jovem operador de câmara australiano que, com um aparelho minúsculo preso ao capacete, o filmaria a saltar da rampa com Narov.

Antes que as palavras ficassem presas na garganta, Jaeger forçou-se a gritar:

— UM E DOIS PRONTOS!

A fila apertou-se ainda mais. Se deixassem demasiado espaço entre si no céu, arriscar-se-iam a perder-se na queda.

Jaeger olhou para a luz que regulava os saltos.

Começou a piscar a vermelho: *Preparar.*

O ex-militar olhou para a frente, sobre o ombro de Narov. Sentiu alguns cabelos soltos dela a chicotearem-lhe o rosto, e viu a figura oblonga da rampa em silhueta contra a entrada luminosa e ruidosa para o céu.

Lá fora, estava um remoinho de luz pura, furiosa e ofuscante.

Jaeger sentiu o vento a soprar fortemente no capacete e a tentar arrancar-lhe os óculos do rosto. Baixou a cabeça e preparou-se para avançar.

Pelo canto do olho, viu a luz vermelha a tornar-se verde.

O elemento da tripulação afastou-se.

— VAI! VAI! VAI!

De repente, Jaeger empurrou Narov para a frente, projetando-a para a frente e mergulhando em seguida. Como uma unidade, tombaram no vazio ululante. Contudo, quando abandonaram a rampa aberta, Jaeger sentiu momentaneamente que algo se prendera algures, com uma força que, ao soltar-se, os desequilibrou violentamente.

Percebeu de imediato o que acontecera: tinham feito uma saída instável.

Tinham perdido o equilíbrio e estavam a rodopiar.

A situação podia tornar-se grave.

Jaeger e Narov foram sugados pela violenta turbulência de esteira do avião, que os fez girar cada vez mais depressa. Quando foram cuspidos do rasto da aeronave, começaram a cair para o solo, a rodopiar como um enorme pião tresloucado.

Jaeger tentou concentrar-se na contagem dos segundos antes de se arriscar a abrir o paraquedas.

— Três mil e três, três mil e quatro...

No entanto, enquanto a voz contava na sua mente, apercebeu-se de que tudo estava a piorar rapidamente. Em vez de estabilizar, a rotação parecia imparável. Era o regresso do pesadelo da centrífuga, mas agora a nove mil metros de altitude e numa situação real.

Tentou avaliar a que velocidade estariam a rodopiar, para ver se se poderia arriscar a abrir o paraquedas. A única forma de o fazer era contar a rapidez com que o ar à sua volta passava de azul a verde, a azul, e a verde novamente. O azul significava que estavam virados para o céu; o verde era da selva.

Azul-verde-azul-verde-azul-verde-azuuuul-veeeeerde-azuuuuuuuuuul...
Ahhhhhhhhh!

Naquele momento, Jaeger lutava para se manter consciente, já não estava em condições de avaliar o que via.

25

O plano de salto previa que todos se unissem durante a queda livre, e que todos acionassem os paraquedas quando Jaeger abrisse o seu. Desse modo, desceriam em relativa sincronia e planariam até à zona de aterragem em conjunto. Todavia, em tandem e com a rotação a catapultá-los pelos céus, começavam a distanciar-se uns dos outros.

Encaminhavam-se rapidamente para o solo, com a rotação a aumentar durante a queda. As forças G aumentavam proporcionalmente à velocidade, e o vento sacudia a cabeça de Jaeger como se fosse um furação. Sentia-se como se estivesse em cima de uma mota gigantesca e descontrolada a descer um túnel em espiral a 400 km/h.

Com o arrefecimento pelo vento, a temperatura deveria rondar os cem graus negativos. À medida que a rotação se foi tornando mais violenta, Jaeger começou a notar o efeito de cinzento nas extremidades dos seus olhos gelados.

Tudo lhe parecia cada vez mais desfocado. Sentia falta de ar, de oxigénio. Os pulmões ardiam-lhe e tinham dificuldade em obter ar suficiente da garrafa. A sua perceção sensorial (a capacidade de saber onde estava, ou até quem era) deteriorava-se rapidamente.

No seu flanco, a espingarda de combate sacudia-se como se fosse um bastão de basebol, com a coronha dobrável a dar-lhe pancadas no capacete. Tinha estado bem presa ao seu flanco, mas soltara-se na queda livre e estava a criar ainda mais instabilidade.

Jaeger estava agora prestes a perder os sentidos.

E nem queria imaginar o estado em que estaria Narov.

Com a pulsação a cavalgar-lhe na cabeça, e aturdido com as tonturas e a desorientação, Jaeger esforçou-se por se concentrar. Tinha de estabilizar a queda. Narov dependia dele, bem como todos os outros membros da equipa.

Só havia uma forma de deter a rotação.

Era altura de o fazer.

Aproximou os braços do peito, e em seguida abriu-os e afastou as pernas, criando a forma rígida de uma estrela, enquanto preparava as costas para forças insuportáveis que ameaçariam arrancar-lhe os membros um a um. Os músculos doíam-lhe muitíssimo, devido à pressão. Jaeger deu um grito lancinante de agonia enquanto mantinha a postura e tentava estabilizar os dois no ar rarefeito.

– Aaaaaaaaaah!

Pelo menos ninguém o ouviria gritar, uma vez que estavam sozinhos no teto do mundo.

Com os braços e as pernas esticados rigidamente para criar quatro âncoras, o seu corpo avançava arqueado pela insustentável leveza da atmosfera. O ar gelado uivava ao seu redor enquanto os seus membros iam ficando hirtos de dor. Se ao menos conseguisse manter aquela posição de estrela o tempo suficiente para estabilizar a queda louca em espiral, talvez conseguissem sair dali vivos.

Gradualmente, devagar, em sofrimento, Jaeger começou a sentir a rotação a diminuir.

Por fim, Jaeger e Narov pararam de rodopiar.

O ex-militar forçou a mente exausta a concentrar-se.

Estava de frente para o azul ofuscante.

Azul significava céu.

Vociferou uma série de palavrões. *Estou virado ao contrário.*

Estavam os dois a cair a uma velocidade letal de costas para o solo. A cada segundo, aproximavam-se quase cem metros de um impacto esmagador, uma vez que se dirigiam à selva densa. Contudo, se Jaeger acionasse o paraquedas na posição em que estavam, a calota abriria debaixo deles. Cairiam através do paraquedas, a toda a velocidade a caminho do solo, como um par de cadáveres envolto numa mortalha de seda emaranhada.

Despenhar-se-iam na floresta a cerca de quatrocentos quilómetros por hora.

Seria morte certa. Um homem e uma mulher, presos num derradeiro abraço.

Jaeger mudou de posição e apertou o braço direito contra o corpo. Rodou o ombro oposto, na tentativa de os virar ao contrário. Precisava de encarar o verde. Urgentemente.

Verde significa solo.

Contudo, aparentemente, a manobra só obteve o pior resultado de todos: a torção violenta colocou-os novamente em rotação.

Por um instante, Jaeger esteve prestes a entrar em pânico. Ergueu involuntariamente o braço para o punho de abertura, mas deteve o movimento da mão. Fez um esforço para se recordar de como tinham feito sucessivos testes com um boneco especial nos saltos de aprendizagem de modo a precaver estas situações.

Se abrisse o paraquedas em rotação, estaria em apuros. E dos grandes.

Os cordões de suspensão emaranhar-se-iam, como quando se enrola esparguete num garfo. Não seria nada bom.

Com o progressivo aumento da rotação, Jaeger percebeu que estava prestes a ver tudo cinzento. Era o momento do desespero. Era pior do que a máquina centrífuga, devido à altitude superior e ao facto de não existir um botão para desligar aquilo tudo. Começou a ver tudo desfocado, e sentia-se cada vez menos consciente. Estava prestes a desmaiar.

– Concentra-te! – gritou para si mesmo.

Disse alguns palavrões, na tentativa de libertar a mente da confusão debilitante.

– CONCENTRA-TE! CON-CEN-TRA-TE!

Naquela situação, cada segundo era precioso. Tinha de adotar novamente a posição de estrela, e conseguir que Narov fizesse o mesmo. Juntos teriam muito mais probabilidades de se estabilizar.

Não tinha como comunicar com ela, a não ser por meio de linguagem corporal e gestos efetuados com as mãos. Preparava-se para lhe agarrar nos braços e sinalizar o que pretendia, quando ela começou a debater-se violentamente com ele.

No meio de toda a confusão, algo prateado reluziu no ar límpido e resplandecente.

Uma lâmina.

Uma faca de combate.

A avançar na direção dele, pronta para se espetar na zona do peito.

Jaeger percebeu imediatamente o que se passava. Era impossível, mas real. Narov preparava-se para o apunhalar.

O aviso de Carson ecoou-lhe na mente: *Nunca larga a faca. Nem gosta de ser contrariada.*

A lâmina aproximou-se dele num golpe violento.

Jaeger conseguiu bloqueá-lo com um movimento defensivo do braço direito, utilizando o altímetro rígido que tinha atado ao pulso para absorver o impacto. A lâmina raspou no vidro grosso e fez-lhe um corte na luva de Gore-Tex. Sentiu uma pontada de dor no antebraço direito.

Aquele primeiro golpe infligira-lhe um corte.

Durante alguns instantes desesperados, continuou a efetuar movimentos defensivos, enquanto Narov agitava a lâmina violentamente, para trás e para a frente.

Narov desferiu mais um golpe, desta feita para uma zona bastante inferior, claramente em direção à sua barriga. O braço de Jaeger, congelado com o frio, chegou atrasado uma décima de segundo.

Não conseguiu bloquear o golpe.

Contraiu-se à espera da dor intensa de uma lâmina a penetrar-lhe bem fundo na zona abdominal.

O local exato da punhalada não era muito relevante. Se ela o ferisse ali, enquanto perdia trezentos metros ou mais a cada três segundos, seria um homem morto.

26

O golpe foi rápido e certeiro.

Estranhamente, quando a faca se afastou do fundo da sua barriga, Jaeger não sentiu qualquer dor. Nenhuma dor, de todo. Ao invés, percebeu que a primeira das correias que o prendiam a Narov se soltara com o corte da lâmina.

O braço da russa voltou a avançar, recuou, e a lâmina tornou a atingir o alvo, separando o tecido grosso e o *nylon*.

Quando acabou de cortar as correias do lado direito, Narov dedicou-se ao flanco contrário. Com alguns movimentos rápidos da faca, cortou freneticamente as faixas do lado esquerdo.

Mais uns poucos golpes e terminou.

Posto isso, Irina Narov, o elemento-surpresa da equipa de Jaeger, afastou-se dele a girar.

Assim que se libertou, Jaeger viu-a abrir os braços e as pernas até atingir a posição de estrela. À medida que os membros lhe abrandaram a queda, Narov começou a estabilizar, e Jaeger passou por ela a alta velocidade. Pouco depois, ouviu um estalido por cima dele, como quando as velas de um barco apanham vento, e um paraquedas insuflou-se no céu.

Irina Narov abrira o seu paraquedas de emergência.

Livre do peso morto de um segundo corpo, as probabilidades de sobrevivência de Jaeger já não eram de forma alguma quase nulas, como cinco segundos antes. Durante alguns instantes, que pareceram durar uma eternidade, tentou desesperadamente controlar a sua rotação, debatendo-se para deter o movimento em espiral e atingir alguma estabilidade.

Já tinha atingido quase dois minutos em queda livre quando finalmente se arriscou a puxar o punho de abertura, soltando cerca de trinta metros quadrados da melhor seda atrás de si.

Pouco depois, sentiu algo como uma mão gigante a agarrá-lo e a puxá-lo violentamente para cima pelos ombros. Travar uma queda livre daquelas era como embater de carro a alta velocidade contra uma parede e ser atingido por todos os *airbags* ao mesmo tempo.

Jaeger passou da ameaça de uma queda iminente, rápida e mortal na selva ao conhecimento de que o paraquedas lhe salvara a vida. Ou, antes, que ambos tinham sido salvos pelo trabalho eficiente que Irina Narov realizara com a sua faca. Olhou para cima, de modo a verificar se a calota estava na posição correta. Estendeu as mãos, agarrou nos manobradores e puxou-os com vigor algumas vezes, libertando totalmente o paraquedas e permitindo-lhe planar à vontade.

Graças a Deus, tudo estava bem.

Depois do turbilhão agoniante e do ruído ensurdecedor do vento na queda livre, o mundo de Jaeger transformara-se na mais pura calma. A calota que pairava sobre ele só era agitada ocasionalmente por pequenas oscilações no vento. Por um instante, Jaeger concentrou-se em controlar o ritmo cardíaco e em ordenar as ideias, para se poder descontrair enquanto planava.

Atreveu-se a consultar o altímetro. Estava a cerca de quinhentos metros de altitude. Acabara de concluir uma queda mortal de 8500 metros. Demorara seis segundos a abrir devidamente o paraquedas. Ativara-o menos de dez segundos antes de se estatelar no solo a cerca de 200 km/h.

Safara-se por pouco.

Àquela velocidade, pouco restaria dele, no meio dos fetos e da madeira apodrecida, para os camaradas da equipa apanharem e enterrarem.

Além de Narov, não avistava nenhum outro paraquedista.

Apontou os olhos doridos e raiados de sangue para baixo, em busca das copas verdes aveludadas. Estas aproximavam-se lentamente dele, e não havia qualquer clareira à vista.

Calculou que tanto ele como Narov estariam a mais de trinta quilómetros da zona onde tencionavam aterrar. O plano era abrirem os paraquedas a cerca de oito mil e quinhentos metros de altitude e planarem ao longo de uns quarenta quilómetros até ao banco de areia. No entanto, com a saída instável e a rotação quase letal que se seguira, todo esse plano fracassara.

À exceção de Narov, de sangue inquestionavelmente frio, Jaeger perdera todos os outros membros da equipa.

Eram dois paraquedistas solitários a pairar no ar quente e húmido, sem terem onde pousar.

Não podia ser muito pior.

Por um instante, Jaeger pensou se teria sido a sua arma a prender-se na rampa do Hercules, provocando a rotação que quase os vitimara. Porém, como poderiam os membros da tripulação ter falhado a esse nível? O trabalho deles consistia em assegurarem-se de que todos os paraquedistas estavam livres de obstruções, de que não havia nada solto que pudesse atrapalhar. Além disso, sabia que prendera devidamente a espingarda antes de saltar.

Jaeger tinha trabalhado com inúmeras tripulações ao longo dos anos. Eram sempre profissionais extremamente competentes. Sabiam que eram responsáveis pela vida dos paraquedistas e que o menor erro se poderia revelar fatal. Só por sorte (e, havia que admiti-lo, graças à rapidez de raciocínio de Narov) é que ambos tinham sobrevivido.

Não fazia sentido que os tripulantes tivessem deixado a arma solta na saída do avião. Não batia certo. De facto, já havia inúmeros elementos incongruentes. Em primeiro lugar, Smithy falecera – ou teria sido assassinado. Depois, havia aquele avião desconhecido que os seguira. Agora aquilo.

Teria um dos elementos da tripulação tentado sabotar o salto? Jaeger não tinha a certeza disso, mas começava a questionar-se acerca do que mais poderia correr mal.

Na verdade, muito mais poderia correr mal, pois naquele momento teria de resolver o pior de todos os problemas.

A seguir à abertura do paraquedas, a aterragem era sempre o segundo momento mais perigoso – sobretudo quando não havia nenhuma clareira à vista onde pousar. Como um instrutor de paraquedismo avisara Jaeger outrora, não é a queda livre que mata as pessoas; é o chão.

Jaeger recuperara umas dezenas de metros em relação a Narov desde que ela se afastara enquanto rodopiavam. Estavam reduzidos a uma equipa de dois. A principal prioridade era manterem-se juntos para a aterragem e para tudo o que se pudesse seguir. Jaeger concentrou-se em tentar abrandar, para que ela o pudesse apanhar.

Por cima dele, Narov executou uma série de movimentos bruscos para a esquerda, enquanto descia em espiral debaixo do paraquedas, perdendo rapidamente altitude com cada rotação. Jaeger continuou a ajustar o seu paraquedas, manobrando-o para atenuar a velocidade do vento e abrandar a queda.

Alguns segundos depois, sentiu algo a esvoaçar ao seu lado, e lá estava Narov. Cruzaram olhares através do espaço que os separava. Apesar do épico «combate à facada» em pleno ar, ela parecia imperturbável, como se nada tivesse acontecido.

Jaeger experimentou fazer-lhe o sinal positivo com o polegar para cima.
Narov retribuiu.

Ele sinalizou que a conduziria até à aterragem. A russa assentiu com a cabeça, colocou-se atrás dele e assumiu posição vários metros acima dele. Já só lhes faltavam algumas dezenas de metros.

Felizmente, Jaeger treinara para o que se seguiria – o impacto no dossel das árvores da selva. Não seria uma tarefa nada fácil. Só os paraquedistas mais experimentados seriam capazes de a levar a cabo. Contudo, a avaliar pelo modo como Narov se libertara durante a rotação, Jaeger concluiu que a russa estaria ao nível dos melhores paraquedistas.

Jaeger perscrutou o terreno por baixo de si em busca de um troço do dossel florestal que parecesse menos espesso, de um sítio onde pudessem penetrar.

A maioria dos paraquedistas que aterraram em selva densa não o fez por opção própria. Foram pilotos que abandonaram um avião atingido por fogo inimigo ou com um problema mecânico (como, por exemplo, ficar sem combustível). Não faziam ideia de como deviam lidar com essa situação, nem tinham tido treino sobre como lhe sobreviver. Em geral, sofreram ferimentos do impacto – partiram braços ou pernas.

Mas o pior é o que se segue. Apesar de o paraquedista poder passar pela vegetação, o mais frequente é o paraquedas ficar preso. Emaranha-se nos ramos cimeiros, deixando o paraquedista suspenso pouco abaixo da copa das árvores.

Muito frequentemente, é uma situação que se revela fatal.

Um paraquedista preso dessa forma tem três opções: permanecer suspenso, na esperança de o resgatarem; cortar os cabos e enfrentar uma queda de vinte a vinte e cinco metros até ao solo da floresta; ou tentar alcançar um ramo, se algum estiver ao seu alcance, e descer até ao chão pela árvore.

O mais comum é os paraquedistas optarem por ficar suspensos, uma vez que as outras opções quase equivalem ao suicídio. Feridos, desorientados, a sofrer de choque e desidratação, atacados por insetos vorazes, ficam ali, à espera de serem salvos.

A maioria demora vários dias a morrer.

Jaeger não queria esse destino para si, nem para Irina Narov.

27

Através do turbilhão da neblina, Jaeger avistou um retalho mais claro de verde-amarelado no meio do tapete escuro de vegetação antiga que se prolongava até ao horizonte distante. Era vegetação mais jovem, provavelmente com mais folhas, mais flexível e menos passível de se partir em pontas aguçadas, semelhantes a lanças.

Ou, pelo menos, era essa a esperança de Jaeger.

Consultou o seu altímetro, aquele com que se defendera das alegadas facadas que se destinariam a esventrá-lo.

Faltavam cento e cinquenta metros.

Alcançou a sua zona frontal e soltou as duas presilhas de metal que prendiam a pesada mochila. Sentiu-a a cair, até ficar suspensa por uma corda, dez metros abaixo dele.

O seu último gesto, enquanto o dossel florestal se aproximava a toda a velocidade, foi premir um botão do GPS de pulso. Antes de a floresta os engolir, conseguiu que o aparelho marcasse a sua localização exata, pois calculou que tão cedo não teriam outra oportunidade de o fazer.

Nos últimos segundos antes do impacto, Jaeger concentrou-se em ajustar o paraquedas com as tiras de suspensão, de modo a aterrar naquele retalho de vegetação mais clara.

Viu aproximar-se rapidamente o volume do dossel. Puxou ambas as tiras de suspensão com força, fazendo assim tração e abrandando a queda. Se ao menos conseguisse evitar perdas abruptas de altitude, poderia reduzir a velocidade e facilitar a aterragem.

Pouco depois, ouviu um embate e alguns estalidos, no momento em que a mochila de trinta e cinco quilos colidia com os ramos superiores, desfazendo-os, e desaparecia do seu campo de visão.

Jaeger ergueu as pernas, dobrou os joelhos e protegeu o peito e o rosto com as mãos. No instante seguinte, sentiu as botas e os joelhos a penetrarem na vegetação, enquanto seguia o percurso da mochila. Alguns ramos pontiagudos arranharam-lhe as nádegas e os ombros, antes de chegar a toda a velocidade à ampla escuridão subjacente.

Ricocheteou entre alguns ramos mais grossos, a gemer com a dor do impacto, e caiu vários metros até o paraquedas aterrar no dossel, travando-o repentinamente. Sentiu-se sem fôlego devido à desaceleração repentina. Uma nuvem de folhas, ramos partidos e partículas vegetais redemoinhava à sua volta enquanto tentava estabilizar a respiração. Ainda assim, enquanto oscilava para a frente e para trás como um pêndulo, Jaeger sentiu-se muito grato pela sua sorte.

Ainda estava vivo, sem quaisquer ferimentos.

Ouviu um segundo estrondo por cima de si e, instantes depois, Narov apareceu ao seu lado, também a oscilar fortemente de um lado para o outro.

Aos poucos, o ar em torno deles foi-se tornando mais límpido.

Os buracos que haviam provocado no dossel florestal deixavam entrar feixes de luz ofuscante, raios de luz que volteavam no ar.

Naquele silêncio ressonante, era como se todos os seres vivos da selva sustivessem a respiração, chocados por dois seres estranhos terem aterrado no seu mundo.

A oscilação dos paraquedas abrandou.

– Estás bem? – gritou Jaeger na direção de Narov.

Depois de tudo aquilo por que tinham passado, parecia a pergunta mais tola de todos os tempos.

Narov encolheu os ombros:

– Estou viva. Tu estás evidentemente vivo. Podia ser pior.

Pior como, exatamente? Jaeger teve vontade de o perguntar. Porém, optou por não dizer nada. Apesar de Narov ser bastante fluente em inglês, tinha um sotaque russo cerrado e falava de forma monocórdica e pouco emotiva.

Jaeger apontou para o céu com a cabeça, em direção à zona da queda livre. Tentou esboçar um sorriso cativante.

– Por um momento, pensei que estavas a tentar matar-me. Com a faca.

A russa olhou-o fixamente.

– Se te quisesse matar, já estarias morto.

Jaeger optou por ignorar a provocação.

– Estava a tentar estabilizar-nos. Houve algo que se prendeu quando saímos do avião e me soltou a arma. Eu já quase tinha conseguido resolver a situação quando cortaste as amarras. Não tiveste lá muita confiança em mim.

– Talvez. – Narov encarou-o por um breve instante, sem denunciar qualquer emoção. – Mas não conseguiste. – E desviou o olhar. – Se não me tivesse libertado, teríamos morrido os dois.

Não havia muito que Jaeger pudesse responder. Movimentou-se no seu arnês, a tentar ver bem o terreno por baixo deles.

– Além disso, por que motivo havia eu de te querer matar? – prosseguiu Narov. – Meu caro Jaeger, um chefe tem de confiar na sua equipa. – Com o olhar no dossel florestal, acrescentou: – Então, a questão é: como é que saímos daqui? Não treinámos propriamente para isto no Spetsnaz.

– Só treinam para se libertarem de um salto tandem em plena rotação? – inquiriu Jaeger. – Tens muito jeito para lidar com facas.

– Nunca treinei para fazer aquilo. No entanto, não podia fazer mais nada, não havia outra opção. – Após uma pausa, recitou: – *Qualquer missão, a qualquer momento, em qualquer lugar: custe o que custar.* É esse o lema do Spetsnaz.

Antes que Jaeger pudesse pensar numa resposta adequada, ouviu-se um grande estalido acima deles, como uma explosão. Um ramo pesado tombou até ao solo florestal. Pouco depois, Narov desceu alguns metros, pois um dos painéis do seu paraquedas danificado rompera-se com a pressão.

A russa ergueu os olhos para Jaeger.

– Então, tens alguma ideia de como vamos descer? Que não seja cairmos? Ou tenho de ser eu a resolver esta situação também?

Jaeger negou com a cabeça, frustrado. Aquela mulher era mesmo irritante. Contudo, após aquele desempenho em pleno ar com a faca, Jaeger começava a duvidar de que fosse ela a assassina de Smithy. Tinha sido uma oportunidade perfeita para a russa o apunhalar até à morte, mas não o fizera.

No entanto, não se perdia nada em testá-la um pouco mais, pensou Jaeger.

– Talvez haja uma forma de sairmos daqui. – Apontou para o emaranhado dos paraquedas nas copas das árvores. – Mas primeiro vou precisar da tua faca.

Jaeger tinha a sua própria faca guardada junto ao corpo. Era a faca Gerber que Raff lhe dera em Bioko. Tinha um significado especial para ele, uma vez que salvara a vida do amigo com ela. Trazia-a embainhada na diagonal sobre o peito. Porém, queria ver se Narov lhe entregava de bom grado a arma com a qual quase o esventrara.

Ela nem hesitou.

– A minha faca? OK. Mas não a deixes cair. É uma velha amiga. – A russa pegou na faca de lâmina comprida, desprendeu-a, pegou-lhe pela ponta e atirou-a através da curta distância que os separava. – Apanha – gritou ela, enquanto a arma reluzia entre a luz e as sombras.

A faca que Jaeger apanhou parecia-lhe estranhamente familiar. Por um momento, inspecionou os dois lados do punhal, com a lâmina fina e de quase dezoito centímetros a cintilar à luz. Não havia dúvidas: era igual à que Jaeger tinha no baú do avô Ted, no apartamento do Wardour Castle.

Quando Jaeger completara dezasseis anos, o avô permitira que desembainhasse aquele punhal, enquanto os dois se entretinham a fumar o cachimbo do veterano. Jaeger recordou o aroma daquele fumo, bem como o nome da faca: estava gravado no punho da arma.

Observou o punhal de Narov, e depois olhou para ela com admiração.

– Muito bem. Uma faca de combate Fairbairn-Sykes. Uma relíquia da Segunda Guerra Mundial, se não me engano.

– É isso mesmo. – Narov encolheu os ombros. – Como vocês, do SAS, provaram naquela altura, é muito boa para matar alemães.

Jaeger fixou-a demoradamente.

– Achas que vamos matar alemães? Nesta expedição?

A resposta que Narov lhe atirou, em tom de desafio, fez eco das palavras sombrias do tio-avô Joe e foi pronunciada num alemão aparentemente fluente:

– *Denn heute gehört uns Deutschland, und morgen die ganze Welt.* – «Hoje, a Alemanha pertence-nos; amanhã, seremos donos do mundo».

– Sabes, é pouco provável que ainda existam alemães vivos naquele avião. – O tom de Jaeger tornara-se ligeiramente sarcástico. – Depois de cerca de setenta anos na Amazónia profunda, diria que é quase impossível.

– *Schwachkopf!* («Idiota!») – Narov encarou-o, irritada. – Achas que não sei isso? Porque não fazes qualquer coisa de útil, Sr. chefe da expedição, e nos tiras deste sarilho em que nos meteste?

28

Jaeger explicou o seu plano a Narov.

O paraquedas de emergência que a russa fora obrigada a ativar era substancialmente mais pequeno do que o seu BT80 e parecia ter sofrido muitos rasgões na queda pela copa das árvores. Por isso, Jaeger propôs que se estabilizassem sob as duas calotas, formando um único ponto de força de onde poderiam descer até ao chão.

Quando terminou a explicação, procederam ao corte das tiras das mochilas, que até então estavam suspensas abaixo deles. As mochilas pesadas tombaram pelas camadas de vegetação, e cada uma delas caiu com um estrondo abafado no solo florestal. Não havia forma de realizar o conjunto de manobras que Jaeger tinha em mente com trinta e cinco quilos de equipamento suspensos por uma fita lá em baixo.

Em seguida, pediu a Narov que se balançasse na direção dele e fez o mesmo, com cada um deles a utilizar a sua copa de árvore para oscilar. Com os braços agarrados às tiras acima deles, rodaram em várias direções, até cada um poder tentar agarrar o outro no extremo do alcance do movimento pendular.

Com as pernas, Jaeger tentou agarrar o corpo de Narov, enlaçar-lhe a cintura e segurá-la. Depois, agarrou-lhe o tronco com os braços e enganchou o arnês da russa ao seu. Estavam agora presos um ao outro, a meio caminho entre os dois paraquedas.

Porém, ao contrário do salto tandem, estavam agora presos de frente um para o outro, através de um mosquetão grosso (um elo de metal em forma de D com gatilho de mola). Jaeger sentiu-se extremamente desconfortável naquela posição e com aquela proximidade, sobretudo porque tinha muito calor – o fato de sobrevivência grosso e desconfortável e todo o equipamento de HAHO estavam a assá-lo vivo.

No entanto, todos os sacrifícios eram poucos para os fazer descer ilesos.

Através de um segundo mosquetão, prendeu os paraquedas com firmeza, um ao outro, na base dos cordões – a zona mais estreita de cada um. Em seguida, pegou num pedaço de cordão Specter para paraquedas (um cordão caqui de alta resistência com a espessura de uma corda da roupa, mas com uma resistência extraordinária). Tinha uma resistência de mais de duzentos quilos, mas, por segurança, Jaeger dobrou-o ao meio.

Enrolou-o duas vezes ao descensor – um aparelho de segurança para *rappel* –, para lhe dar mais alguma fricção, e amarrou a ponta superior aos paraquedas. O resto do cordão deixou-o desenrolar-se e cair uns trinta metros em direção ao solo. Por fim, uniu o descensor ao mosquetão que tinha fixado ao arnês do peito, para que tanto ele como Narov ficassem presos ao cordão de paraquedas que improvisara.

Estavam agora suspensos do paraquedas e, ao mesmo tempo, presos a este de outra forma independente, por via do sistema de cordão que Jaeger acabara de montar. Seguia-se o momento crucial: chegara a altura de cortar um dos paraquedas e de Jaeger fazer *rappel* livre, de modo a fazê-los descer até ao solo.

Ambos tiraram os capacetes, as máscaras e as luvas, deixando-os cair no solo florestal. Jaeger estava encharcado em suor devido ao esforço. Sentia a transpiração a escorrer-lhe pelo rosto como um rio, a encharcar-lhe a parte da frente do vestuário na zona onde estava colado a Narov.

Era como um concurso de *t-shirt* molhada, mas muito de perto, e Jaeger sentiu que conseguiria vislumbrar os contornos mais ínfimos do corpo dela.

– Sinto que estás muito desconfortável – comentou Narov. A voz da russa tinha um tom estranho, factual, mecânico. – Uma proximidade destas pode ser necessária por três motivos. Um: por necessidade prática. Dois: para partilhar calor corporal. Três: para o sexo. Neste caso, é para o primeiro motivo. Mantém-te concentrado no trabalho.

Blá-blá-blá, pensou Jaeger. *Só eu para ficar preso na selva tendo apenas por companhia a mulher de gelo.*

– Ora, já me convenceste a abraçar-te – continuou Narov, objetivamente, apontando para cima. – Seja o que for que tenhas em mente, sugiro que te despaches.

Jaeger olhou para onde ela tinha apontado. Acima, a um metro da sua cabeça, estava uma aranha gigantesca. Tinha mais ou menos o tamanho da mão dele e parecia semiluminosa e prateada na penumbra, com um corpo gordo e pernas com oito dedos esqueléticos a rastejarem na direção dele.

Viu os olhos encarnados, bolbosos e maléficos a olharem-no fixamente, e as mandíbulas húmidas a moverem-se avidamente na direção uma da outra.

O inseto ergueu as patas dianteiras, agitando-as agressivamente, à medida que se aproximava. Pior ainda: Jaeger observou as presas (provavelmente utilizadas para inocular veneno) prontas a atacar.

Pegou na faca de Narov, pronto para desfazer a aranha, mas a mão da russa deteve-o.

– Não! – sibilou ela.

Narov sacou da sua faca sobresselente e, sem sequer a desembainhar, enfiou a zona mais fina debaixo do corpo peludo da aranha e projetou-a no ar. O inseto rodopiou, com o corpo a reluzir quando apanhava raios de luz, e depois tombou, com as mandíbulas a ciciarem de fúria por lhe terem frustrado os planos.

Narov não tirava os olhos da copa das árvores.

– Só mato quando é preciso. E quando é aconselhável.

Jaeger voltou-se na direção do olhar dela. Havia muito mais aracnídeos a avançar na direção deles. Na verdade, os cordões dos paraquedas pareciam fervilhar de insetos.

– *Phoneutria* – prosseguiu Narov. – O termo grego significa «assassina». Devemos ter acertado num ninho delas quando caímos. – Encarando Jaeger, acrescentou: – Levantar as patas dianteiras é uma postura defensiva. Se cortarmos uma, o corpo liberta um odor que avisa as companheiras, e aí é que atacam mesmo. O veneno contém a neurotoxina PhTx3. Um veneno que ataca o sistema nervoso. Os sintomas são muito semelhantes a um ataque de gás neurotóxico: perda do controlo dos músculos e da respiração, seguida de paralisia e asfixia.

– Não diga mais, *Dra. Veterinária* – murmurou Jaeger.

Narov lançou-lhe um olhar zangado.

– Eu afasto-as. Tu... tu dedica-te a tirar-nos daqui.

Jaeger avançou para as costas dela com a faca de comando e começou a cortar a tira grossa de material semelhante a lona que prendia o arnês do paraquedas aos cordões. Enquanto o fazia, viu a faca da russa a avançar e a sacudir uma segunda e uma terceira aranha para longe.

Narov ia afastando cada vez mais aracnídeos, mas Jaeger percebeu que ela teria deixado passar um. O inseto veio a pulsar na direção dele, com as patas dianteiras no ar e as presas a centímetros da sua mão. Por instinto, deu uma facada na sua direção e a ponta afiadíssima espetou-se no dorso da aranha. Quando a lâmina a cortou e a fez sangrar, a *Phoneutria* enrolou-se numa bola e rebolou em direção ao solo.

Nesse preciso instante, Jaeger detetou um pulsar de alarme, um *clic-clac* que percorreu todos os companheiros aracnídeos, ao sentirem que um semelhante havia sido ferido.

Unidas, as aranhas avançaram em bloco para o ataque.

– Agora é que elas vêm aí! – sussurrou Narov.

A russa desembainhou a faca e desferiu golpes para a esquerda e direita, apunhalando uma massa sibilante de aracnídeos. Jaeger redobrou os seus esforços. Após uns últimos golpes, conseguiu soltar Narov. O peso dela arrastou-a para baixo a uma velocidade alarmante antes de o mosquetão que a prendia ao arnês de Jaeger a deter.

Por um segundo, Jaeger preparou-se para que a sua calota cedesse com o peso adicional, mas, felizmente, resistira. Em seguida, cortou freneticamente os seus cordões, por cima da cabeça. Pouco depois, também estava solto.

Jaeger e Narov caíram, como se nada os prendesse.

Mergulharam durante um segundo ou dois, com o cordão de paraquedas a chiar no descensor – até o britânico considerar que estavam fora do alcance do exército de aranhas assassinas. Foi então que ele agarrou o cordão e o puxou verticalmente para baixo, com força.

A fricção no descensor serviu para abrandar e deter a queda. Estavam agora suspensos pelo cordão, uns dez metros abaixo dos paraquedas (que se tinham transformado numa massa fervilhante de aranhas furiosas e extremamente tóxicas).

Phoneutria. Jaeger ficaria muito contente se não voltasse a ver uma na vida.

Mal teve tempo para ter esse pensamento até o primeiro dos corpos prateados se lançar a esbracejar atrás deles. Mergulhou na vertical, enquanto produzia o seu próprio cordão – um delgadíssimo fio de teia.

Em resposta, Jaeger soltou o cordão de paraquedas e, uma vez mais, caiu com Narov.

29

Tinham caído pouco mais de três metros quando travaram com um estremeção perturbante. Uma tira solta do fato HAHO de Narov prendera-se no descensor, encravando-o.

Jaeger praguejou.

Agarrou no tecido com a mão livre e tentou arrancá-lo. Nesse momento, sentiu algo macio e ossudo a pousar-lhe na cabeça com um ciciar furioso e oscilante.

Uma lâmina afiadíssima desferiu um golpe a escassos milímetros do seu couro cabeludo.

Jaeger sentiu a faca a espetar-se na *Phoneutria*. O aracnídeo enrolou-se em sofrimento, perdeu o equilíbrio e tombou da cabeça de Jaeger para o vazio. Narov foi desferindo facadas pelas sombras no seu combate com as aranhas, enquanto Jaeger tentava soltar a fita teimosa.

Por fim, lá conseguiu soltá-la do descensor e, com mais um estremeção, voltaram à queda em *rappel*.

– Elas não desistem facilmente – rosnou Jaeger, enquanto permitia que o cordão deslizasse velozmente pelo descensor.

– Não desistem mesmo – confirmou Narov.

A russa ergueu um braço em frente ao rosto dele. Jaeger já reparara que era canhota. Nas costas da mão esquerda de Narov, alastrava uma mancha horrível, preta-avermelhada, onde se viam distintamente duas picadas.

Os olhos dela demonstravam uma dor intensa.

– Se ferirmos uma *Phoneutria*, elas atacam todas – recordou ela. – As vítimas descrevem a dor de uma picada como se tivessem fogo a correr nas veias. É uma descrição muito apropriada.

Jaeger não sabia o que dizer.

Narov tinha sido picada por uma das aranhas que lhes tinham caído em cima, mas nem sequer gritara. Estaria Jaeger prestes a perder um dos membros da sua expedição, ainda antes de esta começar?

– Tenho o antídoto – disse Jaeger, olhando para baixo. – Mas está na mochila. Temos de te fazer descer, e depressa.

Jaeger levantou a mão direita ao máximo. O cordão chiou no descensor, mais depressa do que nunca, e os dois caíram a toda a velocidade. Estava contente por ter as luvas postas, pois o cordão de paraquedas, mesmo dobrado ao meio, era afiado como uma lâmina.

No solo, assegurou-se de que as suas botas seriam as primeiras a embater, absorvendo assim o impacto pelos dois. Normalmente, teria utilizado a corda e o sistema de *rappel* para os abrandar e travar antes de chegarem ao chão. No entanto, aquela era uma corrida contra as aranhas, e o tempo esgotara-se. Tinha de alcançar o antídoto.

Aterraram na escuridão tenebrosa.

Muito pouca da luz solar que passa pelo dossel da selva chega ao solo. Cerca de 90% da claridade disponível é absorvida pela massa de vegetação sequiosa das camadas superiores, o que causa a penumbra ao nível do solo.

Até os olhos de Jaeger se adaptarem aos baixos níveis de luz, seria difícil localizar potenciais perigos – *como aranhas.*

Tinha a certeza de que nenhuma *Phoneutria* seria capaz de os acompanhar até ao solo, mas gato escaldado... Olhou para cima. Nos poucos feixes de luz que penetravam nas entranhas da floresta, só conseguia ver uma série de fios sedosos a reluzirem no seu mau agoiro, cada um deles a facilitar a descida de um corpo cintilante de morte venenosa.

Inacreditavelmente, as aranhas ainda vinham a caminho e, ao que parecia, Narov não teria capacidade para fugir delas.

Enquanto as aranhas desciam a grande velocidade, Jaeger arrastou a russa alguns metros para longe da corda de *rappel*. Depois, soltou a caçadeira, apontou-a em direção às aranhas e abriu fogo. Os estrondos da rápida sucessão de tiros eram ensurdecedores: *Pum! Pum! Pum! Pum!*

A Benelli tinha uma bomba de ação e carregadores com sete balas de 9 mm. Um enxame de projéteis perfurou os aracnídeos.

Pum! Pum! Pum!

A última série de tiros terminou com a horda de aranhas praticamente em cima da boca do cano de Jaeger, com os tiros a transformarem-nas em puré instantâneo de *Phoneutria*. Era isso que Jaeger adorava na Benelli: bastava apontar numa direção geral e disparar – apesar de nunca ter planeado utilizá-la contra aranhas.

Os últimos ecos dos tiros estrondosos dissiparam-se em torno dele, com o som a ricochetear nos enormes troncos das árvores. Ouviu o que pareciam ser gritos de pânico de um grupo de primatas, lá em cima, na copa das árvores. Os macacos fugiram rapidamente, movendo-se com agilidade entre os ramos, no sentido oposto.

O som dos tiros tinha sido ensurdecedor e estranhamente ominoso.

Não havia dúvidas de que Jaeger acabara de anunciar a sua chegada a quem quer que estivesse a ouvir... Mas não havia nada a fazer – tinha precisado de uma arma potente para lidar com o exército de *Phoneutria*, e a espingarda de combate revelara-se claramente o instrumento ideal.

Jaeger colocou a arma ao ombro e soltou Narov do cordão de *rappel*. Arrastou-a dali, com as botas a deslizarem por matéria orgânica apodrecida e pela superfície fina de terreno arenoso, e encostou-a a uma das várias raízes salientes em forma de «V» invertido que serpenteavam na base de uma enorme árvore.

A floresta tropical é como um castelo na areia – o solo da selva é extremamente fino. Com a humidade e o calor intensos, a vegetação morta tende a apodrecer depressa, e os nutrientes libertados são rapidamente reciclados por plantas e animais. Por conseguinte, a maioria dos gigantes destas florestas estão assentes numa rede de raízes salientes, que penetram apenas alguns centímetros no solo pouco fértil.

Depois de apoiar Narov contra a raiz saliente, Jaeger correu a buscar a sua mochila. Tinha um curso de socorrista (uma das competências especializadas que adquirira no Exército) e conhecia os efeitos de uma neurotoxina daquele tipo: matava ao atacar o sistema nervoso, e fazia-o de um modo em que as terminações nervosas entravam em ação constante (daí as horríveis contrações e convulsões que Narov começava a demonstrar).

Em geral, a morte resulta da incapacidade de os músculos envolvidos na respiração funcionarem devidamente. O corpo acaba literalmente por sufocar.

O tratamento necessário requeria três injeções sucessivas de ComboPen, um antídoto contra agentes que atacam o sistema nervoso. Seriam assim curados os sintomas do envenenamento, mas Narov poderia necessitar igualmente de Pralidoxima e Avizafone para ajudar ao restabelecimento do funcionamento normal dos músculos que controlam a respiração.

Jaeger agarrou no seu conjunto de primeiros socorros e procurou as seringas e as ampolas. Felizmente, estava tudo bem acondicionado, e a maioria do equipamento parecia ter sobrevivido à queda. Preparou a primeira injeção de ComboPen, ergueu a grande seringa acima da cabeça e espetou-a no organismo de Narov.

30

Cinco minutos depois, o tratamento estava concluído. Narov ainda se encontrava consciente, mas estava enjoada, apresentava uma respiração ténue e ainda evidenciava muitos tremores e espasmos. Só tinham passado alguns minutos entre a picada e o momento em que Jaeger lhe injetara o antídoto, mas, ainda assim, era possível que as toxinas da aranha a pudessem matar.

Depois de a ajudar a despir o fato volumoso de HAHO, Jaeger instou-a a beber o máximo que conseguisse de uma garrafa de água que lhe colocara ao lado. Narov precisava de se hidratar, pois os fluidos iriam ajudá-la a purgar o organismo do grosso das toxinas.

Jaeger também se despira e envergava então apenas umas calças militares de algodão grosso e uma *t-shirt*. Tinha as roupas encharcadas em suor e ainda não parara de transpirar. Pelos seus cálculos, a humidade ali deveria rondar os 90%. Apesar do intenso calor tropical, evaporava-se pouca transpiração, uma vez que o ar estava saturado de vapor de água.

Enquanto estivessem na selva, permaneceriam encharcados. Era melhor habituarem-se.

Jaeger parou para refletir.

Passavam três minutos das nove horas, em horário zulu, quando mergulharam no dossel florestal, depois da monumental queda livre. Tinham demorado pelo menos uma hora a descer da copa das árvores. Naquele momento, seriam aproximadamente dez e trinta e estavam inquestionavelmente num grande aperto – algo que Jaeger nunca imaginara antes da partida, quando projetara os piores cenários possíveis.

Um dos seus formadores do SAS dissera-lhe uma vez que «nenhum plano sobrevive ao primeiro contacto com o inimigo». E tinha toda a razão, sobretudo quando se tratava de aterrar de paraquedas na Amazónia, depois de uma queda de nove mil metros, amarrado a uma mulher de gelo russa.

Jaeger concentrou-se na sua mochila. Era verde, do modelo ALICE (uma Bergen fabricada nos Estados Unidos, concebida especialmente para a selva), com setenta e cinco litros de capacidade. Ao contrário de muitas mochilas grandes, esta tinha uma estrutura de metal que a mantinha uns cinco centímetros afastada das costas. Desse modo, a maioria do suor podia escorrer pelas costas, reduzindo assim o risco de sudâmina, ou de a cintura e os ombros se esfolarem.

A maioria das mochilas tem um corpo volumoso e bolsas salientes de lado. Em resultado disso, são mais largas do que os ombros de uma pessoa e prendem-se nos arbustos. A ALICE é mais fina no topo do que no fundo, e todas as bolsas estão na parte de trás. Assim, Jaeger sabia que, por onde quer que passasse, a mochila caberia também.

Esta era revestida com uma sacola de borracha espessa, que a impermeabilizava e, uma vez insuflada e selada, lhe concedia a capacidade de boiar. Além disso, proporcionava mais uma camada de acondicionamento para o caso de suceder uma queda de trinta metros, como aquela que acabara de sofrer.

Jaeger vasculhou o conteúdo. Como temia, nem tudo sobrevivera à queda. O seu telefone de satélite Thuraya estava enfiado numa das bolsas traseiras, para permanecer acessível. O ecrã estava partido e, quando ele tentava ligá-lo, nada acontecia. Tinha um sobresselente num dos cilindros com os quais Krakow e Kamishi saltaram, mas não iria servir-lhe de muito naquele momento.

Sacou do mapa. Felizmente, como é habitual nos mapas, este era quase indestrutível. Tinha-o plastificado, de modo a torná-lo quase impermeável, e já estava dobrado na página certa. Ou, pelo menos, seria a página certa: o problema era que Jaeger e Narov haviam aterrado a uma distância que podia ir até quarenta quilómetros do local pretendido.

Utilizando a mochila como assento, encostou-se à raiz saliente e mudou o mapa para a página que considerava correta. Dobrar o mapa era inaceitável no Exército, pois, em caso de captura, isso informava imediatamente o inimigo do objetivo pretendido. No entanto, Jaeger não estava em missão militar, uma vez que se tratava de uma expedição civil na selva.

Do GPS de pulso retirou as coordenadas que obtivera momentos antes de mergulhar no dossel da selva.

Tratava-se de um número de seis dígitos: 837529.

Procurou na grelha do mapa e viu de imediato onde estavam exatamente.

Ponderou por um instante a situação em que estavam metidos.

Encontravam-se vinte e sete quilómetros a noroeste do local de aterragem pretendido – o banco de areia. Era mau, mas podia ser pior. Entre eles e o local havia um troço onde o rio dos Deuses fazia uma curva larga. Presumindo que os outros membros da equipa tinham chegado ao banco de areia, como planeado, havia aquele rio entre eles e a localização atual de Jaeger e Narov.

Não havia forma de contornar o rio, e Jaeger estava ciente disso. Sabia igualmente que percorrer vinte e sete quilómetros pela selva densa com um ferido não seria nada fácil.

O procedimento acordado para o caso de alguém não conseguir chegar à zona de aterragem era o resto da equipa esperar quarenta e oito horas. Decorrido esse prazo, se a(s) pessoa(s) não aparecesse(m), o próximo ponto de encontro seria uma curva específica do rio, situada aproximadamente a um dia de viagem a jusante, com mais dois pontos de encontro, um a cada dia de viagem nesse sentido.

O rio dos Deuses corria na direção pretendida para chegarem aos destroços – mais um motivo para aterrarem naquele banco de areia. A viagem pelo rio seria uma forma comparativamente fácil de avançar pela selva. No entanto, cada ponto de encontro sucessivo estava situado mais a oeste, o que os afastava progressivamente da localização atual de Jaeger e Narov.

O banco de areia era o mais próximo, o que significava que eles tinham quarenta e oito horas para o alcançar. Se falhassem, o resto da equipa da expedição avançaria aos poucos para oeste, tornando quase impossível que eles os conseguissem alcançar.

Com o telefone Thuraya avariado, Jaeger não tinha como contactar os outros para lhes contar o que acontecera. Mesmo que o conseguisse pôr a funcionar, duvidava de que tivesse rede ali. O telefone de satélite necessitava de céu aberto para localizar os satélites e comunicar com eles, o que era indispensável para enviar ou receber mensagens.

Assumindo que conseguiriam atravessar o rio dos Deuses, ainda teriam de enfrentar uma caminhada atroz pelo coração da selva. Além de ser quase impossível Narov levar a cabo tamanha viagem, Jaeger estava ciente de outro grande problema. O coronel Evandro tinha tratado o sítio exato dos destroços do avião com o maior secretismo, de modo a proteger a localização. Só acedera a transmitir as coordenadas de GPS a Jaeger, pessoalmente, pouco antes da partida no C-130. Jaeger, por sua vez, aceitara não divulgar a localização, em grande medida porque não estava certo de quem seria digno de confiança na sua equipa.

O seu plano era transmitir o percurso exato ao resto da equipa depois de aterrarem no banco de areia – nesse momento, todos estariam no mesmo barco. No entanto, quando Jaeger estabelecera o procedimento de emergência com pontos de encontro, nunca imaginara que seria *ele* a não conseguir aterrar no local planeado.

Naquele momento, ninguém possuía as coordenadas dos destroços, o que significava que só poderiam avançar até certo ponto sem ele.

Jaeger olhou para Narov. O estado da russa parecia piorar. Com o braço contrário, apoiava a mão na qual tinha sido mordida; tinha o rosto brilhante de suor e a sua pele assumira um tom doentio, moribundo.

Jaeger encostou a cabeça à raiz onde estava apoiado e respirou fundo algumas vezes. Já não se tratava apenas da expedição – era uma questão de vida ou morte.

Aquela era uma situação de sobrevivência, e as decisões que tomasse iriam sem dúvida determinar se ele e Narov sobreviveriam à experiência.

31

O cabelo loiro-alvo de Narov estava preso com uma fita azul-celeste. A russa tinha os olhos fechados, como se tivesse adormecido ou perdido os sentidos, e apresentava uma respiração muito ténue. Por um instante, Jaeger sentiu-se impressionado pela beleza dela, bem como pela sua vulnerabilidade.

De repente, ela abriu os olhos.

Fixou-o por um momento, com olhos grandes, níveos, cegos, um céu de azul gelado ensombrado por nuvens de tempestade. Depois, com visível esforço, pareceu concentrar os seus pensamentos de volta àquele momento agonizante.

— Estou cheia de dores — anunciou ela, baixinho, entre dentes cerrados. — Não vou a lado nenhum. Tens quarenta e oito horas para encontrar os outros. Eu tenho a minha mochila: água, comida, uma arma, a faca. Podes ir.

Jaeger recusou a proposta com um movimento de cabeça.

— Não pode ser. — E acrescentou, depois de uma pausa: — Iria aborrecer-me só com a minha própria companhia.

— Então não passas mesmo de um *Schwachkopf.* — Jaeger viu o brilho ténue de um sorriso a passar pelos olhos de Narov. Era a primeira vez que a via demonstrar a mínima emoção, à exceção de uma animosidade pouco velada, pelo que se sentiu desconcertado. — Mas não me surpreende que te aborreças com a tua própria companhia — prosseguiu. — Tu és *mesmo* chato. Bonito, sim. Mas tão chato...

O vislumbre de sorriso no olhar de Narov dissipou-se num espasmo de convulsões.

Jaeger suspeitou de que sabia qual era a intenção dela. Estava a tentar provocá-lo, levá-lo ao ponto de a abandonar, como ela sugerira. Porém, havia algo que a russa ainda não sabia a seu respeito: nunca abandonava os amigos quando precisavam dele.

Nunca. Nem os mais loucos.

– Vamos fazer o seguinte – anunciou ele. – Deixamos aqui tudo o que não for essencial, e aqui o *Sr. Chato* vai tirar-te daqui. E, antes que protestes, digo já que o vou fazer porque preciso de ti. Sou o único que conhece as coordenadas dos destroços do avião. Se eu não me safar, esta missão acaba. Vou dar-te as coordenadas. Assim, podes assumir o meu papel se eu desaparecer. Entendido?

Narov encolheu os ombros.

– Que heroico. Mas não tens hipóteses. Basta tirares-me a mochila e, sem água nem comida, morro. Ora, não só és chato, como és estúpido.

Jaeger riu-se. Estava algo tentado a reconsiderar e a abandoná-la. No entanto, ergueu-se e arrastou as duas mochilas até ficarem juntas, de modo a poder escolher o essencial: um conjunto de primeiros socorros; comida para quarenta e oito horas para os dois; capas impermeáveis para os cobrir quando dormissem; munições para a arma dele; mapa e bússola.

Juntou duas garrafas de água cheias, mais o filtro ultraleve Katadyn, para obterem rapidamente água potável.

Pegou na sua mochila e guardou as duas sacolas impermeáveis no fundo, seguidas do equipamento mais leve. Colocou os artigos mais pesados (comida, água, faca, catana, munições) em cima, para que o máximo da carga estivesse na zona superior das costas.

Quanto ao resto do equipamento, deixou-o onde estava, certo de que a selva se apropriaria dele.

Depois de arrumar o equipamento, colocou a mochila às costas e, ao ombro, a sua arma, juntamente com a de Narov, voltadas para frente. Por último, pôs os três itens mais importantes (duas garrafas de água cheias, a bússola e o mapa) nas bolsas que tinha à cintura, num cinturão de estilo militar.

Posto isso, estava pronto.

O seu GPS funcionava com um sistema semelhante ao telefone de satélite – com base em informação de satélites. Seria praticamente inútil sob o espesso dossel florestal. Jaeger teria de atravessar quase trinta quilómetros de selva sem caminhos, utilizando um processo de cálculo de distâncias através da contagem dos passos, uma técnica de navegação antiquíssima.

Felizmente, nesta era de tecnologia moderna, tratava-se de uma competência à qual o SAS ainda recorria e que todos os seus membros dominavam.

Antes de se aproximar de Narov, Jaeger deu-lhe as coordenadas dos destroços, certificando-se de que ela as repetia várias vezes, para ter a certeza de que as memorizara. Tinha noção de que a ajudaria mentalmente saber que era necessária.

Porém, em parte, tinha sérias dúvidas de que sobreviveria: uma distância tão grande num terreno daqueles, com tanto peso às costas, seria mortal para a maioria dos homens.

Debruçou-se e pegou em Narov, de modo a carregá-la aos ombros, de barriga para baixo. A barriga e o peito da russa estavam pousados diretamente na sua mochila, pelo que esta suportava grande parte do peso, tal como Jaeger planeara. Apertou as faixas da mochila à altura da cintura e do peito, aproximando-a do seu tronco, de modo a distribuir o peso pelo corpo todo – incluindo as ancas e as pernas.

Por fim, fez uma leitura com a bússola. Fixou o olhar numa árvore distintiva a cerca de trinta metros de distância, marcando-a como o primeiro destino.

– OK – resmungou. – Não era isto que estava planeado, mas aqui vai.

– Não me digas – referiu Narov, com um esgar de dor. – De facto, és mesmo chato e estúpido.

Jaeger ignorou-a.

Arrancou a um ritmo constante, a contar cada passo que dava.

32

O ruído da floresta envolvia totalmente Jaeger. Os gritos de animais selvagens nas copas das árvores, o pulsar de milhares de insetos nos arbustos e o coaxar ritmado de um coro de sapos (que indicava a existência de terreno húmido algures à frente de Jaeger).

O ex-militar sentia a humidade a aumentar, bem como a sua transpiração. Contudo, algo mais o incomodava – algo que transcendia as dificuldades que enfrentava naquele momento. Sentia que não estava sozinho. Era uma sensação irracional, mas não a conseguia suprimir.

Fez os possíveis para não deixar rastos, pois sentia cada vez mais que o observavam – aquela sensação estranha que faz arder a parte de trás do pescoço e os ombros.

Porém, todos os movimentos eram extremamente dolorosos, sobretudo com o peso que carregava.

Em muitos aspetos, a selva era de longe o ambiente mais duro para se realizar uma missão. Nas neves do Ártico, a única preocupação era manter-se quente. A orientação era muito simples, pois havia quase sempre sinal de GPS. No deserto, os principais problemas eram o calor e a necessidade de se beber água suficiente para sobreviver. Andava-se de noite e de dia descansava-se à sombra.

A selva, em contraste, apresentava uma imensidade de problemas – alguns sem igual no mundo: fadiga; desidratação; infeções; pé-de-trincheira; desorientação; bolhas; picadas; cortes; nódoas negras; insetos transmissores de doenças e mosquitos esfomeados; animais selvagens; sanguessugas; e cobras. Na selva, debatemo-nos permanentemente com um ambiente cerrado e sufocante, enquanto o Ártico e o deserto são terrenos abertos.

E depois, claro, há que lidar com aranhas assassinas, bem como com tribos hostis.

Jaeger pensava em tudo isso enquanto avançava a custo pela vegetação densa, sobre um chão escorregadio e traiçoeiro. As suas narinas eram atacadas pelo cheiro intenso da decomposição escura, bolorenta. O terreno foi-se tornando inclinado à medida que se aproximavam do rio dos Deuses. Pouco depois, chegaram à margem norte do rio. Seria aí que começariam as hostilidades.

Quanto mais se sobe na selva, mais fácil tende a ser o terreno, pois o solo é sempre mais seco e a vegetação menos cerrada. Contudo, mais tarde ou mais cedo, teriam de atravessar o rio, e isso implicava descer até a um terreno mais denso e pantanoso.

Jaeger deteve-se por um instante para recuperar o fôlego e observar o caminho que se avizinhava.

Mesmo à sua frente, havia uma ravina profunda que certamente escoava água para o rio dos Deuses durante as chuvas. O solo parecia húmido e pantanoso, um sítio onde o sol nunca incidia. Era um valado cheio de árvores de porte médio, cada uma delas com espinhos perigosos que se destacavam vários centímetros do tronco.

Jaeger conhecia bem aquelas árvores cobertas de espinhos. Os picos não eram venenosos, mas isso pouco importava. Durante um exercício de treino na selva, ele tinha caído em cima de uma dessas árvores. Os duros espinhos de madeira perfuraram-lhe o braço em vários sítios, e as feridas não tardaram a infetar. Desde então, chamava-lhes «árvores malditas».

Enroladas entre aqueles troncos perigosos havia trepadeiras grossas, todas ornadas de espinhos com o formato cruel de ganchos. Jaeger pegou na bússola e fez uma leitura rápida. A ravina conduzia em direção a sul, no sentido em que precisava de ir, mas concluiu que era melhor evitá-la.

Ao invés, escolheu um rumo para oeste, fixou-se num conjunto de árvores tropicais altas, antigas, e encaminhou-se nesse sentido. O plano era contornar a ravina e voltar a sul um pouco mais adiante, o que o deveria levar diretamente ao rio. A cada vinte minutos, pousava Narov, para que esta recuperasse o fôlego e bebesse um pouco de água. Mas isso nunca demorava mais de dois minutos; voltavam logo a seguir caminho.

Quando subia, Jaeger balanceava o peso de Narov para mais alto nos seus ombros. Por um instante, perguntou-se como se sentiria a russa. Ela não dissera uma única palavra desde o início da caminhada. Se estivesse inconsciente, a travessia do rio seria quase impossível, e Jaeger seria forçado a inventar um plano diferente.

Quinze minutos depois, avançou a escorregar por uma encosta pouco inclinada e deteve-se numa parede de vegetação de aspeto sólido. Do lado oposto, conseguia entrever uma massa em movimento, com alguns reflexos de luz a reluzirem na sua direção.

Água. Estava perto do rio.

A selva antiga (vegetação que permaneceu intocada durante séculos) consiste normalmente num dossel florestal elevado, com mato relativamente pouco denso no solo. Porém, nos locais onde essa floresta tropical virgem é perturbada (como quando é rasgada pela construção de uma autoestrada ou um rio abre caminho pelas suas entranhas), cresce uma vegetação secundária nas clareiras formadas.

O rio dos Deuses abrira um túnel de luz pela selva e em ambas as margens havia um emaranhado denso de arbustos. Aquela vegetação alta que Jaeger tinha à frente era como uma encosta de montanha, escura e impenetrável – árvores gigantes, ladeadas de pequenos arbustos semelhantes a palmeiras, com fenos e trepadeiras a cobrir o solo florestal. Era quase impossível avançar com aquele peso às costas.

Jaeger seguiu para leste, acompanhando o leito do rio até chegar à ravina que evitara anteriormente. No ponto em que a inclinação desembocava no rio, o terreno estava quase limpo de vegetação, criando uma pequena praia rochosa pouco mais larga do que um caminho de terra batida.

Era suficiente. Poderiam iniciar a travessia do rio a partir dali – se Narov ainda fosse capaz.

Jaeger tirou a russa dos ombros e pousou-a no chão. Ela evidenciava poucos sinais de vida e, por um momento horrível, Jaeger temeu que tivesse sucumbido às toxinas da aranha enquanto ele a carregava pela selva. No entanto, quando tentou sentir-lhe a pulsação, reparou que alguns tremores e espasmos lhe percorriam os membros à medida que o veneno da *Phoneutria* lhe tentava penetrar mais fundo no sistema nervoso.

Os tremores não se aproximavam do que tinham sido no início, pelo que o antídoto deveria estar a fazer efeito. Contudo, ela ainda parecia alheada do mundo, inconsciente dos cuidados prestados. Jaeger ergueu-lhe a cabeça, apoiou-a com uma mão e tentou dar-lhe alguns líquidos. Ela deu alguns goles, mas ainda não mostrava sinais de abrir os olhos.

Jaeger foi à mochila e retirou o GPS. Tinha de verificar se o céu que via era suficiente para conseguir rede. O aparelho apitou uma, duas, três vezes, enquanto os ícones do satélite piscavam no ecrã. Jaeger verificou a localização, com a grelha do GPS a comprovar que a sua orientação havia sido impecável.

Por um instante, ele observou o rio, ponderando a travessia que os esperava. Deviam ser uns quinhentos metros, ou mais. As águas escuras, lodosas, eram interrompidas a espaços por bancos de lodo estreitos, que quase não rasgavam a superfície.

O pior de tudo foi que, em uma ou duas dessas elevações, Jaeger avistou o que mais receara encontrar ali: os vultos esguios de animais semelhantes a lagartos gigantes, a banharem-se no calor do sol matinal.

Aqueles animais eram os maiores predadores da Amazónia – crocodilos.

Ou, mais precisamente, uma vez que estavam na América do Sul, jacarés.

33

O jacaré-açu – *Melanosuchus niger* – pode atingir cinco metros de comprimento e pesar até quatrocentos quilos, cerca de cinco vezes o peso de um homem. Extremamente fortes e com uma pele espessa como a de um rinoceronte, não possuem predadores naturais.

Não é de espantar, pensou Jaeger. Ele já tinha ouvido descreverem aqueles animais como «crocodilos que tomaram esteroides», e, de facto, não podiam ser maiores e mais agressivos. Jaeger tomou uma nota mental para ter cuidado.

Ainda assim, lembrou-se de que o jacaré-açu tem uma visão relativamente má, adaptada sobretudo para caçar no escuro. Mal vê debaixo de água, e muito menos em rios tão cheios de sedimentos como este. Tinha de erguer a cabeça acima de água para atacar, e isso implicava tornar-se visível.

O mais habitual era utilizar o faro para chegar à presa. Jaeger verificou o local onde Narov lhe fizera o corte com a faca enquanto ele tentava defender-se dos golpes, no decorrer daquela louca queda livre. Há muito que a ferida deixara de sangrar, mas seria melhor mantê-la fora de água.

À falta de um plano alternativo, avançou com o único que tinha. Abriu a mochila e tirou de lá as sacolas impermeáveis e flutuantes. Esvaziou os restantes conteúdos da mochila e dividiu-os entre os dois sacos, distribuindo o peso de forma igual.

Em seguida, colocou uma das sacolas impermeáveis na sua mochila, insuflou-a e fechou-a, selando-a duplamente com força. Depois, insuflou e selou a segunda.

Utilizando os atilhos da mochila, prendeu-a ao saco impermeável. De seguida, pegou na sua arma e na de Narov e atou cada uma delas a um pedaço de cordão de paraquedas. Por fim, atou as pontas soltas dos cordões ao seu flutuador improvisado com nós corrediços.

Assim, se alguma das armas caísse na água, poderia recuperá-la.

A seguir, escolheu uma cana grossa de bambu de um canavial que crescia perto da água. Cortou-a com a catana e dividiu-a em pedaços de metro e meio. Com a lâmina afiada, abriu duas porções de bambu ao meio, para criar quatro junções. Depois, colocou quatro pedaços em fila e atou-os às junções com cordão, prendendo-as todas entre si de modo a formarem uma moldura simples. Esta moldura, por sua vez, estava atada aos sacos impermeáveis, que serviriam de boias.

Jaeger arrastou a jangada improvisada para a zona menos profunda do rio e sentou-se de lado em cima dela, para lhe testar a resistência. A embarcação recebeu o peso dele sem problemas, flutuando bem na água, tal como ele pretendia. Posto isso, concluiu que estava pronto.

Tinha poucas dúvidas de que a jangada resistiria ao peso de Narov.

Prendeu-a e filtrou um pouco de água. Era sempre boa ideia manter as garrafas cheias, sobretudo pela forma intensa como suava. Com o Katadyn, absorveu água castanha e suja do rio através do tubo de entrada, e o filtro depositou um líquido cristalino na sua garrafa. Bebeu o máximo que conseguiu, antes de reencher as garrafas.

Estava a terminar quando uma voz fatigada se vez ouvir através do calor pegajoso. Era frágil e tensa, devido às dores, e rouca de exaustão.

– Chato, estúpido... e meio doido. – Narov acordara e observara-o a testar a jangada. Esboçou um gesto débil na direção da embarcação improvisada. – Nem penses que vou subir para aquilo. Já é altura de aceitares o inevitável e ires sozinho.

Jaeger ignorou o comentário. Colocou uma arma em cada lado da jangada, ambas voltadas para a frente, e regressou para junto de Narov, agachando-se junto a ela.

– Duquesa Narov, a sua carruagem está pronta. – Jaeger apontou para a jangada improvisada. Sentia o estômago apertado ao pensar no que os esperava, mas tentou ao máximo conter essa sensação. – Vou levar-te até lá e colocar-te a bordo. A jangada é razoavelmente estável, mas tenta não espernear muito. E não empurres as armas para dentro de água.

Jaeger sorriu para a encorajar, mas ela mal conseguia responder.

– Correção – murmurou Narov. – Não és meio doido, *perdeste toda a sanidade mental*. Mas, como bem vês, não estou em condições de discutir.

Jaeger pegou nela ao colo.

– Linda menina.

Narov fez uma careta. Era óbvio que estava demasiado fraca para pensar numa resposta à altura.

Jaeger deitou-a com cuidado na jangada, advertindo-a para que mantivesse as pernas compridas encolhidas dentro da embarcação. A russa assumiu a posição fetal. A jangada afundara-se uns quinze centímetros com o peso dela, mas ainda se mantinha bastante à superfície.

Estavam prontos para seguir viagem.

Jaeger caminhou rio adentro, a empurrar a jangada à sua frente, com o lodo espesso a fazer ruídos a cada passo que dava. A água estava morna e oleosa com os sedimentos. De vez em quando, as botas de Jaeger tropeçavam em pedaços de vegetação apodrecida (muito provavelmente, ramos), incrustados no lodo pesado. Quando esbarrava neles, soltavam longas filas de bolhas – eram os gases da sua decomposição a virem à superfície.

Com água pelo peito, Jaeger deixou-se ir. A corrente era mais forte do que esperava, e não duvidava de que seriam transportados a grande velocidade. No entanto, eram as ameaças ocultas naquelas águas que lhe davam vontade de atravessar o rio o mais depressa possível.

34

Jaeger bateu as pernas na água no primeiro troço em que flutuaram, mantendo ambas as mãos na jangada. Narov estava deitada à sua frente, enrolada, sem se mover. Era importante manter um rumo estável. Se a jangada começasse a rodopiar violentamente ou se desequilibrasse, a russa cairia na água, e era muito provável que não sobrevivesse.

Estava demasiado debilitada para se defender, ou até para nadar.

Os olhos de Jaeger perscrutaram o rio em ambos os sentidos. Estava quase ao nível da superfície, o que lhe concedia uma perspetiva estranha, surreal. Concluiu que deveria ser assim que os jacarés do rio dos Deuses se sentiam quando atravessavam as águas quase submersos, à procura das presas.

Procurou à esquerda e à direita, a ver se vinha algum na sua direção.

Estava a cerca de vinte metros de um banco de lodo quando avistou o primeiro. Foi o movimento que chamou a atenção de Jaeger. Observou o jacaré a entrar sub-repticiamente na água, uns cem metros a montante. Apesar de desastrado em terra, este enorme animal entrou no rio com uma elegância e uma velocidade mortíferas, e Jaeger sentiu os músculos a contraírem-se para o combate que se avizinhava.

Contudo, em vez de se dirigir para jusante, na direção deles, o jacaré voltou o focinho para norte e nadou rio acima uns cinquenta metros ou mais. Depois, saiu para um banco de lodo e regressou à sua atividade anterior – tomar banhos de sol.

Jaeger suspirou de alívio. Claramente, aquele jacaré não estava com fome.

Poucos momentos depois, sentiu as botas a tocarem no fundo. Agora a passo, empurrou a jangada até ao primeiro pedaço de terra – um troço pantanoso de lodo com menos de quatro metros de largura. Dirigiu-se à frente da jangada e começou a arrastá-la, enquanto sentia os membros a doer com o esforço. A cada passo que dava, as pernas enterravam-se até aos joelhos no lodo escuro e pegajoso.

Por duas vezes perdeu o equilíbrio, caindo de quatro e ficando todo salpicado de lama nojenta. Por um instante, lembrou-se do pântano onde se escondera com Raff na ilha de Bioko. A diferença era que não tivera de se debater com enormes jacarés como ali.

Quando chegou novamente à beira de água, estava totalmente coberto de lama pútrida e de matéria em decomposição, e sentia o ritmo cardíaco a cavalgar com o esforço.

Calculou que haveria mais dois bancos de lodo que não poderia contornar, que teria de atravessar. Não havia dúvidas – estaria totalmente esgotado quando chegassem à outra margem.

Se chegassem à outra margem.

Voltou a caminhar rio adentro, a puxar a jangada atrás de si, e depois retomou a posição horizontal atrás da embarcação. Quando empurrou a jangada e começou a flutuar em direção ao centro do rio, a corrente começou a puxá-la com mais força. Jaeger foi forçado a lutar com todas as suas forças para não perderem o equilíbrio, dando às pernas para manter a direção.

A jusante, a água era menos profunda, mas tornava-se mais rápida perto do banco de lodo. Jaeger sentia o rio a tornar-se mais turbulento à medida que serpenteava por pedras que criavam um troço de água translúcida. Precisava de atravessar antes que fossem arrastados para aqueles rápidos.

A jangada aproximava-se do segundo banco de lodo. Nesse momento, Jaeger sentiu um toque inesperado. Algo lhe tocara levemente no braço. Ergueu o olhar e viu que era apenas a mão de Narov. A russa esticou os dedos, enrolou-os à volta dos dele e deu-lhes um ligeiro aperto.

Jaeger não percebeu muito bem o que ela lhe estava a tentar dizer – era quase impossível entender aquela mulher. Porém, talvez, quem sabe, a mulher de gelo estivesse a começar a derreter-se um pouco.

– Sei o que estás a pensar. – Jaeger mal conseguia ouvir a voz dela, pois esta estava reduzida a um suspiro ténue devido a todas as toxinas que ferviam naquele organismo. – Mas não estou a tentar criar intimidade contigo. Estou a tentar alertar-te. Aquele primeiro jacaré vem aí.

Utilizando os pulsos para prender a jangada, Jaeger agarrou nas duas armas. Segurou-as pelas coronhas, com os dedos apontadores nos gatilhos, os canos a apontarem ameaçadoramente para a esquerda e para a direita, e os olhos a perscrutarem a superfície.

– Onde? – ciciou ele. – De que lado?

– Às onze horas – murmurou Narov. – Praticamente em frente. A uma dúzia de metros. Aproxima-se a grande velocidade.

Aproximava-se pelo ângulo morto de Jaeger.

– Segura-te – gritou ele.

Largou a arma que tinha na mão esquerda, soltou o nó que prendia a espingarda de combate, agarrou-a e deixou ir a jangada, mergulhando debaixo dela, a dar às pernas com força debaixo de água. Quando veio à superfície do lado contrário, viu um enorme focinho preto a deslizar pela água na sua direção, seguido de um corpo com uns cinco metros, a serpentear, protegido por uma armadura escamosa cheia de nervuras.

Era inquestionavelmente um jacaré-açu, e dos grandes.

Jaeger apontou a arma no preciso momento em que as mandíbulas do jacaré se abriam à sua frente. Estava virado mesmo para a garganta da fera. Não havia tempo para fazer pontaria. Premiu o gatilho quase à queima-roupa, com a mão esquerda a puxar repetidamente o punho da bomba de ação e a recarregar a arma.

O impacto das rajadas fez com que a cabeça do réptil explodisse para fora de água, mas não foi suficiente para deter o seu avanço. Era provável que o animal tivesse morrido instantaneamente (com um funil de balas de chumbo a desfazer-lhe o cérebro), mas o seu corpo ensanguentado ainda se dirigia na direção de Jaeger com toda a força dos seus quatrocentos quilos.

Enquanto era empurrado para o fundo do rio, debaixo da jangada, com a escuridão das águas turvas a envolvê-lo, Jaeger sentiu que lhe estavam a apertar o peito e a esvaziar-lhe os pulmões.

Acima dele, o volume ensanguentado da parte dianteira do jacaré deteve-se com um embate macabro. Os olhos mortos fixaram-no ávidos e as mandíbulas laceradas colidiram com a frente da jangada.

A jangada ultraleve baloiçou perigosamente, pois o impacto quase a partira em duas. Pouco depois, o peso morto do cadáver do jacaré começou a afundar-se no rio.

A embarcação atingida inclinou-se um pouco mais, à medida que embatia nos rochedos e era levada pela corrente para o primeiro dos rápidos, pois as águas lodosas começavam a inundar a zona em volta da cabeça e dos ombros de Narov.

A russa pressentiu que algo se passava. Por um instante, contraiu os músculos e tentou manter-se a bordo.

Contudo, não estava à altura do esforço.

A custo, Jaeger acabou por chegar à superfície, com os pulmões a expelirem a água fétida do rio dos Deuses. Tinha estado bastante tempo nas profundezas a tentar salvar-se e sentia que quase se afogara. Por um instante, manteve-se ofegante, com o corpo a necessitar urgentemente de oxigénio, desesperado por fazer chegar o ar regenerador ao organismo.

Tinha jacarés em ambos os flancos, a caminho do cadáver do monstro que acabava de matar, atraídos pelo cheiro do sangue. Jaeger perdera a sua espingarda de combate ao ser arrastado para o fundo. Estava agora praticamente indefeso, mas os jacarés não lhe prestavam muita atenção.

Afinal, tinham um dos seus com que se banquetear, e o gosto do sangue abundante na água estava a enlouquecê-los.

Jaeger demorou a orientar-se, e depois foi também ele arrastado para os rápidos. Tentou proteger o tronco enquanto era atirado contra as rochas, mantendo os pés para a frente, de modo a desviar-se dos obstáculos, e os braços esticados ao lado do corpo, para se equilibrar.

Dirigiu-se para onde a corrente era mais fraca, no limiar da água translúcida, e deu uma volta de 360°, enquanto procurava a jangada com o olhar. No entanto, ao examinar o rio ao seu redor, não a localizou em lado nenhum. A embarcação ultraleve desaparecera sem deixar rasto, e aquela perda gelou o sangue de Jaeger.

Continuou à procura, com o olhar cada vez mais ansioso, mas não encontrava sinais da jangada improvisada.

Quanto a Irina Narov – não havia o mínimo indício da sua presença.

35

Jaeger arrastou-se para a margem.

Caiu de joelhos, encharcado e exausto, com os membros doridos e ofegante. A quem o observasse, pareceria uma ratazana coberta de lama que quase se afogara. Porém, não contava com testemunhas naquele momento.

Vasculhou durante horas a fio o rio dos Deuses em busca de Irina Narov. Procurou de uma margem à outra, por todo o lado, gritando o nome dela. No entanto, não encontrou o mínimo sinal da russa, nem da jangada. Depois, descobriu o que mais temia: a sua mochila e a sacola impermeável, ainda amarradas, mas rasgadas pelos dentes e pelas garras do jacaré.

Os restos esfarrapados da jangada improvisada haviam flutuado até às zonas menos profundas, a uma grande distância a jusante. Num banco de lodo adjacente, Jaeger encontrou um sinal perturbante da mulher que desesperadamente tentara salvar: a fita de cabelo azul-celeste, agora encharcada, feita em farrapos e manchada de lama.

Não obstante, continuou a esquadrinhar as margens do rio até onde conseguiu, sempre receoso de que os seus esforços fossem em vão. Concluiu que Narov teria tombado da jangada no momento em que o cadáver do jacaré o arrastara para as profundezas turvas do rio. Os rápidos e os jacarés ter-se-iam encarregado do resto.

Jaeger debatera-se menos de um minuto antes de regressar à superfície, mas fora o suficiente para a jangada ser arrastada para longe da sua vista. Se ainda estivesse intacta e a flutuar, Jaeger tê-la-ia visto. Teria sido capaz de a apanhar e de a puxar para terra.

Se Irina Narov ainda estivesse na embarcação improvisada, talvez a tivesse conseguido salvar.

Mas assim... Bem, ele nem queria pensar no destino exato de Narov, mas não duvidava de que ela tinha falecido. Narov estava morta – afogada no rio dos Deuses, despedaçada por jacarés-açus esfomeados, ou (muito provavelmente) por uma mistura dos dois.

E ele, Will Jaeger, nada pudera fazer para a salvar.

Ergueu-se a custo e seguiu aos tropeções pela margem lodosa. No choque sombrio daquele momento, o seu treino começou a vir automaticamente ao de cima. Jaeger entrou em modo de sobrevivência; não saberia como proceder de outra forma. Tinha perdido Narov, mas os outros membros da expedição ainda estavam ali algures na selva. Teoricamente, haveria oito pessoas à sua espera num banco de areia distante, dependentes dele.

Naquele momento, não dispunham de coordenadas de destino, não tinham como encaminhar-se para os destroços. Sem forma de avançar, não seria fácil abandonarem aquele *Mundo Perdido* selvagem, não teriam uma estratégia de saída. A retirada de um local tão remoto e aparentemente condenado como a serra dos Deuses exigia muito planeamento e muita preparação, e Jaeger estava bem ciente disso.

Para o desaparecimento de Narov ter algum significado, teria de encontrar a sua equipa e de a pôr a caminho. Tinha de a levar ao local dos destroços e, para tal, era necessário chegar ao banco de areia – apesar de as suas probabilidades de sucesso estarem a diminuir rapidamente.

Em seguida, esvaziou os bolsos e as bolsas do cinturão. Depois do caos da travessia do rio, não fazia ideia de que equipamento lhe restava. A mochila ficara inutilizável (desfeita pelos jacarés e vazia). Contudo, enquanto examinava o pouco que lhe restava, Jaeger começou a perceber a sorte que tivera.

O artigo mais importante do seu equipamento (a bússola, que guardara no fundo de um bolso das calças com fecho de correr) ainda ali estava. Só com aquele dispositivo teria hipóteses de chegar ao distante banco de areia. Retirou o mapa do bolso lateral das calças. Estava encharcado e maltratado, mas ainda estava utilizável.

Tinha o mapa e a bússola – já era um começo.

Procurou a faca que trazia ao peito. Ainda lá estava, bem presa à bainha, a faca que Raff lhe dera e que tão útil se revelara na praia de Fernão, no combate em que o *Pequeno Mo* sucumbira.

Tantas mortes, e agora mais uma, para Jaeger enfrentar.

36

O que Jaeger não daria para ter Raff a seu lado naquele momento... Se o grande maori ali estivesse, Narov poderia ter sobrevivido. É claro que isso não era garantido, mas Raff tê-lo-ia ajudado a defender-se do jacaré, pelo que um dos dois teria provavelmente escapado ileso àquele primeiro ataque e conseguido assim proteger a jangada e a sua preciosa carga.

Porém, Jaeger estava sozinho – Irina Narov desaparecera – e tinha de encarar a dura realidade. Não havia outra opção. Tinha de seguir caminho.

Continuou a verificar o cinturão. Tinha duas garrafas cheias de água presas a ele, apesar de ter perdido o filtro Katadyn. Dispunha de alguma comida de emergência, do novelo de cordão de paraquedas que utilizara para a descida de ambos da copa das árvores, bem como de algumas dezenas de balas para a espingarda de combate.

Deitou fora as munições – de nada lhe serviriam sem a arma.

Entre os outros artigos menos relevantes que encontrara naquele inventário, o seu olhar deteve-se na imagem cintilante da medalha do piloto do C-130. O lema dos Rastejantes Noturnos reluziu ao luar: *A Morte aguarda na Escuridão*. Era indubitável – a morte, ávida de sangue, esperara-os com dentes e garras nas águas sombrias do rio dos Deuses.

E encontrara-os. Pelo menos encontrara Narov.

É evidente que o piloto não tinha culpa.

O piloto daquele C-130 facultara-lhes a saída do avião no local exato. Não era fácil. O desastre que se seguira nada tinha que ver com ele. Jaeger guardou a medalha com o resto dos seus pertences no fundo de um bolso. *A esperança é o que mantém as pessoas vivas*, tentou manter presente.

O último item de equipamento foi o que mais o perturbou: a faca de Irina Narov.

Depois de a usar para os libertar da corda de rapel, Jaeger colocara-a no cinto. Naquele caos, e com Narov incapacitada pela picada da aranha, parecera-lhe a escolha mais acertada. Agora, era o único objeto relacionado com ela que possuía.

Jaeger segurou-a demoradamente. Percorreu com os olhos o nome da faca, estampado no punho de aço. Conhecia bem a história daquele punhal, pois investigara o do avô.

Nos meses que se seguiram ao *blitzkrieg* de Hitler, na primavera de 1940 (a guerra-relâmpago que expulsara as tropas aliadas de França), Winston Churchill ordenara a criação de uma força especial para fazer investidas rápidas e sangrentas contra o inimigo. Esses voluntários especiais aprenderam a combater de um modo muito pouco britânico – depressa e sem regras, sem limites.

Numa escola ultrassecreta de caos e destruição, receberam formação sobre como causar sofrimento, mutilar, ferir e matar facilmente. Os instrutores eram os lendários William Fairbairn e Eric «Bill» Sykes, que tinham, ao longo dos anos, aperfeiçoado formas silenciosas de matar à queima-roupa.

Sykes e Fairbairn encomendaram uma faca de combate à Wilkinson Sword, destinada a ser utilizada pelos voluntários especiais de Churchill. Tratava-se de um punhal de cerca de dezoito centímetros, com um punho pesado, para se poder agarrar bem quando estivesse molhado, além de gumes e um formato pontiagudo para apunhalar.

As facas eram produzidas na fábrica londrina da Wilkinson Sword. Na base da lâmina, figurava a inscrição: «Faca de combate Fairbairn-Sykes». Fairbairn e Sykes ensinaram aos voluntários que não existia nenhuma arma mais mortífera a grande proximidade e que, acima de tudo, «nunca ficava sem munições».

Jaeger nunca vira Narov fazer uso daquela faca com raiva. No entanto, o facto de a russa ter escolhido aquela arma (a mesma que o avô de Jaeger utilizara) em certa medida atraíra-o, apesar de ele nunca ter chegado a perguntar-lhe onde a tinha obtido, nem o que significava exatamente para ela.

Jaeger perguntou-se onde Narov a teria adquirido. Uma russa, veterana do Spetsnaz, com uma faca de comando britânica. E qual o motivo do comentário «boa para matar alemães»? Durante a guerra, todos os comandos britânicos e membros do SAS tinham recebido uma daquelas facas. Aquela arma lendária teria certamente vitimado a sua dose de inimigos nazis.

Contudo, isso acontecera há muitas décadas e num mundo diferente.

Jaeger recolocou a faca no cinto.

Por um instante, pensou se teria feito mal em insistir com Narov para vir com ele. Se tivesse feito como ela pedira e a deixasse para trás, era muito provável que ainda estivesse viva. No entanto, deixar um camarada para trás não fazia parte do seu ADN. Além disso, quanto tempo teria ela sobrevivido?

Não. Quanto mais pensava nisso, mais tinha a certeza de que tomara a decisão certa. A única decisão possível. Ela teria morrido na mesma. Se a tivesse deixado, ela teria apenas uma morte mais lenta e sofrida, e teria expirado sozinha.

Jaeger tentou reprimir todos os pensamentos sobre Narov. Ponderou a sua situação. Tinha uma viagem intimidante pela frente: mais de vinte quilómetros pelo meio de selva densa, com apenas dois litros de água potável para o manter. Um ser humano pode sobreviver muitos dias sem comida, mas não sem água. Teria de recorrer a um racionamento estrito: um gole por hora, nove goles por garrafa, dezoito horas de caminho, no máximo.

Consultou o relógio.

Faltavam duas horas para anoitecer. Se quisesse chegar àquele banco de areia a tempo do encontro de emergência, muito provavelmente teria de continuar a marchar durante a noite, o que não era nada recomendável na selva. Era impossível ver na escuridão total sob o dossel florestal noturno.

Não tinha nada com que se defender, além das mãos nuas e da faca. Se encontrasse um perigo grave, só poderia fugir. Contava com uma vantagem, porém: sem Narov, já não tinha aquele peso para o atrasar.

O único equipamento que tinha estava preso ao seu corpo e nos bolsos, pelo que ele poderia avançar depressa. No cômputo geral, concluiu que tinha probabilidades razoáveis de sucesso. Ainda assim, estava receoso da jornada que se avizinhava.

Ergueu-se, colocou a bússola na palma da mão e fez uma primeira leitura. O ponto de referência que estabeleceu foi um tronco de árvore tombado, mais ou menos a sul – a direção que pretendia. Guardou a bússola, baixou-se, apanhou dez pequenas pedras e colocou-as no bolso. A cada dez passos que dava, passava uma pedra para o bolso contrário. Quando as dez pedras estivessem no outro bolso, já teria percorrido cem passos.

Da sua longa experiência, Jaeger sabia que teria de dar setenta passos com a perna esquerda para percorrer cem metros, em terreno plano e com pouca carga. Com a mochila cheia, mais armas e munições, seriam precisos oitenta, uma vez que, com o peso, os passos se tornavam mais curtos. Em terreno inclinado, poderiam ser necessários cem passos esquerdos.

A passagem das pedras era um sistema simples ao qual recorrera com sucesso inúmeras vezes durante caminhadas árduas em terreno agreste. A transferência das pedras entre os bolsos servia igualmente para lhe manter a mente ocupada e concentrada.

Antes de partir, teve um último gesto: agarrou na caneta e registou a sua posição atual. Ao lado escreveu: «Último paradeiro conhecido de Irina N.».

Assim, se tivesse oportunidade, poderia voltar àquele local e procurar metodicamente os restos mortais da russa, com tempo e meios humanos. Pelo menos teriam algo para levar aos familiares dela (se bem que Jaeger não fazia ideia de quem fossem ou de onde pudessem estar).

Jaeger começou a andar. A andar e a contar.

Embrenhou-se ainda mais na floresta, a passar pedras de um bolso para o outro a cada dez passos. Uma hora depois, chegou o momento do primeiro gole de água e de consultar o mapa.

Marcou a sua posição no mapa – dois quilómetros a sul da margem do rio –, escolheu a direção e prosseguiu. Em teoria, poderia orientar-se ao longo de todo o caminho pela selva até ao banco de areia recorrendo apenas ao processo simples de contagem de passos. Se conseguiria ou não, com dois litros de água e sem armas de fogo, era outro assunto.

À medida que o seu vulto solitário era engolido pela penumbra da selva densa, Jaeger sentia que aqueles olhos misteriosos ainda o seguiam e o observavam das sombras.

Enquanto avançava pela floresta escura e sinistra, Jaeger segurava o bolso cheio de pedras com a mão esquerda e movia os lábios, a contar os próprios passos.

37

L onge dali, a algumas centenas de quilómetros pela selva, ouvia-se outra voz.

. – *Lobo Cinza*, aqui *Lobo Cinza Seis* – entoava a voz. – *Lobo Cinza*, aqui *Lobo Cinza Seis*. Alô? Escuto.

O autor do apelo estava debruçado sobre um aparelho de rádio numa tenda camuflada, montada à beira de uma pista de aterragem de estrada batida. A toda a volta, havia uma muralha oblíqua de árvores, com montanhas à distância a sobressaírem num céu carregado de nuvens. Na pista improvisada, havia uma fila de helicópteros negros com hélices pendentes.

Não existia mais nada.

O cenário fazia lembrar a serra dos Deuses, mas não era bem o mesmo. Era quase igual, mas não exatamente.

Ainda ficava na selva sul-americana, mas a maior altitude – um local remoto e imperturbado, escondido nos sopés bravios e incivilizados dos Andes que se prolongam pela Bolívia e pelo Peru. Era o local ideal para o tipo de operação oculta que se destinava a fazer desaparecer para sempre um avião da Segunda Guerra Mundial, a erradicá-lo do Planeta.

– *Lobo Cinza*, aqui *Lobo Cinza Seis* – repetiu o operador de rádio. – Alô? Escuto.

– *Lobo Cinza Seis*, aqui *Lobo Cinza* – confirmou uma voz. – Escuto.

– Equipa destacada como planeado – anunciou o operador. – Aguardo novas ordens.

Ouviu a mensagem do outro lado durante alguns segundos. Quem quer que fosse aquele homem, aquele soldado, não exibia um único sinal de unidade ou patente, nem sequer de nacionalidade, na sua farda de selva verde-clara. Ao seu redor, a tenda carecia igualmente de características distintivas.

Nem os helicópteros alinhados na pista de aterragem ostentavam símbolos, números de voo ou bandeiras nacionais.

– Afirmativo – confirmou o operador. – Tenho seis operacionais no terreno. Não foi fácil, mas conseguimos enviá-los.

Ouviu instruções durante alguns segundos, e depois repetiu-as para confirmar que as entendera.

– Utilizar todos os meios possíveis para conseguir as coordenadas do avião. Não poupar ninguém na busca da localização exata. Entendido.

Ouviu-se mais um breve trecho de mensagem antes de o operador transmitir a resposta final.

– Entendido. É um grupo de dez, e todos devem ser eliminados. Não devem restar sobreviventes. *Lobo Cinza Seis*, terminado.

Dito isso, desligou a chamada via rádio.

38

Jaeger caiu de joelhos e deitou as mãos à cabeça atormentada e latejante.

Sentia o cérebro descontrolado, como se estivesse prestes a explodir-lhe na testa com a pressão do esforço.

O emaranhado de vegetação oscilava-lhe à frente dos olhos, transformando-se numa horda ondulante de monstros assustadores. Percebeu que estava quase a perder o juízo. Já há horas que tinha sido acometido pela desorientação, e a desidratação atingira níveis críticos, seguida de dores crescentes e alucinações.

Havia pouca água longe do rio e ainda não chovera (Jaeger contara com a chuva para o salvar). Há muito que esgotara as garrafas de água, pelo que ficara reduzido à necessidade de beber a própria urina. Porém, já há cerca de uma hora que deixara de urinar – e de suar – totalmente, o que era um sinal claro da iminência do colapso físico. Ainda assim, continuara a avançar aos tropeções.

Com muita força de vontade, reergueu-se a custo e foi colocando um pé à frente do outro.

– Will Jaeger, a caminho! – soou a sua voz, rouca, gutural e seca, com o som a ecoar pela massa confusa de árvores que o rodeava. – É o Will Jaeger, quase a chegar!

Estava a enviar um aviso à equipa da expedição, que deveria estar um pouco mais à frente, no banco de areia (esperava desesperadamente estar a aproximar-se do local). No entanto, no estado em que andara nas últimas horas, começava a duvidar de que estivesse no local certo. Uma pequena clareira numa enorme extensão de selva: a sua margem de erro era ínfima.

Exausto, Jaeger avançou a um ritmo inconstante, pouco seguro. Sentia a cabeça a rebentar, mas ainda contava os passos, passando as pedras de bolso para bolso para contabilizar a sua progressão.

Era um dado adquirido que nenhuma viagem pela selva se efetuava estritamente em linha reta, sobretudo quando se tratava de alguém naquele estado, obrigado a manter a marcha durante a noite. Daí que, no terreno, vinte e sete quilómetros se tivessem tornado em mais de quarenta e cinco. Quase sem água, tinha sido uma tarefa hercúlea.

Jaeger tentou gritar novamente:

– É o Will Jaeger, quase a chegar!

Não obteve resposta. Deteve-se, a tentar manter-se imóvel e ouvir, mas estava a bambalear de cansaço.

Tentou novamente, mais alto:

– Will Jaeger, a caminho!

Houve um momento de silêncio, antes de soar a resposta:

– Alto ou disparo!

Era a voz inconfundível de Lewis Alonzo, o ex-SEAL da sua equipa, a ecoar pelas árvores.

Jaeger obedeceu, oscilou uma vez e caiu de joelhos.

Uma silhueta volumosa e forte surgiu do meio dos arbustos, cerca de cinquenta metros à sua frente. Alonzo era um afro-americano que combinava o físico de Mike Tyson com a beleza e o humor de Will Smith (ou pelo menos era essa a ideia que Jaeger formara dele naquele breve espaço de duas semanas).

Naquele momento, todavia, Jaeger tinha à sua frente o cano de uma espingarda de assalto Colt, e Alonzo mantinha o dedo indicador tenso no gatilho.

– Avance ao reconhecimento! – gritou Alonzo, com a voz plena de agressividade. – Avance ao reconhecimento!

Jaeger ergueu-se a custo e deu um passo em frente.

– William Jaeger. Sou eu, o Jaeger.

Talvez fosse de esperar que Alonzo não o reconhecesse. A voz de Jaeger estava sufocada pelo cansaço e ele tinha a garganta tão seca, que mal conseguia articular as palavras. Tinha a roupa esfarrapada, o rosto inchado, vermelho e ensanguentado de todas as picadas de inseto e dos arranhões, e estava coberto de lama dos pés à cabeça.

– Mãos ao ar! – rosnou Alonzo. – Larga a arma!

Jaeger ergueu as mãos.

– Sou o William Jaeger, e estou desarmado, porra!

– Kamishi! Protege-me! – gritou Alonzo.

Jaeger viu um segundo vulto a sair do arbusto. Era Hiro Kamishi, o veterano das forças especiais japonesas, e tinha a figura de Jaeger na mira de uma segunda arma de assalto Colt.

Alonzo aproximou-se, de arma em punho.

– Deitado! – gritou. – Pernas e braços afastados.

– Bolas, Alonzo, estou do teu lado – retorquiu Jaeger.

A única resposta do americano foi aproximar-se e empurrar Jaeger para a lama com o pé. O britânico caiu desamparado, de braços abertos no lodo. Alonzo assumiu posição atrás dele.

– Responde a estas perguntas – rosnou. – O que estás aqui a fazer com a tua equipa?

– Procuramos os destroços de um avião, para o identificar e o içar da selva.

– Qual é o nome do nosso contacto local, o brigadeiro brasileiro?

– É um coronel – corrigiu Jaeger. – Coronel Evandro. Rafael Evandro.

– Quais são os nomes dos membros da tua equipa?

– Alonzo, Kamishi, James, Clermont, Dale, Kral, Krakow, Santos.

Alonzo ajoelhou-se até encarar Jaeger.

– Esqueceste-te de um. Éramos dez.

Jaeger abanou a cabeça.

– Não me esqueci. A Narov morreu. Perdia-a quando tentávamos atravessar o rio dos Deuses para vir ter convosco.

– Valha-me Deus. – Alonzo passou a mão pelo cabelo cortado rente. – Então já são cinco.

Jaeger olhou à volta, confuso. Com certeza, não teria ouvido bem o que Alonzo dissera. O que queria ele dizer com «já são cinco»?

Alonzo retirou uma garrafa do cinturão e estendeu-a na direção de Jaeger.

– Camarada, não fazes ideia daquilo por que passámos nos últimos dois dias. E, já agora, estás com um aspeto desgraçado.

– Não estás muito melhor – replicou Jaeger. Aceitou a garrafa oferecida, abriu a boca e bebeu tudo de um só trago. Agitou a garrafa vazia na direção de Alonzo, que fez sinal para Kamishi se aproximar, e esvaziou mais uma, e outra, até saciar a sede.

Alonzo chamou uma terceira figura, que estava na sombra.

– Dale, o Natal chegou mais cedo! Tens luz verde. Podes filmar!

Mike Dale avançou, com a minúscula câmara de vídeo digital ao ombro. Jaeger viu uma luz encarnada a piscar na ponta do microfone, o que significava que ele estava a filmar.

Jaeger fitou Alonzo. O americano encolheu os ombros em tom de justificação.

– Desculpa lá, mas o tipo não parava de me chatear: *Se o Jaeger e a Narov conseguirem cá chegar, tenho de filmar a chegada deles... Se o Jaeger e a Narov conseguirem cá chegar, tenho de filmar a chegada deles.*

Dale deteve-se a menos de meio metro deles e debruçou-se para a frente, colocando a câmara ao nível dos outros. Manteve aquele ângulo de filmagem durante alguns segundos e, depois, tocou num botão e a luz encarnada apagou-se.

– Bem, isto nem inventado – murmurou Dale. – Fantástico. – Olhou para Jaeger de trás da câmara. – Olhe, Sr. Jaeger, será que podia recuar até ao mato e voltar a entrar como acabou de fazer? Só para recriar um bocadinho? É que eu perdi essa parte.

Por um instante, que pareceu arrastar-se, Jaeger olhou fixamente para o operador de câmara sem se pronunciar. Dale. Com vinte e poucos anos, cabelo comprido, bem-parecido de um modo produzido, sempre com uma barba de três dias muito bem aparada. Havia algo de pavão aprumado naquele rapaz que Jaeger não apreciava.

Ou talvez fosse apenas a sua aversão instintiva à câmara. Era demasiado intrusiva e pouco respeitosa da privacidade, e era basicamente isso que Dale representava.

– Repetir a minha entrada para a câmara? – retorquiu Jaeger. – Não me parece. E sabes que mais? Se filmas mais um segundo que seja disto, tiro-te essa câmara, parto-a aos bocadinhos e obrigo-te a comê-los.

Dale levantou as mãos (uma delas ainda com a câmara), fingindo render-se.

– Tudo bem, eu percebo. Passou por um mau bocado. Eu entendo. Mas, Sr. Jaeger, é mesmo isso que as câmaras precisam de filmar: quando tudo dá para o torto. É isso que precisamos de filmar. É isso que dá um ótimo programa.

Apesar da água que bebera, Jaeger ainda se sentia péssimo e não estava com disposição para aquele tipo de conversa.

– Um ótimo programa? Ainda achas que estamos aqui para fazer um ótimo programa? Dale, tens de entender uma coisa: agora é uma questão de vida ou morte. Sobrevivência. A tua e a minha. Já não é uma história. *Isto é a sério.*

– Mas, se eu não filmar, não haverá uma série de televisão – objetou Dale. – E as pessoas que financiam isto tudo, os executivos de televisão, irão dar o dinheiro por perdido.

– Os executivos não estão aqui – replicou Jaeger, zangado. – Nós é que estamos. – Uma pausa. – Se filmares mais um segundo com essa coisa sem a minha autorização, essas filmagens vão ter um final infeliz. E tu também.

39

– Conta-me lá então: que diabo se passou aqui? – perguntou Jaeger. Estava sentado no acampamento provisório que Alonzo e os outros tinham criado na selva, no local onde a vegetação densa se encontrava com a clareira do banco de areia. À sombra de algumas árvores, era o mais confortável que se poderia ter naquele ambiente.

Jaeger já se tinha lavado rapidamente no rio, que corria lenta e bucolicamente naquele troço. Retirara um saco de mantimentos de um dos cilindros e servira-se do essencial para o ajudar a recuperar da sua travessia monumental pela selva: alimentos; água; sais de hidratação; e algum repelente de insetos. Por conseguinte, começava a sentir-se minimamente humano outra vez.

A equipa da expedição (ou seja, o que dela restava) estava reunida para conferenciar. No entanto, havia uma tensão estranha no ar, uma sensação de que forças hostis percorriam os arredores do acampamento e se escondiam nas sombras. Jaeger retirara uma arma de combate sobresselente de um dos cilindros, e não era o único a manter um olho na selva e outro na sua espingarda.

– É melhor começar do início, quando vos perdemos na queda livre. – A resposta de Alonzo foi proferida num tom profundo, grave, típico dos afro-americanos de grande estatura.

Como Jaeger começava a perceber, Alonzo era o tipo de pessoa que não consegue esconder as emoções. À medida que foi narrando os acontecimentos, as suas palavras foram-se enchendo de mágoa pelo que acontecera.

– Vocês desapareceram logo a seguir ao salto, pelo que orientei os outros. A descida correu bem. Aterrámos todos, sem ferimentos, em solo firme e desimpedido. Estabelecemos o acampamento, arrumámos o equipamento, fizemos uma escala de sentinelas e pensámos que não seria complicado: só teríamos de esperar por ti e pela Narov, uma vez que este era o primeiro ponto de encontro.

»Foi então que surgiram duas fações no acampamento – prosseguiu Alonzo. – Havia a minha parte, que, digamos, era a brigada dos combatentes e queria enviar patrulhas de reconhecimento em direção ao local onde achávamos que teriam aterrado, para ver se vos podíamos ajudar a regressar. Isto se ainda estivessem vivos... E depois havia a brigada dos pacifistas...

»Então, a brigada dos pacifistas, liderada pelo James e pela Santos, queria ir por ali. – Alonzo apontou um polegar para oeste. – Achavam que tinham encontrado um caminho à beira-rio criado pelos índios. Ora, todos sabíamos que a tribo estava algures por aí. Sentíamos os olhares na selva. Os membros da brigada dos pacifistas queriam abordá-los e estabelecer um contacto pacífico.

»Contacto pacífico! – Alonzo fitou Jaeger. – Sabes, acabei de passar um ano numa missão de manutenção de paz no Sudão, nas montanhas de Nuba. Algumas daquelas tribos de Nuba ainda andam praticamente nuas. Mas sabes uma coisa? Acabei por gostar muito daquela gente. E aprendi uma lição logo no começo: se eles quisessem contacto pacífico, davam sinais disso.

Alonzo encolheu os ombros.

– Resumindo: pela hora do almoço do primeiro dia, o James e a Santos fizeram-se ao caminho. Ela disse que sabia o que estava a fazer, que era brasileira e que tinha passado anos a trabalhar com as tribos da Amazónia. – Abanou a cabeça. – O James, meu Deus, ele é doido, totalmente passado. Escreveu uma mensagem para os índios, fez uns desenhos. – E voltou-se para Dale: – Tens as imagens?

Dale pegou na câmara, abriu o ecrã lateral e percorreu os ficheiros digitais armazenados no cartão de memória. Premiu a tecla de reprodução e surgiu uma imagem no ecrã: um grande plano de uma mensagem escrita à mão. Ouviu-se a voz com forte sotaque neozelandês a ler as palavras que se viam na imagem.

– *Yo!* Habitantes da Amazónia! Vocês gostam de paz, nós gostamos de paz. Vamos fazer a paz! – O plano afastou-se e mostrou James, com a sua enorme barba à Bin Laden e o seu ar de motoqueiro. – Vamos para o vosso território para vos cumprimentar e estabelecer contacto pacífico.

Dale abanou a cabeça, incrédulo.

– Dá para acreditar? «*Yo!* Habitantes da Amazónia!», como se os índios soubessem ler inglês! Estava doido, tinha passado tempo de mais na sua cabana no meio do mato. Isso era perfeito para as câmaras. Mas não era perfeito para esta missão!

Jaeger indicou com um gesto que já tinha visto o suficiente.

– Ele é um pouco excêntrico. Mas não o somos todos? Uma pessoa cem por cento sã não estaria aqui. Ser-se um bocadinho louco não é mau.

Alonzo coçou a barba por fazer.

– É, mas ele abusa. Continuando: o James e a Santos foram-se embora. Vinte e quatro horas depois, não havia sinal deles, mas também não havia indícios de problemas. Por isso, um segundo destacamento da brigada pacifista (aquela francesinha, a Clermont, e, estranhamente, o alemão, o Krakow, que ninguém diria que era pacifista) partiu em busca do James e da Santos.

»Não os devia ter deixado ir – resmungou Alonzo. – Tinha um mau pressentimento. Mas, sem ti nem a Narov, não tínhamos um chefe de expedição nem uma adjunta. Por volta do meio-dia (uma hora depois de a Clermont e o Krakow terem partido), ouvimos um grito e tiros. Parecia ser uma troca de disparos, como uma emboscada, com tiros em dois sentidos. – Alonzo fitou Jaeger. – E, pronto, a paz tinha acabado. Fomos à procura da Clermont e do Krakow, seguimos o rasto deles até a um local situado a cerca de meio quilómetro daqui. Aí, vimos uma grande destruição de vegetação. Sangue fresco. Além de termos encontrado algumas destas.

Retirou algo da mochila, que entregou a Jaeger.

– Cuidado. Deve estar envenenada.

Jaeger analisou o objeto que recebera. Era um pedaço fino de madeira com cerca de quinze centímetros. Alguém desbastara e afiara primorosamente uma das pontas, e o bico tinha sido embebido com um fluido viscoso negro.

– Seguimos caminho – continuou Alonzo – e encontrámos um rasto do James e da Santos. Encontrámos o sítio onde tinham acampado, mas não havia sinais deles. Nem sequer sinais de luta. Nem sangue. Nem dardos. Nada. Era como se tivessem sido teletransportados dali por extraterrestres. – Após uma pausa, acrescentou: – E depois surgiu isto. – Sacou de um invólucro de bala do bolso. – Encontrei-o no regresso. Quase por acaso. – E passou-o a Jaeger. – É de 7,62 mm. Muito provavelmente de uma GPMG ou de uma AK-47. Não é nossa, disso tenho a certeza.

Jaeger rolou o invólucro na mão durante alguns segundos.

Até há algumas décadas, o calibre de 7,62 mm era apenas utilizado pelas forças da NATO. Na Guerra do Vietname, os americanos experimentaram um calibre menor: 5,56 mm. Com balas mais leves, um soldado de infantaria podia carregar mais munições, o que significava uma maior capacidade de fogo continuado – crucial, quando se trata de missões longas na selva. Desde então, o calibre de 5,56 mm tornara-se comum na NATO, e ninguém ali naquele banco de areia tinha armas de 7,62 mm.

Jaeger fitou Alonzo.

– Não voltaram a ter sinais deles?

Alonzo negou com a cabeça.

– Nada.

– Qual é a tua opinião? – perguntou Jaeger.

O rosto de Alonzo ensombrou-se.

– Olha, não sei... Há por aí uma força hostil, disso não tenho dúvidas, mas neste momento é um mistério. Se são índios, como é que arranjaram uma arma de 7,62 mm? Desde quando é que uma tribo perdida anda assim armada?

– Diz-me uma coisa: como era o sangue? – inquiriu Jaeger.

– Na emboscada? O que seria de esperar. Algumas poças. Coaguladas.

– Muito sangue? – insistiu Jaeger.

Alonzo encolheu os ombros.

– O suficiente.

Jaeger mostrou o pedaço fino de madeira que recebera.

– Um dardo de zarabatana, obviamente. Sabemos que os índios estão armados com isto. Têm supostamente pontas envenenadas. Sabes o que utilizam para embeber os dardos? Curare, feito da seiva de uma trepadeira selvagem. O curare mata porque impede os músculos do diafragma de funcionarem. Ou seja, sufoca-se até à morte. Não é uma forma bonita de se morrer.

»Aprendi um pouco sobre isso quando treinei aqui com as equipas da B-BOE do coronel Evandro. Os índios utilizam esses dardos para caçar macacos na copa das árvores. O dardo acerta, o macaco cai, a tribo recolhe-o e recupera o dardo. Cada dardo é talhado à mão e não costumam abandoná-los por aí ao acaso. Mas o mais importante é que, se fores atingido por um dardo com curare, ele se espeta como se fosse um alfinete. Quase não sangras.

»E há mais. – Jaeger pegou no dardo e colocou-o na boca, para provar a substância viscosa que estava na ponta. Alguns elementos da equipa esboçaram um esgar de pânico.

»Quando ingerido, o curare não envenena ninguém – explicou Jaeger, para os tranquilizar. – Tem de entrar diretamente na corrente sanguínea. A questão é que tem um sabor amargo inconfundível. Isto? Aposto que é melaço de açúcar. – Sorriu sombriamente. – Se juntarmos todos estes indícios, qual é a conclusão?

Olhou à volta, para os rostos dos restantes membros da equipa. Alonzo: com maxilares quadrados, de rosto franco, transpirava sinceridade. Era um ex-SEAL da cabeça aos pés. Kamishi: discreto, observador, sempre pronto a reagir como uma mola. Dale e Kral: dois profissionais em ascensão no mundo televisivo, decididos a fazer um belo filme, cheio de sucesso.

– Ninguém foi atingido por dardos destes – respondeu Jaeger à sua própria pergunta. – Foram emboscados por homens armados, e o sangue é suficiente para o provar. Ora, a não ser que esta tribo perdida tenha conseguido armar-se a sério, temos uma força misteriosa à solta por aí. O facto de terem deixado isto – exibiu o dardo – e de terem feito os possíveis para ocultar os invólucros das suas balas sugere que estão a tentar culpar os índios pelo crime.

Jaeger observou o dardo por um instante.

– Não devia estar aqui mais ninguém além de nós e dessa tribo perdida. De momento, não fazemos ideia de quem será essa força misteriosa de homens armados, de como chegou aqui, nem do motivo da sua hostilidade. – Ergueu o olhar, sombriamente. – Mas uma coisa é certa: a natureza desta expedição mudou irreversivelmente.

»Desapareceram cinco pessoas – anunciou pausadamente. O seu olhar tinha agora uma frieza de aço. – Mal chegámos à floresta e já perdemos metade da nossa equipa. Temos de ponderar as nossas opções, com muito cuidado.

Refletiu por um instante. Os seus olhos evidenciavam uma dureza que poucos haviam visto antes. Não conhecia muito bem nenhum dos desaparecidos, mas sentia-se pessoalmente responsável pela sua perda.

Tinha simpatizado com a sinceridade e a ausência de maldade de Joe James, o enorme louco neozelandês. Estava também dolorosamente ciente de que Letícia Santos era a representante do coronel Evandro na sua equipa.

Santos era muito atraente, uma versão menos cuidada (ou mais selvagem) da atriz brasileira Taís Araújo. De olhos e cabelo escuros, impetuosa e perigosamente divertida, era em grande medida o extremo oposto de Irina Narov.

Para Jaeger, perder uma pessoa (Narov) tinha sido um desastre trágico. Perder cinco nas primeiras quarenta e oito horas da expedição... era impensável.

40

– **O**pção um – anunciou, com a voz rouca da tensão do momento.
– Decidimos que a missão já não é viável e chamamos uma equipa de evacuação. Temos boas formas de comunicação e estamos numa boa zona de aterragem, pelo que há a possibilidade de sermos retirados daqui. Afastávamo-nos da ameaça, mas deixávamos os nossos amigos para trás. Afinal, neste momento, não sabemos sequer se estão vivos ou mortos.

»Opção dois: vamos à procura dos membros da equipa que faltam. Avançamos na convicção de que todos estão vivos até prova em contrário. Vantagens: fazemos o que os nossos camaradas merecem. Não lhes voltamos as costas ao mínimo sinal de perigo. Desvantagens: somos uma força pequena e mal armada face a outra com um arsenal potencialmente superior, e não fazemos ideia de quantos são.

Depois de uma pausa, continuou:

– E depois há a terceira opção: prosseguimos com a expedição conforme planeado. Suspeito, e isto é apenas instinto, de que se o fizermos iremos descobrir o que aconteceu aos nossos camaradas desaparecidos. De qualquer forma, faz sentido que quem quer que nos tenha atacado nos queira impedir de alcançar o nosso objetivo. Ao continuarmos, iremos forçá-los a fazer alguma coisa. – E acrescentou: – Não se trata de uma operação militar. Se o fosse, daria ordens aos meus homens. Somos um grupo de civis e temos de tomar uma decisão coletiva. Na minha opinião, estas são as três opções, e temos de as colocar a votação. Mas, antes disso, têm alguma pergunta? Sugestões? Não tenham medo de falar, porque a câmara não está a gravar.

Olhou ameaçadoramente na direção de Dale.

– A câmara não está a filmar, pois não, Sr. Dale?

Dale penteou o cabelo comprido e liso com a mão.

– Ei, já fui proibido de filmar, não fui? Não se filma esta reunião.

– Isso mesmo. – Jaeger olhou à volta, à espera de perguntas.

– Estou curioso – comentou Hiro Kamishi, discretamente, num inglês quase perfeito, apesar da ligeira entoação japonesa. – Se isto fosse uma missão militar, que ordem darias aos teus homens?

– A opção três – respondeu Jaeger, sem hesitar.

– Podes explicar porquê? – Kamishi falava de uma forma estranha, cuidadosa, escolhendo cada palavra com grande precisão.

– É contraintuitivo – retorquiu Jaeger. – As reações humanas naturais ao *stress* e ao perigo são lutar ou fugir. Fugir seria se pedíssemos que nos retirassem daqui. Lutar seria ir diretamente atrás dos inimigos. A opção três é mais inesperada, e acredito que os apanhe desprevenidos, que os force a revelarem-se, a cometer um erro.

Kamishi fez uma vénia ligeira.

– Obrigado. É uma boa explicação. Concordo com ela.

– Sabes, camarada, não foram só cinco – rosnou Alonzo. – Foram seis. Contando com o Andy Smith, são seis baixas. Nunca pensei que a morte do Smith tivesse sido um acidente; muito menos agora, depois do que aconteceu.

Jaeger anuiu.

– Com o Smith, são seis.

– Então, quando recebemos as coordenadas? – questionou uma voz. – As dos destroços.

Era Stefan Kral, o operador de câmara eslovaco da equipa de Jaeger, no seu inglês marcado por um forte sotaque gutural. Jaeger fitou-o. Baixo, atarracado, quase com ar de albino, com uma pele imperfeita, Kral era o oposto de Dale no que toca a beleza. Era seis anos mais velho do que o colega, apesar de não parecer. Só pelo facto de ser mais velho, devia ser ele a realizar o filme.

No entanto, Carson entregara a responsabilidade a Dale, e Jaeger percebia os motivos pelos os quais o fizera. Dale e Carson eram muito parecidos. Dale era dinâmico, descontraído e confiante, além de ser um mestre da sobrevivência na selva dos meios de comunicação. Kral, pelo contrário, era nervoso, desastrado e pouco expedito. Não tinha muitas probabilidades de sucesso no ramo da televisão.

– Sem a Narov, elegi o Alonzo como meu adjunto – respondeu Jaeger. – Partilhei as coordenadas com ele.

– E então? E nós? – insistiu Kral.

Sempre que o eslovaco falava, surgia-lhe no rosto um meio sorriso estranho, oblíquo, independentemente da seriedade do assunto. Jaeger concluiu que seria um reflexo de nervosismo, mas ainda assim achava-o estranhamente perturbante.

Conhecera muitos tipos como Kral no Exército, os semi-introvertidos que tinham dificuldade em relacionar-se com os outros. Sempre fizera questão de dedicar atenção especial aos que acabavam na sua unidade. O mais habitual era revelarem-se extremamente leais, e verdadeiros demónios quando chegava a hora negra do combate.

– Se votarmos na opção três, a de prosseguirmos com a missão, irão receber as coordenadas quando estivermos no rio – disse Jaeger. – Foi esse o acordo que fiz com o coronel Evandro. Quando iniciarmos a nossa descida pelo rio dos Deuses.

– Como é que perdeu a Narov? – inquiriu Kral. – O que aconteceu exatamente?

Jaeger olhou-o fixamente.

– Já expliquei como é que ela morreu.

– Gostava de ouvir outra vez – insistiu Kral, com o sorriso oblíquo a alastrar-se pelo rosto. – Só para esclarecer as coisas. Para todos entendermos.

Jaeger estava perturbado com a perda de Narov, e não ia reviver tudo aquilo.

– Foi uma confusão desgraçada que durou muito pouco. E, acreditem, eu não podia ter feito nada para a salvar.

– Porque é que tem tanta certeza de que ela está morta? – teimou Karl. – Não vejo o mesmo no caso do James, da Santos e dos outros.

Jaeger semicerrou os olhos.

– Só estando lá é que perceberia – replicou, calmamente.

– Mas podia certamente ter feito *qualquer coisa...* Era o primeiro dia, estavam a atravessar o rio...

– Queres que lhe dê um tiro agora? – interrompeu Alonzo, com o aviso a ribombar-lhe na voz. – Ou só depois de lhe cortar a língua?

Jaeger encarou Kral. O seu tom adquiriu um toque distintivo de ameaça:

– É curioso, Sr. Kral, mas eu fico com a impressão de que me está a entrevistar. Não está, pois não? A entrevistar-me?

Kral negou com a cabeça, nervoso:

– Estou só a avançar algumas questões. Para tentar desanuviar o ambiente.

Jaeger afastou o olhar de Kral para Dale, que tinha a câmara pousada ao seu lado, no chão. Instintivamente, Dale aproximou a mão da câmara.

– Sabem que mais? – avançou Jaeger, ríspido. – Eu também preciso de *desanuviar* uma coisa. – E olhou para a câmara. – Tapaste a luz encarnada da câmara com fita adesiva preta. Pousaste-a no chão, virada para mim, e presumo que já estivesse a filmar antes de o teres feito. – De seguida, encarou Dale, que parecia tremer visivelmente sob o seu olhar. – Só te vou dizer uma vez. Uma única vez. Se voltas a fazer uma brincadeira destas, enfio-te essa câmara pelo traseiro acima até poderes limpar a lente como se fossem os teus dentes. Estamos *en-ten-di-dos?*

Dale encolheu os ombros.

– Sim. Acho que sim. É que...

– «É que» nada – interrompeu Jaeger. – E, quando terminarmos aqui, vais apagar tudo o que filmaste, comigo a ver.

– Mas, se eu não tiver cenas cruciais como esta, não haverá programa – objetou Dale. – O cliente, os executivos de televisão...

O olhar de Jaeger foi suficiente para o silenciar.

– Tens de entender uma coisa: neste momento, estou-me a borrifar para os teus executivos. Só me interessa isto: fazer com que o máximo número de membros da minha equipa sobreviva a esta missão. E, neste momento, temos cinco... seis baixas, pelo que estou em muito má posição. E isso torna-me perigoso – prosseguiu Jaeger. – Deixa-me furioso. – Apontou um dedo ameaçador para a câmara. – E, quando estou furioso, há a tendência de algumas coisas se partirem. Por isso, Sr. Dale, desligue essa *por-ca-ria.*

Dale agarrou na câmara, premiu alguns botões e desligou-a. Tinha sido apanhado em flagrante. No entanto, pelo seu ar amuado, quase parecia que lhe tinham feito uma injustiça.

– Puseste-me a fazer aquele monte de perguntas idiotas – resmungou Kral para Dale, entre dentes. – Mais uma das tuas ideias brilhantes.

Jaeger já tinha conhecido tipos como Dale e Kral. Alguns dos seus ex--camaradas das forças de elite tinham tentado ser bem-sucedidos naquele ramo, no mundo excêntrico dos *reality shows* televisivos. Só perceberam tarde de mais até que ponto esse mundo pode ser implacável. Mastigava as pessoas e deitava-as fora, como pastilhas elásticas. E muito raramente se encontrava aí honra e lealdade.

É um ramo extremamente competitivo. Tipos como Dale e Kral (para não falar do chefe, Carson) tinham de ser motivados para ter algum sucesso, muitas vezes em detrimento de outros. Trata-se de um mundo no qual temos de estar preparados para filmar pessoas a tomarem decisões de vida ou morte, mesmo quando prometemos não o fazer, porque faz parte do negócio. Há que fazer o que for preciso para conseguir a história.

Temos de estar prontos para dar uma facada nas costas do colega operador de câmara, se isso melhorar o nosso futuro de alguma forma. Jaeger odiava esse espírito, e tinha sido em grande medida por isso que, desde o início, se mostrara tão pouco recetivo à equipa televisiva.

Adicionou Kral e Dale à lista de elementos que teria de manter debaixo de olho – além de aranhas venenosas, de jacarés gigantes, de tribos selvagens e, agora, de uma força desconhecida de homens armados, decididos a atacar com uma violência sangrenta.

– Muito bem. Com a câmara finalmente desligada, vamos votar – anunciou. – Opção um: saímos daqui e abandonamos a expedição. Votos a favor?

Não se ergueu nenhuma mão.

Era um alívio. Pelo menos não estavam prestes a virar costas e a fugir da serra dos Deuses tão cedo.

41

– Importa-se que filme? – Dale fez um gesto na direção de Jaeger.

O ex-militar estava agachado perto da água, a cumprir a sua higiene vespertina, com a espingarda ao lado, para o caso de surgir algum problema. Cuspiu para a água.

– Lá isso tenho de admitir: és persistente. «Chefe da expedição a lavar os dentes»... que excitante!

– Não, a sério. Preciso de registar algumas destas coisas. Para dar um colorido de fundo. Só para estabelecer como é a vida no meio... – Fez um gesto com a mão, a abarcar o rio e a selva circundante. – No meio disto tudo.

Jaeger encolheu os ombros.

– Estás à vontade. Vem aí uma parte boa: vou lavar a minha cara mal-cheirosa.

Dale filmou algumas cenas que registavam as tentativas por parte de Jaeger de utilizar o rio dos Deuses como a sua casa de banho. A determinado ponto, o operador de câmara tinha as botas na água e estava de costas para o rio, a filmar de baixo, com a lente muito próxima da cara de Jaeger.

Este quase desejava que um jacaré de cinco metros agarrasse Dale pelos testículos, mas não teve essa sorte.

Além de Alonzo, que, como seria de esperar, quisera partir de imediato em perseguição do inimigo, a votação fora unânime. A opção três, continuar com a expedição conforme planeado, tinha sido a escolha de todos.

Jaeger teve de esclarecer alguns aspetos com Carson, mas uma breve chamada através do telefone de satélite Thuraya resolveu tudo.

Carson explicitou muito bem e rapidamente as suas prioridades: nada deveria interferir com o avanço da expedição. Todos estavam cientes dos perigos desde o início.

Todos os membros da equipa tinham assinado uma declaração de exoneração de responsabilidade, reconhecendo que se iriam colocar em perigo. As cinco pessoas desaparecidas não passavam disso: *estavam desaparecidas, até prova em contrário.*

Carson tinha de zelar por um programa televisivo megalómano de doze milhões de dólares, e o futuro da Wild Dog Media (para não falar da Enduro Adventures) estava muito dependente do sucesso do projeto. Jaeger teria de fazer o possível e o impossível para levar a sua equipa ao local dos destroços, descobrir os seus segredos e, se fosse viável, retirar o misterioso avião dali.

Caso alguém se ferisse ou morresse entretanto, a sua má sorte seria eclipsada pela natureza fantástica da descoberta (pelo menos era isso que Carson defendia). Afinal, tratava-se do *último grande mistério da Segunda Guerra Mundial,* recordara Carson a Jaeger, *o avião que nunca existiu, o voo-fantasma.* A rapidez com que Carson se apropriara das palavras do arquivista Simon Jenkinson fora impressionante.

Carson chegara até a tentar repreender Jaeger por este se ter oposto a algumas filmagens, o que significava que Dale lhe teria telefonado a queixar-se disso. Jaeger não lho admitira: ali na selva era ele quem mandava na expedição, e a sua palavra era lei. Se Carson não gostasse disso, podia voar até à serra dos Deuses e substituí-lo.

Concluída a chamada para Carson, Jaeger fez uma segunda ligação – para o Airlander. A enorme aeronave demorara um pouco a voar até ali desde o Reino Unido, mas estava agora a chegar ao seu ponto de órbita, nas alturas, por cima deles. Jaeger conhecia o piloto, Steve McBride, pois os seus caminhos haviam-se cruzado no Exército. Tratava-se de um piloto competente e fiável para o Airlander.

Jaeger tinha outro motivo para confiar totalmente na tripulação da aeronave. Antes de partir de Londres, tinha feito um acordo com Carson: se não podia ter Raff com ele no terreno, queria-o a observar do céu. Carson capitulara, e o grande maori tinha sido nomeado oficial de operações de McBride no Airlander.

Jaeger fizera uma chamada para a aeronave e Raff fornecera-lhe um resumo de todos os aspetos gerais da expedição. Não havia mais informações sobre a morte de Andy Smith, o que não o surpreendeu propriamente. No entanto, as notícias a respeito de Simon Jenkinson eram chocantes.

Alguém arrombara o apartamento do arquivista em Londres. Tinham desaparecido três objetos: o seu ficheiro sobre o voo-fantasma do Ju 390, o iPhone com que recentemente (e sub-repticiamente) tirara as fotos ao ficheiro de Hans Kammler, e o seu computador portátil. Jenkinson tinha ficado assustado com o roubo, sobretudo depois de contactar os Arquivos Nacionais britânicos.

O número de referência do ficheiro de Hans Kammler era AVIA 54/1403. O Arquivo Nacional afirmou que não havia registos de esse ficheiro sequer ter existido. Jenkinson vira-o com os próprios olhos. Tinha-lhe tirado algumas fotografias às escondidas com o telemóvel. Porém, depois de lhe terem roubado a casa e de o ficheiro ter sido eliminado dos arquivos, era como se o AVIA 54/1403 nunca tivesse existido.

O voo-fantasma tinha agora o seu ficheiro-fantasma.

42

Jenkinson estava assustado, mas não parecia estar em fuga, explicara Raff. Antes pelo contrário. Comprometera-se a não descansar até recuperar aquelas fotos. Assim que conseguisse um computador substituto, iria descarregá-las.

Jaeger concluiu que as notícias de Jenkinson só podiam ter um significado: quem quer que fosse o seu adversário tinha o poder e a influência necessários para fazer desaparecer todo um ficheiro do Governo britânico. As ramificações eram extremamente preocupantes, mas, dali, do coração da Amazónia, não havia muito que pudesse fazer a esse respeito.

Jaeger instara Raff a manter-se alerta e a informá-lo das novidades sempre que conseguissem estabelecer contacto entre a equipa no solo e o Airlander.

Arrumou o seu conjunto de higiene, enrolando-o compactamente. Na manhã seguinte, bem cedo, iniciariam a descida do rio, e o espaço nos barcos era limitado. Dale havia claramente filmado o suficiente, uma vez que desligara a câmara. Todavia, Jaeger sentia que o australiano se estava a demorar, como se quisesse conversar.

– Ouça, eu sei que não está à vontade com isto tudo – avançou. – Com as filmagens. E também lamento aquele incidente de há bocado. Eu exagerei. Mas, se não filmar o suficiente para isto funcionar, estou tramado.

Jaeger não respondeu. Não gostava particularmente daquele homem, muito menos depois do episódio da filmagem não autorizada.

– Sabe, há uma citação no meu ramo – declarou Dale. – No ramo da televisão. De Hunter S. Thompson. Posso dizê-la?

Jaeger colocou a espingarda ao ombro.

– Sou todo ouvidos.

– «O negócio da televisão é uma trincheira de dinheiro, cruel e vã» – começou Dale –, «um longo corredor de plástico onde os ladrões e os proxenetas andam à solta, e os homens bons morrem como cães». Talvez a citação não seja exatamente assim, mas... *Os homens bons morrem como cães* descreve este ramo na perfeição.

Jaeger fitou-o.

– Há um dizer parecido no meu ramo: «A palmada nas costas é só para escolher o lugar onde enterrar a faca». – Após uma pausa, acrescentou: – Escuta, não preciso de gostar de ti para poder trabalhar contigo. Mas também não estou aqui para te causar dificuldades. Desde que ponhamos em prática algumas regras básicas, podemos chegar ao fim desta missão sem nos matarmos um ao outro.

– Que tipo de regras?

– Razoáveis. Aquelas que vocês costumam seguir: em primeiro lugar, não precisam de me pedir autorização para filmar. Filmem o que quiserem. No entanto, se eu disser que não podem, cumprem o que eu mandar.

Dale concordou com um gesto de cabeça.

– É justo.

– Em segundo lugar, se outro membro da equipa vos pedir que não filmem, vocês obedecem. Podem vir ter comigo para protestar, mas naquele momento respeitam a vontade dessa pessoa.

– Mas isso significa que, na prática, todos têm o direito a recusar – objetou Dale.

– Nada disso. Só eu é que tenho. Sou responsável por esta expedição, e isso inclui-te a ti e ao Kral, pois pertencem à minha equipa. Se eu achar que vocês devem ter o direito de filmar, irei defender-vos. Têm um trabalho difícil e problemático pela frente. Respeito isso, e vou ser um juiz imparcial.

Dale encolheu os ombros.

– Tudo bem. Também não tenho grandes alternativas.

– Não tens mesmo – confirmou Jaeger. – Regra número três: se alguma vez voltarem a tentar filmar depois de terem aceitado não o fazer, como aconteceu esta manhã, a vossa câmara vai parar ao fundo do rio. Não estou a brincar. Já perdi cinco pessoas. Não abuses da sorte.

Dale ergueu as mãos abertas num gesto de contrição.

– Já pedi desculpa por isso.

– A quarta e última regra – Jaeger fitou Dale durante um segundo que pareceu durar uma eternidade – é: não desrespeitem as regras.

– Entendido – confirmou Dale. E, após uma breve reflexão, adiu: – Talvez haja algo que possa fazer, no entanto, para nos facilitar a vida. Se o pudesse entrevistar, digamos... aqui, à beira-rio, podia pedir-lhe que resumisse tudo o que aconteceu hoje. Aquilo que não nos foi permitido filmar.

Jaeger ponderou por um instante.

– E se houver perguntas às quais eu não queira responder?

– Não é obrigado a fazê-lo. Mas é o chefe da expedição. É o porta-voz ideal neste caso.

Jaeger encolheu os ombros.

– Tudo bem. Aceito. Mas não te esqueças: as regras são para cumprir.

Dale sorriu.

– Entendido. Entendido.

O australiano foi buscar Kral. Pousaram a câmara de filmar num tripé ultraleve, colocaram um microfone na lapela de Jaeger, para obter um som de melhor qualidade, e, com Kral a operar a câmara, Dale assumiu o modo de apresentador. Sentou-se ao lado da câmara e pediu a Jaeger que falasse diretamente com ele, tentando ignorar a lente apontada à sua cara, e recapitulasse os acontecimentos das últimas quarenta e oito horas.

À medida que a entrevista ia avançando, Jaeger teve de admitir que, até certo ponto, Dale era competente no seu trabalho. Tinha a capacidade de extrair informações às pessoas de uma forma que as fazia sentir como se estivessem a conversar com um amigo no café da esquina.

Quinze minutos depois do início da entrevista, Jaeger quase se esquecera de que a câmara ali estava.

Quase.

– Era bastante óbvio que você e Irina Narov andavam às turras como dois leões a prepararem-se para lutar entre si – declarou Dale. – Porque arriscou tudo por ela naquela travessia do rio?

– Ela pertencia à minha equipa – retorquiu Jaeger. – Não preciso de dizer mais nada.

– Mas lutou contra um jacaré de cinco metros – insistiu Dale. – Quase perdeu a vida. Travou um combate por alguém que parecia não gostar de si. Porquê?

Jaeger olhou fixamente para Dale.

– Segundo uma regra muito antiga da minha profissão, nunca se diz mal dos mortos. Por isso, mudando de assunto...

– Certo, mudemos de assunto – confirmou Dale. – Fale-me, então, dessa força misteriosa de homens armados: faz ideia de quem sejam e de quais serão as suas intenções?

– Não faço ideia – respondeu Jaeger. – Aqui tão no interior da serra dos Deuses não devia haver mais ninguém; só nós e os índios. E quanto às suas intenções... suponho que possam estar a tentar descobrir a localização daqueles destroços, talvez para nos impedirem de lá chegar. É a hipótese mais lógica. Mas é só um pressentimento meu, mais nada.

– Isso é uma hipótese impressionante, que uma força rival possa andar à procura dos mesmos destroços – persistiu Dale. – As suas suspeitas devem ter algum motivo...

Antes que Jaeger pudesse responder, Kral fez um ruído estranho com a boca. Jaeger já tinha reparado que o operador de câmara eslovaco tinha o mau hábito de dar estalidos com a língua nos dentes.

Dale voltou-se para ele e repreendeu-o:

– Olha lá, estou a tentar fazer uma entrevista! Toma atenção e faz pouco barulho.

Kral devolveu-lhe o olhar irritado.

– Eu estou atento. Estou atrás desta câmara a carregar na porcaria dos botões, para o caso de não teres reparado!

Bonito, pensou Jaeger. Tinham passado poucos dias e os membros da equipa de filmagens já se estavam a incompatibilizar. Como seria depois de várias semanas na selva?

Dale regressou a Jaeger. Revirou os olhos, como se dissesse «Já viu aquilo com que tenho de lidar?», e prosseguiu:

– Quanto a esta força rival... eu estava a perguntar-lhe quais eram as suas suspeitas.

– Se pensarmos bem – explicou Jaeger –, quem é que conhece a localização exata do avião? O coronel Evandro. Eu. E o Alonzo. Se existe outra força por aí a tentar descobri-la, terá de nos seguir. Ou de forçar alguém da nossa equipa a falar. Tínhamos uma aeronave não identificada a seguir-nos quando vínhamos para aqui. Talvez, e realço o *talvez*, tenhamos sido seguidos e estejamos em perigo desde o início.

Dale sorriu.

– Perfeito. Por mim é tudo. – Fez um gesto em direção a Kral. – Podes desligar a câmara. Foi muito bom – comentou com Jaeger. – Fez um ótimo trabalho.

Jaeger pegou na espingarda.

– Preferia que não me tivesse feito tantas perguntas sobre os pormenores menos simpáticos. Ainda assim, é preferível a andarem a filmar às escondidas.

– Sem dúvida. – Dale refletiu por um momento. – Já agora, estaria disposto a dar uma entrevista destas por dia, como se fosse um diário filmado?

Jaeger afastou-se pelo banco de areia, em direção ao acampamento.

– Talvez, desde que tenha tempo... – Encolheu os ombros. – Vamos vendo à medida que formos avançando.

43

A noite cai depressa na selva.
Como se aproximava a escuridão, Jaeger aplicou repelente de insetos e entalou as calças militares nas botas, de modo a impedir os rastejantes de se infiltrarem depois do pôr do sol. Seria assim que dormiria: totalmente vestido, de botas calçadas e abraçado à espingarda. Desse modo, se fossem atacados durante a noite, estaria preparado para combater.

No entanto, nada disso poderia derrotar totalmente aqueles que são dos inimigos mais resistentes que existem na serra dos Deuses: os mosquitos. Jaeger nunca tinha visto tamanhos mosquitos. Ouvia o seu zumbido feroz enquanto andavam à sua volta como morcegos-vampiros em miniatura, decididos a sugar-lhe o sangue e a infetá-lo com doenças. Eram inclusivamente capazes de roer a farda – por várias vezes, Jaeger sentira um mosquito a perfurá-la com as suas ínfimas mandíbulas de inseto.

Subiu para a rede onde dormiria, com os membros doridos de cansaço. Depois do esforço para salvar Narov e da caminhada solitária pela selva, sentia-se extenuado. Pouco descansara na noite anterior. Não tinha dúvidas de que dormiria profundamente, sobretudo porque Alonzo prometera ficar de vigia durante toda a noite.

O ex-SEAL estabelecera uma escala de sentinelas, para que houvesse sempre alguém a vigiar a selva à noite. Se, por algum motivo, alguém precisasse de abandonar o acampamento, nem que fosse por necessidades fisiológicas, tinha de o fazer aos pares, com outro camarada. Assim, todos tinham um apoio no caso de surgirem problemas.

Uma escuridão espessa e aveludada envolveu o banco de areia, e com ela chegou a cacofonia de sons noturnos: o compasso repetitivo das cigarras (*riiiic-riiiic-riiiic-riiiic*), que se prolongaria até ao nascer do Sol; o som pesado

e ciciante de enormes besouros e de outros insetos voadores a deslocarem-
-se; os guinchos de alta frequência, quase inaudíveis, dos morcegos gigantes
a rasarem a superfície da água, caçando em pleno voo. O ar por cima do rio
dos Deuses estava cheio desses morcegos, a baterem as asas na escuridão.
Jaeger via as suas silhuetas contra a luz diáfana que penetrava as densas copas
das árvores. Os vultos fantasmagóricos contrastavam marcadamente com o
brilho macabro e intermitente dos pirilampos.

Aqueles pirilampos salpicavam a noite sedosa como mãos-cheias de
poeira estelar. Ao longo da margem do rio, formavam uma névoa de verde-
-azulado fluorescente que surgia intermitentemente entre as árvores. De vez
em quando desapareciam – *puf* – como quando se apaga uma vela, pois um
morcego mergulhara e caçara-os em pleno ar. Da mesma forma que quatro
elementos da equipa de Jaeger haviam sido caçados nas sombras da floresta
por uma força obscura e fantasmagórica.

Sozinho à noite, Jaeger foi acometido pelos pensamentos que reprimira
durante o dia. Poucos dias haviam passado e já perdera cinco pessoas. Não
obstante, tinha de salvar o futuro da sua expedição e, na verdade, não sabia
o que fazer.

Todavia, não era a primeira vez que enfrentava problemas semelhantes,
e sempre conseguira dar a volta à situação. Possuía uma força interior que
adquirira nessas ocasiões e, em parte, lidava bem com a incerteza e com o
facto de as probabilidades estarem contra ele.

De um aspeto não tinha dúvidas: as respostas para tudo (para cada
problema que tinham enfrentado) estavam mais adiante na selva, no local
daqueles destroços misteriosos. Era essa a única certeza que o motivava a
avançar.

Jaeger ergueu os pés na rede e debruçou-se para desatar os atacadores
da bota esquerda. Descalçou-a, colocou a mão lá dentro e retirou algo de
debaixo da palmilha. Apontou-lhe a lanterna, permitindo que a luz e os seus
olhos se detivessem um instante nos dois rostos que o encaravam – uma
bela mãe de olhos verdes e cabelos negros, junto ao filho que era a imagem
chapada de Jaeger, ao pé dela numa pose protetora.

Nalgumas noites, muitas noites, ainda rezava por eles, como fizera nos
anos longos e vãos que passara em Bioko. Orou também naquela noite, deitado numa rede presa entre duas árvores, num banco de areia do rio dos
Deuses. Sabia que encontraria respostas nuns destroços longínquos, talvez
até as que mais desejava saber, como o que acontecera à mulher e ao filho.

Jaeger descansou, abraçado à fotografia.

Enquanto caía no sono, sentiu que, de alguma forma, havia sido de-
clarada uma trégua na guerra que ali se travava. Pela primeira vez desde que

aterrara de paraquedas na serra dos Deuses, não conseguia detetar observadores (olhos hostis nas sombras da selva).

No entanto, pressentia igualmente que se tratava de uma calma temporária. As primeiras escaramuças estavam concluídas. Tinham-se registado as primeiras baixas.

A verdadeira guerra estava apenas no início.

44

Jaeger estava há três dias no rio dos Deuses. Três dias durante os quais ponderara a etapa seguinte da viagem, ao ponto de quase perder a concentração. Três dias a viajar para oeste num rio que corria a uma velocidade média de seis quilómetros por hora: tinham percorrido uns 120 pela água.

Jaeger estava contente com o seu avanço. Uma distância daquelas teria demorado muito mais e seria muito mais cansativa (para não dizer perigosa) se tentassem percorrê-la por terra.

Já se aproximava o meio da tarde do terceiro dia quando avistou o que procurava: o Encontro dos Caminhos. Naquele local, o rio dos Deuses recebia um afluente ligeiramente menor, o rio Ouro. Enquanto o rio dos Deuses estava cheio de sedimentos da selva e era castanho-escuro (quase negro), o rio Ouro era dourado, com águas ricas em sedimentos arenosos provenientes das montanhas.

No ponto onde os dois cursos de água convergiam, as águas mais densas e frias do rio Ouro mostravam-se relutantes em misturar-se com as mais quentes e menos densas do outro rio. Daí o fenómeno que Jaeger via à sua frente: um troço distinto de rio onde branco e negro corriam lado a lado durante um quilómetro ou mais, quase sem qualquer mistura.

No Encontro de Caminhos, o afluente mais pequeno (o rio Ouro) seria engolido pelo rio dos Deuses. Nesse momento, Jaeger e a equipa estariam apenas a três quilómetros do seu local de paragem obrigatória, pois tinham uma barreira intransponível pela frente – o ponto onde o rio tombava durante quase trezentos metros, nas Cataratas do Diabo.

Até então, a viagem levara-os a atravessar um planalto elevado revestido de selva. O local onde o rio dos Deuses caía com estrondo pelas cataratas marcava o ponto no qual o planalto era dividido por uma falha sísmica irregular. O território a oeste situava-se trezentos metros abaixo, formando um tapete interminável de planície de floresta tropical.

O destino final (os destroços misteriosos) ficava cerca de trinta quilómetros depois das Cataratas do Diabo, no meio daquela planície de selva.

Jaeger fez avançar a sua canoa, mergulhando silenciosamente o remo no rio, quase sem perturbar as águas. Enquanto ex-comando, estava muito à vontade na água. Tinha sido ele a liderar a etapa de rio, ajudando os que o seguiam a navegar pelos baixios mais traiçoeiros. O britânico refletiu sobre o passo seguinte. As suas decisões naquele momento seriam cruciais.

A viagem rio abaixo tinha sido relativamente pacífica, pelo menos em comparação com o que sucedera antes. No entanto, ele temia que, com a aproximação das quedas de água, este período transitório de calma estivesse prestes a terminar.

Sentia uma nova ameaça a vibrar no ar naquele momento: um rugido grave, profundo, enchia-lhe os ouvidos, como se cem mil gnus galopassem por uma planície africana numa enorme debandada.

Olhou em frente.

No horizonte, avistou uma torre ascendente de neblina – gotículas de água libertadas pelo rio dos Deuses enquanto tombava pela borda da fissura, formando uma das maiores e mais impressionantes cataratas do mundo.

Não havia outra forma de transpor as Cataratas do Diabo – o estudo de fotografias aéreas demonstrara-o claramente. A única forma possível de avançar parecia ser por um caminho que descia a escarpa, mas que ficava a um dia de marcha a pé em direção a norte. O plano de Jaeger era abandonar o rio em breve e realizar a última etapa da viagem (incluindo a descida íngreme) a pé.

Contornar as Cataratas do Diabo iria afastá-los muito do caminho. Contudo, no seu entendimento, não havia alternativa. Estudara o terreno de todos os ângulos e concluíra que o caminho pela escarpa era a única forma de avançar. Quanto a quem construíra aquele caminho – era um mistério.

Podiam ter sido animais selvagens.

Podiam ter sido índios.

Ou podia ter sido aquela força misteriosa que se escondia algures – armada, hostil e perigosa.

45

O problema acessório com o qual Jaeger se debatia era o facto de sempre ter planeado realizar aquela parte final do percurso com uma equipa de dez pessoas. Agora estavam reduzidos a cinco, e não sabia o que fazer com o equipamento dos membros da equipa entretanto desaparecidos. Tinham guardado todos os objetos pessoais nas canoas, mas não era possível carregá--los dali em diante.

Deixar aquele equipamento para trás equivalia a aceitar que os restantes membros da equipa estavam mortos, mas Jaeger não via outra alternativa.

Olhou para trás.

A sua canoa vinha à frente; as outras seguiam-na em fila. Eram cinco embarcações na totalidade, caiaques convertíveis da Advanced Elements (insufláveis e semidobráveis com 4,5 m, ideais para expedições). Os caiaques tinham sido transportados de paraquedas por Kamishi e Krakow, dentro dos cilindros. Cada barco de 20 kg dobrava-se até formar um cubo com cerca de 18,5 dm^2, mas podia converter-se numa embarcação capaz de transportar cerca de 250 kg de equipamento.

Ainda no banco de areia, tinham-nos retirado das embalagens, insuflado com bombas de chão manuais e colocado na água com o equipamento em cima. Cada embarcação tinha um casco triplo à prova de rasgões, para uma resistência extrema a rombos, uma estrutura de alumínio, para maior estabilidade, além de assentos almofadados ajustáveis que permitiam remar por longas distâncias sem assaduras na pele.

Com seis câmaras de ar por canoa, mais as sacolas flutuantes, era praticamente impossível afundarem-se, como havia ficado demonstrado nos poucos troços de água translúcida que encontraram.

Originalmente, o plano de Jaeger passava por colocar cinco caiaques na água, cada um com dois membros da equipa. Porém, com a equipa reduzida a metade, cada embarcação passara a transportar apenas uma pessoa. Dale e Kral pareciam os mais aliviados por não terem de partilhar uma canoa apertada durante três dias no rio.

Jaeger concluiu que a animosidade da equipa de filmagens se resumia a um aspeto: Kral não gostava da senioridade de Dale (era este que realizava o filme, enquanto ele era apenas o seu assistente de produção) e, por vezes, a antipatia do eslovaco vinha ao de cima. Quanto a Dale, o mau hábito de Kral de dar estalidos com a língua irritava-o sobremaneira.

Jaeger participara em expedições suficientes para saber que, num ambiente difícil como a selva, até melhores amigos podem acabar a odiar-se. Sabia que precisava de resolver o problema, uma vez que aquele tipo de fricção poderia colocar em risco toda a expedição.

O resto da equipa (Jaeger, Alonzo e Kamishi) tinha-se dado bastante bem. Existem poucas situações que aproximem mais os machos *alfa* do que quando sabem que estão a enfrentar um inimigo imprevisível e voraz. Os três ex-militares das forças de elite estavam unidos na adversidade – apenas os dois membros da equipa de filmagens diziam mal um do outro pelas costas.

Enquanto a proa pontiaguda do caiaque de Jaeger rasgava as águas do Encontro de Caminhos (água dourada translúcida de um lado; negra e opaca do outro), o ex-militar refletia sobre como quase se sentira feliz no rio.

Quase. É evidente que a perda de cinco elementos da equipa ensombrara permanentemente aquela viagem.

Todavia, aquele era o tipo de atividade pelo qual ansiara em Londres – um longo percurso a remar por um rio selvagem e remoto, no interior de uma das maiores selvas do Planeta. Ali os rios eram corredores de sol e vida: os animais selvagens surgiam em bandos nas margens, e o bater das asas de variadíssimos pássaros ressoava no ar.

Todos os caiaques tinham uma cobertura elástica, o que concedia um acesso rápido ao equipamento mais necessário. Jaeger tinha aí a sua espingarda de combate, ao seu alcance. Se um jacaré tentasse causar-lhe problemas, poderia sacá-la e disparar numa questão de segundos. Afinal, a maioria desses répteis preferira manter-se à distância, e os caiaques eram os maiores objetos que se viam em movimento na água.

Num determinado momento, naquela manhã, Jaeger permitira que a sua embarcação flutuasse silenciosamente com a corrente, enquanto observava um jaguar (um macho forte) a perseguir a sua presa. O grande felino caminhara rio adentro, com grande cuidado para não agitar a água nem fazer barulho. Dirigira-se ao ângulo morto de um jacaré e nadara até ao banco de lodo no qual o réptil tomava banhos de sol. Era um jacaré-do-pantanal, mais pequeno do que um jacaré-açu.

O jaguar aproximara-se furtivamente do banco de lodo e atacara. O jacaré pressentira o perigo no último instante e tentara voltar as mandíbulas para trás e retribuir o ataque. Contudo, o felino tinha sido mais rápido. Com as pernas afastadas no dorso do réptil, as garras bem espetadas, abocanhara a cabeça da presa, espetando-lhe os dentes no cérebro.

O jacaré morreu instantaneamente. Em seguida, o jaguar arrastou-o para a água e nadou com ele até à margem. Depois de observar toda a caçada, Jaeger sentiu vontade de aplaudir o grande felino. Era o 1-0 a favor do jaguar, e Jaeger estava contente com o resultado.

Depois do seu combate anterior com um daqueles enormes répteis (e da subsequente perda de Narov), ganhara-lhes uma aversão profunda.

Havia outra alegria em se viajar pelo rio: os caiaques de Dale e Kral tinham ficado na retaguarda da fila. Jaeger argumentara que eles eram os remadores com menos experiência, pelo que deveriam seguir o mais longe possível de eventuais problemas. A vantagem era que, com eles no fim da fila, Jaeger estava bem longe da câmara de Dale.

Estranhamente, todavia, no último dia, Jaeger dera por si quase a sentir saudades das conversas que filmavam. De uma forma um pouco insólita, a câmara de filmar tornara-se uma coisa com a qual podia conversar, desabafar. Jaeger nunca estivera numa expedição em que sentisse tanto a falta de uma alma gémea, de companhia.

Alonzo era um bom substituto de adjunto. Na verdade, em muitos aspetos fazia-lhe lembrar Raff, e, com o seu enorme físico, o ex-SEAL seria indubitavelmente um excelente guerreiro. Com o tempo, Jaeger percebera que Alonzo se poderia tornar um bom amigo, leal, mas não era seu confidente, pelo menos por enquanto.

O mesmo sucedia com Hiro Kamishi. Jaeger calculava que poderia partilhar muitos aspetos com o japonês silencioso, um homem que acreditava na doutrina oriental do guerreiro místico, do Bushido. No entanto, teria de conhecê-lo melhor primeiro. O oriental e Alonzo eram durões das forças de elite, e demorava algum tempo até que aquele tipo de homens baixasse as defesas e revelasse os seus sentimentos.

De facto, o mesmo defeito poderia ser apontado a Jaeger. Após três anos em Bioko, estava bem ciente de que se habituara à sua própria companhia. Não era bem o típico solitário (o ex-militar que não confia em ninguém), mas aperfeiçoara a arte de sobreviver sozinho. Já não estava habituado à companhia de outros, e às vezes era mais fácil assim.

Por um instante, Jaeger perguntou-se como se teria portado Irina Narov. Ir-se-ia revelar, com o tempo, uma pessoa com quem pudesse conversar? Uma alma gémea? Não fazia ideia. Não obstante, perdera-a, e muito antes de a poder conhecer bem – se isso alguma vez fosse possível.

Na ausência de Narov, a câmara de filmar era uma espécie de confidente. Apresentava, porém, uma grande desvantagem: implicava a presença de Dale, o que a tornava muito pouco confiável. Contudo, naquele momento, a câmara era a única alternativa de Jaeger.

Na noite anterior, quando estavam acampados na margem, filmara uma segunda entrevista com Dale. Durante as filmagens, desenvolvera alguma simpatia pelo australiano. Este tinha uma forma impressionante de obter momentos de verdadeira honestidade dos seus entrevistados, com calma e dignidade.

Tratava-se de um dom raro, e Jaeger começava a desenvolver um respeito relutante por ele.

Depois da entrevista, fora Stefan Kral a deixar-se ficar para uma conversa privada. Enquanto guardava o equipamento de filmagem, fizera uma pequena confissão sobre o episódio da filmagem não autorizada no banco de areia.

– Espero que não pense que estou a mentir, mas achei que devia saber isto – começou, com o estranho sorriso oblíquo a distorcer-lhe o rosto. – Aquela filmagem secreta foi ideia do Dale. Ele deu-me perguntas para fazer enquanto ficava de olho na câmara.

Depois de um olhar comprometido na direção de Jaeger, acrescentou:

– Eu disse que aquilo não iria funcionar. Que iríamos ser descobertos. Mas o Dale não me deu ouvidos. Ele é o grande realizador, e eu sou apenas um reles assistente de produção, na opinião dele. Por isso, ele é que manda. – As palavras de Kral estavam cheias de ressentimento. – Já trabalho nisto há muito mais anos do que ele, já filmei muitas vezes na selva, mas tenho de andar às ordens dele. Para ser sincero, não me admirava que ele tentasse o mesmo truque novamente. Só estou a avisar.

– Obrigado – respondeu Jaeger. – Vou ficar alerta.

– Tenho três filhos, e sabe qual é o filme preferido deles? – prosseguiu Kral, com o sorriso torto a abrir-se ainda mais pelo rosto. – É o *Shrek*. E sabe que mais? O Dale é o sacana do Príncipe Encantado. E aproveita-se disso. O mundo televisivo está cheio de mulheres (produtoras, executivas, realizadoras) e ele deu-lhes a volta a todas.

Durante o tempo que passara no Exército, Jaeger tinha adquirido uma reputação de tornar «zeros à esquerda» em heróis, o que poderia ajudar a explicar o motivo de ter uma simpatia especial para com os mais fracos. E não havia dúvidas de que Kral era o mais fraco da equipa de filmagens naquela expedição.

Porém, percebia perfeitamente o motivo pelo qual Carson delegara a responsabilidade em Dale. Num contexto militar, é comum ter oficiais mais jovens a comandar outros com mais experiência, apenas porque possuem as qualidades de liderança necessárias. Se Jaeger estivesse no lugar de Carson, teria feito o mesmo.

Jaeger esforçara-se ao máximo para tranquilizar Kral. Dissera-lhe que, se tivesse motivos graves de preocupação, o deveria procurar. No entanto, em última análise, a equipa de filmagens deveria resolver os seus problemas entre si. Era essencial que assim fosse.

Aquele tipo de tensão, aquele ressentimento constante, poderia destruir uma expedição.

Sob a proa do caiaque de Jaeger, as águas fluviais brancas e negras fundiam-se agora num cinzento sujo, e o rugido das Cataratas do Diabo transformava-se num trovão ominoso, ensurdecedor. O ruído despertou a mente de Jaeger para as prioridades implacáveis daquele momento.

Precisavam de atracar, e depressa.

À sua frente, do lado direito, avistou uma extensão de margem lodosa, meio escondida sob ramos pendentes.

Fez um sinal com a mão e virou a proa da embarcação para lá, com as outras canoas a segui-lo. Enquanto remava para avançar, Jaeger detetou um movimento súbito debaixo da copa das árvores; tratava-se, sem dúvida, de algum animal a movimentar-se rapidamente pela margem. Observou a escuridão sob as árvores, na esperança de que o animal se mostrasse.

No instante seguinte, um vulto saiu da selva.

Uma figura humana.

Descalço, nu, com exceção de um cinto de casca de árvore entrelaçada à cintura, o homem estava bem à vista, a olhar fixamente na direção de Jaeger.

Uma distância de menos de quinhentos metros de água era tudo o que separava Jaeger do guerreiro índio de uma tribo amazónica sem qualquer contacto com o exterior.

46

Jaeger não tinha dúvidas de que o guerreiro da selva escolhera mostrar-se. A questão era: porquê? O índio surgira das sombras e poderia certamente ter permanecido oculto se assim o desejasse.

Segurava graciosamente um arco e uma flecha com uma mão. Jaeger conhecia aquelas armas. Cada uma das setas compridas tinha uma ponta achatada de bambu com trinta centímetros, afiada até quase se tornar uma lâmina, e com pontas serrilhadas perigosíssimas.

Um lado da ponta da seta era coberto com o veneno da árvore *tiki uba*, um anticoagulante, e a extremidade traseira era adornada com penas de cauda de papagaio, de modo a garantir que voavam direitas. Quando alguém era atingido pela ponta da seta, o anticoagulante impedia que o sangue coagulasse, pelo que a vítima sucumbia à hemorragia.

O alcance de uma zarabatana era de pouco mais de trinta metros, o suficiente para atingir o dossel florestal. No entanto, uma flecha lançada do arco poderia percorrer quatro ou cinco vezes essa distância. Era esse tipo de arma que a tribo utilizava para a caça grossa: provavelmente de jacarés, de jaguares com certeza, e sem dúvida de quaisquer adversários humanos que violassem os limites do seu território.

Jaeger utilizou a zona plana do remo para bater um sinal de alarme na água, de forma a alertar os companheiros que o seguiam, caso estes não tivessem reparado. Tirou o remo da água, pousou-o longitudinalmente no caiaque e colocou a mão direita na espingarda. Avançou com a corrente durante alguns segundos, enquanto observava silenciosamente o índio da Amazónia, que, por sua vez, mantinha o olhar fixo em Jaeger.

A figura fez um sinal: um único gesto com a mão, para um lado e para o outro. Surgiram outras figuras à sua esquerda e à sua direita, vestidas e armadas de modo semelhante.

Jaeger contava agora uma dúzia, e era muito provável que se escondessem mais nas sombras atrás deles. Em jeito de confirmação das suas suspeitas, o guerreiro principal (tratava-se, certamente, do chefe) fez um gesto com a mão, como se indicasse o momento em que algo devia acontecer.

Um grito percorreu o rio.

Animalesco, gutural, profundo, rapidamente se tornou num cântico de guerra, num desafio que soou pela água. Era pontuado por uma série de percussões extremamente fortes, como se um tambor gigantesco estivesse a marcar um ritmo por toda a selva: *cabuuum-buuum-buuum, cabuuum-buuum--buuum!*

As batidas profundas ecoaram pelo rio, e Jaeger reconheceu o que significavam. Ouvira algo semelhante enquanto trabalhava com as equipas da B-BOE do coronel Evandro. Algures atrás da primeira linha de árvores, os índios batiam nos seus pesados bastões de guerra contra uma enorme raiz saliente, fazendo com que as pancadas ribombassem contra a parede de madeira como um trovão.

Jaeger viu o chefe índio a erguer o arco e a apontá-lo na sua direção. O volume dos gritos de guerra aumentou, com o ritmo das pancadas a pontuar cada movimento da arma. O gesto, todo o efeito, não carecia de tradução.

Não se aproximem.

O problema era que Jaeger não tinha como voltar para trás. À sua retaguarda, tinha apenas mais de cem quilómetros de rio, a montante, na direção contrária; à frente, só havia a queda vertiginosa pelas Cataratas do Diabo.

Ou desembarcavam ali, ou Jaeger e a sua equipa estariam em apuros.

Não era propriamente a forma mais auspiciosa de fazer o primeiro contacto, mas Jaeger concluiu que não tinha escolha. Dentro de poucos segundos estaria ao alcance das setas da tribo – e desta vez não duvidava de que estavam embebidas em veneno.

Ergueu a arma do seu pouso, apontou-a para o rio, mesmo em frente à sua canoa, e abriu fogo. Soaram seis tiros de aviso em rápida sucessão, rasgando as águas e levantando uma grande nuvem de salpicos.

A reação dos índios foi instantânea.

Levaram as setas aos arcos e lançaram-nas. Os projéteis descreveram um arco bem alto no ar, mesmo na direção de Jaeger, mas caíram sem alcançar a proa do caiaque. Soaram gritos de alarme por todo o lado e, por um instante, Jaeger convenceu-se de que a tribo estava determinada a manter-se firme e a lutar.

A última coisa que pretendia era vir ali para combater aquela tribo perdida. Contudo, se não tivesse escolha, utilizaria todos os meios necessários para defender a sua equipa até ao fim.

Manteve demoradamente o olhar fixo no do chefe da tribo, como se travassem uma batalha de vontades através da água. Foi então que a figura voltou a gesticular, sacudindo o braço para trás, na direção da selva. As figuras que o ladeavam fundiram-se com as árvores. Assim que o fizeram, tornaram-se invisíveis.

Jaeger já tinha visto muitas vezes tribos da floresta a fazerem aquele número de desaparecimento instantâneo, mas aquilo nunca deixara de o espantar. Nunca conhecera ninguém, nem sequer Raff, que o conseguisse igualar.

O chefe, porém, manteve a sua posição, destemido – com uma expressão intimidante no rosto.

Estava sozinho, a encarar Jaeger.

O caiaque continuou a flutuar em direção à margem. Jaeger viu o índio erguer algo com a mão direita e, com um grito de fúria, espetá-lo com força no lodo. Parecia uma lança com uma bandeira de guerra ou um galhardete a ondear na ponta.

Com esse gesto, a figura voltou costas e desapareceu.

Jaeger não correu riscos na atracagem. Avançou sozinho, mas com Alonzo e Kamishi a ladeá-lo, ligeiramente atrás, com as espingardas de assalto em riste. Na retaguarda, vinham Dale e Kral com a câmara de filmar, pois estavam decididos a registar todos os movimentos.

Jaeger sabia que estava bem protegido, e esperava que aquela mostra de força (os tiros que disparara) fosse um eficaz dissuasor da tribo. Com algumas remadas fortes, fez com que o caiaque transpusesse as últimas dezenas de metros. Agarrou na espingarda e apontou-a, com a larga boca do cano a ameaçar a linha escura de árvores.

Não havia sinais de movimento.

A frente do caiaque embateu no lodo e deteve-se. Jaeger saiu num pulo e agachou-se na água, atrás da embarcação carregada, com a arma a perscrutar a selva à sua frente.

Durante cerca de cinco minutos não se moveu.

Permaneceu debruçado sobre a arma, a ouvir e a observar em silêncio.

Adaptou todos os seus sentidos àquele novo ambiente, filtrando todos os ruídos que considerava totalmente naturais. Se pudesse ignorar os pulsares e os ritmos normais da floresta (o seu batimento cardíaco), poderia concentrar-se em tudo o que fosse invulgar, como um passo humano ou um guerreiro a preparar uma seta no arco.

No entanto, não conseguia detetar nada desse tipo.

A tribo parecia ter-se fundido com a floresta, tão depressa como aparecera. Contudo, Jaeger não acreditava por um instante que tivesse desaparecido de vez.

Com a arma em riste, fez sinal para que Alonzo e Kamishi se aproximassem. Quando as canoas deles já estavam quase ao nível da sua, ergueu-se e caminhou pela zona menos profunda, com a espingarda pronta a fazer estragos.

A meio caminho da margem, pousou um joelho no chão e, com a arma, perscrutou o terreno escuro à sua frente. Fez sinal a Alonzo e a Kamishi para avançarem. Quando estes já estavam ao seu lado, avançou para a areia, até poder pegar na lança do guerreiro e arrancá-la do chão.

Letícia Santos, a brasileira desaparecida da equipa de Jaeger, usara um lenço garrido de seda com várias cores, no qual estava estampada a palavra «Carnaval!». Jaeger falava relativamente bem português, língua que aprendera durante o tempo em que treinara as equipas da B-BOE, e comentara que o lenço se adequava ao espírito latino quente da brasileira. Ela respondera que tinha sido um presente que a irmã lhe oferecera durante o Carnaval do Rio de Janeiro desse ano, e que o usava para lhe dar sorte na expedição.

Era o lenço de Letícia Santos que pendia da ponta da lança do guerreiro índio.

47

Jaeger estava a encher a mochila com equipamento, enquanto falava depressa e num tom premente.

— Em primeiro lugar, como é que eles nos ultrapassaram tão depressa, e sem usar o rio? Em segundo, porque é que nos quiseram mostrar o lenço da Santos? Em terceiro, por que motivo se limitaram a desaparecer depois?

— Para nos avisar de que é uma questão de tempo até nos capturarem a todos. — Era Kral quem falava, e Jaeger notou que o sorriso habitual do eslovaco denotava agora alguma preocupação. — Esta missão está a descarrilar muito depressa.

Jaeger ignorou-o. Apesar de valorizar uma boa dose de realismo, Kral tinha o hábito de ser permanentemente pessimista e naquele momento precisavam de manter algum otimismo e a concentração.

Se perdessem a calma no meio do mato, estariam condenados.

Tinham descarregado as canoas para a margem, de modo a estabelecerem um acampamento, e Jaeger continuou a guardar o seu equipamento o mais depressa que podia.

— Significa que eles conhecem a nossa localização — comentou. — Sabem onde nos encontrar. Por isso, é muito importante que sigamos caminho, sem grandes pesos e com rapidez.

Deitou um olhar na direção do equipamento que haviam colocado em cima de uma lona e que planeavam abandonar. Incluía tudo o que era acessório: os paraquedas; o equipamento dos barcos; armamento sobresselente...

— Tudo, repito, *tudo* aquilo de que não necessitarem, deixem ficar aí para escondermos. Qualquer peso extra que tenham, se tiverem dúvidas, deixem-no para trás.

Jaeger observou os caiaques que haviam arrastado para a margem.

— Vamos desmontar os barcos e escondê-los também. A partir de agora, quando avançarmos, será sempre a pé.

Os outros assentiram com a cabeça.

Jaeger olhou para Dale.

— Vocês os dois, levem um Thuraya para ambos. Esse é o telefone de satélite da Wild Dog Media. Eu levo outro. Alonzo, tu levas um terceiro. Levamos três; o resto deixamos no esconderijo.

Ouviu-se uma sucessão de sons em concordância.

— E vocês? – questionou, na direção de Dale e Kral. – Algum de vocês sabe usar uma arma?

Dale encolheu os ombros.

— Só tenho experiência de dar tiros na Xbox.

Kral revirou os olhos na direção de Dale.

— Na Eslováquia, toda a gente aprende a disparar. No sítio de onde venho, todos aprendemos a caçar, sobretudo nas montanhas.

Jaeger ergueu o polegar em assentimento:

— Vai buscar uma espingarda de assalto, mais seis carregadores. É uma arma para os dois. É melhor revezarem-se a carregá-la, uma vez que têm também o peso do equipamento de filmagem.

Por um instante, Jaeger pesou a faca de Narov com a mão. Acrescentou-a ao monte de equipamento que ficaria para trás. Em teoria, tudo seria recuperado quando voltassem, e ficaria o mais bem escondido possível num local conhecido. Na prática, ele não imaginava que alguém voltasse para recuperar o que iriam abandonar.

Na verdade, não acreditava que voltasse a ver aquele material.

Mudou de ideias e transferiu a faca de Narov para o monte de equipamento que levaria com ele. Fez o mesmo com a medalha dos Rastejantes Noturnos que o piloto do C-130 lhe dera. Ambas as decisões tinham motivos emocionais: nem a faca nem a moeda seriam essenciais para as etapas seguintes. No entanto, Jaeger era assim: era supersticioso, via presságios e não abandonava facilmente objetos com significado pessoal para ele.

— Pelo menos agora sabemos quem são os inimigos – comentou, tentando animar as hostes. – Não podiam ter deixado uma mensagem mais direta, nem que a escrevessem na areia.

— Qual era a mensagem, na tua opinião? – perguntou Kamishi, com a voz contida pela calma que o caracterizava. – Eu acho que talvez possa ser interpretada de várias formas.

Jaeger encarou Kamishi com curiosidade.

— O lenço da Santos, amarrado a uma lança espetada na areia? Para mim é bastante claro: não avancem mais, ou terão o mesmo destino.

– Talvez seja uma interpretação – sugeriu Kamishi. – Não é necessariamente uma ameaça direta.

Alonzo riu-se.

– Não que não é.

Jaeger silenciou-o com um gesto.

– Qual é a tua ideia?

– Talvez ajude se tentarmos ver o ponto de vista deles – acrescentou
Kamishi. – Eu acho possível que os índios estejam assustados. Aos olhos
deles, devemos parecer extraterrestres. Caímos do céu no seu mundo isolado.
Cruzámos as águas com estes barcos mágicos. Temos paus de trovão que fa-
zem explodir o rio. Se nunca tivesses visto nada disto, não ficarias assustado?
E a principal reação humana ao medo é a fúria, a agressividade.

Jaeger anuiu.

– Continua.

Kamishi percorreu o grupo com o olhar. Tinham parado o que estavam
a fazer para o ouvir, ou, no caso de Dale, para filmar.

– Sabemos que até agora esta tribo só foi alvo de agressões por parte de
estranhos – prosseguiu o japonês. – Os seus contactos com o mundo exterior foram com pessoas que os pretendiam prejudicar: madeireiros, mineiros
e outros que lhes queriam roubar as terras. Porque esperariam um comportamento diferente da nossa parte?

– Qual é a conclusão? – atalhou Jaeger.

– Acho que talvez necessitemos de uma abordagem dupla – anunciou
calmamente Kamishi. – Por um lado, temos de manter os olhos bem abertos,
sobretudo quando estivermos na selva, que é o território deles. Por outro,
precisamos de tentar cativar os Amahuacas, de encontrar formas de lhes
mostrar que só temos boas intenções.

– Fazer amizade com eles? – perguntou Jaeger.

– Fazer amizade – confirmou Kamishi. – Há outra vantagem em fazer amizade com esta tribo. Temos uma viagem longa e difícil pela frente.
Ninguém conhece melhor a selva do que os índios.

– Vá lá, Kamishi, tem juízo! – exclamou Alonzo. – Eles raptaram uma
pessoa da nossa equipa, provavelmente cozeram-na e comeram-na, e agora
vamos fazer amizade com eles? Não sei de que mundo é que tu vens, mas no
meu é olho por olho, dente por dente!

Kamishi fez uma ligeira vénia.

– Sim, Alonzo, devemos estar sempre prontos para seguir essa via.
Por vezes, é o único caminho. Mas devemos estar igualmente prontos para
estender a mão num gesto de amizade. Às vezes é a melhor solução.

Alonzo coçou a cabeça.

– Eh, pá, eu não sei... Jaeger?

– Vamos preparar-nos para as duas abordagens – anunciou Jaeger. – Estaremos preparados para estender a mão em combate ou numa oferta de amizade. Mas que ninguém corra riscos desnecessários para atrair os índios. Não queremos que se repita o que aconteceu com os outros.

Jaeger apontou para o equipamento que deixariam para trás.

– Kamishi, escolhe algumas coisas dali que aches que eles possam gostar. Oferendas. Para levarmos connosco. Para os tentarmos atrair.

Kamishi anuiu.

– Vou fazer uma seleção. Impermeáveis, catanas, panelas... Uma tribo remota precisa sempre dessas coisas.

Jaeger consultou o relógio.

– Certo. São catorze horas no horário zulu. Teremos pela frente um dia e meio de viagem até ao caminho que desce pela escarpa; menos até, se nos apressarmos. Se partirmos agora, devemos lá chegar amanhã ao anoitecer.

Pegou na bússola e apanhou algumas pedras para contar, semelhantes às que utilizara antes.

– Vamos avançar debaixo do dossel florestal, recorrendo à contagem de passos. Suponho que alguns de vocês – e olhou para Kral e Dale – não estejam familiarizados com essa técnica, por isso, mantenham-se perto uns dos outros. Mas não perto de mais. – E voltou-se para os outros. – Não quero que estejamos tão juntinhos ao ponto de nos tornarmos um alvo fácil.

48

A caminhada pela selva correu dentro das expectativas de Jaeger. Avançaram pelo limiar da falha sísmica, onde o solo era mais rochoso e seco e a floresta menos densa. Em resultado, avançaram a bom ritmo.

Na primeira noite, acamparam na selva e colocaram em prática a estratégia dual – duplicaram a vigia, ao mesmo tempo que tentavam atrair os índios para um contacto pacífico.

Durante o tempo que passara no Exército, Jaeger tivera a sua quota-parte de operações destinadas a estabelecer amizade com as populações locais. Os habitantes dessas zonas tinham um conhecimento precioso dos movimentos do inimigo, além de conhecerem os melhores caminhos para o perseguir e emboscar. Fazia todo o sentido conquistar a sua confiança.

Com a ajuda de Hiro Kamishi, Jaeger pendurara oferendas para os índios na floresta, num local fora do alcance visual do acampamento. Algumas facas, umas catanas, algumas panelas: era este o tipo de equipamento que Jaeger valorizaria se pertencesse a uma tribo remota da maior selva do mundo.

Não se preocuparam em escrever recados para os índios como o de Joe James. As tribos isoladas tendem a não saber ler. No entanto, a boa notícia foi que, de manhã, várias das oferendas tinham desaparecido.

No seu lugar, alguém (presumivelmente os guerreiros índios) deixara presentes: alguma fruta fresca; amuletos feitos de ossos de animais; e até uma aljava de pele de jaguar para dardos de zarabatana.

Jaeger estava confiante. Os primeiros sinais de contacto pacífico estavam aparentemente concretizados. Ainda assim, estava determinado a não descurar a vigilância. Não havia dúvidas de que os índios estavam por perto. Seguiam o rasto de Jaeger e da sua equipa, pelo que continuavam a constituir uma ameaça real.

Jaeger levou a sua equipa até ao local onde pretendia montar o segundo acampamento, à beira do precipício de trezentos metros, junto ao caminho que os conduziria à planície inferior. Quando encontraram um lugar adequado para passar a noite, já começara a escurecer.

Fez sinal à equipa para se deter. Pousaram as mochilas e sentaram-se em cima delas, sem dizer uma única palavra. Jaeger disse-lhes que passassem dez minutos a fazer uma «vigia auditiva», a ouvir os sons da floresta, à procura de ameaças.

Tudo parecia sossegado.

Posto isso, indicou que acampassem.

A tatear, realizaram o seu trabalho na escuridão crescente, de modo a não exibir luzes que informassem os índios da sua localização exata. Quando o acampamento já estava montado, Jaeger e Kamishi prepararam-se para pendurar mais algumas oferendas, mas colocaram-nas a uma distância considerável do acampamento, para reforçar a segurança.

Jaeger retirou a sua capa impermeável da mochila e atou-a entre quatro árvores, formando um telhado à prova de chuva. Depois, despiu a roupa encharcada de suor. Todos os elementos da equipa tinham uma muda de roupa seca: calças e camisa militares, mais um par de meias. À noite vestia-se roupa seca, pois estas eram as horas preciosas que permitiam ao corpo recuperar um pouco.

Aqueles momentos sem roupa húmida eram essenciais. Se eles estivessem permanentemente molhados, a pele depressa começaria a apodrecer com o calor e a humidade.

Já com a roupa seca vestida, Jaeger pendurou a sua rede debaixo do impermeável. Tinha sido feita à mão com seda de paraquedas, o que a tornava forte, leve e resistente. Eram duas camadas de tecido – uma para se deitar e outra para se tapar, formando um casulo. Isso ajudava a afastar os mosquitos e a manter o calor, pois a selva podia arrefecer surpreendentemente à noite.

Em ambas as extremidades das cordas da rede, estava presa meia bola de *squash*, com a parte côncava virada para a árvore, para impedir que a água escorresse pelas cordas e encharcasse a rede no lado da cabeça ou dos pés. Jaeger borrifou a zona imediatamente atrás da bola de *squash* com um forte repelente de insetos – acabaria por embeber a corda e dissuadir os insetos de rastejarem até à rede.

Colocou a bússola no bolso da roupa seca. Se precisassem de fugir a meio da noite, iria necessitar de ter aquele equipamento vital à mão. Enfiou a muda de roupa molhada num saco transparente e prendeu-o debaixo da parte de cima da mochila. A mochila ficou debaixo da rede, com a arma em cima.

Caso precisasse de deitar mão à arma durante a noite, seria fácil.

Estavam naquela expedição há seis dias e, com o esforço constante e a necessidade de vigilância permanente, todos estavam extremamente fatigados. No entanto, era essencial manter fielmente uma rotina de roupa molhada/roupa seca. Jaeger sabia por experiência própria que, assim que alguém não vestia a roupa seca numa expedição longa como aquela (*estou cansado de mais; não quero saber*), estava tramado. O mesmo acontecia quando se permitia que o vestuário seco se molhasse. O pé-de-trincheira e as infeções nas virilhas não tardavam a aparecer, o que abrandava o ritmo de uma pessoa quase tão depressa como uma bala.

Antes de recolher à sua rede, Jaeger esfregou um pouco de pó antifúngico nas partes mais vulneráveis: entre os dedos dos pés, nos sovacos e nas virilhas. Estes são os pontos nos quais a sujidade, a humidade e as bactérias tendem a acumular-se, e são os primeiros a começar a putrificar e a infetar.

De manhã, Jaeger e a sua equipa inverteriam todo o procedimento noturno: trocariam o vestuário seco pelo húmido; guardariam o seco; colocariam pó de talco nas meias e noutros locais; e preparar-se-iam para seguir viagem. Era trabalhoso, mas também a única forma de manter o corpo a funcionar naquelas condições.

Por fim, Jaeger verificou os adesivos que colocara nos mamilos. A constante fricção do material molhado tendia a assar o peito. Cortou uns pedaços novos de adesivo, colou-os ao corpo e enfiou os usados numa bolsa lateral da mochila. Quanto menos indícios da sua passagem deixassem, mais difícil se tornaria segui-los.

Depois dos preparativos para a noite, Jaeger estava pronto para pendurar as oferendas desse dia, destinadas a atrair os índios. Ao lado de Kamishi, repetiu o ritual da noite anterior: pendurou os poucos objetos que restavam nos ramos mais baixos de um aglomerado de árvores longínquo. Depois regressaram ao acampamento, onde seriam os primeiros a ficar de vigia. Durante toda a noite, haveria sempre dois pares de olhos de sentinela, com rotações a cada duas horas.

Jaeger e Kamishi instalaram-se, concentrados intensamente nos seus sentidos, sobretudo na audição e na visão, os seus melhores sistemas de aviso precoce. O segredo da sobrevivência na selva profunda é estar «alerta» em todos os sentidos da palavra.

É como uma espécie de meditação, esta observação da floresta noturna, e Jaeger sentia que Kamishi fazia o mesmo ao seu lado.

Predispôs-se a detetar alterações no cenário, tornando-se hiperatento a qualquer indício ameaçador. Quando os seus ouvidos registavam o mínimo som (algo distinto do ritmo noturno ensurdecedor dos insetos a pulsarem nas sombras), os olhos movimentavam-se de imediato e concentravam-se na ameaça.

Jaeger e Kamishi iam passando por alguns picos de tensão à medida que sentiam movimento na escuridão. Cada ruído proveniente do mato denso fazia disparar o ritmo cardíaco de Jaeger. Naquela noite, sons estranhos de animais ressoaram pela selva, alguns que Jaeger nunca ouvira antes. E, naquela noite, ele estava convencido de que pelo menos alguns eram humanos.

Gritos e gemidos estranhos, agudos e pouco naturais ecoavam pelas árvores. Era verdade que muitos animais da selva tinham chamamentos idênticos, sobretudo os bandos de macacos. Porém, era também assim que as tribos nativas da Amazónia comunicavam entre si.

– Ouviste aquilo? – sussurrou Jaeger.

A brancura dos dentes de Kamishi reluziu no luar diáfano.

– Sim, ouvi.

– Animais? Ou índios?

Kamishi encarou Jaeger.

– Acho que são índios. Talvez estejam a manifestar a sua felicidade por terem encontrado as novas ofertas...

– Se estão felizes, é bom – murmurou Jaeger.

Mas aqueles gritos não se assemelhavam a quaisquer manifestações de alegria que ouvira antes.

49

Jaeger acordou.

A noite ia alta. A princípio não sabia ao certo o que o despertara.

À medida que os seus sentidos se foram acomodando ao que o rodeava, detetou uma tensão forte e fantasmagórica no acampamento. Foi então que, pelo canto do olho, avistou uma silhueta algo surreal a emergir da selva escura. Quase simultaneamente, apercebeu-se de que havia dezenas dessas figuras a surgirem das árvores.

Viu os vultos seminus a distanciarem-se das sombras e a deslocarem-se silenciosamente pelo acampamento. Com as armas em riste, moviam-se com um único propósito. Jaeger baixou o braço e, com os dedos, sentiu o metal frio da sua espingarda de combate. Segurou-a e içou-a para a rede, para o seu lado.

Além dele, viu que apenas Alonzo estava acordado. Ambos partilharam um entendimento quase telepático na escuridão: a equipa de sentinela falhara por algum motivo, e os índios tinham invadido o acampamento sem serem detetados.

Os índios estavam claramente em muito maior número, e Jaeger tinha a certeza de que havia outros guerreiros escondidos na floresta. Também não restavam dúvidas das consequências que enfrentariam caso ele e Alonzo abrissem fogo. Seria um banho de sangue, mas os índios, pela mera força da quantidade, acabariam por os massacrar a todos.

Jaeger forçou-se a não disparar e fez sinal a Alonzo para que fizesse o mesmo.

Instantes depois, três vultos materializaram-se ao seu lado. Silenciosos, vestidos apenas com cintos feitos de casca de árvore e adornados com penas e amuletos de osso, cada um deles tinha um tubo de madeira (uma zarabatana) apontado à cabeça de Jaeger. O britânico não duvidou por um instante de que estavam armados com dardos embebidos em curare.

Ao seu redor, os outros expedicionários estavam a ser acordados, despertando um a um para a realidade assustadora daquele rapto. Apenas Hiro Kamishi se ausentara da rede. Estavam a alternar o serviço de sentinela, pelo que Jaeger concluiu que o japonês se encontraria de vigia e não teria visto os atacantes.

Mas porque estaria Kamishi de vigia sozinho? Era suposto estarem sempre duas pessoas nessas funções durante a noite. De qualquer forma, deveria ter sido capturado, como o resto da equipa.

Jaeger tinha muito pouco tempo para pensar nisso agora. Com gestos e ordens guturais ríspidas (Jaeger não percebia o significado exato, mas o sentido geral era claríssimo), ordenaram-lhe que descesse da rede. Enquanto dois índios lhe apontavam as zarabatanas, o terceiro arrancou-lhe a espingarda das mãos.

Foi forçado a desmantelar o acampamento, a guardar a rede e a capa impermeável, e a colocar a mochila às costas. Depois, recebeu um forte empurrão nas costas, que não deixou margem para dúvidas. Jaeger tinha de marchar, e não poderia mudar para a roupa húmida antes da viagem, fosse qual fosse o destino.

Enquanto abandonava o acampamento, Jaeger avistou o chefe dos índios (o mesmo guerreiro que o confrontara na margem do rio) a dar ordens. Os olhares dos dois encontraram-se e Jaeger sentiu que estava a observar um vazio branco.

Era um olhar que lhe fazia lembrar o do jaguar.

Sem emoções, obscuro, indecifrável.

De predador.

Jaeger colocou-se ao lado de Hiro Kamishi. O veterano do Tokusha Sakusen Gun (a força militar de elite japonesa) não teve coragem de o encarar. Kamishi deveria saber que desiludira toda a equipa, talvez com consequências fatais.

– Lamento – murmurou, cabisbaixo, com vergonha. – Era o meu segundo turno de sentinela, fechei os olhos por um segundo e...

– Estamos todos cansados – sussurrou Jaeger. – Não te martirizes. Mas onde estava a outra sentinela?

Kamishi ergueu os olhos para Jaeger.

– Eu devia ter-te acordado, mas deixei-te dormir. Pensei que fosse suficientemente forte para fazer o nosso turno sozinho. Isto – acrescentou, apontando para os índios – foi o resultado. Não cumpri o meu dever de guerreiro. O meu orgulho foi humilhado, o meu legado Bushido.

– Escuta, eles levaram algumas das nossas oferendas – recordou Jaeger.
– Isso demonstra que são capazes de fazer contacto pacífico. Talvez até de o procurar. E, sem ti, nunca os teríamos tentado contactar. Por isso, não precisas de te envergonhar. Preciso de ti forte para...

As palavras de Jaeger foram interrompidas por uma forte pancada na cabeça. Um dos índios reparara na conversa entre os dois e a recompensa de Jaeger fora uma valente bastonada. Claramente, não pretendiam que os prisioneiros conversassem; queriam apenas que marchassem.

À medida que se afastavam do acampamento, foram surgindo mais vultos das sombras. De um modo inexplicável, os índios pareciam capazes de permanecer invisíveis, mesmo quando estavam muito perto, pelo menos até desejarem revelar a sua presença.

Jaeger conhecia bem as técnicas de camuflagem das forças de elite. Passara vários dias em postos de observação escondidos na selva, praticamente invisível para quem ali passasse. No entanto, os índios não recorriam apenas à camuflagem. Havia algo mais intenso e profundo. Conseguiam utilizar uma força (uma energia e uma capacidade intangíveis) para se fundirem com a selva.

Num centro de formação ultrassecreto do SAS, Jaeger recebera instrução de um homem que vivera vários anos com as tribos mais remotas do mundo. O objetivo da sessão era aprenderem a mover-se e a combater como os nativos num ambiente semelhante. Porém, nenhum dos formandos alimentou a ilusão de que dominava verdadeiramente aquelas técnicas.

O modo como estas tribos conseguiam utilizar a força oculta era incrível. Apesar da situação difícil, Jaeger observava de perto, fascinado, o procedimento dos índios. Moviam-se silenciosamente, sem um passo mal dado, mesmo na escuridão total. Os membros da sua equipa, pelo contrário, iam às cegas, a tropeçar em raízes e a esbarrar contra as árvores.

Jaeger sabia que a melhor (por vezes, a única) hipótese de fuga surge imediatamente depois da captura. Nesse momento, os detidos ainda têm forças e motivação para tentar fugir, e os captores ainda estão menos preparados para lidar com os prisioneiros. Normalmente, os captores são soldados, e não guardas, o que faz muita diferença. Contudo, tinha poucas dúvidas do que aconteceria se alguém tentasse fugir naquele momento: em poucos instantes, seria atingido por um monte de dardos envenenados ou de setas.

Não obstante, enquanto caminhava, Jaeger foi contando os passos em silêncio. Tinha a bússola numa mão (o ponteiro ligeiramente luminoso quase não se via na escuridão) e as pedras na outra.

Era essencial não perder a noção do local para onde se encaminhavam, pois assim poderia assegurar uma hipótese de fuga para toda a equipa.

50

O Sol estava a nascer quando os índios conduziram Jaeger e a sua equipa para a aldeia, se bem que não houvesse muitos sinais visíveis da povoação.

Tratava-se de uma pequena clareira, no centro da qual estava uma única edificação – uma enorme casa circular, descoberta no meio, onde se reuniam. A cobertura de palha quase chegava ao chão, e uma espiral estreita de fumo ascendia pela zona central e aberta da estrutura.

Todo o edifício estava protegido pela copa de árvores, tornando-se praticamente invisível do ar. Por um instante, Jaeger perguntou-se onde viveriam realmente os aldeões, antes de ouvir vozes a chamar de cima. Ergueu a cabeça e descobriu a resposta. Esta tribo construía as casas no topo das árvores.

Eram estruturas retangulares semelhantes a cabanas, a vinte metros ou mais do solo, protegidas pelos ramos altaneiros. O acesso era feito por escadas de trepadeiras, e entre algumas das habitações existiam ligações pedestres aéreas de aspeto pouco estável.

Jaeger já ouvira falar de tribos que viviam assim. Tinha participado numa expedição a Papua, na Nova Guiné, onde o povo nativo *korowai* era conhecido por viver no cimo das árvores. Claramente, estes não eram os únicos a ter uma predileção por viver muito acima do solo da selva.

A coluna de caminhantes deteve-se.

Por todo o lado havia olhares a observá-los.

Os homens adultos permaneciam onde estavam, mas as mulheres pareciam desesperadas por fugir, abraçadas aos filhos numa atitude de proteção. As crianças, sujas, nuas, meio curiosas, meio petrificadas de medo, espreitavam detrás das árvores, com os olhos muito abertos de espanto e pavor.

Um velhote extremamente magro e curvado acercou-se deles.

Endireitou-se e aproximou o rosto do de Jaeger, a ponto de se tornar desconfortável, fitando-o intensamente (quase como se conseguisse ver para dentro do crânio). Continuou a observá-lo durante alguns segundos, e depois afastou-se a rir-se à gargalhada. A situação foi estranhamente desconcertante, humilhante até. Independentemente do que o velho índio tivesse visto dentro da sua cabeça, Jaeger ficou perturbado e sem saber o que pensar.

Nesse momento, uma multidão de guerreiros surgiu de ambos os flancos (extremamente armados com lanças e zarabatanas) e rodeou Jaeger e a sua equipa. Um segundo vulto aproximou-se, um ancião grisalho. Quando o idoso começou a falar, Jaeger percebeu que se tratava de uma pessoa com alguma influência e algum estatuto.

As palavras do ancião soavam estranhas, pois a língua imitava sons de pássaros e outros animais, com invulgares trinados agudos, estalidos e latidos. Imediatamente à sua esquerda estava uma figura mais jovem, a ouvir com atenção as palavras do índio mais velho. Jaeger não sabia o que se passava ali, mas tinha a sensação perturbante de que ele e a sua equipa estavam a ser alvo de algum tipo de julgamento.

Após cerca de dois minutos, o chefe parou de falar. O jovem que o ladeava voltou-se para Jaeger e a sua equipa.

– Sejam bem-vindos. – As palavras foram proferidas lentamente, em inglês imperfeito, mas perfeitamente inteligível. – O chefe da nossa tribo diz que, se vêm em paz, são bem-vindos. Mas, se vêm com fúria e pretendem fazer-nos mal ou à floresta onde vivemos, serão mortos.

Jaeger fez os possíveis para recuperar do choque. Nenhuma tribo sem nenhum contacto com o mundo exterior tinha um jovem que falasse inglês assim. Ou alguém lhes tinha mentido, ou, no mínimo, estava muito mal informado.

– Peço desculpa se parecemos surpreendidos – principiou Jaeger –, mas disseram-nos que a vossa tribo nunca tinha contactado com o mundo exterior. A quatro dias de distância, a pé, em direção a oeste, está um avião que pensamos ter-se despenhado quando o mundo esteve em guerra. Deve ter uns setenta anos, talvez mais. O nosso objetivo é encontrar esse avião, identificá-lo e tentar içá-lo para o levar daqui. Entrámos no vosso território apenas com esse objetivo, e desejamos atravessá-lo totalmente em paz.

O jovem traduziu, e o chefe da aldeia proferiu algumas palavras em resposta, que foram em seguida traduzidas para Jaeger.

– Vocês são a força que caiu do céu?

– Somos – confirmou Jaeger.

– Quantos eram quando caíram? E quantos se perderam no caminho?

– Éramos dez – respondeu Jaeger. – Perdemos um quase imediatamente, no rio. Nesse dia, desapareceram mais dois, e outros dois no dia seguinte. Não sabemos como desapareceram, nem qual foi o seu destino, mas um dos vossos homens... – Jaeger percorreu a multidão com o olhar e deteve-se no chefe dos guerreiros – deixou isto. – Retirou o lenço de Letícia Santos da mochila. – Será que nos podem dizer mais alguma coisa? A sua pergunta foi ignorada.

O chefe e o jovem conversaram durante algum tempo, e depois o intérprete prosseguiu:

– Dizem que vieram em paz, mas porque trazem armas como as que vimos?

– Para nos defendermos – respondeu Jaeger. – Há animais perigosos na floresta. Parece que também há pessoas perigosas, apesar de não sabermos exatamente quem são.

Os olhos do velho reluziram.

– Se nos oferecermos para vos mostrar onde há ouro, vocês levam-no? – perguntou, por intermédio do intérprete. – Não temos grande uso para essas coisas. Não podemos comer ouro. Mas os homens brancos lutam por ele.

Jaeger sabia que se tratava de um teste.

– Nós viemos à procura do avião. É essa a nossa única missão. O ouro deve ficar aqui, na floresta. Caso contrário, só vos vai trazer problemas. E isso é a última coisa que queremos.

O ancião riu-se.

– Muitos índios dizem isso, que só quando derrubar a última árvore, quando caçar o último animal e quando pescar o último peixe é que o homem branco vai perceber finalmente que não pode comer dinheiro.

Jaeger permaneceu em silêncio. Havia uma sabedoria naquelas palavras que não podia contestar.

– E esse avião que procuram, se o encontrarem, também nos pode trazer problemas? – questionou o ancião. – Como o ouro, não será melhor continuar perdido na selva, em vez de o homem branco recuperar o que era seu?

Jaeger encolheu os ombros.

– Talvez. Mas não creio. Acho que, se falharmos, virão outros. O que estava perdido foi encontrado. E, para ser sincero, devemos ser do melhor que aqui vai aparecer. Sabemos que o avião envenenou a floresta à sua volta. E isto – fez um gesto em direção à selva – é a vossa casa. É mais do que a vossa casa. É a vossa vida. A vossa identidade. Se retirarmos aquele avião, impediremos que a floresta seja envenenada.

Jaeger permitiu que o silêncio se alongasse entre os dois.

O ancião voltou-se e apontou para o edifício comunal.

– Como vê, está a sair fumo da casa dos espíritos. Estão a preparar um banquete. Fizemo-lo por dois motivos: ou para dar as boas-vindas a amigos, ou para nos despedirmos dos inimigos. – O idoso riu-se. – Ora, celebremos então a amizade!

Jaeger agradeceu ao chefe da aldeia. Em parte, sentia uma certa urgência em prosseguir com a missão. No entanto, também sabia que, no seio daquelas culturas, tudo tinha um procedimento, um tempo e um ritmo específicos. Respeitaria esse facto e confiaria no destino. Além disso, estava ciente de que não tinha grande escolha.

Enquanto acompanhava o chefe, o seu olhar foi atraído para um grupo de homens num dos flancos. No meio deles estava o chefe guerreiro que encontrara na margem do rio. Aparentemente, nem todos pareciam satisfeitos com o resultado do interrogatório do chefe. Jaeger concluiu que o guerreiro e os seus homens tinham estado a afiar as lanças em preparação para livrar a floresta de um inimigo.

Distraído por um instante, não viu Dale sacar da sua câmara. Quando reparou, já ele a tinha ao ombro e começara a filmar.

– Para! – ciciou Jaeger. – Guarda a porcaria da câmara!

Mas era tarde de mais; o estrago estava feito.

Um arrepio de tensão elétrica percorreu o aglomerado de índios quando perceberam o que estava a acontecer. Jaeger viu que o chefe se estava a voltar para Dale, petrificado, com os olhos muito abertos de terror. Deu algumas ordens numa voz abafada e, instantaneamente, os índios apontaram lanças a toda a equipa.

Dale parecia congelado, com a câmara ao ombro, lívido.

O chefe avançou na sua direção. Estendeu o braço em direção à câmara. Dale entregou-a, com uma expressão de pavor. O chefe pegou nela ao contrário, encostou o olho contra a lente e espreitou lá para dentro. Por um momento, que pareceu arrastar-se, o olhar do ancião percorreu as entranhas da câmara, como se tentasse localizar algo que o aparelho lhe tivesse roubado.

Por fim, deu-a a um dos seus guerreiros e, sem dizer palavra, seguiu caminho novamente para a casa dos espíritos. Os índios baixaram as lanças.

O intérprete tremia.

– Nunca mais façam isso. Se o fizerem, irão desfazer todo o bem que fizeram.

Jaeger recuou um passo ou dois até estar ao lado de Dale.

– Se voltares a fazer uma daquelas, obrigo-te a cozer a tua própria cabeça e a comê-la. Melhor ainda, deixo que o chefe a coza e a coma por ti.

Dale fez um gesto afirmativo com a cabeça. Tinha as pupilas dilatadas com o choque e o medo. Sabia que tinha estado muito perto do desastre e, desta vez, o operador de câmara bem-falante não sabia o que dizer.

Jaeger seguiu o chefe até ao interior fumarento da casa dos espíritos. Esta não tinha propriamente paredes, apenas postes que sustentavam o teto. No entanto, com a cobertura de ramos a prolongar-se quase até ao chão, estava abrigado e escuro lá dentro. Depois da claridade exterior, passaram alguns segundos até que os olhos de Jaeger se adaptassem à penumbra do interior.

Antes disso, ouviu uma voz que lhe pareceu inacreditavelmente... familiar.

– Então, como é, tens a minha faca?

Jaeger estava estarrecido. Nunca pensou que voltasse a ouvir aquela voz. Parecia falar-lhe do além.

Quando os olhos se habituaram ao escuro, discerniu uma figura inconfundível sentada no chão. A cabeça de Jaeger fervilhava enquanto este tentava perceber como poderia ela ter chegado ali, ou como poderia sequer estar viva.

Aquela figura era de uma mulher que há muito considerava morta: Irina Narov.

51

Narov estava sentada com duas outras pessoas. Uma delas era Letícia Santos, a brasileira da equipa, e a outra era a figura gigantesca de Joe James. Jaeger ficou sem palavras, e a sua total confusão não passou despercebida ao chefe índio. De facto, sentia que o líder ancião o observava atentamente e lhe analisava cada gesto.

Jaeger aproximou-se do trio.

— Mas como é que... — Fixava cada um deles, com um sorriso lento a despontar-lhe no rosto. A única diferença neles é que a barba de Joe James, à Bin Laden, parecia mais farfalhuda do que nunca.

Jaeger estendeu-lhe a mão.

— Seu grande *kiwi* maluco! Pensava que estava livre de ti.

James ignorou a mão estendida e envolveu Jaeger num grande abraço apertado.

— Há uma coisa que tens de aprender: a dar um verdadeiro abraço à homem!

Letícia Santos foi a seguinte, abraçando-o numa demonstração típica de enorme calor latino.

— Vês? Como eu tinha prometido, sempre conheceste os índios!

Narov foi a última.

Estava em frente a Jaeger, uns três centímetros mais baixa, com os olhos inexpressivos como sempre, a evitar o olhar dele. Jaeger mirou-a de alto a baixo. Independentemente do que sofrera desde que a perdera no rio (cheia de dores pela picada da *Phoneutria* e encolhida na jangada improvisada), continuava com bom aspeto.

A russa estendeu-lhe uma mão.

— A faca.

Por um instante, Jaeger analisou aquela mão. Era a esquerda. O terrível inchaço e as marcas da picada pareciam ter desaparecido quase totalmente.

Jaeger debruçou-se ligeiramente para lhe suspirar ao ouvido:

– Dei-a ao chefe. Tive de o fazer. Era a única coisa que podia dar em troca das nossas vidas.

– *Schwachkopf!* – Por um instante, Narov quase parecia sorrir. – Tens a minha faca. É bom que tenhas a minha faca. Ou vais ter de lidar com um problema maior do que o chefe.

O chefe fez um gesto na direção de Jaeger.

– Tens aqui amigos. Passa algum tempo com eles. Já vem aí comida e bebida.

– Muito obrigado.

O chefe indicou o intérprete com um gesto.

– O Puruwehua fica com vocês, pelo menos até se sentirem mais à vontade.

Dito isso, saiu e juntou-se ao seu povo.

Jaeger sentou-se ao pé dos outros. James e Santos foram os primeiros a contar a sua história. Tinham acampado na floresta, a cerca de uma hora de distância do banco de areia, no dia em que aterraram na selva. Penduraram oferendas nas árvores (um sortido de presentes) e esperaram.

Como seria de esperar, os índios vieram, mas não da forma que tinham previsto. Foram os dois capturados a meio da noite e levados para a aldeia, pois os índios conheciam os caminhos secretos da floresta e eram capazes de se movimentar rapidamente e em silêncio. Tinham sofrido um interrogatório semelhante ao de Jaeger por parte do chefe: este perguntara-lhes se vinham em fúria ou em paz e qual era a natureza da sua missão.

Quando responderam tudo o que podiam ao chefe, sentiram que tinham passado numa prova oral. Foi então que ele permitiu que se juntassem a Irina Narov. Mantivera-os separados para averiguar se as suas histórias batiam certo.

No interrogatório a Jaeger, o chefe acrescentara mais um terceiro nível de escrutínio. Mantivera os restantes membros da equipa escondidos, para ver se as histórias não se contradiziam. Era evidente que era esperto.

De facto, tinha manipulado Jaeger, tinha-os manipulado a todos, como um velho sábio.

– Então e o Krakow e a Clermont? – perguntou Jaeger. Espreitou as sombras da casa dos espíritos. – Também estão por aqui?

Foi o intérprete, Puruwehua, quem respondeu:

– Temos muito que conversar. Mas é melhor deixar o chefe contar-vos o que aconteceu aos vossos amigos desaparecidos.

Jaeger olhou para os outros. James, Santos e Narov anuíram solenemente com a cabeça. Concluiu que o destino de Krakow e Clermont não seria uma boa notícia.

– E tu? – perguntou, com os olhos em Narov. – Diz-me: como diabo é que ressuscitaste?

Narov encolheu os ombros.

– É óbvio que subestimaste a minha capacidade de sobrevivência. Talvez estivesses esperançoso de que eu não resistisse.

As palavras da russa magoaram Jaeger. Talvez ela tivesse razão. Talvez ele pudesse ter feito mais para a salvar. No entanto, quando recordou os seus esforços incansáveis e a subsequente busca no rio, não viu como poderia ter feito mais por ela.

Foi Puruwehua quem cortou o silêncio.

– Esta aqui, esta *ja'gwara*, encontrámo-la no rio, agarrada a um pedaço de bambu. A princípio achámos que se tinha afogado, que era um *ahegwera*, um fantasma. Mas depois vimos que tinha sido picada pela *kajavuria*, a aranha que come a alma das pessoas.

– Conhecemos uma planta que cura isso – prosseguiu. – Então, curámo-la. E carregámo-la pela selva até aqui. Houve um momento em que soubemos que ela não ia morrer. Foi o momento do seu *ma'e-ma'e*, do seu despertar.

Puruwehua voltou os olhos negros na direção de Jaeger. Havia algo no olhar do intérprete que fazia lembrar o do chefe dos guerreiros: era como um felino, tinha os olhos inexpressivos do jaguar, a estudar a presa. Na verdade, havia algo no seu olhar que lhe recordava... Narov.

– Parece zangada contigo – continuou Puruwehua. – Mas acreditamos que ela é um dos espíritos-crianças. Sobreviveu ao que ninguém deveria ter sobrevivido. Tem muita força de *a'aga*, de espírito. – Depois de uma pausa, acrescentou: – Mantém-na por perto. Tens de tratar bem esta *ja'gwara*, esta fêmea de jaguar.

Jaeger sentiu que estava a corar de vergonha. Já tinha notado esta tendência nos povos isolados. Para eles, a maioria dos pensamentos e das experiências era comunal. Tendiam a reconhecer poucas fronteiras entre o comum e o privado, entre o que deve ser discutido em público e o que pertence à intimidade.

– Vou tentar – replicou Jaeger em voz baixa. – Não tive muita sorte até agora, mas... diz-me uma coisa, Puruwehua: como é que uma tribo «isolada» tem um jovem que fala inglês?

– Nós somos os Amahuacas, primos da tribo vizinha dos Uru-eu-wau-waus – respondeu Puruwehua. – As duas tribos falam a mesma língua tupi-guarani. Há duas décadas, os Uru-eu-wau-waus decidiram contactar com o exterior. Entretanto, foram-nos contando o que aprenderam. Disseram-nos que vivemos num país chamado Brasil. Que tínhamos de aprender a língua dos estranhos, porque eles acabariam por chegar aqui.

»Disseram-nos que devíamos aprender português, e também inglês. Uma era a língua do Brasil, a outra era a língua do mundo. Eu sou o filho mais novo do chefe. O mais velho, um dos nossos melhores guerreiros, já conheceste na margem do rio. O meu pai decidiu que as minhas qualidades estavam na força da cabeça e não na do braço que atira as lanças. Decidiu que eu seria um guerreiro da mente.

»À semelhança dos Uru-eu-wau-waus, enviou-me para o exterior, para ser instruído. – Puruwehua concluiu a sua história. – Passei dez anos fora daqui, a aprender línguas. E depois voltei. E agora sou a janela da minha tribo para o mundo.

– Ainda bem – disse-lhe Jaeger. – É provável que nos tenhas salvado a vida hoje...

O banquete prolongou-se pelo serão. De vez em quando, os homens e as mulheres da tribo dançavam ao ar livre, no centro da casa dos espíritos. Todos usavam pulseiras nos bíceps e nas pernas, feitas de sementes em forma de lua, de um fruto silvestre (a pequiá). Enquanto batiam os pés e agitavam os braços em sincronia, as sementes chocalhavam, marcando um ritmo que pulsava pela escuridão que os ia envolvendo.

Alguém ofereceu uma cabaça a Jaeger, cheia de uma estranha pasta encarnada. Por um instante, o britânico não soube o que fazer com ela. Foi Letícia Santos que lhe mostrou. Explicou-lhe que a pasta era feita da casca de uma árvore específica e que, quando aplicada na pele, constituía um eficaz repelente de insetos.

Jaeger considerou que seria boa ideia. Permitiu que Santos lhe esfregasse a pasta no rosto e nas mãos, e deliciou-se com a expressão de desconforto (*seria ciúme?*) no olhar de Narov. Uma tigela maior passou de mão em mão, cheia de um líquido cinzento e espumoso, com um odor forte. Era *masata*, explicou Santos, uma bebida alcoólica típica das tribos amazónicas. Seria insultuoso rejeitar bebê-la.

Só depois de Jaeger beber alguns goles do líquido espesso, quente e pastoso, é que Santos revelou como é que este era feito. Explicou em português, excluindo assim os outros da conversa, incluindo Narov. Deste modo, ela e Jaeger ficaram numa bolha de intimidade, enquanto se riam com nojo do que tinham acabado de beber.

Para fazer a bebida, as mulheres da tribo pegavam em mandioca crua e mastigavam-na. Depois, cuspiam a pasta resultante numa tigela, acrescentavam água e deixavam-na a fermentar durante alguns dias. O produto final era o que Jaeger acabara de consumir.

Boa!

O ponto alto do banquete foi o assado, cujo aroma rico encheu a casa dos espíritos. Havia três enormes macacos a assar no espeto de uma fogueira central, e Jaeger tinha de admitir que o cheiro era apelativo, ainda que macaco grelhado não estivesse no topo da sua lista de comidas a experimentar. Depois de uma semana a comer rações secas, sentia-se esfomeado.

Ouviu um grito na multidão. Jaeger não fazia ideia do que significava, mas Narov parecia saber.

A russa estendeu a mão na direção de Jaeger.

– Pela terceira e última vez: *a minha faca.*

Ele levantou os braços numa rendição simulada, foi à mochila e retirou de lá a faca de combate Fairbairn-Sykes que pertencia a Narov.

– Essa faca é mais valiosa do que a minha vida.

Narov pegou no punhal. Desembainhou-o com reverência, demorando-se a verificá-lo.

– Perdi a outra no rio dos Deuses – comentou, tranquilamente. – E com ela perdi mil recordações. – Ergueu-se. – Obrigada por a devolveres. – O olhar de Narov evitava o de Jaeger, mas as palavras pareciam sentidas. – Considero isto o teu primeiro sucesso nesta expedição.

Narov voltou-se e dirigiu-se para o centro da casa dos espíritos. Jaeger seguiu-a com os olhos. A russa debruçou-se sobre a fogueira com a faca na mão e começou a cortar nacos de carne fumegante. Por um motivo qualquer, os Amahuacas concediam a esta estranha, a esta mulher, a esta *ja'gwara*, o direito de ser a primeira a cortar a carne.

A multidão foi passando pedaços grossos de carne, e Jaeger não tardou a sentir os sucos quentes e gordurosos a escorrerem-lhe pelo queixo. Recostou-se em cima da mochila, a desfrutar da sensação de ter a barriga cheia. Porém, desfrutava de algo mais ali, algo muito mais valioso e revigorante do que qualquer refeição: o facto de saber que, por uma vez, não precisava de estar alerta e vigilante. Por uma vez, ele e a equipa não estavam sob a ameaça de um inimigo misterioso que se escondia nas sombras.

Por um breve instante, Will Jaeger pôde descontrair-se e sentir-se satisfeito.

52

A comida e a sensação de segurança devem-no ter conduzido ao sono. Quando acordou, a fogueira reluzia num tom de encarnado desbotado e o banquete já há muito terminara. Lá em cima, no céu, cintilavam algumas estrelas, e na cabana reinava uma calma confortante, misturada com um sentimento subjacente de expectativa, de antecipação.

Jaeger reparou no facto de o mesmo ancião magro e curvado que o fitara intensamente estar agora no centro das atenções. Encontrava-se debruçado sobre um objeto, a fazer alguma coisa com as mãos. Parecia uma versão mais curta e fina das zarabatanas dos Amahuacas, e Jaeger viu que ele estava a enfiar algo numa das extremidades.

Jaeger deitou um olhar inquisitivo a Puruwehua.

– É o nosso xamã – explicou o intérprete. – Está a preparar *nyakwana*. Julgo que vocês lhe chamam «rapé». É... Esqueço-me da palavra certa. Faz com que se tenha visões.

– Alucinogénio? – sugeriu Jaeger.

– Alucinogénio – confirmou Puruwehua. – É feito com sementes de angico, torradas e moídas, que depois são misturadas com as cascas secas de um caracol gigante da floresta. Quem o ingerir entrará num estado de transe, para poder visitar o mundo dos espíritos. Nessa altura, poderá voar tão alto como a *topena*, o falcão branco que é tão grande, que consegue roubar uma galinha da aldeia. O *nyakwana* pode levar-te para locais distantes, talvez até para outro mundo. – E prosseguiu: – Nós ingerimos cerca de meio grama de cada vez, pelo nariz. – Sorriu. – Quanto a ti, é melhor ficares-te por muito menos do que isso.

Jaeger sobressaltou-se.

– Eu?

– Sim, claro. Quando chegar aqui, um dos teus terá de aceitar o tubo. Se não o fizer, grande parte das coisas positivas conseguidas aqui esta noite irá perder-se.

– Eu e as drogas... – Jaeger tentou sorrir. – Já tenho muito com que me preocupar de cabeça límpida. Não, muito obrigado.

– És o chefe do teu grupo – contrapôs Puruwehua, em voz baixa. – Podes deixar que outro aceite essa honra. Mas isso seria... invulgar.

Jaeger encolheu os ombros.

– Não me importo de ser invulgar. Ser invulgar não é mau.

Observou enquanto o tubo passava de mão em mão na casa dos espíritos. A cada paragem, alguém colocava uma ponta numa narina, enquanto o xamã lhe soprava *nyakwana* pelo nariz acima. Minutos depois, o consumidor levantava-se, a cantar e a dançar, claramente com a cabeça noutro mundo.

– Por intermédio da *nyakwana*, comungamos com os nossos antepassados e com os nossos espíritos – explicou Puruwehua. – Com os que estão presos ao mundo da selva: animais; pássaros; árvores; rios; peixes; e montanhas.

Apontou para um dos índios em transe.

– Aquele homem está a contar uma história de espíritos. «Uma vez, houve uma mulher *amahuaca* que se transformou na Lua. Tinha subido a uma árvore, mas decidiu ficar no céu, porque o namorado encontrara outro amor, e então transformou-se na Lua...»

Enquanto Puruwehua falava, o tubo ia-se aproximando. Jaeger notou que o chefe estava atento, para ver o que aconteceria quando chegasse a sua vez. O xamã deteve-se. Agachou-se, com o tubo longo e ornamentado na mão e a *nyakwana* amontoada numa pequena tábua lisa.

Enquanto o xamã preparava a substância, Jaeger lembrou-se de um cachimbo que alguém partilhara com ele há muito tempo, num mundo totalmente diferente. De repente, estava em Wiltshire, no escritório do avô, com o cheiro forte e familiar de tabaco Latakia, curado em fumo de pinho e carvalho.

Se o avô tinha sido capaz de oferecer aquilo a um rapaz de dezasseis anos, talvez Jaeger pudesse aceitar aquela espécie de cachimbo, preparado por outras mãos, por outro ancião.

Por um instante, Jaeger hesitou.

O xamã olhou para ele, à espera. Nesse momento, Joe James praticamente derrubou todas as pessoas à sua frente para ser o primeiro.

– Eh, pá, pensei que nunca mais ofereciam! – E sentou-se em frente ao xamã com as pernas cruzadas e a barba comprida a roçar o chão. Agarrou na ponta do tubo, colocou-a no nariz e recebeu a dose. Instantes depois, a cabeça do neozelandês tinha claramente entrado em órbita.

Bom para ele, pensou Jaeger. *Salvou-me mesmo a tempo.*

Porém, o xamã não se moveu. Em vez disso, preparou uma segunda pitada daquele «rapé» e colocou-a no tubinho.

– Vocês são dois grupos – explicou Puruwehua. – Os que vieram primeiro já tinham a mente aberta para a *nyakwana*. Não é a primeira vez que o James consome. Depois, há os recém-chegados. Esta segunda dose é para ti.

O xamã ergueu o olhar.

Fitou Jaeger com aqueles olhos que lhe tinham perscrutado o interior do crânio, a testá-lo. Jaeger sentiu-se compelido a avançar, atraído inevitavelmente para o tubo que lhe ofereciam. Deu por si sentado em frente ao xamã *amahuaca*, tal como James fizera antes dele.

Mais uma vez, os seus pensamentos divagaram para o escritório do avô. No entanto, já não era um miúdo de dezasseis anos. À semelhança do avô, Jaeger era agora um líder, era responsável por uma missão – apesar de o espaço e o tempo serem muito diferentes, ainda estavam em certa medida ligados por um inimigo comum.

Os homens e as mulheres que tinha a seu cargo precisavam de que fosse forte, constante e lúcido. Apesar dos costumes dos índios e da sua hospitalidade, Jaeger encontrava-se ali para cumprir uma missão e estava determinado a levá-la a cabo. Ergueu as mãos à sua frente, num gesto de recusa.

– Creio que sabe que tenho muitos fantasmas – comentou serenamente. – Mas agora tenho uma missão para chefiar. Por isso, esses fantasmas têm de se manter presos, pelo menos até eu conduzir todos os membros da equipa pela selva e os levar para casa. – E, depois de uma pausa, declarou: – Não posso aceitar a *nyakwana*.

Puruwehua traduziu, e o xamã examinou atentamente o olhar de Jaeger. Depois, acenou rapidamente com a cabeça, com uma expressão de respeito no olhar.

Pousou o tubo.

Jaeger demorou algum tempo a despertar.

Estava encostado à mochila, com os olhos fechados. Era evidente que adormecera logo depois de lhe terem perdoado por não consumir a *nyakwana*, com o estômago cheio e o calor da casa dos espíritos a aliciá-lo para um descanso profundo. A sua mente continuava em branco, à exceção de uma imagem hipnotizante que parecia trazer gravada no interior das pálpebras.

Tratava-se claramente de uma cena com a qual sonhara, sem dúvida provocada pelo contacto próximo com o xamã. Era algo que até então considerara totalmente impossível, mas que nesse momento lhe parecia muito real.

Via uma mulher linda de olhos verdes, com uma criança ao seu lado numa atitude protetora. A mulher falara, a voz chamara-o através dos anos de separação. E o rapaz parecia muito mais alto. De facto, parecia ter a altura de um rapaz de onze anos.

Além de que era agora ainda mais parecido com William Jaeger.

53

Jaeger não teve muito tempo para refletir sobre aquele sonho extraordinário. Nesse momento, o «cachimbo» de *nyakwana* percorrera toda a casa dos espíritos, e o chefe *amahuaca* veio ter com ele e com a sua equipa. Começou a falar, com Puruwehua a interpretar, e a solenidade das suas palavras exigia toda a atenção da equipa.

– Há muitas luas, demasiadas para que nós, os *amahuacas*, nos lembremos, o homem branco chegou aqui pela primeira vez. Estranhos com armas terríveis aventuraram-se nas nossas terras. Capturaram um grupo dos nossos guerreiros e levaram-nos para uma parte remota da selva. Foram obrigados, sob ameaça de morte, a derrubar a floresta e a arrastar as árvores para um lado.

Ao início, Jaeger não estava a perceber muito bem se o chefe estaria a relatar um mito tribal, a história do seu povo, ou uma visão inspirada pela *nyakwana*.

– Forçaram-nos a limpar toda a vegetação – continuou o chefe – e a alisar o chão como se fosse um rio. Tudo isso era contrário às nossas crenças. Se fizermos mal à floresta, fazemos mal a nós próprios. Nós e a terra somos um só: partilhamos a mesma força vital. Muitos ficaram doentes e morreram, mas nesse momento aquela faixa de terreno já tinha sido desbravada e a floresta aniquilada.

O chefe ergueu os olhos para a abertura no teto e para o céu estrelado.

– Numa noite, um monstro gigantesco desceu dos céus. Era uma enorme águia de fumo, trovões e escuridão. Aterrou naquela faixa de terreno estéril e fez aí o seu ninho. Do interior do monstro celeste saíram mais estrangeiros. Os nossos guerreiros sobreviventes foram obrigados a descarregar coisas pesadas da barriga do monstro.

»Havia tambores de metal – prosseguiu o chefe –, e o monstro do ar começou a sugar líquido deles, como um enorme mosquito esfomeado. Quando acabou, ergueu novamente as garras para o céu e desapareceu. Vieram mais dois, iguais ao anterior. Aterravam na clareira, sugavam mais daquele líquido e voavam naquele sentido – o chefe apontou para sul –, para as montanhas.

Deteve-se por alguns instantes.

– E depois veio um quarto monstro do ar, a rugir no escuro. Porém, não havia sangue suficiente para satisfazer aquele último mosquito esfomeado. Os tambores estavam vazios. Ficou ali, à espera de mais, na esperança de que viesse mais. Mas não veio. E os homens brancos que estavam dentro do monstro tinham menosprezado a fúria da floresta, a forma implacável como os espíritos tratariam aqueles que lhe fizeram mal.

»Aqueles brancos encontraram a morte e a desgraça. Por fim, os últimos dois sobreviventes fecharam o seu monstro aéreo de metal e partiram, carregando tudo o que conseguiram. Também eles pereceram na floresta.

»Ao longo dos anos, esta foi-se reapoderando da clareira, com as árvores a chegarem bem alto, acima do monstro, até ele ficar esquecido do mundo exterior. Mas nunca abandonou a memória dos Amahuacas, pois a história era transmitida de pais para filhos. Depois, o monstro trouxe mais escuridão. Nós pensávamos que estava morto, que era a carcaça de uma coisa morta que os brancos tinham trazido para aqui. Mas ele, ou algo dentro dele, ainda está vivo, e ainda é capaz de nos fazer mal.

Jaeger apercebera-se de que, enquanto o chefe narrava a sua história, um elemento da sua equipa estava totalmente cativado pela narração. Essa pessoa parecia sorver cada palavra, obcecada, com um brilho intenso no olhar. Era a primeira vez que Jaeger via Irina Narov verdadeiramente interessada, e, simultaneamente, a sua expressão parecia roçar os limites da loucura.

– Os animais foram os primeiros a sofrer – acrescentou o chefe. – Alguns tinham procurado abrigo nas asas do monstro do ar. Uns adoeceram e morreram. Outros deram à luz crias com deformações horríveis. Os guerreiros *amahuacas* que caçavam naquela zona adoeceram depois de beber a água dos rios. Até a água parecia amaldiçoada, envenenada. Depois, as plantas da floresta ao redor do monstro começaram a morrer.

O chefe apontou para o filho mais novo.

– Eu ainda era muito novo na altura, mais ou menos da idade do Puruwehua. Lembro-me muito bem. Por fim, as próprias árvores foram vítimas do monstro do ar. Só sobraram os esqueletos nus: madeira morta, descolorada, como se fosse um osso ao sol. Mas sabíamos que a história deste monstro ainda não terminara.

Voltou-se para Jaeger.

– Sabíamos que os homens brancos voltariam. Sabíamos que quem viesse tentaria levantar a maldição do monstro do ar do nosso território para sempre. Foi por isso que ordenei aos meus homens que não vos atacassem e que vos trouxessem para aqui. Para vos poder testar. Para ter a certeza.

»No entanto, infelizmente, vocês não estão sozinhos – continuou. – Houve outra força a penetrar no nosso território. Veio logo a seguir a vocês, quase como se vos tivesse seguido. Receio que tenha vindo com muito menos boas intenções. Temo que tenha vindo ressuscitar o mal que foi trazido pelo monstro.

Jaeger tinha mil perguntas a passar-lhe pela cabeça, mas sentiu que o chefe ainda não terminara.

– Tenho homens a seguir essa força – prosseguiu o chefe. – Chamamos-lhe a Força Negra, e com bons motivos para isso. Está a desbravar um caminho pela selva, precisamente em direção ao covil do monstro do ar. Dois dos meus guerreiros foram capturados. Os seus corpos foram deixados pendurados em árvores, com estranhos símbolos cravados nas costas, para servirem de aviso.

»Vai ser difícil combatê-los – acrescentou o chefe. – São demasiados, talvez dez vezes mais do que a vossa equipa. Têm muitos paus de trovão. Se entrarmos em guerra, temo que a minha tribo seja massacrada. No interior da selva, talvez pudéssemos vencê-los. Talvez. Mesmo assim, não tenho a certeza. Mas no campo aberto do covil do monstro... o meu povo seria aniquilado.

Jaeger tentou intervir, mas o chefe silenciou-o com um gesto.

– A única garantia de sucesso está em chegar ao monstro antes deles. – Lançou um olhar penetrante na direção de Jaeger. – Não têm como ultrapassar esta Força Negra. Sozinhos não. No entanto, se aceitarem a ajuda dos Amahuacas, podem consegui-lo. Conhecemos os segredos da floresta. Conseguimos avançar depressa. Só aqueles com corações valentes podem participar nesta missão. A viagem implica seguir um atalho que apenas a nossa tribo conhece.

»Nunca nenhum estranho tentou fazer essa viagem – prosseguiu. – Para isso, terão de ir diretamente até às Cataratas do Diabo, e daí... bem, terão de arriscar a vida. Porém, essa é a única forma de terem uma hipótese de chegar ao monstro do ar antes da Força Negra e de triunfarem.

De seguida, anunciou:

– A floresta haverá de nos guiar e proteger. Ao nascer do Sol, todos os que estiverem prontos partirão. Puruwehua será o vosso guia, e contarão com duas dúzias dos meus melhores guerreiros. Só falta saber se aceitam esta oferta e quem irá da vossa equipa.

Por um instante, Jaeger não soube o que responder. Estava tudo a acontecer muito depressa e tinha milhentas perguntas a toldarem-lhe o juízo. Joe James foi o primeiro a responder.

– Deem-me mais uma dose da vossa *nyakwana* e podem contar comigo para o que quiserem – exclamou, entusiasmado.

Houve alguns risos, como se o comentário de James tivesse feito despertar toda a equipa.

– Tenho uma pergunta – advertiu Jaeger. – O que aconteceu aos nossos dois camaradas? Há notícias deles?

O chefe negou com a cabeça.

– Lamento. Os vossos amigos foram capturados por essa Força Negra e espancados até à morte. Recuperámos os corpos e cremámo-los. Na tradição *amahuaca*, misturamos as cinzas dos ossos dos mortos com água e bebemos tudo, para que os nossos entes queridos estejam sempre connosco. Guardámos os restos mortais dos vossos amigos, para fazerem o que quiserem com eles... Lamento.

Jaeger olhou fixamente para o fogo. Mais uma perda. Homens e mulheres de valor que estavam sob o seu comando. Sentiu o estômago a revirar-se num misto de fúria e frustração que roçava o desespero. Prometeu a si mesmo que se vingaria dos responsáveis. Haveria de encontrar respostas e de fazer justiça. Mesmo que fosse justiça à sua maneira.

Essa certeza acalmou-o, pelo que estava pronto para o que se seguiria.

54

Jaeger encarou o chefe, com um olhar perturbado.

– Acho que vamos espalhar as cinzas deles no meio das árvores – comentou, tranquilamente. Voltando-se para a sua equipa, acrescentou: – E sabem que mais? É melhor eu ir sozinho com os guerreiros do chefe. Posso avançar mais depressa assim, e não quero que se envolvam mais nisto...

– Era de esperar – interrompeu uma voz. – Podes ter o coração de um leão, mas tens cérebro de macaco, como aquele que acabaste de comer. – Era Irina Narov. – Pensas que tens de ser mais duro do que toda a gente. O solitário. O herói solitário. Vais fazer tudo sozinho. Os outros só atrapalham. Fazem-te perder tempo. Não vês o valor dos outros, e isso é o mesmo que trair todos os membros da tua equipa.

Jaeger sentiu-se ofendido por aquelas palavras. Sabia que ter perdido a mulher e o filho, bem como os anos subsequentes que passara em Bioko, o haviam tornado desconfiado. Mas, naquele momento, não era por isso que queria ir sozinho – tinha medo de perder mais elementos da sua equipa e de não ter capacidade para os proteger.

– Já morreram duas pessoas – contrapôs. – Esta missão passou de uma expedição de descoberta para algo muito mais complicado. Não foi para isto que vocês, todos vocês, se alistaram quando aceitaram vir para aqui.

– *Schwachkopf.* – A voz de Narov estava um pouco menos agressiva. – É como eu disse depois de quase termos morrido na queda livre: tens de aprender a confiar na tua equipa. E sabes que mais? Pelo teu comportamento, mereceste o direito a ser o chefe. Mereceste-o. Agora prova que és digno da nossa fé, da *nossa confiança* em ti.

Jaeger pensou: *como é que esta mulher consegue?* Como é que, com algumas frases bem escolhidas, conseguia influenciar tanto os outros? Tinha um modo de falar que ia ao cerne da questão, sem a mínima consideração por convenções sociais.

Olhou à volta para o resto da sua equipa.

– E vocês?

– É fácil. – James encolheu os ombros. – Faz-se uma votação. Os que quiserem ir vão. Os que não quiserem ficam.

– Isso – acrescentou Alonzo. – Pede voluntários. E que fique bem claro: não é vergonha nenhuma se alguém optar por ficar aqui.

– Muito bem – concordou Jaeger. – Chefe, pode garantir a segurança dos que ficarem para trás? Pelo menos até ao final desta missão?

– São bem-vindos – confirmou o chefe. – A nossa casa é a casa deles, e pelo tempo de que eles necessitarem.

– Pronto, então vou pedir voluntários – anunciou Jaeger. – Estão todos cientes dos perigos.

– Conta comigo – declarou James, quase antes de Jaeger acabar de falar.

– São umas férias muito rascas – rosnou Alonzo –, mas podes contar comigo.

Kamishi ergueu o olhar para Jaeger.

– Já vos desiludi uma vez. Tenho medo de...

Jaeger colocou-lhe a mão no ombro, para o sossegar. E o japonês ganhou um novo alento.

– Se me aceitares...

Alonzo deu-lhe uma palmada nas costas.

– O que o camarada Kamishi está a tentar dizer é: contem com ele!

Dale olhou para o chefe da aldeia, e depois para Jaeger.

– Se eu for, posso filmar? Ou os índios vão-me encher de lanças assim que sacar da câmara?

Jaeger voltou-se para Puruwehua.

– Tenho a certeza de que podemos chegar a acordo com o chefe e os guerreiros.

Puruwehua anuiu.

– Os anciãos acreditam que a tua câmara lhes faz mal à alma. Os mais jovens, os guerreiros... tenho a certeza de que os consigo convencer do contrário.

Dale hesitou por um momento, claramente dividido entre a vontade de ir e o medo do que o esperava. Encolheu os ombros.

– Então acho que vai valer a pena arriscar a vida por este filme.

Jaeger encarou Santos.

– Letícia?

Ela encolheu ligeiramente os ombros.

– Gostava muito de ir. Mas a minha consciência diz-me que estou melhor aqui, com os meus índios. Achas que não?

– Se achas que deves ficar, ficas. – Jaeger pegou no lenço de seda da brasileira. – Aqui tens o teu lenço. Um sobrevivente, como tu.

Santos pegou no tecido, emocionada.

– Mas é melhor seres tu a usá-lo, não? É... para te dar sorte na viagem.

Em seguida, aproximou-se de Jaeger, atou-lho à volta do pescoço e deu-lhe um beijo no rosto.

À semelhança do que já acontecera antes, Jaeger teve a impressão de que Narov estava a arder de ciúmes. Assim, sentiu-se mais determinado ainda a usar aquele lenço durante o resto da viagem. Faria tudo para desconcertar a russa, para tentar encontrar uma forma de chegar ao seu lado humano, oculto.

– Quatro pessoas vão, uma fica – resumiu Jaeger. – E o resto?

– Eu tenho três filhos em casa – declarou uma voz. Era Stefan Kral. – Em Londres. Quer dizer, já não estão em Londres. Acabámos de nos mudar para Luton. – Deitou um olhar de ressentimento a Jaeger. – Não consigo viver em Londres com o ordenado de assistente de produção. Vou tentar manter-me vivo e chegar inteiro a casa. Não contem comigo.

– Entendido – respondeu Jaeger. – Chega bem a casa, e trata bem os teus filhos. Isso é mais importante do que os destroços de um avião perdidos na selva.

Com estas palavras, Jaeger sentiu o estômago às voltas. Tentou conter aquela sensação. Tinha passado um ano à procura da família desaparecida. Vasculhara os quatro cantos do mundo. Seguira todas as pistas, todas as dicas, até estas se revelarem infrutíferas. Mas teria mesmo feito todos os possíveis para encontrar a mulher e o filho?

Teria desistido da família e da vida quando fugiu para Bioko, em vez de continuar as suas buscas? Jaeger tentou não pensar nisso.

Voltou-se para Narov.

– E tu?

Ela fitou-o.

– É preciso perguntar?

Jaeger negou com a cabeça.

– Acho que não. A Irina Narov também vai.

O chefe *amahuaca* olhou para o céu.

– Então já tens a tua equipa. Partirás com o nascer do Sol, talvez daqui a três horas. Vou ordenar aos meus guerreiros que se preparem.

– Só uma pergunta – interrompeu uma voz. Era Narov, e dirigia-se ao chefe. – Já foi ao local do monstro do ar?

O chefe confirmou com um gesto de cabeça.

— Sim, *Ja'gwara*, fui.

Ja'gwara era um nome que se adequava bem a Narov, pois refletia a sua capacidade incrível de se adaptar e sobreviver.

— Lembra-se bem de como foi? — perguntou ela. — Pode desenhar qualquer sinal que tenha visto lá?

O chefe começou a fazer um desenho no chão arenoso da cabana. Após algumas tentativas frustradas, surgiu gradualmente uma imagem tenebrosa conhecida: a silhueta de uma águia com as asas abertas, com o bico em forma de gancho sobre o seu ombro direito, e com um estranho símbolo circular sobreposto à cauda.

Uma *Reichsadler*.

Aquele símbolo estava estampado na traseira do avião, explicou o chefe, um pouco à frente da cauda. E acrescentou que era o mesmo símbolo que tinha sido gravado na pele dos seus guerreiros, daqueles que foram capturados e aniquilados pela Força Negra.

Jaeger demorou o olhar na imagem, algo perturbado. Sentia que se aproximavam de um desfecho, de um ajuste de contas. Contudo, sentia igualmente que estava a ser acometido por uma sensação incontrolável de pavor, como se o destino o atacasse de todos os lados e estivesse impotente...

— Há palavras estampadas ao lado do símbolo da águia — informou Puruwehua. — Eu tomei nota. — Escreveu algo na areia: *Kampfeswader 200* e *Geswaderkomodore A3*. — Falo inglês, português e a nossa língua materna — acrescentou. — Mas isto... será alemão?

Foi Narov quem respondeu, em voz baixa e sem conseguir conter uma forte repulsa:

— Não é exatamente assim que se escreve, mas o *Kampfgeschwader 200* foi o voo das forças especiais da Luftwaffe. E *Geschwaderkommodore A3* foi um dos títulos dados ao general Hans Kammler, das SS, o comandante desse voo. A seguir a Hitler, Kammler era um dos homens mais poderosos do Reich Nazi.

— Era o plenipotenciário de Hitler — avançou Jaeger, recordando-se da mensagem misteriosa do arquivista. — Hitler nomeou-o no final da guerra.

— Era — confirmou Narov. — Mas sabes o que implica esse estatuto de plenipotenciário?

Jaeger encolheu os ombros.

— É uma espécie de representante especial?

— É muito mais do que isso... Um plenipotenciário é alguém que tem plenos poderes para agir em nome de um regime, e com impunidade total. A seguir a Hitler, Kammler era o homem mais poderoso e maléfico de um grupo particularmente pérfido. No final da guerra, tinha as mãos manchadas com o sangue de muitos milhares de pessoas. E também se tornara um dos homens mais ricos do mundo – afirmou Narov, prosseguindo: – Obras de arte valiosíssimas, lingotes de ouro, diamantes, dinheiro… Por toda a Europa conquistada, os nazis saquearam tudo de valor a que conseguiam deitar as mãos. E sabes o que aconteceu ao *Oberst-Gruppenführer* Hans Kammler e ao seu saque quando a guerra acabou?

O tom de ira e ressentimento estava agora bem patente nas palavras de Narov.

– Desapareceram. Evaporaram-se. Este é um dos grandes mistérios (e escândalos) da Segunda Guerra Mundial: o que aconteceu a Hans Kammler e à sua fortuna ilícita? Quem o protegeu? Quem escondeu os seus milhões?

A russa percorreu os rostos à sua volta com o seu olhar penetrante, detendo-o por fim em Jaeger.

– É muito provável que este avião seja o jato pessoal de Kammler.

55

Pouco depois do nascer do Sol, estavam prontos para abandonar a aldeia dos Amahuacas. Jaeger e a sua equipa seriam acompanhados por vinte e quatro índios, incluindo Puruwehua, o filho mais novo do chefe, e pelo filho mais velho, o chefe dos guerreiros. O seu nome era Gwaihutiga, o que, na língua da tribo, significava «o maior javali da vara».

Naquele momento, Gwaihutiga já parecia aceitar o facto de o pai não querer ver Jaeger e a equipa trespassados por lanças. Na verdade, pretendia que chegassem rapidamente aos destroços, a salvo dos perigos da viagem.

No entanto, Jaeger ficou contente por ver que o filho mais velho do chefe ainda estava com vontade de combater, mas apenas contra o inimigo certo. Trazia uma lança, um arco e flecha, uma zarabatana e um bastão, bem como um colar de penas curtas ao pescoço. Puruwehua explicou que se tratava de um *gwyrag'waja*; cada pena representava um inimigo morto em combate. Comparou-o a quando um homem branco grava símbolos na espingarda (algo que vira em filmes, no tempo que passara no exterior).

À última hora, ocorrera uma alteração na equipa de Jaeger. Letícia Santos tinha decidido que afinal iria com eles. Impetuosa, impulsiva (a típica latina de sangue quente), não suportara ver os outros a prepararem-se para partir sem ela.

Um pouco mais cedo nessa manhã, Jaeger concedera uma curta entrevista a Dale e a Kral, na qual dava uma ideia do que acontecera nas últimas vinte e quatro horas. Era também a última cena que Stefan Kral filmaria com eles. Depois de arrumar a câmara e o tripé, o eslovaco pediu para trocar algumas palavras em privado com Jaeger.

Kral enumerou os motivos pelos quais decidira desistir da expedição. Explicou que nunca devia ter concordado com aquele contrato. Era mais velho do que Dale e tinha muito mais experiência de filmagem em zonas remotas. Apenas aceitara a proposta porque precisava do dinheiro.

– Imagine só – argumentou – o que é trabalhar às ordens de alguém como o Dale, ciente de que tenho mais valor, de que sou mais profissional. Era capaz de aguentar uma situação destas?

– Situações dessas acontecem a toda a hora no Exército – disse-lhe Jaeger. – Pessoas que têm patentes acima das suas capacidades. Temos de saber lidar com isso.

Não desgostava de Kral, mas a verdade é que estava aliviado por o deixar para trás. O operador de câmara eslovaco parecia guardar demasiados ressentimentos, e Jaeger concluiu que estariam melhor sem ele. Dale ficaria certamente sobrecarregado a filmar sozinho, mas é melhor ter apenas um operador de câmara do que dois que estão permanentemente em conflito.

Um dos dois tinha de desaparecer e, para bem das filmagens, era melhor que fosse o eslovaco.

– Aconteça o que acontecer doravante na expedição – explicara Kral –, suponho que entenda as minhas razões. *Aconteça o que acontecer*. Ou, pelo menos, a maioria das minhas razões.

– Estás a tentar dizer-me alguma coisa? – questionou Jaeger. – Vais abandonar-nos. És livre de dizer o que quiseres.

Kral negou com a cabeça.

– Fico por aqui. Boa sorte com o caminho que seguirem. Já conhece as minhas razões para não vos acompanhar.

Os dois homens tinham-se despedido de uma forma relativamente amistosa, com Jaeger a prometer encontrar-se com Kral em Londres, quando tudo terminasse, para beberem uma cerveja.

Uma multidão de *amahuacas* compareceu à partida – aparentemente, era a aldeia em peso. Enquanto Jaeger conduzia a sua equipa para o limiar da floresta escura, teve uma clara sensação: era evidente que Kral estava perturbado.

Já se acostumara ao meio sorriso oblíquo do eslovaco, mas, por um breve instante, apanhara-o a observar Dale como um olhar aterrador. Os seus olhos azul-claros pareciam semicerrados, com uma expressão estranhamente triunfante.

Jaeger não teve muito tempo para pensar naquele olhar, ou naquilo que poderia significar. Chegaram à entrada de um caminho (um trilho que teria passado despercebido a um observador menos atento) e depressa foram engolidos pela selva. Todavia, Jaeger não conseguia deixar de pensar num pormenor. Em determinados pontos do percurso anterior (sobretudo no rio, quando Kral revelara os truques de filmagem de Dale), algo não parecera muito bem a Jaeger, algo que ele só agora entendera. O comportamento de Kral parecia demasiado correto... aquela atitude de querer ser mais íntegro do que os outros... Tinha exagerado na sua indignação justificada, quase como se quisesse esconder algo.

Mas esconder o quê? Jaeger não sabia.

Tentou esquecer aquele pensamento, aquela preocupação que o remordia.

Assim que entraram na selva, apercebeu-se do ritmo esforçadíssimo que os guerreiros *amahuacas* iriam estabelecer. Tinham começado a avançar em corrida lenta, a entoar um cântico grave, ritmado e gutural enquanto o faziam. Jaeger teria de se concentrar ao máximo para seguir àquela velocidade.

Voltou-se para Puruwehua, que se colocara ao seu lado.

– Então e o teu nome, tem algum significado?

Puruwehua sorriu timidamente.

– *Puruwehua* é um sapo grande, de pele lisa, vermelho-acastanhado, com pintas pretas e barriga branca. Houve um muito gordo que se sentou na barriga da minha mãe, mesmo antes de ela dar à luz. – Encolheu os ombros. – Temos tendência a dar o nome às nossas crianças com base em acontecimentos destes.

Jaeger sorriu.

– Então houve um javali que se sentou em cima da tua mãe mesmo antes do nascimento do teu irmão Gwaihutiga?

Puruwehua riu-se.

– Quando era jovem, a minha mãe era uma grande caçadora. Uma vez, teve uma luta feroz com um javali. No fim, trespassou-o com uma lança, matando-o. Ela queria que o seu primeiro filho tivesse o espírito daquele javali. – Olhou para o irmão mais velho, que encabeçava a fila. – O Gwaihutiga tem esse espírito.

– E o sapo? Esse de onde vem o teu nome. O que lhe aconteceu?

Puruwehua deitou um olhar sombrio e vazio a Jaeger.

– A minha mãe tinha fome. Também o matou e comeu.

Seguiram em silêncio durante vários minutos, até que Puruwehua apontou para algo no topo das árvores.

– Aquele papagaio verde que está a comer fruta é um *tuitiguhu'ia*. As pessoas mantêm-nos como animais de estimação. É uma ave que consegue aprender a falar e que avisa quando o jaguar está prestes a atacar a aldeia.

– Muito útil – comentou Jaeger. – Como é se amestram?

– Primeiro é preciso encontrar um arbusto de *kary'ripohaga*. Corta-se algumas folhas e bate-se na cabeça do papagaio com elas. A partir daí, está domesticado.

Jaeger ergueu uma sobrancelha.

– É assim tão fácil?

Puruwehua deu uma gargalhada.

– Claro que é! Muitas coisas tornam-se fáceis quando conhecemos os segredos da floresta.

Retomaram a marcha e passaram por um tronco podre. Puruwehua esfregou a mão nos fungos negros e encarnados, e depois levou os dedos ao nariz.

– *Gwaipeva.* Tem um cheiro característico. – Passou a mão pelo estômago. – É bom para comer.

Arrancou um pela raiz e guardou-o numa saca de verga que levava ao ombro.

Uns passos mais à frente, apontou para um grande inseto preto que estava agarrado ao tronco de uma árvore.

– *Tukuruvapa'ara.* O rei dos gafanhotos. Rói a árvore até ela cair.

Quando passaram pela árvore, Puruwehua avisou Jaeger para andar com cuidado, pois havia uma trepadeira torcida no chão.

– *Gwakagwa'yva*, a trepadeira de água com espinhos. Utilizamos a sua casca para fazer a corda com a qual tecemos as nossas redes de dormir. As vagens têm o formato de bananas e, quando se abrem, as sementes são levadas pelo vento.

Jaeger estava fascinado. Sempre vira a selva como algo totalmente neutro. No entanto, quanto mais conhecia os seus segredos, mais era possível torná-la sua aliada e amiga.

Pouco tempo depois, Puruwehua colocou a mão no ouvido, como se fosse uma concha.

– Ouves? Aquele *prrrric-prrrric-prrrric-prrrric-prrrric*. É a *gware'ia*, um grande beija-flor castanho com a frente branca e a cauda longa. Só canta quando vê um javali. – Pegou numa flecha. – Comida para a aldeia...

Enquanto Jaeger pegava na sua arma, viu Puruwehua passar de intérprete a caçador, quando se preparava para disparar uma flecha com um arco da sua altura. Puruwehua era cerca de dois centímetros mais baixo, mas tão largo e forte de ombros como o irmão guerreiro.

Jaeger pensou que, quando chegava a altura de combater, Puruwehua era um sapo que não se deixava comer facilmente.

56

Bastante longe dali, o centro da aldeia dos Amahuacas estava agora quase em silêncio e deserto. Porém, uma figura solitária permanecia na clareira.

O vulto olhou para o céu do amanhecer e movimentou-se alguns passos para um local no qual quase não tinha árvores por cima e onde dispunha de privacidade total. Retirou um objeto do bolso (um telefone de satélite Thuraya), pousou-o num cepo e agachou-se na vegetação, à espera.

O telefone apitou uma, duas vezes, e depois uma terceira: tinha adquirido satélites suficientes. O vulto carregou na marcação automática, seguida de um único dígito.

O telefone tocou duas vezes, até uma voz atender:

— *Lobo Cinza*, escuto.

Kral mostrou os dentes num sorriso fino.

— Daqui *Lobo Branco*. Partiram sete elementos da equipa com cerca de vinte índios, em direção a sul, para as cataratas. Daí vão seguir por um caminho que só os índios conhecem, para oeste, em direção ao alvo. Ainda não tinha podido comunicar, mas consegui afastar-me deles. Pode fazer o seu pior.

— Compreendido.

— Posso confirmar que é o jato de Kammler, o *Oberst-Gruppenführer* das SS. Os conteúdos estão mais ou menos intactos. Ou o melhor possível, tendo em conta que passaram cerca de setenta anos.

— Entendido.

— Tenho as coordenadas exatas do avião — afirmou Kral. Depois, após uma pausa, questionou: — Já fizeram o terceiro pagamento?

— Já temos as coordenadas. O nosso drone de vigilância encontrou o avião.

– Ótimo. – Uma sombra de irritação percorreu o rosto de Kral. – As que recebi são: 964864.

– 964864. Bate certo.

– E o terceiro pagamento?– Será feito para a sua conta em Zurique, conforme combinado. Gaste-o com juízo, *Sr. Lobo Branco*. Nunca se sabe o dia de amanhã.

– *Wir sind die Zukunft* – sussurrou Kral.

– *Wir sind die Zukunft* – confirmou a voz.

Kral desligou a chamada.

O outro interlocutor pousou o auscultador no pescoço e deixou-o aí durante um longo instante.

Olhou para uma fotografia emoldurada que tinha na secretária. Retratava um homem de meia-idade vestido com um fato cinzento às riscas. Tinha um rosto de ave de rapina, com um nariz aquilino e olhos arrogantes (mas sem qualquer tensão), denotando um poder e uma influência sem limites – algo que lhe concedera uma confiança descontraída nas suas próprias capacidades, apesar da idade avançada.

– Finalmente – murmurou o vulto sentado. – *Wir sind die Zukunft.*

Voltou a colocar o auscultador no ouvido e carregou no 0.

– Anna? Liga-me ao *Lobo Cinza Seis*. Sim, agora mesmo, por favor.

Esperou um pouco, até ouvir uma voz na linha.

– *Lobo Cinza Seis.*

– Tenho as coordenadas – anunciou. – Batem certo. Eliminem-nos a todos. Não pode haver sobreviventes. Incluindo o *Lobo Branco.*

– Entendido – confirmou a voz.

– Façam-no de forma limpa, à distância. Usem um Predator. De forma que se possa *negar* tudo. Têm uma equipa de localização. Usem-na. E procurem os sistemas de comunicação deles. Encontrem-nos. Eliminem-nos a todos!

– Entendido. Mas, com o dossel florestal, vamos ter dificuldades em encontrá-los a partir do ar.

– Façam o que for preciso. Soltem os vossos cães de guerra. Mas não deixem que se aproximem daquele avião.

– Entendido.

A figura sentada terminou a chamada. Após um momento de reflexão, inclinou-se e premiu uma tecla do seu computador, retirando-o do modo de hibernação. Redigiu uma mensagem breve de correio eletrónico.

Caro Ferdy,
Adlerflug IV **encontrado. Em breve, será resgatado/destruído. Operação de limpeza em curso. O avô Bormann ficaria orgulhoso de nós.**
Wir sind die Zukunft.
HK

Premiu «enviar» e recostou-se na cadeira, com os dedos cruzados na nuca. Na parede atrás de si estava uma fotografia emoldurada de quando era mais jovem, com o uniforme de coronel do Exército dos Estados Unidos.

Com a orientação dos índios *amahuacas*, Jaeger e a sua equipa demoraram menos de metade do tempo a voltar às Cataratas do Diabo. Chegaram à margem do rio dos Deuses, a um local situado menos de um quilómetro a jusante de onde tinham escondido o equipamento da expedição.

Puruwehua ordenou uma paragem nos limites do dossel florestal, onde parecia existir uma névoa permanente. Apontou para o nevoeiro fluvial – havia um precipício abrupto que rasgava as rochas à sua frente, esculpido pela corrente ao longo de inúmeros milénios. Teve de gritar para se fazer ouvir, com o estrondear ensurdecedor do rio dos Deuses a cair quase trezentos metros até ao vale inferior.

– Naquele sentido, há uma ponte até à primeira ilha – anunciou. – Daí seguiremos pendurados em cipós. São dois balanços até duas ilhas de terra, ou *evi-gwas*, e depois chegaremos ao outro lado. Aí, uma passagem que os nossos antepassados esculpiram na rocha, há muito tempo, percorre a parede das cataratas. Numa hora, talvez menos, estaremos na base das cataratas.

– Quanto tempo será daí até aos destroços? – perguntou Jaeger.

– Ao ritmo dos Amahuacas, um dia. – Puruwehua encolheu os ombros. – Ao ritmo do homem branco, um dia e meio, no máximo.

Jaeger aproximou-se do limiar do precipício, à procura da primeira ponte com o olhar. Demorou a encontrá-la, pois esta estava muito bem escondida. Foi preciso que Puruwehua a apontasse.

– Ali. – O índio ia sacudindo o braço numa direção inferior, onde estava uma estrutura minúscula e de aspeto pouco estável. – A *pyhama* é uma liana que utilizamos para subir às árvores. Mas também é ótima para construir pontes de rio. Está coberta de folhas da árvore *gwy'va*, da qual retiramos a madeira para o corpo das nossas setas. Assim, fica quase invisível.

Jaeger e a sua equipa colocaram as mochilas às costas e seguiram os índios, que desciam junto ao penhasco até ao início da ponte. À sua frente, tinham uma ponte de corda, arqueada e assustadora, que percorria o primeiro grande abismo. Na outra extremidade, a ponte estava presa a uma ilha de pedra (a primeira de três que se destacavam mesmo à beira das cataratas).

O ruído das quedas de água impedia que falassem. Jaeger seguiu Puruwehua e foi o primeiro da sua equipa a pisar aquela estrutura periclitante. Agarrou-se aos corrimãos de corda em ambos os lados e forçou-se a avançar de corda transversal em corda transversal, separadas à distância de um passo.

Por um instante, cometeu o erro de olhar para baixo.

Sessenta metros abaixo, as águas castanhas e furiosas do rio dos Deuses corriam com estrondo, antes de se tornarem uma massa fervilhante branca e tombarem para o abismo. Jaeger concluiu que era melhor olhar em frente. Com os olhos fixos nos ombros de Puruwehua, obrigou os pés a continuarem a arrastar-se para a frente.

Aproximava-se do ponto intermédio da ponte, com a maioria da sua equipa atrás de si, quando o pressentiu.

Sem qualquer aviso, um projétil de aerodinâmica impossível rasgou a neblina que os cobria, deixando um zumbido à sua passagem que penetrou nos ouvidos de Jaeger. Atravessou o centro da ponte de corda, mergulhando um milissegundo depois no rio dos Deuses e rebentando numa enorme explosão de água branca.

Jaeger observou hipnotizado a pluma de destruição violenta a ser projetada para cima. O ruído da sua erupção ribombou-lhe nos ouvidos e ecoou pelo abismo.

Tudo terminou em menos de um segundo. A ponte ficou a oscilar violentamente, com algumas pessoas agarradas e de olhos muito abertos de terror. Jaeger já encomendara ataques de mísseis Hellfire suficientes para reconhecer o zumbido agudo e doloroso daquele projétil. No entanto, pela primeira vez, era ele o alvo destes mísseis.

– HELLFIRE! – gritou em tom de aviso. – HELLFIRE! Recuem! Recuem para a margem! Escondam-se debaixo das árvores.

No modo estranho, mas característico, que o tempo tem de aparentemente abrandar num combate em que se corre risco de vida, Jaeger sentiu que vivia centenas de anos a cada segundo. A sua mente processava milhares de pensamentos enquanto empurrava os vultos à sua frente, obrigando-os a correr para o abrigo da selva.

Jaeger concluiu que, naquele ponto da Amazónia brasileira (estavam no extremo ocidental do estado do Acre, no município de Assis Brasil, perto da fronteira com o Peru), só poderia haver um tipo de avião de guerra a sobrevoá-los. Tinha de ser um drone, pois apenas esses aparelhos tinham alcance e autonomia de voo para se manterem em órbita sobre a selva o tempo suficiente para os encontrar.

Jaeger sabia quanto tempo é que um Predator (o drone com maior utilização entre os exércitos mais modernos do mundo) demorava a rearmar-se e a recuperar o alvo. A própria ação de disparar um míssil Hellfire tendia a desequilibrar a aeronave, cortando a ligação de vídeo com o operador remoto do drone.

Demoraria cerca de sessenta segundos a estabilizar e a restabelecer contacto de vídeo estável.

O próximo AGM-114 Hellfire (a maioria dos Predators transportava um máximo de três) estaria pronto a disparar a qualquer instante. Dependendo da altitude de órbita do Predator (estaria muito provavelmente a mais de sete mil metros), o míssil poderia demorar até dezoito segundos a chegar ao solo. Era esse o tempo máximo de que Jaeger dispunha.

O primeiro Hellfire não explodira ao atingir a estrutura de corda, e cortara um fio da ponte como se fosse manteiga.

No entanto, da segunda vez poderiam não ter tanta sorte.

A última pessoa (o filho mais velho do chefe) chegou ao início da ponte aos tropeções, depois de Jaeger o empurrar em direção à margem do rio. Nesse momento, o britânico voltou-se e encaminhou-se para a segurança da floresta, com as botas a tropeçarem nos degraus de corda e a mata a aproximar-se a cada passo.

– VÃO PARA AS ÁRVORES! – gritou. – VÃO PARA DEBAIXO DAS ÁRVORES!

O dossel florestal não os poderia escudar do ataque de um Hellfire. Quase nada o poderia fazer. Contudo, seria quase impossível o Predator ver através do tapete de vegetação densa, o que o impediria de apontar o míssil.

Jaeger continuou a correr pelos degraus de corda, já sem mais ninguém na ponte.

Foi então que chegou o segundo míssil.

O britânico sentiu o estremeção do impacto um instante antes de o zunido da descida lhe ferir os ouvidos, pois o míssil viajava à velocidade de Mach 1,3 (mais depressa do que a velocidade do som). Explodiu mesmo no centro da ponte, e a estrutura esquelética dissolveu-se numa bola de chamas, enquanto estilhaços afiadíssimos rasgavam o ar em torno de Jaeger.

Instantes depois, sentiu que caía.

Já nas suas últimas reservas de força, Jaeger voltou-se e agarrou os corrimãos de corda, enrolou-os à volta dos braços e preparou-se para o embate. Durante cerca de um segundo, metade da ponte caiu na vertical, antes de a extremidade ainda fixa à parede do abismo a deter, sacudindo o que restava contra a parede rochosa.

Jaeger contraiu-se até formar um bloco de ferro.

Atingiu a parede de pedra, com o embate esmagador a esfolar-lhe os antebraços e a cabeça a ser catapultada para a frente com o impacto.

A testa de Jaeger embateu com uma força terrível.

Sentiu uma explosão ofuscante de estrelas no cérebro e, um segundo depois, foi envolvido pela escuridão.

57

Jaeger recobrou os sentidos.

Sentia a cabeça a girar, pontadas nas têmporas, tinha a visão desfocada e estava com vontade de vomitar.

Lentamente, foi-se apercebendo do que o rodeava. Estava debaixo de um grande guarda-chuva verde-escuro.

Selva.

Dossel florestal.

Lá em cima.

Como uma coberta.

A protegê-lo do Predator.

– Desliguem tudo! – gritou Jaeger. Tentou erguer-se apoiado num cotovelo, mas havia mãos que o prendiam, que o empurravam para baixo. – Desliguem tudo agora! O drone está a localizar-nos por causa de um aparelho. DESLIGUEM TUDO!

Os olhos tresloucados e injetados de sangue de Jaeger percorriam a sua equipa, enquanto os vultos vasculhavam os bolsos e os cinturões.

Jaeger gemeu, enquanto sentia mais uma pontada na cabeça.

– O PREDATOR! – gritou. – Ele traz três mísseis Hellfire! Desliguem tudo! DESLIGUEM TUDO AGORA!

Enquanto gritava e dissertava, o seu olhar concentrou-se num indivíduo. Dale estava agachado no limiar do desfiladeiro, com a câmara pousada num joelho, a espreitar pelo visor enquanto filmava o desenrolar daquele drama.

Com um esforço hercúleo, Jaeger libertou-se das mãos que o detinham. Investiu em frente, com os olhos a brilhar perigosamente e uma expressão meio tresloucada.

Saiu-lhe um grito da garganta, como se fosse um uivo animal.

– DESLIGA-ME ESSA POR-CA-RIA!

Dale ergueu a cabeça, sem compreender o que se passava, pois estava totalmente concentrado na lente da câmara.

No instante seguinte, os oitenta quilos de William Jaeger caíram em cima de Dale, num golpe de râguebi que atirou os dois homens para a vegetação densa e projetou a câmara no sentido contrário. O aparelho deu uma cambalhota e caiu da beira do desfiladeiro para o abismo.

A câmara tombou até uma pequena saliência de rocha.

Segundos depois, ouviu-se um silvo terrível, como se alguém tivesse aberto as portas do Inferno, e um terceiro míssil surgiu de leste. O terceiro Hellfire rasgou a neblina e acertou no pequeno patamar onde a câmara de Dale aterrara. A detonação danificou a saliência rochosa, pulverizando a pouca vegetação que lá havia, mas a parede de rocha escudou a equipa de Jaeger do pior da explosão.

A explosão foi canalizada para cima, com uma tempestade de estilhaços a invadir o ar, e o som ensurdecedor ecoou pela extensão do rio dos Deuses.

À medida que o eco se desvanecia, o silêncio foi caindo sobre o desfiladeiro. O ar estava carregado de um odor forte a rocha queimada e a vegetação, além do cheiro sufocante a explosivos de alta potência.

– Era o terceiro Hellfire! – gritou Jaeger, do local onde aterrara com Dale no meio da vegetação. – Não deve haver mais! Mas procurem aparelhos no vosso material, EM TODO, e desliguem-nos todos.

Várias pessoas correram para as suas mochilas e esvaziaram-nas.

Jaeger voltou-se para Dale.

– A tua câmara grava a data, a hora e a localização, certo? Tem GPS?

– Tem, mas eu disse ao Kral que o desativasse nas duas câmaras. Nenhum operador de câmara quer a data e a hora marcadas na gravação.

Jaeger apontou um polegar para a saliência rochosa onde a câmara de Dale acabara de explodir.

– Seja o que for que o Kral tenha feito, *aquele não estava desligado.*

Os olhos de Dale voltaram-se para a sua mochila.

– Tenho ali outra, de reserva.

– Então corre para debaixo das árvores e certifica-te de que está desligada!

Dale correu para a mochila.

Jaeger ergueu-se a custo. Sentia-se pessimamente, tinha a cabeça a latejar de dor, mas havia questões mais importantes a resolver naquele momento. Tinha de vasculhar e verificar a sua própria mochila. Quando a encontrou, começou a retirar o conteúdo. Tinha a certeza de que desligara tudo, mas um erro pode facilmente custar a vida a toda a equipa.

Cinco minutos depois, a verificação estava concluída.

No momento dos ataques dos mísseis Hellfire, ninguém tinha GPS a funcionar, muito menos telefones de satélite. Estavam a avançar com rapidez, a seguir um percurso e um ritmo estabelecidos pelos índios *amahuacas*. Ninguém da equipa de Jaeger precisara de aparelhos de navegação, até porque estavam sob o dossel florestal, onde o sinal de satélite é quase nulo.

Jaeger reuniu a sua equipa.

— Algo atraiu o Predator — anunciou, com os dentes cerrados de dor. — Abandonámos a cobertura das árvores à beira das cataratas, e *blip*! Apareceu um sinal no ecrã do Predator. Só um telefone de satélite, um GPS ou algo semelhante tem esse efeito: algo que seja instantaneamente localizável.

— Tem infravermelhos — explicou Alonzo. — O Predator. Ele pode detetar o nosso calor através dos infravermelhos.

Jaeger negou com a cabeça.

— Não debaixo de trinta metros de selva. E, mesmo que conseguisse penetrar tudo isso (e acredita: não consegue), o que veria? Um monte de manchas de calor indistintas. Tanto podíamos ser um grupo de humanos como uma vara de javalis. Não, ele localizou alguma coisa, algo que apareceu num instante, um sinal localizável.

Jaeger fitou Dale.

— Estavas a filmar quando o primeiro Hellfire apareceu? A câmara estava ligada?

Dale fez um gesto de negação.

— O quê? Naquela ponte? Estava borrado de medo.

— Muito bem, oiçam todos: voltem a verificar o vosso equipamento — anunciou Jaeger, sombriamente. — Vejam as bolsas laterais das mochilas. Os bolsos das calças. Os bolsos das camisas. Procurem até na roupa interior. O Predator localizou alguma coisa. Temos de a encontrar.

Em seguida, o britânico vasculhou a sua mochila novamente e, depois, os bolsos da roupa. Os seus dedos deram com a superfície lisa da medalha dos Rastejantes Noturnos, no fundo do bolso das calças. Estranhamente, amachucara-se na confusão dos últimos minutos, e estava quase dobrada ao meio.

Tirou-a do bolso. Concluiu que a medalha deveria ter levado uma forte pancada quando a ponte de corda o atirara contra a parede rochosa. Analisou-a por um instante. Parecia haver uma fissura mínima a percorrer toda a circunferência. Enfiou uma unha partida e ensanguentada na ranhura e fez pressão.

A medalha dividiu-se em duas.

Lá dentro, metade era oca.

Jaeger não acreditava na prova que tinha à frente.

No interior oco da outra metade da medalha, havia uma placa de circuito em miniatura.

58

« A morte aguarda na escuridão.» Jaeger cuspiu as palavras do lema dos Rastejantes Noturnos, estampadas num dos lados da medalha falsa.

– Não há dúvida, sobretudo quando se transporta uma destas.

Pousou-a numa pedra, com a placa de circuito voltada para cima, e agarrou noutra pedra mais pequena. Ia esmagar o aparelho, utilizando as pedras como se fossem um martelo e uma bigorna. Ergueu uma mão, e estava prestes a fazer cair a pedra com força (com toda a raiva acumulada e a sensação intensa de traição concentradas no cotovelo), quando uma mão o deteve.

– Não faças isso. Há uma forma melhor. – Era Irina Narov. – Todas as unidades de localização têm uma bateria. E um interruptor para ligar e desligar. – Pegou no aparelho e desligou um interruptor minúsculo. – Agora está desligado. Já não emite sinal. – Fitou Jaeger. – A questão é: onde é que o arranjaste?

Jaeger enrolou os dedos à volta da medalha, como se pudesse esmagá-la com o punho.

– O piloto do C-130. Estivemos à conversa. Ele disse que era um veterano do SOAR. Um Rastejante Noturno. Conheço bem o SOAR. Não existe melhor unidade. Foi isso que lhe disse. – Após uma pausa soturna, acrescentou: – Foi ele que me ofereceu esta medalha.

– Então deixa-me descrever um cenário – sugeriu Narov, com a voz tão fria e neutra como uma planície gelada do Ártico. – O piloto do C-130 deu-te um dispositivo de localização. Disso não há dúvida. Nós, eu e tu em tandem, ficámos presos quando saltámos de paraquedas. A sua tripulação provocou isso de propósito, fez com que rodopiássemos na queda. E soltou a tua arma, para nos desestabilizar ainda mais.

Narov deteve-se por um instante.

– Ou a tripulação do C-130 tinha recebido ordens para nos matar, ou para permitir que alguém nos seguisse. E, seja quem for que nos está a localizar através dessa medalha, está também a tentar matar-nos.

Jaeger assentiu, em reconhecimento de que o cenário traçado por Narov era o único que parecia fazer sentido.

– Então, quem é que nos está a tentar matar? – prosseguiu Narov. – É uma pergunta retórica. Não espero que me respondas. Mas, neste momento, é essa a questão decisiva.

Havia algo no tom de Narov que fazia Jaeger cerrar os dentes. Por vezes, podia ser tão fria e robótica como um autómato. Era muito desconcertante.

– Ainda bem que não esperas uma resposta – disse Jaeger, com uma voz rouca. – Porque, se o piloto do C-130 foi capaz de me dar um aparelho de localização, então não faço a mínima ideia de quem é amigo ou inimigo.

Apontou um polegar na direção dos índios.

– Talvez as únicas pessoas em quem possa confiar neste momento sejam aquelas: uma tribo índia supostamente isolada até agora. Quanto ao inimigo, só sei que tem acesso a material de ponta, como o Predator, aparelhos de localização, e sabe Deus o que mais...

– Foi o Carson que contratou o C-130 e a tripulação? – interrogou Narov.

– Foi.

– Então o Carson é suspeito. Na verdade, nunca gostei dele. É um *schwachkopf* arrogante. – A russa fitou Jaeger. – Há dois tipos. Os *schwachkopfs* simpáticos, e os que desprezo totalmente. Tu... tu és dos mais simpáticos.

Jaeger olhava fixamente para Narov. Não conseguia entendê-la. Estaria a namoriscar com ele, ou a brincar ao gato e ao rato? De qualquer forma, o melhor era aceitar o elogio ambíguo.

Alonzo apareceu ao lado dos dois.

– Suponho que vás ligar para o Airlander – sugeriu. – Eles estão a fazer vigilância persistente de longo alcance, não é? Já devem ter isso a funcionar. Pergunta-lhes o que viram.

– Estás a esquecer-te de uma coisa – objetou Jaeger. – Se eu fizer uma chamada, vamos levar com um Hellfire em cima.

– Envia dados – aconselhou Alonzo. – Em modo de rajada. O Predator demora uns noventa segundos a identificar, localizar e fazer pontaria a um alvo. Em modo de rajada, a comunicação desaparece num piscar de olhos.

Jaeger ponderou a sugestão por alguns instantes.

– É isso. Acho que pode funcionar. – E voltou-se para a beira do precipício. – Mas vou fazê-lo ali, sozinho, sem mais ninguém.

Jaeger ligou o seu Thuraya. Escreveu uma mensagem rápida, na certeza de que só se ligaria aos satélites quando a enviasse.

A mensagem dizia: *Localização 964864. Comunicações intercetadas. Equipa alvo de Hellfires. Localizam drone? Comunicação agora apenas encriptada em modo de rajada. O que viu o Airlander? Terminado.*

Jaeger avançou até à beira do desfiladeiro.

Saiu de baixo do dossel florestal e segurou no Thuraya com o braço esticado, a ver os ícones do satélite a piscarem no ecrã. Assim que conseguiu um sinal utilizável, a mensagem foi enviada. Jaeger desligou o aparelho e correu para o abrigo da selva.

O britânico e a sua equipa esperaram nas sombras, em grande tensão, enquanto contavam os segundos. Passaram dois minutos, sem que nenhum míssil surgisse.

— Já lá vão três minutos, companheiro — rosnou, por fim, Alonzo. — E ainda não apareceu nenhum Hellfire. Parece que o modo de rajada vai funcionar.

— Parece — confirmou Jaeger. — Então e agora?

— Em primeiro lugar, deixa-me tratar dessa cabeça — exclamou Letícia Santos. — É demasiado bonita para ficar tão ferida e danificada.

Jaeger acedeu a que Santos o tratasse. A brasileira limpou-lhe os arranhões dos braços com tintura de iodo (um esterilizador) e depois enrolou-lhe uma gaze grossa à volta da cabeça.

— Obrigado — agradeceu ele, quando Santos terminou. — Sabes que mais? Estou habituado a ser tratado por médicos que são comandos peludos, mas assim é muito melhor.

Avançou até perto de Puruwehua, onde se deteve um minuto ou dois a explicar o que acontecera. Poucos índios faziam a mínima ideia do que poderiam ser os mísseis Hellfire. A morte vinda assim do céu podia até ser um raio enviado pelos seus deuses. Só Puruwehua, que vira muitos filmes, parecia ter noção daquela realidade.

— Explica aos teus homens o que significa — disse-lhe Jaeger. — Quero que estejam plenamente cientes do que estamos a enfrentar. Contra um Predator, as zarabatanas e as flechas nada podem fazer. Se decidirem que querem voltar para a aldeia, não os posso censurar.

— Salvaste-nos na ponte — respondeu Puruwehua. — Há uma dívida de vida a pagar. Sempre que partimos para combater, as nossas mulheres despedem-se com uma frase que, traduzida, é algo como: «Voltem vitoriosos, ou mortos». Seria uma grande desonra voltar à aldeia sem atingir a morte nem a glória. Não há dúvidas: estamos contigo.

59

Os olhos de Jaeger reluziram de alívio. Seria um golpe pesado perder os índios naquele momento.

– Já agora, estou curioso. Podes dizer-me como diabo é que *eu* sobrevivi à queda na ponte?

– Perdeste os sentidos, mas os teus braços permaneceram presos à *pyhama*. – Puruwehua olhou na direção do irmão. – O Gwaihutiga e eu descemos para te buscar. Mas foi o meu irmão que acabou por te libertar e içar até a um lugar seguro.

Jaeger abanou a cabeça de espanto. A forma casual como o índio proferira aquelas palavras escondia certamente um momento de puro terror no qual haviam corrido risco de vida.

Fitou o jovem guerreiro *amahuaca* (aos olhos de Jaeger, Puruwehua era muito mais do que um mero intérprete).

– Então, Puruwehua, o sapo mais corajoso desta selva toda, isso significa que a dívida de vida é agora mútua.

– É isso – confirmou o índio, sem rodeios.

– Mas porquê Gwaihutiga? – questionou Jaeger. – Afinal, ele era o tipo que mais nos queria ver mortos.

– O meu pai deu-lhe outras ordens, *Koty'ar*.

– *Koty'ar*?

– *Koty'ar*. Foi isso que o meu pai te chamou. Significa «o companheiro permanente», o amigo que está sempre ao nosso lado.

Jaeger negou com um meneio de cabeça.

– *Tu* é que és o *koty'ar* de nós todos.

– A verdadeira amizade funciona nos dois sentidos. E, para Gwaihutiga, tu agora pertences à nossa tribo. – Puruwehua observou Narov por um instante. – E a *Ja'gwara* também, bem como o homem pequeno do Japão e o barbudo da tua equipa.

Jaeger sentiu uma enorme gratidão. Percorreu a curta distância que o separava de Gwaihutiga. O guerreiro *amahuaca* ergueu-se quando o britânico se aproximou. Os dois homens ficaram frente a frente, ambos com aproximadamente a mesma altura e a mesma largura. Num gesto de genuína gratidão, Jaeger estendeu a mão para que Gwaihutiga a apertasse.

O índio ficou a olhar para a mão e, em seguida, aproximou os olhos do rosto de Jaeger. Eram dois poços negros de vazio. Imperscrutáveis. Mais uma vez.

O momento prolongou-se e Jaeger receou que o gesto fosse rejeitado. Porém, Gwaihutiga juntou as mãos de Jaeger e colocou-as dentro das suas.

– *Epenhan, Koty'ar* – anunciou Gwaihutiga. – *Epenhan.*

– Significa «bem-vindo» – explicou Puruwehua. – «Bem-vindo, amigo que está sempre ao nosso lado».

Jaeger sentiu um aperto de emoção no estômago. Sabia que momentos assim eram raros. Estava frente a frente com o chefe dos guerreiros de um povo quase sem qualquer contacto com o exterior, alguém que arriscara a vida para salvar um estranho, um estrangeiro. Jaeger agarrou Gwaihutiga num breve abraço, e depois afastou-se.

– Digam-me lá, rapazes: fazem ideia de como vamos descer daqui? – perguntou Jaeger, sem saber o que dizer mais. – Agora que a ponte de corda ficou feita em duas.

– É isso que temos estado a discutir – avançou Puruwehua. – Não temos como atravessar o rio, para depois seguir o caminho que desce. A única alternativa é o caminho que vocês tencionavam utilizar antes. Mas é um desvio de três dias, talvez mais. Só chegaremos ao destino muito depois daqueles que queremos vencer...

– Então não há tempo a perder – interrompeu Alonzo. – Nem que tenhamos de ir a correr o caminho todo. Vamos embora.

Jaeger ergueu a mão a pedir silêncio.

– Um segundo. Só um segundo.

Olhou à volta para as caras que tinha à frente, com um grande sorriso estampado no rosto. Nas forças especiais, era um dado adquirido que tentariam sempre fazer o inesperado e menos ortodoxo para serem mais espertos do que o inimigo. Ora, naquele preciso momento, Jaeger preparava-se para uma grande jogada inesperada.

– Temos os paraquedas no esconderijo, não é? – começou. – Temos oito, ou até o dobro, se separarmos os de reserva. – Após uma pausa, prosseguiu: – Já alguém aqui fez *BASE jumping*?

– Já fiz algumas vezes – respondeu Joe James. – É quase tão louco como uma dose do «rapé» dos Amahuacas.

– Eu também já fiz – confirmou Letícia Santos. – É bom, mas não é tão excitante como dançar no Carnaval. Porquê?

– *BASE jumping* é basicamente uma versão abreviada de um salto HAHO a nove mil metros, só que saltamos de um precipício ou de um arranha-céus, e não da rampa de um C-130, e temos uma fração da distância para abrir o paraquedas.

Jaeger estava agora tão entusiasmado, que os olhos brilhavam.

– É isso que vamos fazer; vamos buscar os paraquedas ao esconderijo e saltar nas Cataratas do Diabo.

Foram precisos alguns segundos para os outros assimilarem as suas palavras. Foi Hiro Kamishi a colocar a primeira questão, que fazia todo o sentido.

– Então e os Amahuacas? O Puruwehua, o Gwaihutiga e os seus irmãos guerreiros? Não seria... sensato deixá-los para trás.

– Somos sete, pelo que sobram nove paraquedas. Além disso, podemos levar vários deles em tandem. – Jaeger olhou para Puruwehua. – Já alguma vez desejaste voar? Como a águia de que me falaste... a *topena*, não era? A ave de rapina branca que consegue roubar uma galinha da aldeia.

– A *topena* – confirmou Puruwehua. – Já voei tão alto como ela, quando tomei *nyakwana*. Voei sobre grandes oceanos e até montanhas distantes, mas eram montanhas da minha mente.

– Não duvido disso – retorquiu Jaeger, com entusiasmo. – Mas hoje, neste momento, vais aprender a voar de verdade.

O olhar de Puruwehua permaneceu inexpressivo, sem o mínimo indício de medo.

– Se essa é a única forma de descer, e a mais rápida, então conta connosco para o salto.

– De certeza que conseguimos descer com sete de vocês, talvez mais, se alguns forem sozinhos – explicou Jaeger. – Pelo menos assim podemos ser os primeiros a chegar àqueles destroços.

– Conta connosco para o salto – anunciou Puruwehua, simplesmente. – Os que não puderem, descerão pelo caminho mais longo, e aí perseguirão e importunarão a Força Negra. Assim, atacaremos em ambas as frentes.

Gwaihutiga proferiu algumas palavras, pontuadas pelo brandir de uma arma.

– O meu irmão mais velho diz que, depois de hoje, seguir-te-emos para qualquer lado, até pelas cataratas abaixo – traduziu Puruwehua. – E utilizou um novo nome para ti: *Kahuhara'ga*, o «caçador».

Jaeger negou com a cabeça.

– Agradeço, mas aqui na selva os verdadeiros caçadores são vocês.

– Não, eu concordo com o Gwaihutiga – interrompeu Narov. – Afinal, Jaeger também significa «caçador» em alemão. E hoje, aqui na selva, recebeste esse nome pela segunda vez, e da parte de um guerreiro *amahuaca* que não poderia saber o significado original. Tem de haver aí um significado profundo.

Jaeger encolheu os ombros.

– Tudo bem. Mas neste momento sinto-me mais como uma presa. Preferia evitar um combate com o nosso inimigo desconhecido. Isso significa chegar primeiro aos destroços, e só há uma forma de o conseguirmos. – Observou as cataratas. – Vamos andando.

– Talvez haja um problema – sugeriu Narov. – A parte do voo não me incomoda, mas o mesmo não acontece com a aterragem. Não tenho vontade nenhuma de ficar outra vez pendurada na copa das árvores, para ser comida viva pelas aranhas *Phoneutria*. Onde pretendes fazer a aterragem?

Em jeito de resposta, Jaeger conduziu-os ao limiar das Cataratas do Diabo.

Inclinou-se para o abismo, com o braço a apontar para baixo.

– Veem aquilo? Aquela «piscina» provocada pela erosão da selva na base das quedas de água? Quando estávamos a planear a expedição, considerámos aquela hipótese como local alternativo de aterragem. Descartámo-la por vários motivos. Mas agora não temos outra opção: é ali que vamos aterrar.

»Uma das razões para descartarmos esta hipótese – prosseguiu – foi o facto de acharmos que pode estar cheia de jacarés. Sabes se está, Puruwehua? Cheia de jacarés? Aquela espécie de piscina na base das cataratas?

Puruwehua negou com um meneio de cabeça.

– Não. Jacarés não há.

Jaeger fitou-o.

– Mas há outra coisa, não há?

– Há *piraihunuhua*. Como é que lhes chamam? Um peixe preto que come peixes maiores. Às vezes até come animais maiores.

– Piranhas?

– Piranhas – confirmou Puruwehua, a rir-se. – Não há jacarés por causa das piranhas.

– Oh, pá, eu detesto esses peixes – rosnou Alonzo. – Odeio. Vamos saltar de um penhasco, descer umas cataratas, aterrar num rio e acabar por ser comidos vivos pelo peixe mais mortífero do mundo. Um clássico à Jaeger.

Os olhos de Jaeger brilhavam.

– Ah, não vamos, não. Sigam-me e aterrem na mesma zona de água que eu. Não vai haver problema. Para ninguém. Não fiquem é lá muito tempo. Ainda não é o momento certo para tomar um banho. Mas acreditem: vamos conseguir.

Jaeger olhou alternadamente para cada membro da sua equipa. Os rostos que tinha à frente estavam cheios de suor e sujidade, marcados por picadas de insetos e com rugas profundas de tensão e cansaço. O seu olhar deteve-se no operador de câmara. Era o único que não pertencera ao Exército. Dale parecia possuir reservas ocultas de energia, para não falar de pura coragem e determinação.

Incrivelmente, ainda nada parecia tê-lo desanimado.

– Aquela câmara sobresselente – anunciou Jaeger. – Vamos verificar se a função de data, hora e local está desligada. Quando fizermos isto, *quero* a câmara a funcionar. *Quero que filmes*. E quero que registes tudo o que fizermos de agora em diante. Quero um registo de tudo, para o caso de alguma coisa correr mal.

Dale encolheu os ombros.

– Presumo que vás à frente. Vou começar a filmar quando saltares das Cataratas do Diabo.

60

Jaeger encontrava-se à beira do precipício.

Atrás dele, a equipa estava reunida num grupo coeso. À sua esquerda e abaixo de si, um enorme volume de água tombava pelas cataratas. Debaixo dos pés, as rochas eram escorregadias. Quando se olhava pela parede de água cadente, parecia que o chão se movia.

Ao voltar o rosto para o vazio, Jaeger viu apenas uma espiral de névoa e um turbilhão de vapor de água, que acompanhavam a subida de uma forte corrente de ar tropical quente.

Além dele, estava também Puruwehua, bem preso a Jaeger para o tandem.

Só um elemento da equipa não saltaria em tandem com um guerreiro *amahuaca* preso ao corpo.

Joe James, um dos mais fortes do grupo e o mais experiente naquele tipo de salto, faria aquele pequeno voo com o peso suplementar de um caiaque desdobrável às costas. Narov sugerira uma forma de utilizar a canoa, depois do salto pelas Cataratas do Diabo.

Como iria filmar tudo, Dale seria o último a saltar. Visto nunca ter sido militar, era o paraquedista menos experiente, e tinha a difícil tarefa de filmar todos os saltos. Para tentar facilitar-lhe um pouco o trabalho, Jaeger sugerira que fosse o único a saltar sozinho.

Jaeger inclinou-se ainda mais para o vazio, puxando Puruwehua para a frente. Após uma pausa final e uma inspiração profunda, atingiram o ponto sem retorno e mergulharam juntos.

Como previra, não havia necessidade de saltar muito para a frente do pináculo de rocha onde estavam antes. A saliência era significativa e Jaeger manteve a estabilidade no mergulho. Ainda assim, havia mérito para Puruwehua por não ter entrado em pânico e esbracejado, o que poderia tê-los colocado em rotação. Era a sua mentalidade calma de guerreiro a vir ao de cima.

Enquanto aceleravam, a corrente ascendente de ar quente e húmido colheu-os e afastou-os da parede rochosa no sentido do turbilhão de brancura opaca.

Dois mil, três mil... Jaeger contava mentalmente. *E ABRE!*

Tinha sido ele a preparar o BT80, o que não era o ideal. Por um instante, receou que o paraquedas não abrisse. Nesse caso, Jaeger e Puruwehua rapidamente acabariam encharcados, e mortos. Foi então que sentiu o estremeção familiar de uma grande porção de seda a travar o ar acima dele, com os painéis individuais do paraquedas a fazerem tração na atmosfera quente e húmida.

O trovão da queda da água ribombava-lhe nos ouvidos quando sentiu que era puxado para cima pelos ombros com Puruwehua, até estarem a pairar na brancura pegajosa e húmida, a cerca de cento e cinquenta metros do topo das cataratas.

Por um breve instante, Jaeger deu por si a contemplar uma parede de cores do arco-íris, causada pelo efeito da luz solar intensa nos salpicos da água descendente. Em seguida, esse momento tinha passado e Jaeger afastava-se das cataratas, em direção à selva.

Conduziu-os para a direita com os manobradores, provocando algumas rotações suaves, mas com o cuidado especial de evitar a neblina densa provocada pela massa branca de água que tombava ao seu lado. Se falhasse, o paraquedas perderia o equilíbrio e ambos estariam condenados.

Jaeger foi descendo em espiral para a enorme poça de água. Piranhas. Jaeger não se assustava facilmente, mas tinha pavor de ser trincado até à morte por uma multidão de mandíbulas de peixes negros insaciáveis. Em proporção ao seu tamanho, a piranha tem uma dentada mais forte do que um *Tyranosaurus rex*, e três vezes mais potente do que a de um jacaré.

Por um instante, o britânico examinou o céu acima dele. Contou quatro paraquedas já no ar, e um quinto par de figuras a tombarem do cimo da escarpa. A sua equipa vinha bem junta e coordenada, exatamente como ele desejava.

Olhou para baixo.

A água estava uns cento e vinte metros abaixo e aproximava-se rapidamente.

Abriu o fecho da bolsa que tinha ao peito e enrolou os dedos no metal frio da granada.

Durante os três anos perdidos que passara em Bioko, Jaeger aprimorara a tão menosprezada arte de matar tempo. Uma forma que encontrara era investigar o destino do *Duchessa*, aquele navio de carga misterioso da Segunda

Guerra Mundial que, aparentemente, os britânicos tanto se haviam esforçado para capturar.

Outra forma tinha sido experimentar a pesca.

Fizera-o sempre em companhia dos pescadores da aldeia de Fernão, mas não era frequente utilizarem redes ou canas tradicionais. Os aldeões preferiam apanhar peixe com dinamite. Era mau para a vida selvagem e para o ambiente, mas indubitavelmente eficaz em termos de volume de captura nas redes ou, melhor, no que explodia para fora de água.

Jaeger tirou a granada da bolsa e retirou a cavilha com os dentes, enquanto mantinha a alavanca de segurança apertada contra o invólucro de metal. Devia as poucas granadas que trazia ao coronel Evandro, apesar de nunca ter planeado dar-lhes o uso que estava prestes a concretizar.

Quando calculou que o tempo e a distância eram os ideais, deixou cair a granada, libertando assim a alavanca.

O engenho estava agora armado e em queda na direção da base das cataratas. Explodiria dentro de seis segundos. Jaeger calculava que, nessa altura, a granada estaria quase dois metros dentro de água.

Viu o embate da granada e a consequente ondulação a pulsar pela água. Um segundo ou dois depois, explodiu, levantando uma pluma de água branca, e, em seguida, a erupção voltou a cair estrondosamente na superfície efervescente.

Enquanto Jaeger manobrava o paraquedas para o centro da explosão, ainda teve tempo para atirar uma segunda granada. O seu instrutor de demolições dissera-lhe uma vez que, em caso de dúvida quanto à quantidade a utilizar, os explosivos plásticos devem ser usados generosamente.

A segunda granada explodiu e, desta feita, a pluma de salpicos quase chegou aos pés de Jaeger. Já via os peixes atordoados a flutuarem na superfície, de barriga para cima. Rezou a todos os santos para que a sua estratégia funcionasse.

As botas de Jaeger atingiram a água e, nesse mesmo instante, ele soltou as presilhas que o prendiam ao arnês do paraquedas, libertando simultaneamente Puruwehua. À sua esquerda, viu Irina Narov a embater na água; à direita, Letícia Santos. Seguiu-se Alonzo, uns segundos depois, à sua frente, e Kamishi à retaguarda. Todos traziam consigo um guerreiro *amahuaca*, preso em tandem.

Já eram cinco; dez, contando com os índios.

Era o momento de seguirem para terra.

Utilizando a vantagem de se encontrar em altitude para examinar cuidadosamente as águas, Puruwehua aconselhara Jaeger em relação ao local exato da aterragem. Tinha escolhido um ponto adjacente a um *evi'gwa*, um local onde uma língua de terra se prolongava rio adentro, terminando num declive acentuado para águas profundas.

Com algumas fortes braçadas e golpes de pernas, Jaeger chegou a terra. Ergueu-se para fora de água e voltou-se para trás, para ver o que se passava. Estavam a vir à superfície cada vez mais peixes atordoados, e a sua equipa (incluindo os índios) dirigia-se para solo firme.

Acima dele, o vulto inconfundível de Joe James descia em espiral para concretizar a última queda na água. James trazia Gwaihutiga em tandem, mais o caiaque desdobrável, abaixo dele, pendurado por uma corda. O caiaque caiu primeiro, seguido de James e do índio. Também eles se soltaram um do outro e do paraquedas, dirigindo-se para terra, com James a rebocar a canoa.

O último a descer seria Dale, que ficara no topo a filmar os saltos, até o último homem cair. Depois, desligara a câmara, guardara-a num saco impermeável, para não se molhar nem sofrer danos, e enfiara-a no fundo da mochila.

Jaeger viu-o saltar, abrir o paraquedas e vir a planar até à superfície da «piscina».

De repente, ouviu-se um grito de alarme:

– *Purug!* Os peixes! Estão a saltar!

Era Puruwehua. Jaeger olhou na direção que o índio apontava. De facto, uma figura negra brilhante saltou bem alto para fora de água. No brilho reluzente da água, Jaeger viu a boca aberta do peixe, equipada com duas fileiras de dentes serrilhados, assustadores, debaixo de olhos mortalmente negros e penetrantes.

Era como uma miniatura de tubarão, mas com a cabeça redonda e um ar maléfico, além de um corpo fortíssimo e umas mandíbulas com um arsenal atroz. Um segundo depois, o ponto de água onde Jaeger e a equipa tinham aterrado começou a fervilhar.

– *Piraihunuhua!* – gritaram os índios.

Jaeger não precisava do aviso. Conseguia ver as piranhas negras a atacarem os peixes mortos e moribundos que as granadas haviam provocado. Eram às centenas, e Dale dirigia-se mesmo para o meio delas.

Por uma fração de segundo, Jaeger esteve quase a atirar uma terceira granada, mas Dale estava perto de mais e seria apanhado pela explosão.

– Piranhas! – gritou Jaeger na direção de Dale. – PIRANHAS! – E apontou vigorosamente para a água perto dos seus pés. – Aterra aqui! Aqui! Nós arrastamos-te para fora!

Por um instante horrível, Jaeger temeu que Dale não o tivesse ouvido e que estivesse prestes a mergulhar no meio das piranhas famintas, onde o seu corpo se tornaria um esqueleto numa questão de segundos.

No último segundo, Dale guinou para a esquerda (demasiado depressa) e veio a toda a velocidade na direção de Jaeger e da sua equipa. Aproximou-se rápido de mais e no ângulo errado, e o paraquedas embateu nos ramos das árvores que se estendiam sobre a água.

Os ramos superiores partiram-se com o impacto e Dale ficou preso, suspenso sobre a água, a baloiçar.

61

— Vamos ajudá-lo a descer! – gritou Jaeger.

As suas palavras foram abafadas por um rangido estridente vindo de cima, pois o ramo principal que suportava Dale partira-se ao meio. O operador de câmara caiu, com o paraquedas a rasgar-se atrás dele, e, instantes depois, mergulhou na água.

— Tirem-no dali! – gritou Jaeger. — TIREM-NO DALI!

A toda a volta de Dale, Jaeger via sombras negras possantes a acelerarem pouco abaixo da superfície. Bastaria uma mordidela e o sabor a sangue para que as piranhas se apercebessem de que Dale era uma presa. Seria enviada uma mensagem que pulsaria pela água até ao cardume inteiro: *venham comer, venham comer.*

Alonzo e Kamishi eram quem estava mais perto. Mergulharam.

No momento em que entraram na água, Dale deu um grito assustador:

— Merda! Merda! Merda! *Tirem-me daqui! Tirem-me daqui!*

Com uma ou duas braçadas, os dois homens chegaram a Dale, agarraram-no pelo arnês e rebocaram-no para a margem. Quando o arrastaram para fora de água, o operador de câmara tinha os olhos muito abertos de terror – e dor.

Jaeger inspecionou-o. Dale tinha sido mordido em vários sítios. Estava lívido, sobretudo devido ao choque. Jaeger compreendia-o: mais alguns segundos e teria sido comido vivo. Pediu a Letícia Santos que o tratasse com o estojo de primeiros socorros, enquanto Alonzo e Kamishi relatavam os seus próprios danos.

— Eh, pá! Então não é que o sacana daquele peixe me mordeu no rabo? – queixou-se Alonzo. – Que raio de peixe é que faz isto?

Joe James acariciou a sua enorme barba.

– Uma piranha, companheiro. Não voltes a entrar na água. Agora já te provaram. Vão sentir-te o cheiro.

Kamishi ergueu os olhos da coxa, onde examinava uma ferida.

– Eu gostava de saber se a piranha é tão saborosa como eu devo ser para ela. – Voltou-se para Jaeger. – Gostava de apanhar uma e de a comer, de preferência com molho *wasabi*.

Jaeger não conseguiu conter um sorriso. Apesar de tudo, o moral parecia em alta na sua equipa. Apesar de serem perseguidos pelo Predator e por piranhas, estavam todos bastante animados.

Era o momento de se dedicar à tarefa seguinte.

– Narov, James, vamos preparar o barco.

O trio desdobrou o caiaque da Advanced Elements, insuflou-o e colocou-o na água. Carregou-o com algumas pedras, para servirem de lastro, e juntou-lhes os paraquedas enrolados, para fazerem volume. Por fim, Narov deitou a sua mochila e a sua arma lá para dentro e subiu a bordo.

Estava prestes a começar a remar em direção ao ponto onde o rio dos Deuses serpenteava pela muralha de selva densa, quando se voltou para Jaeger. Fitou o lenço que o britânico trazia amarrado ao pescoço, o lenço carnavalesco que Santos lhe dera.

– Preciso de alguma coisa para o enrolar – comentou. – O aparelho de localização, para o proteger dos impactos. É delicado, precisa de ser acondicionado. – A russa estendeu a mão em direção ao lenço. – Isso é um artigo de decoração inútil, mas é perfeito para aquilo de que preciso.

Jaeger negou com a cabeça.

– Lamento, mas não pode ser. A Letícia disse-me que é um amuleto. «Se perderes o meu lenço, querido, vamos todos ter azar.» Ela disse-mo em português; se calhar não percebeste por causa disso.

Narov franziu o sobrolho, seguindo-se uma expressão de amuo.

Jaeger ficou satisfeito. Estava a espicaçá-la. A mexer-lhe com os nervos, o que devia ser a única forma de revelar o enigma chamado Irina Narov.

Havia tantos aspetos naquela mulher que não batiam certo: o estranho apego à sua faca; o seu alemão fluente; o conhecimento aparentemente enciclopédico de tudo o que dizia respeito ao nazismo; o ódio feroz ao legado de Hitler; para não falar da falta de instrução emocional ou de empatia para com os outros. Jaeger estava disposto a fazer tudo para descobrir quem era realmente Irina Narov.

Sem dizer palavra, a loira voltou-se amuada e mergulhou o remo nas águas infestadas de piranhas.

Quando Narov se distanciou bastante (e a corrente começava a puxar e a empurrar ferozmente o caiaque), dirigiu-se para a margem. Saiu da embarcação, tirou a medalha dos Rastejantes Noturnos do bolso, ligou o interruptor do aparelho de localização e juntou as duas metades com fita adesiva preta.

Em seguida, colocou a medalha dentro de um saco de plástico hermético, guardou-o num compartimento de carga do caiaque e preparou-se para empurrar a embarcação para a corrente.

De repente, hesitou.

Uma ideia incendiou-lhe o olhar, uma inspiração repentina. Revirou a sua mochila e tirou de lá um dos pequenos telemóveis pré-pagos que trazia numa bolsa. Tinha vários, para efetuar comunicações de emergência caso fosse obrigada a andar em fuga.

Ligou o telefone e colocou-o no saco onde estava o aparelho de localização. Duvidava de que houvesse uma torre retransmissora de sinal de telemóvel num raio de mil quilómetros. No entanto, talvez isso não fosse preciso. Talvez o simples ato de tentar obter sinal fosse suficiente para o telemóvel ser detetado, localizado e perseguido.

Em seguida, empurrou o caiaque para longe da margem.

A corrente levou-o e, pouco depois, desapareceu. Com o seu casco triplo, seis compartimentos insufláveis e sacos de flutuação, deveria manter-se à tona, independentemente do que encontrasse a jusante. Podia acabar virado para baixo, embater em rochedos, mas continuaria em movimento, o que significava que o aparelho de localização não pararia de emitir o seu sinal.

Narov colocou a mochila às costas, agarrou na arma e iniciou o caminho de regresso para junto da equipa, com o cuidado de se afastar da água e de se manter sob a cobertura da selva.

Dez minutos depois, estava novamente ao pé de Jaeger.

– Já está – anunciou. – Daqui, o rio dos Deuses segue para norte. O nosso caminho é praticamente para sul. O facto de enviarmos o aparelho de localização naquele sentido vai ajudar a semear a confusão entre os nossos inimigos.

Jaeger fitou-a.

– Sejam lá eles quem forem.

– Sim – concordou Narov. – Sejam lá eles quem forem. – Fez uma pausa, e rematou: – No fim, juntei-lhe um toque pessoal. Um telemóvel. Mandei-o na canoa. Creio que, mesmo que não obtenha sinal, pode ser localizado.

Jaeger sorriu.

– Boa. Esperemos que sim.

– *Lobo Cinza*, aqui *Lobo Cinza Seis* – chamava uma voz. – *Lobo Cinza*, aqui *Lobo Cinza Seis.*

O dono da voz estava debruçado sobre o mesmo equipamento de rádio da vez anterior, na mesma tenda camuflada, montada junto à mesma pista de aterragem improvisada. Estava rodeado de uma franja irregular de selva por todos os lados; a pista de terra mantinha os helicópteros negros não identificados, bem como montanhas escuras e intimidantes em todas as direções.

– *Lobo Cinza Seis*, aqui *Lobo Cinza* – confirmou uma voz.

– Perdemo-los durante cerca de uma hora. O localizador deixou de emitir sinal. – O operador de rádio observou um computador portátil, onde se via um mapa eletrónico da serra dos Deuses, com vários locais marcados no ecrã. – Voltaram a aparecer na base das Cataratas do Diabo, a descer o rio em direção à selva.

– E isso significa o quê?

– Que conseguiram descer as quedas de água. Estão a mover-se pela água, presumivelmente de canoa, mas dirigem-se para norte. O avião está mais ou menos a sul da posição deles.

– E isso significa o quê?

O vulto encolheu os ombros.

– Bem, significa que estão a seguir na direção errada. Não faço ideia do porquê. Tenho um Predator a caminho e, assim que pudermos ter contacto visual com a embarcação, enviaremos o vídeo em tempo real. Se forem eles, é nessa altura que os eliminaremos.

– Como assim, *se forem eles*? Quem mais poderia ser?

– Não há mais ninguém a mover-se naquele curso de água. Assim que tivermos o vídeo em tempo real, teremos a certeza e executaremos a eliminação.

– Já não era sem tempo. Agora mostre-me as imagens do último ataque. O que acertou na ponte.

– Sim, senhor. – Após uns toques nas teclas do computador, surgiu uma nova imagem no ecrã.

A filmagem de pouca definição mostrava o que o Predator filmara dos recentes ataques com mísseis Hellfire. O primeiro míssil atingiu a ponte de corda. Depois perdeu-se a imagem, que se tornou muito pixelizada, antes de estabilizar novamente. Por um instante, viu-se nitidamente o rosto da figura solitária na ponte.

– Volta atrás – exigiu a voz. – Aquela figura: para a imagem ali. Vamos ver quem é o nosso inimigo.

– Sim, senhor. – O *Lobo Cinza Seis* cumpriu a ordem, parando e aproximando a imagem para se ver o rosto.

– Guarda vários *frames* mais ou menos desse ponto. – A voz estava mais áspera, com uma intensidade crescente. – Envia-mos por meios seguros. Imediatamente, se faz favor.

– Sim, senhor – confirmou o outro.

– E, *Lobo Cinza Seis*, gostaria de que a sua próxima comunicação fosse «missão cumprida». Entende? Não gosto de que me façam esperar, nem de que me desiludam repetidamente.

– Entendido. Da próxima vez, o Predator não falhará.

– E não se esqueça: aquele avião, aquele jato... nunca voou. Nem sequer existiu. Tem de eliminar todos os seus vestígios. Depois de termos recuperado aquilo de que estamos à procura, claro.

– Entendido.

O operador desligou a chamada.

A pessoa do outro lado – nome de código *Lobo Cinza* – recostou-se na cadeira, absorto nos seus pensamentos. Olhou para a fotografia emoldurada que adornava a secretária. Ele e o homem de meia-idade vestido com o fato cinzento às riscas (de olhar arrogante, confiante, a emanar poder absoluto) eram extremamente parecidos.

Não era difícil imaginar que seriam pai e filho.

– Estão a revelar-se bastante difíceis de matar – murmurou a figura, quase como se falasse com o homem do retrato.

Surgiu uma nova mensagem na caixa de entrada do seu computador. Era o *e-mail* codificado do *Lobo Cinza Seis*. Inclinou-se para a frente e premiu umas teclas. Abriu o ficheiro em anexo, e a imagem estática do vulto que estava na ponte surgiu no ecrã.

Contemplou-o demoradamente, analisando a imagem pouco nítida com muita atenção.

– É *ele* – murmurou. – Só pode ser.

Premiu mais algumas teclas e abriu uma conta pessoal de correio eletrónico. Começou a escrever com uma intensidade feroz.

Ferdy,
Há algo que me está a incomodar. Vou enviar-te imagens.
O rosto de um dos alvos nas proximidades do *Adlerflug IV*.
Infelizmente, parece-me que o conheço. Receio que seja
William Jaeger.
Disseste que tinha sido alvo dos teus operacionais em
Londres. Disseste que o tinham deixado vivo «para o torturar
pela perda da família». Sou plenamente a favor de vinganças,

Herr Kamerade. De facto, para pessoas como Jaeger, a vingança já era merecida há muito tempo.

No entanto, ao que parece, ele agora está na Amazónia à procura do nosso avião. Esperemos que não tenha decidido seguir as pisadas do avô. Como bem sabes, causou-nos muitos problemas.

A experiência ensinou-me a não acreditar em coincidências. Enviarei as imagens.

Wir sind die Zukunft.

HK

Carregou em «enviar».

O seu olhar regressou à imagem no ecrã. Tinha os olhos focados no seu interior, como dois poços negros de meditação mórbida que sugavam toda a energia (e a vida) em redor.

62

A floresta gotejava e reluzia.

O som de água a escorrer, a fluir e a pingar estava presente um pouco por todo o lado. Com nuvens baixas e ameaçadoras sobre o dossel florestal, e com a chuva a cair em gotas rápidas e grossas, chegava ainda menos luz ao nível do solo.

A primeira ronda de trovoadas que descera das montanhas arrefecera bastante o ar. Depois de várias horas de chuvas torrenciais, debaixo das árvores tudo estava escuro e alagado, além de surpreendentemente frio.

Jaeger estava encharcado até aos ossos, mas, na verdade, preferia aquelas condições. Com a água a pingar pela orla do seu chapéu de selva, murmurou algumas palavras de gratidão. Puruwehua avisara-o de que se tratava de *kyrapo'a* (chuvas fortes que duram vários dias), ao contrário de muitos outros tipos de chuva que existem por ali.

Há a *kyrahi'vi*, uma chuva ligeira que passa depressa; a *ypyi*, chuva tocada a vento; a *kyma'e*, chuva que não dura mais do que um dia, seguida de um rápido aumento de temperatura; a *kypokaguhu*, chuva fraca, intermitente, que é pouco mais do que nevoeiro; a *japa*, chuva e sol ao mesmo tempo, formando-se um arco-íris permanente; e muitos outros tipos.

Quem passa pela seleção para as forças especiais britânicas torna-se perito em chuva. As montanhas do Sul do País de Gales, chamadas Brecon Beacons, são uma massa rochosa inóspita, cruel e ventosa, onde parece chover durante 364 dias por ano. De facto, pela experiência de Jaeger, essas montanhas hostis pareciam ter tantos tipos de chuva como a selva amazónica. A ponto de ele se sentir grato pelo facto de a pele humana ser à prova de água.

Mas aquela chuva, concluíra Puruwehua, era indubitavelmente do tipo *kyrapo'a*: chuva incessante durante dias a fio. E Jaeger estava contente por isso.

No entanto, isso não seria muito bom para as feridas de Dale, Alonzo e Kamishi, provocadas pelas mordidelas de piranha. Roupa molhada e suja, a roçar em ligaduras em igual condição, não tende a contribuir para que os ferimentos sarem. Porém, nesse momento, essa era a menor das preocupações de Jaeger.

Antes de abandonar a «piscina» infestada de piranhas na base das Cataratas do Diabo, Jaeger arriscara receber uma mensagem do Airlander, enviada em modo de rajada. Raff tinha sido claro e sucinto.

«Confirmo a vossa localização: 964864. Vou a caminho. Predator detetado 10 km a norte da vossa localização. Cuidado com Kral, Narov. Fico à escuta. Terminado.»

Descodificada um pouco, a mensagem significava que o Airlander iria sobrevoar a localização atual da equipa. Confirmava-se que tinham pelo menos um Predator no céu sobre eles. No entanto, o facto de este estar dez quilómetros a norte significava que, muito provavelmente, estaria a seguir o engodo (o caiaque vazio) rio abaixo.

«Fico à escuta» queria dizer que Raff estaria permanentemente à espera de mensagens que Jaeger enviasse em modo de rajada. Além disso, alertara-o para os suspeitos na sua equipa: Kral e Narov.

Antes de abandonar o Reino Unido, Jaeger não tivera oportunidade de verificar os antecedentes de todos os elementos da equipa. Tendo em conta a morte de Andy Smith, concluíra que tinha todo o direito de o fazer, mas o tempo esgotara-se. Incumbira Raff de fazer algumas investigações e, claramente, aqueles dois (Kral e Narov) eram suspeitos.

Com o tempo, Jaeger acabara por se afeiçoar a Dale, mas em parte também simpatizara com o operador de câmara eslovaco, que era sem dúvida o elo mais fraco na Wild Dog Media. Contudo, havia claramente algo no passado de Kral que fizera soar o alarme.

Além disso, Jaeger ainda não esquecera aquela história irritante de Kral não ter desativado o GPS das câmaras de Dale. Teria sido propositado? Jaeger não tinha como sabê-lo, e Kral não estava propriamente ali perto para responder a isso.

Quanto a Narov, estava a demonstrar ser um quebra-cabeças, envolto em mistério, dentro de um enigma, como os destroços do avião. Para Jaeger, a russa deixaria o próprio Winston Churchill intrigado. Sentia que a entendia menos agora do que quando a conhecera. De qualquer modo, estava determinado a fraturar aquele exterior quase granítico e a chegar ao âmago da verdade que existia no seu interior.

Mas voltemos ao tema da chuva.

A chuva era boa porque implicava a existência de nuvens, e estas ocultavam a floresta a quem a observasse de cima. Com olhos hostis a espiar no céu, Jaeger sentia-se muito mais seguro com aquelas nuvens. Desde que ele e a sua equipa não utilizassem os aparelhos de comunicação e navegação, permaneceriam invisíveis e indetetáveis.

Por um instante, Jaeger imaginou-se no lugar do comandante inimigo, fosse ele quem fosse. A última pista efetiva que tivera da sua presa (Jaeger e a equipa) teria sido no topo das Cataratas do Diabo. Aí, tinha captado o sinal de localização da medalha e o GPS da câmara de filmar.

Depois disso, uma hora de silêncio, seguida de um rasto do aparelho de localização e, talvez, do sinal de um telemóvel em *roaming*, a descer o rio dos Deuses.

O comandante inimigo teria de avançar com o pressuposto de que Jaeger e a sua equipa estavam na água. Não disporia de quaisquer outros dados. E era nesse engodo (magicado por Narov) que Jaeger arriscava em grande medida o futuro de todos.

Jaeger refletiu que qualquer comandante inteligente (e nunca gostava de subestimar o inimigo) teria uma abordagem dupla. Por um lado, seguiria o caiaque, à espera de uma aberta na cobertura de nuvens para verificar quem era e o que transportava, para depois lançar o ataque final de mísseis Hellfire.

No entanto, ao mesmo tempo, enviaria a sua força terrestre a toda a velocidade para os destroços, para ter um contingente humano no alvo.

A corrida estava ao rubro. Naquele momento, pelos cálculos de Puruwehua, Jaeger e a sua equipa tinham, no mínimo, o avanço de um dia de caminhada. Os destroços estavam a menos de dezoito horas de distância. Se tudo corresse bem, chegariam ao destino na manhã seguinte. No entanto, Jaeger não se iludia com a ideia de que a viagem daí em diante seria fácil.

A chuva exacerbava o pior da selva.

Enquanto caminhavam sem parar, Puruwehua salientava as alterações provocadas pela chuva torrencial. Algumas eram óbvias: por vezes Jaeger e a sua equipa tinham de atravessar troços de selva com água pela cintura. Havia animais não identificados a mergulhar, patinhar e rastejar nas poças, e cobras de água iridescentes a serpentear pelo lodo.

Puruwehua indicou uma serpente de ar particularmente maléfico: tinha riscas pretas, azuis e com dois tons de encarnado.

— Com esta não precisam de se preocupar muito — explicou. — É uma *mbojovyuhua*; come sapos e pequenos peixes. Morde, mas a dentada não mata.

Voltou-se para Jaeger.

— É com a *mbojuhua* grande que têm de ter cuidado. Essa tem o comprimento de cinco pessoas e é tão grossa como um jacaré. É preta com manchas brancas e agarra as presas com as mandíbulas; enrola-se à volta delas e, depois, aperta. A pressão quebra-lhes todos os ossos do corpo, e ela não abranda até deixar de sentir o ritmo cardíaco da vítima. Depois, engole-a inteira.

– Bonito – murmurou Jaeger. – Uma cobra constritora com má atitude. A minha segunda favorita a seguir às piranhas.

Puruwehua sorriu. Jaeger percebia que, em certa medida, o índio se divertia a assustar a equipa.

– O pior é o *tenhukikĩuhũa* – avisou Puruwehua. – Conhecem? É um lagarto cinzento do tamanho de um javali, com quadrados pretos no dorso. Tem patas como mãos, com ventosas. A sua mordidela é muito venenosa. Para nós, é pior do que uma cobra.

– Não me digas – brincou Jaeger. – Só sai quando chove?

– Pior: só vive na floresta inundada. Nada muito bem e tem muito jeito para trepar às árvores. Tem olhos brancos como um fantasma e, se o tentarem agarrar pela cauda, esta solta-se. É essa a forma de o *tenhukikĩuhũa* fugir.

– Para que é que alguém o haveria de querer agarrar? – objetou uma voz. Era Alonzo. O enorme americano parecia tão enojado com aquele lagarto como Jaeger.

– Para o comer, é claro – respondeu Puruwehua. – Desde que se consiga evitar levar uma dentada, o *tenhukikĩuhũa* é muito saboroso. É como uma mistura de peixe e galinha.

Alonzo riu-se derrisoriamente.

– Kentucky Fried Chicken! Não me parece.

Havia algo de lugar-comum em descrever comida de sobrevivência como tendo sabor a galinha. Jaeger e Alonzo sabiam que isso raramente é verdade.

Outras alterações provocadas pela chuva eram menos óbvias, sendo conhecidas apenas pelos índios. Puruwehua mostrou-lhes um buraco estreito no solo florestal. Jaeger presumiu que se tratasse da toca de um roedor. Na verdade, explicara Puruwehua, era a casa do *tairyvuhua*, um peixe que vive no subsolo, hibernado no lodo, e só se torna ativo quando chove.

Uma hora antes do amanhecer, pararam para comer. Jaeger tinha colocado a equipa em «rotina dura»: não era permitido foguear nem cozinhar, de modo a haver menos pistas para o inimigo. Contudo, a rotina dura não era muito divertida. Implicava comer rações militares frias e sem graça diretamente das embalagens (concebidas para ir ao lume com a comida lá dentro).

Podia matar a fome, mas não era muito boa para o moral das tropas.

63

Jaeger estava sentado num tronco tombado a comer de um saco; supostamente, tratava-se de galinha com massa, mas sabia a cola seca. A sua mente divagou para memórias do bolo de cenoura de Annie, a *hippie*, e do seu barco-casa em Londres. Provavelmente lá também estaria a chover, refletiu, tristemente.

Terminou a refeição com alguns biscoitos, mas ainda sentia pontadas de fome no estômago.

Alonzo pousou a mochila e sentou-se ao lado de Jaeger.

– Ui! – Esfregou a nádega onde a piranha lhe mordera.

– Que tal é ser-se vencido por um peixe? – questionou Jaeger, para o espicaçar.

– Maldita piranha – rugiu Alonzo. – Não consigo ir aliviar-me ao mato sem me lembrar das dentadas que levei.

Jaeger olhou em redor para a vegetação que pingava.

– Então, parece que a sorte finalmente nos sorriu.

– Estás a falar da chuva? A selva amazónica está a justificar a fama que tem. Esperemos que continue.

– O Puruwehua diz que é chuva daquela que dura dias a fio.

– O Puruwehua lá deve saber. – Alonzo agarrou-se à barriga. – Eh, pá, dava tudo por um hambúrguer do McDonald's. Um *double cheeseburger*, batatas fritas e um *smoothie* de chocolate.

Jaeger sorriu.

– Se sobrevivermos a isto, pago-te uma refeição dessas.

– Combinado. – Após uma pausa, Alonzo continuou: – Sabes, estive a pensar. Não acontece muitas vezes, por isso presta bem atenção. Estamos a ser caçados por um Predator. Poucos governos do mundo dispõem desse tipo de recurso.

Jaeger anuiu.

– Não podem ser os brasileiros. Mesmo que tivessem um Predator, o que duvido, o coronel Evandro proteger-nos-ia. – E fitou Alonzo pelo canto do olho. – O cenário mais provável... é serem os teus compatriotas americanos.

Alonzo sorriu.

– Eu sei muito bem. A América do Sul é como se fosse o nosso quintal. Sempre foi. Mas sabes como é: há muitas agências por aí, muitas delas a operar um pouco além dos limites da legalidade. – Deteve-se por um instante. – Seja quem for que esteja a comandar o Predator, o que é que vai pensar do Airlander? Já pensaste nisso?

– Está bem disfarçado – respondeu Jaeger. – O coronel Evandro atribuiu-lhe o estatuto de missão especial da B-BOE. Há por aí muitos territórios desconhecidos, e os brasileiros já andam há meses a fazer um reconhecimento das fronteiras. O Airlander tem pavilhão brasileiro e as cores da B-BOE, como se estivesse numa verdadeira missão de reconhecimento de território.

– Achas que vai funcionar? Os nossos inimigos não vão achar estranho o facto de estar mesmo por cima de nós?

– O Airlander desloca-se a uma altitude de três mil metros. O Predator voa ao dobro dessa altitude. O Airlander vai estar ali, bem visível, «escondido» à vista de todos. Além disso, não precisa de estar perto de nós. As suas tecnologias, com sensores piezelétricos PWAS, permitem-lhe manter a sua vigilância a quilómetros de distância.

– É bom que tenhas razão, Jaeger, senão estamos fritos.

Jaeger olhou para Alonzo, que, como ele, estava a dar conta de uma refeição fria, ainda na embalagem na qual deveria ter sido aquecida.

– Olha lá, tens alguém a quem possas telefonar? – arriscou Jaeger. – Alguém das operações especiais? Para tentarmos perceber quem diabo é que nos anda a perseguir. Para vermos se quem soltou estes cães no nosso encalço pode ser convencido a chamá-los de volta.

Alonzo encolheu os ombros.

– Sou um SEAL na reserva, segundo-sargento. Conheço algumas pessoas nesse meio, mas, depois do 11 de Setembro, sabes quantas agências de operações especiais há por aí?

– Centenas? – arriscou Jaeger.

Alonzo riu-se.

– Neste momento, há oitocentos e cinquenta mil norte-americanos com acreditação para ter acesso a documentos ultrassecretos. Há mil e duzentas agências governamentais a trabalharem em projetos secretos, sobretudo de contraterrorismo, além de duas mil agências privadas sub-contratadas.

– É... inacreditável. – Jaeger abanou a cabeça. – Que trapalhada.

– Não, isso em si não é inacreditável, mas o que vem a seguir é. – Fitou Jaeger. – Em 2003, convenceram o presidente a assinar um decreto presidencial. O documento autorizava esses oitocentos e cinquenta mil indivíduos a fazerem praticamente o que lhes apetecesse, inclusive a montar operações sem necessidade de autorizações. Ou seja, a agirem sem qualquer supervisão do presidente.

– Então quem enviou o Predator pode pertencer a uma de mil organizações diferentes?

– Basicamente, sim – confirmou Alonzo. – E esse filho da mãe que nos quer aniquilar deve estar a funcionar assim, sem que ninguém saiba. Acredita que ninguém sabe o que se anda a fazer por aí. E, com um decreto presidencial daqueles, ninguém se sente no direito de questionar, nem sequer de tentar saber o que se passa.

– É de doidos.

– Podes crer. – Alonzo voltou-se para Jaeger. – Por isso, sim, podia ligar a uma pessoa ou outra. Mas, sinceramente, seria uma perda de tempo. – Pouco depois, acrescentou: – Podes explicar-me a nossa estratégia de retirada uma última vez?

– Pensa no Airlander como uma enorme aeronave em forma de diamante – começou Jaeger. – Tem quatro propulsores, um em cada canto, por meio dos quais pode avançar diretamente em qualquer sentido: para cima, para baixo, para a frente e para o lado. A cabina de pilotagem está situada no centro da parte inferior, entre os sistemas duplos de aterragem com amortecedor de ar (basicamente, um par de *mini-hovercrafts* situados em ambos os lados da fuselagem).

Jaeger pegou num dos seus biscoitos para representar a aeronave.

– Pode mover-se ou planar a qualquer altitude, em qualquer direção. Está equipado com gruas e guindastes internos, de modo a permitir cargas e descargas. Além disso, a cabina principal pode levar até cinquenta passageiros. No melhor dos cenários, confirmamos no solo que é seguro o Airlander aproximar-se. Este desce até baixa altitude, fica a planar sobre a selva, e nós colocamos alguns cabos para içamento aéreo à volta dos destroços, para que ele os leve daqui para fora, e a nós também.

»Esse é o plano para o caso de lá chegarmos muito antes do inimigo – continuou Jaeger. – E se a toxicidade no solo for controlável. O Airlander é lento, desloca-se a cerca de duzentos quilómetros por hora. No entanto, tem um alcance de três mil e quinhentos quilómetros. É mais do que suficiente para nos levar de volta a Cachimbo, a um ponto de encontro com o coronel Evandro.

Jaeger encolheu os ombros.

– No pior dos cenários, o risco de toxicidade é tão forte, que o Airlander não poderá executar o içamento e seremos obrigados a fugir.

Alonzo coçou o queixo, pensativo.

– Espero bem que não estejamos a caminho do segundo cenário.

– *Evo'ipeva* – chamou uma voz. Era Puruwehua, a agarrar algo escuro e ensanguentado. – Não sei como se diz em inglês. A chuva faz com que apareçam. Sugam o sangue.

– Sanguessugas – murmurou Jaeger. – Agora temos sanguessugas.

Alonzo estremeceu.

– É, e ao que parece são bem grandes.

Puruwehua apontou para as pernas e para a virilha.

– Nós, os Amahuacas, não usamos calças, pelo que podemos vê-las para as arrancar. Já vocês... é melhor verificarem.

Jaeger e Alonzo entreolharam-se.

– A patente tem prioridade sobre a beleza. Tu primeiro – anunciou Alonzo. – Com um membro do tamanho do meu, elas têm quase um metro com que se alimentar.

Jaeger ergueu-se, relutante. Abriu as calças e o cinto, e baixou as calças. Mesmo na penumbra, viu que tinha as pernas cheias de corpos brilhantes que se retorciam, como se fossem pequenos tentáculos gordos. *Haemadipsa picta*. Como as odiava, com o seu corpo preto às riscas amarelas, todas já com cinco vezes o tamanho normal devido à forma como se tinham alimentado.

Quando a primeira sanguessuga trepara pelas calças de Jaeger, à procura de um local quente e húmido para se prender, não devia ser maior do que uma pequena tampa de caneta. Naquele momento, depois de algumas horas a alimentar-se, tinham todas o tamanho de um marcador grosso, gordas com o sangue de Jaeger.

– Queres um isqueiro? – perguntou Alonzo.

A melhor forma de alguém se ver livre delas é queimá-las. O segundo método mais eficaz é enchê-las de repelente de insetos e vê-las a contorcerem-se.

Jaeger estendeu a mão em direção ao isqueiro.

– Obrigado.

Ele sabia que não devia utilizar esse método. As sanguessugas segregam um líquido anestésico juntamente com a saliva, pelo que as vítimas não sentem as picadas. Quando se fixam, injetam hirudina (uma enzima forte) nas veias da vítima, de modo a impedir que o sangue coagule, podendo assim alimentar-se durante muito tempo.

Se queimarmos uma sanguessuga, ela contrai-se de imediato, deixa de sugar e cai. O problema é que, entretanto, esvazia grande parte do conteúdo do estômago novamente para corrente sanguínea do hospedeiro. Ou seja, vomita todo o sangue para as veias da vítima, incluindo quaisquer doenças que possa transportar.

Porém, Jaeger odiava tanto aquelas sanguessugas, que não conseguia resistir à tentação de se vingar. Acendeu o isqueiro, aproximou a chama e observou o primeiro tentáculo negro e gordo a ciciar, a contorcer-se e a arder.

– Temos mísseis Hellfire a tentar desfazer-nos em bocadinhos... Não me importo nada de me arriscar a queimar algumas destas filhas da mãe.

Alonzo riu-se.

– Bem, ao menos é uma batalha que conseguimos vencer.

Depois de alguns segundos, a sanguessuga caiu, deixando um fluxo de sangue a jorrar pela perna de Jaeger. A ferida sangraria durante algum tempo, mas o britânico sentiu que valeria a pena.

Tinha torturado a sanguessuga de duas formas: em primeiro lugar, o parasita perdera a preciosa refeição sanguínea; em segundo, nunca recuperaria das queimaduras.

64

J á amanhecia quando acabaram de queimar as sanguessugas. Jaeger decidiu que acampariam onde estavam. Pediu que passassem a palavra entre a equipa. Todavia, enquanto prendiam as redes de dormir e as coberturas impermeáveis entre as árvores escuras e escorregadias devido à chuva, reparou que um dos elementos da equipa estava com problemas.

Jaeger aproximou-se de Dale, que ainda não trocara o vestuário húmido pelo seco. O operador de câmara tinha saltado para cima da rede e estava ali deitado, pronto para adormecer. Tinha o equipamento de filmagem apertado contra o peito e estava a utilizar uma lata de ar comprimido para limpar o grosso da sujidade e da humidade da câmara.

Não era fácil manter aquele equipamento a funcionar naquelas condições. Dale efetuava religiosamente o seu ritual noturno de limpeza. Adormecera muitas vezes, exausto, abraçado à câmara como um miúdo agarrado ao seu boneco de peluche.

– Dale, não estás com bom aspeto – referiu Jaeger.

Uma cabeça destacou-se da rede. O rosto do operador de câmara parecia horrivelmente pálido e cansado. Jaeger não duvidava de que Dale ainda teria de descobrir a sua quota de sanguessugas, pois só o poderia fazer quando despisse a roupa húmida.

– Estou só derreado – murmurou Dale. – Tenho de limpar o equipamento e dormir.

Os efeitos de nove dias na selva tinham sido devastadores. Duplamente no caso de Dale, pois este tinha a responsabilidade de filmar toda a expedição, além de fazer parte dela. Enquanto os outros tinham alguns instantes para a sua higiene diária básica, Dale parecia passar todo o seu tempo livre a limpar o equipamento, a mudar baterias e a gravar cópias de segurança de tudo o que filmara num disco de memória suplementar.

Além disso, tinha de carregar todo o peso do equipamento de filmagem. Em diversas ocasiões, Jaeger oferecera-se para o aliviar de algum peso, mas Dale recusara, com o pretexto de que precisava de ter o equipamento à mão. Porém, Jaeger concluíra que era apenas orgulhoso e determinado – atributos que respeitava.

– Tens de mudar para a roupa seca – disse-lhe Jaeger. – Se não o fizeres, estás tramado.

Dale fitou-o com um cansaço extremo no olhar.

– Cheguei ao limite. A sério que atingi o meu limite.

Jaeger procurou nos bolsos e tirou de lá uma barra energética, parte das suas rações de emergência.

– Toma, come isto. Há outro problema que tens de resolver agora. Não há como dizê-lo sem te chocar: são sanguessugas.

Era o primeiro encontro de Dale com aqueles parasitas nojentos, e revelou-se particularmente traumatizante. Devido ao hábito de se debruçar muitas vezes para filmar e de se agachar frequentemente no chão da selva para obter ângulos de baixo para cima, tinha sido um alvo fácil. Em resultado, tinha uma carga generosa delas.

Jaeger ofereceu-lhe o isqueiro. Enquanto Dale queimava as sanguessugas, horrorizado, Jaeger foi conversando com ele, para o ajudar a distrair-se da tarefa.

– Então, como tens passado sem o Kral?

Dale ergueu o olhar para Jaeger.

– A sério?

– Sim, a sério.

– A desvantagem é que tenho de carregar mais peso, porque eu e ele dividíamos o material pelos dois. A vantagem é que não tenho aquela sanguessuga feiosa a queixar-se o tempo todo, sempre amargurada, zangada e egocêntrica. Em suma, estou melhor assim. – Sorriu, exausto. – Mas estaria melhor sem *estas* sanguessugas.

– Uma coisa é certa: vocês os dois nunca se deram bem. O que se passou?

– Vou contar uma história – murmurou Dale, enquanto queimava mais uma sanguessuga gorda. – Sou australiano de nascença, mas o meu pai mandou-me para um colégio interno inglês. Um local onde me espancaram até perder todos os vestígios australianos, incluindo o sotaque.

»O colégio era conhecido pelos desportos. O problema foi que eu detestava os jogos principais: râguebi, hóquei e críquete. Além de que era péssimo jogador dessas modalidades. Ou seja, fui uma grande deceção para o meu pai. Só era muito bom em duas atividades: a escalar e a filmar.

– Também gostavas de escalada? Era a minha atividade preferida no colégio. É uma boa competência para se ter nestas missões.

– O meu pai é um advogado de renome em Sydney – prosseguiu Dale. – Quando recusei seguir-lhe as pisadas e optei por uma carreira na comunicação social, reagiu como se eu tivesse sido apanhado a traficar droga. Cortou relações comigo. Por isso, atirei-me para o tanque de tubarões que é o ramo dos meios de comunicação londrinos, para o irritar duplamente. Aí, ou nadava, ou me afogava, ou era comido.

»Escolhi especializar-me em filmagem em zonas remotas e de alto risco. Mas este é um trabalho que mal dá para viver. É mesmo. O Kral pode dar-se ao luxo de fugir ao mínimo sinal de perigo. Eu não. Não, se quiser provar que os críticos, sobretudo *o meu pai*, estavam enganados. – E prosseguiu: – Filmagem de aventura de alto risco: é esse o meu trabalho. Se eu desistir quando as coisas aquecem, o que é que me resta? Nada.

Dale fitou intensamente Jaeger.

– Por isso, que se lixe o Kral, mais os seus ressentimentos e invejas. No entanto, para dizer a verdade, estou borrado de medo.

Quando Dale acabou o trabalho de eliminação de sanguessugas, Jaeger ofereceu-se para o substituir nos deveres de vigia, para que o australiano pudesse descansar durante a noite inteira. Dessa vez, Dale aceitou a oferta de ajuda. De certo modo, parecia um sinal de que a mais improvável das amizades estava a despontar entre aqueles dois homens.

Enquanto fazia o seu primeiro turno de sentinela, com os olhos fixos na escuridão noturna da floresta, Jaeger deu por si a perguntar-se se teria feito um mau juízo de Dale. O australiano tinha uma faceta independente, aventureira, e uma mentalidade pouco ortodoxa (o tipo de qualidades que Jaeger valorizara nos seus homens no Exército).

Com percursos de vida diferentes, era concebível que Jaeger tivesse acabado como operador de câmara em cenários de guerra e que Dale fosse um militar das forças de elite.

Melhor do que ninguém, Jaeger sabia que o destino de cada pessoa anda ao sabor do vento.

65

Quando Jaeger foi rendido no seu turno de sentinela, descobriu que havia outra pessoa acordada no acampamento: Letícia Santos.

Foi ter com ela, com a intenção de lhe lembrar que deveria verificar se tinha sanguessugas. Santos já tinha a situação controlada e divertiu-se bastante com o óbvio desconforto dele (sobretudo quando sugeriu que era melhor verificar as partes íntimas).

— Passei oito anos na B-BOE, cinco na FUNAI — lembrou ela. — Já estou habituada a verificar essas zonas!

Jaeger sorriu.

— Que alívio. E porque é que mudaste? — perguntou ele, agachando-se ao seu lado. — De perseguidora de malfeitores a salvadora de índios?

— Por dois motivos — respondeu Santos. — O primeiro é que não conseguimos deter os gangues de traficantes se não protegermos a selva. É aí que eles transportam as suas drogas e onde se escondem. E para isso precisamos da ajuda das tribos amazónicas. A lei brasileira diz que as suas terras, o seu lar florestal, têm de ser protegidas. Assim, se conseguirmos contactar e proteger os índios, também estaremos em condições de salvar a Amazónia.

A brasileira fitou Jaeger.

— Se este fosse o teu país e tivesses esta grande maravilha (a floresta amazónica), não ias querer protegê-la também?

— Claro. E qual é o segundo motivo? — questionou Jaeger.

— Perdi o meu casamento por causa do trabalho na B-BOE — respondeu Santos, tranquilamente. — Uma carreira nas operações especiais nunca é boa para um casamento longo e feliz, pois não? Estamos sempre em serviço. Há tantos segredos. Nunca conseguimos planear nada. Tantas férias canceladas, tantos aniversários… O meu marido queixava-se de eu nunca ter tempo para ele. – Fez uma pausa e acrescentou: – Não quero que a minha filha cresça e me acuse do mesmo.

Jaeger anuiu.

– Compreendo. Abandonei o Exército pouco depois de constituir família. Mas não há dúvida de que é difícil.

Santos olhou para a mão esquerda de Jaeger, adornada apenas por uma aliança de ouro.

– Tu és casado, não és? E com filhos?

– Sou. Um filho. Mas... bem, é uma longa história. – Jaeger desviou o olhar para a selva escura. – Digamos que os perdi... – E não conseguiu dizer mais nada.

Santos aproximou-se e colocou-lhe a mão no braço. O olhar da brasileira perscrutou-lhe o rosto com um carinho evidente.

– Estar sozinho é duro. Se alguma vez precisares de uma amiga para desabafar, sabes que podes contar comigo.

Jaeger agradeceu-lhe e levantou-se.

– É melhor irmos descansar. Bons sonhos, Letícia.

Jaeger acordou horas depois, todo suado e a gritar.

A sua rede estava a baloiçar violentamente, devido à forma como se debatera com os monstros que tão frequentemente o atacavam em sonhos.

Era um pesadelo recorrente, o mesmo que tivera recentemente no seu apartamento no Wardour Castle. Uma vez mais, chegara ao momento exato no qual a mulher e o filho eram raptados. Depois, entrepunha-se uma muralha intransponível.

Olhou em volta. A escuridão era tão completa, que mal via a própria mão em frente ao rosto. Depois, ouviu algo: movimento. Algo, ou alguém, estava a deslocar-se furtivamente na vegetação densa.

Retirou a mão da rede e procurou a espingarda.

Ouviu-se uma voz na escuridão.

– Sou eu, o Puruwehua. Ouvi-te gritar.

Jaeger descontraiu-se.

De certo modo, não estava surpreendido por os seus gritos terem acordado o índio. Puruwehua prendera a sua rede ao lado da de Jaeger. Era preferível ser ele do que outro elemento da equipa, pois naquele momento o britânico tinha plena confiança no guerreiro *amahuaca*.

Puruwehua agachou-se junto a ele.

– As memórias perdidas, elas estão aí, *Koty'ar* – comentou baixinho. – Só precisas de as bloquear, de as procurar.

Jaeger fitou as trevas.

– Todos os ex-soldados e maus pais têm pesadelos.

– Sim, mas tu carregas muita escuridão – disse-lhe Puruwehua. – Muita dor.

O silêncio arrastou-se.

– Tens uma luz? – perguntou Puruwehua.

Jaeger ligou a sua lanterna de cabeça, tapando a luz para que não passasse de um brilho esverdeado, limitado à sua rede. Puruwehua deu-lhe uma taça, cheia de um líquido.

– Bebe isto. É um remédio da selva. Vai ajudar-te.

Jaeger recebeu a taça e agradeceu.

– Desculpa ter-te acordado, meu amigo guerreiro. Vamos descansar e preparar-nos para o próximo dia.

Dito isso, esvaziou os conteúdos da taça. Contudo, não sentiu a calma que esperava.

Ao invés, sentiu imediatamente uma explosão de dor dentro do crânio, como se alguém o tivesse pontapeado com força no olho. Instantes depois, os seus sentidos começaram a falhar. Sentiu-se restringido por mãos alheias e ouviu a voz inconfundível de Puruwehua a murmurar palavras tranquilizantes no seu dialeto *amahuaca*.

Depois, de repente, o interior das pálpebras de Jaeger parecia explodir num caleidoscópio de cores, desvanecendo-se lentamente até ele ver uma lona de amarelo-vivo.

A imagem intensificou-se e tornou-se mais nítida. Jaeger estava deitado de barriga para o ar numa tenda, dentro de dois sacos-cama presos pelos fechos, quente e aninhado ao lado da mulher e do filho. Porém, algo o acordara, trazendo-o de um sono profundo para a realidade fria de um inverno galês.

A sua lanterna de cabeça percorreu a tenda amarela enquanto tentava localizar o que o acordara, o perigo. De repente, uma faca longa rasgou o tecido fino lateral da tenda. Quando Jaeger tentava reagir, ainda a debater-se com o saco-cama, ouviu-se o ciciar de um objeto a libertar gás, que alguém atirara pelo rasgão.

A tenda foi inundada por um gás espesso que fez tombar Jaeger e lhe imobilizou os membros. Viu mãos a entrar na tenda, rostos escuros equipados com máscaras de gás, e, pouco depois, arrastaram a mulher e o filho para longe do aconchego e levaram-nos para a escuridão.

Nem sequer podiam gritar, pois o gás incapacitara-nos tanto quanto a Jaeger. Este estava indefeso, incapaz de resistir e, sobretudo, de proteger a mulher e o filho.

Ouviu o rugido de um motor potente, vozes que gritavam, portas que batiam, como se algo ou alguém estivesse a ser arrastado para dentro de um veículo. Com uma força de vontade sobre-humana, Jaeger conseguiu rastejar em direção ao rasgão que a faca provocara e espreitar para o exterior.

Teve apenas um vislumbre, mas foi suficiente. No clarão dos faróis que se refletia num chão de gelo e neve viu duas figuras (uma, mais pequena, de um rapaz; a outra, esguia e feminina) amontoadas na traseira de um jipe todo-o-terreno.

No momento seguinte, agarraram Jaeger pelos cabelos. Puxaram-lhe a cabeça para cima até estar ao nível da viseira de uma máscara de gás, onde ele viu um par de olhos cheios de ódio. Um punho enluvado moveu-se com força na escuridão, esmurrando-lhe o rosto uma, duas, três vezes, enquanto o sangue do seu nariz salpicava a neve.

– Olha bem – ciciou o rosto por detrás da máscara, enquanto torcia violentamente o corpo de Jaeger em direção ao veículo todo-o-terreno. As palavras eram abafadas, mas ainda assim percetíveis, e a voz parecia-lhe assustadoramente familiar. – Regista bem este momento na tua memória. A tua mulher e o teu filho... vamos ficar com eles.

A máscara debruçou-se ainda mais, a ponto de o respirador ficar encostado ao rosto ensanguentado de Jaeger.

– Nunca te esqueças: não conseguiste proteger a tua mulher, nem o teu filho. *Wir sind die Zukunft!*

Os olhos estavam muito abertos por detrás da viseira, raiados de adrenalina, e Jaeger sentiu que conhecia o rosto daquele olhar tresloucado. Conhecia-o, mas, ao mesmo tempo, não conhecia, pois era incapaz de atribuir um nome àquelas feições distorcidas pelo ódio. Pouco depois, a cena horrível (as memórias indescritíveis) dissolveu-se, mas não antes de uma imagem se alojar irreversivelmente na mente de Jaeger...

Quando finalmente acordou na sua rede, sentia-se totalmente esgotado. A imagem mais marcante do ataque não o surpreendera. No fundo já o esperava, temia-o. Receava que estivesse ali, enquadrada na escuridão daquela montanha nevada do País de Gales.

No punho da faca que rasgara a tenda estava gravada uma imagem emblemática e sombria: uma *Reichsadler*.

66

Puruwehua mantivera-se em vigília ao lado da rede de Jaeger durante aquelas horas noturnas solitárias. Só ele compreendia o sofrimento do ex-militar. A bebida que lhe dera continha *nyakwana*, a solução que desbloqueava imagens poderosas reprimidas nos confins da mente. Sabia que o homem branco ficaria extremamente abalado.

Ao amanhecer, nenhum dos dois comentou o que acontecera. De certo modo, não eram necessárias palavras.

No entanto, durante toda a manhã, Jaeger manteve-se reservado e calado, preso na bolha de memórias que viera à superfície. Fisicamente, ia colocando um pé à frente do outro enquanto percorria a selva húmida e alagada. Mentalmente, porém, encontrava-se num local totalmente diferente, pois o seu pensamento estava enclausurado numa tenda rasgada de uma montanha gelada galesa.

Os elementos da sua equipa notaram a sua mudança de humor, apesar de poucos entenderem o motivo. Àquela proximidade dos destroços (estavam agora prestes a descobri-los), esperavam ver Jaeger muito motivado, a incentivá-los. Em contraste, ele parecia fechado num local escuro e solitário que excluía todos os outros.

Há quase quatro anos que a mulher e o filho de Jaeger tinham sido raptados. O britânico andava a treinar para o Pen y Fan Challenge, uma corrida de vinte e quatro quilómetros pelas montanhas galesas. Celebrava-se a época natalícia e Jaeger, Ruth e Luke tinham decidido passá-la de forma diferente, acampados nos montes do País de Gales. Era o pretexto ideal para estarem juntos nas montanhas (algo que Luke adorava) e para Jaeger ter mais algum treino. Como dissera a Ruth, era uma combinação de treino e aventura em família.

Tinham acampado perto do local de partida da prova. O Pen y Fan Challenge foi inspirado pela seleção das forças especiais britânicas. Numa das etapas mais difíceis, os concorrentes têm de escalar a parede quase lisa daquele pico galês, descer a chamada «Escada de Jacob» e avançar por uma ancestral e sinuosa estrada romana, ao fim da qual dão meia-volta e percorrem todo o caminho inverso.

A corrida tornou-se conhecida como Fan Dance e representa um teste esforçadíssimo de velocidade, resistência e forma física, características que Jaeger possuía naturalmente. Apesar de já não ser militar, de vez em quando ainda gostava de provar a si mesmo as suas capacidades.

Naquela noite, deitara-se com o corpo dorido de um dia de treino intenso. A mulher e o filho também estavam exaustos de praticarem ciclismo de montanha pelos vales de neve. A sua memória consciente seguinte era a de recobrar os sentidos uma semana depois nos cuidados intensivos, onde soubera que Ruth e Luke estavam desaparecidos.

O gás utilizado no rapto tinha sido identificado como Kolokol-1, um agente incapacitante russo pouco conhecido que produz efeitos dentro de um a três segundos. Normalmente não é mortífero, a não ser que a vítima sofra de exposição prolongada num ambiente fechado. Não obstante, Jaeger demorara meses a recuperar plenamente.

A polícia descobrira o porta-bagagens do carro de Jaeger cheio de prendas para a família, presentes que nunca seriam desembrulhados. À exceção das marcas dos pneus do veículo todo-o-terreno, não encontraram qualquer vestígio da mulher e do filho. Parecia um rapto sem motivo, bem como um possível homicídio.

Apesar de Jaeger não ser propriamente o principal suspeito, por vezes o teor dos interrogatórios deixara-o em dúvida. Quanto menos pistas e motivos a polícia encontrava, mais parecia querer desenterrar razões no passado para Jaeger desejar o desaparecimento da mulher e do filho.

Tinham vasculhado os seus registos militares, salientando qualquer antecedente de choque extremo que pudesse desencadear *stress* pós-traumático. Interrogaram os seus amigos mais próximos. Além disso, perguntaram insistentemente aos familiares (sobretudo aos pais) se havia algum problema no casamento de Jaeger.

Em parte, fora esse o motivo que precipitara a mudança dos pais para as Bermudas – queriam fugir das intrusões inusitadas. Deixaram-se ficar o tempo suficiente para o ajudar a lidar com o pior, mas depois, quando ele desapareceu sem deixar rasto e se refugiou em Bioko, aproveitaram para iniciar uma nova vida. De qualquer modo, por essa altura, o rasto dos desaparecidos esfriara. Ruth e Luke já tinham desaparecido há quase um ano, foram dados como mortos e, nas suas buscas incansáveis, Jaeger quase atingira os seus limites.

Foram precisos dias, meses, anos até, para as memórias ocultas dessa noite escura começarem a vir à superfície. E agora aquilo: recuperara parte das últimas memórias, aquelas que estavam mais reprimidas, com a ajuda de um índio *amahuaca* e de uma boa dose de *nyakwana* dissolvida numa bebida.

É evidente que não vira uma *Reichsadler* qualquer naquele punho de faca. Aquele era o mesmo desenho que o tio-avô Joe considerara tão aterrador na sua «cabana» perdida nas montanhas escocesas. As palavras de Joe ecoaram na mente de Jaeger, enquanto avançava a custo pela selva enlameada; aqui, recordou-se da expressão de puro terror que vira no olhar do tio-avô: «Agora aparece-me aqui este rapaz, este querido rapaz. *Ein Reichsadler!* Aquela terrível maldição! Parece que o mal regressou...»

Segundo o chefe dos índios *amahuacas*, tinham cravado uma *Reichsadler* semelhante nos corpos dos dois guerreiros capturados. E era com essa força que Jaeger e a sua equipa travavam agora um combate mortal.

No entanto, o que mais intrigava Jaeger era o facto de aparentemente ter reconhecido a voz que cuspira aquelas palavras por detrás da máscara de gás. Por mais que se esforçasse, não se lembrava de nenhum nome, nem de nenhum rosto.

Se de facto conhecia o seu principal verdugo, continuava a não fazer ideia da sua identidade.

67

Aproximava-se o meio-dia do décimo dia na selva quando Jaeger começou a libertar-se do seu estado de perturbação. A iminência da chegada aos destroços conseguira afastá-lo do passado escuro e perturbante.

Apesar da comoção dessa manhã, Jaeger ainda trazia as suas pedras e a bússola na mão. Calculava que estariam a menos de três quilómetros do ponto em que encontrariam a floresta morta. Para lá desse ponto, só haveria esqueletos descolorados de madeira morta e tóxica, que conduziriam aos destroços.

Entraram num troço de selva particularmente alagada.

– *Yaporuamuhũa* – anunciou Puruwehua, à medida que iam ficando cada vez mais submersos. – Floresta inundada. Quando a água sobe tanto, as piranhas tendem a vir dos rios. Alimentam-se de tudo o que encontram.

A água escura atingia a cintura de Jaeger.

– Obrigado pelo aviso – resmungou.

– Elas só são agressivas quando têm fome – retorquiu Puruwehua, numa tentativa de o tranquilizar. – Depois destas chuvadas, devem ter muito que comer.

– E se *por acaso* tiverem fome? – perguntou Jaeger.

Puruwehua olhou para a árvore mais próxima.

– Terás de sair da água. E depressa.

Jaeger detetou um corpo esguio e prateado a avançar rapidamente pelas águas pouco profundas atrás dele. Viu mais um, e depois outro, a passar a grande velocidade. Um ou dois roçaram-lhe nas pernas. Os corpos pareciam verde-aveludados na superfície dorsal, com grandes olhos amarelos voltados para cima, e duas tiras de dentes enormes semelhantes a espinhos.

– Estão por todo o lado – sussurrou Jaeger.

– Não te preocupes, isto é bom. Isto é muito bom. São *Andyrapepotiguhũa*, peixes-vampiros. Comem piranhas. Trespassam-nas com os seus dentes compridos.

– Certo, vamos mantê-los por perto então, pelo menos até chegarmos ao avião.

A água foi-se tornando mais profunda. Já atingia quase a altura do peito.

– Em breve chegará o momento de nadar como o *pirau'ndia* – comentou Puruwehua. – É um peixe que se mantém na vertical, com a cabeça fora de água.

Jaeger não respondeu.

Já estava farto de água fétida, mosquitos, sanguessugas, jacarés e mandíbulas de peixe. Queria entrar naquele avião, içar-se com a sua equipa dali para fora, e começar a procurar a família desaparecida.

Era a altura de terminar a expedição e recomeçar a sua vida. Tinha a certeza de que conheceria o destino da mulher e do filho no final daquele percurso louco. A não ser que morresse a tentar descobri-lo. Todavia, já não suportava continuar a viver na incerteza. Era essa a conclusão a que chegara com aquele despertar.

Jaeger sentia que Puruwehua o observava enquanto avançavam em silêncio.

– Já tens a cabeça mais limpa, companheiro?

Jaeger fez um gesto afirmativo com a cabeça.

– Chegou a altura de retirar o controlo a quem deseja destruir o teu mundo, Puruwehua, e o meu.

– Nós chamamos-lhe *hama* – comentou Puruwehua, doutamente. – O destino.

Durante algum tempo, caminharam pela água em camaradagem silenciosa.

Jaeger sentiu uma presença na água ao seu lado. Era Irina Narov. À semelhança do resto da equipa, a russa avançava com a arma nas mãos (um fuzil de precisão Dragunov), bem fora de água, num esforço de a manter limpa e seca. Era um esforço intenso para as costas. No entanto, com a aproximação dos destroços, Narov parecia possuir uma energia inesgotável.

A Dragunov era uma escolha estranha para a selva, onde o combate se travava quase sempre em proximidade, mas Narov insistira em levar aquela arma. Pelo menos tivera a sensatez de optar por um modelo compacto e mais leve da espingarda.

Porém, não passara despercebido a Jaeger o facto de as duas armas que a russa escolhera (a faca e o fuzil de precisão) serem normalmente as ferramentas dos assassinos. Dos assassinos, dos solitários... Havia algo em Narov que a tornava diferente, disso não havia dúvida. No entanto, em parte, Jaeger considerava aquelas características estranhamente familiares.

O melhor amigo do filho na escola, um rapaz chamado Daniel, possuía os mesmos traços de Narov: o seu discurso era estranhamente neutro e direto, por vezes a roçar o mal-educado. Tinha grandes dificuldades em identificar atitudes sociais que os outros miúdos percebiam naturalmente. Além disso, não conseguia estabelecer e manter contacto visual com outras pessoas, pelo menos até as conhecer bem e confiar nelas.

Daniel demorara bastante até confiar em Luke, mas depois revelara-se um amigo muito leal e confiável. Os dois rapazes competiam em tudo: râguebi, hóquei de mesa, e até num circuito local de *paintball*. Contudo, tratava-se apenas de uma competição saudável entre melhores amigos, que se defendiam um ao outro do resto do mundo.

Quando Luke desapareceu, Daniel ficou inconsolável. Tinha perdido o seu único amigo verdadeiro, o seu companheiro de batalha. O mesmo sucedera a Jaeger.

Com o tempo, Jaeger e Ruth tinham-se tornado amigos dos pais de Daniel, que lhes contaram que o filho sofria da síndrome de Asperger, ou de autismo altamente funcional; os peritos não tinham bem a certeza. Como sucede a muitas dessas crianças, Daniel revelou-se obcecado e extremamente capaz numa atividade: na matemática. Além disso, tinha muito jeito para animais.

Jaeger lembrou-se do contacto que tivera com as *Phoneutria*. Algo o intrigara na altura, apesar de não ter percebido exatamente o quê. Narov agira quase como se tivesse uma relação com as aranhas venenosas, como se as entendesse. Tinha relutância em matar uma que fosse, e só o fez quando não teve outra opção.

Quanto a uma atividade com a qual Narov fosse obcecada e na qual fosse muito competente, Jaeger estava convencido de que sabia qual seria: perseguir e aniquilar.

– Quanto falta? – perguntou ela, interrompendo-lhe os pensamentos.

– Quanto falta para quê?

– Para os destroços. O que é que havia de ser?

Jaeger apontou em frente.

– Uns oitocentos metros. Vês a zona onde a luz penetra pela copa das árvores? É aí que a floresta começa a morrer.

– Tão perto – murmurou ela.

– *Wir sind die Zukunft.* – Jaeger repetiu a frase que ouvira na parte final da visão induzida pela *nyakwana*. – Tu falas alemão. *Wir sind die Zukunft.* O que significa?

Narov ficou estarrecida. Fitou-o intensamente por um instante, com um olhar gelado.

– Onde é que ouviste isso?

– É um eco do meu passado. – Jaeger pensou: *porque é que esta mulher responde sempre a uma pergunta com outra pergunta?* – Então, o que significa?

– *Wir sind die Zukunft* – repetiu Narov, lenta e muito deliberadamente. – Nós somos o futuro. Era o grito de guerra da *Herrenrasse*, da raça superior. Sempre que Hitler se cansava de *Denn heute gehört uns Deutschland, und morgen die ganze Welt*, tentava um pouco de *Wir sind die Zukunft*. As pessoas entravam em êxtase.

– Como é que sabes tanto sobre isso? – inquiriu Jaeger.

– Conhece o teu inimigo – respondeu Narov, enigmaticamente. – Eu faço por saber. – A russa deitou-lhe um olhar que quase parecia uma acusação. – A questão é: como é que tu sabes tão pouco? – Depois de uma pausa, rematou: – Sabes tão pouco do teu próprio passado.

68

Antes que Jaeger pudesse responder, ouviu-se um grito de pavor atrás deles. Quando se voltou, viu a expressão de horror no rosto de Letícia Santos, enquanto era arrastada para debaixo de água. A brasileira conseguiu vir à superfície, a esbracejar desesperadamente, totalmente aterrorizada, antes de ser puxada novamente para o fundo.

Jaeger viu por um breve instante o que a estava a agarrar. Era uma das enormes cobras de água de que Puruwehua o avisara: uma constritora. O britânico correu pela água, mergulhou atrás da serpente mortífera e agarrou-lhe na cauda, enquanto tentava freneticamente desenrolá-la.

Não podia utilizar a espingarda. Se abrisse fogo, atingiria também Santos. A água bulia e fervilhava, numa imagem desfocada de pele de cobra e membros humanos, enquanto a brasileira lutava com a serpente, num combate que nunca poderia vencer sozinha. Quanto mais Jaeger se debatia com ela, mais a cobra constritora parecia apertar o abraço assassino a Letícia Santos.

Foi então que Jaeger ouviu claramente um tiro repentino. Era o som distintivo de um fuzil de precisão. Nesse mesmo instante, algures no emaranhado desfocado da cobra e da mulher, surgiu um esguicho de sangue e carne desfeita, pois a bala de alta velocidade atingira o alvo.

Um segundo ou dois depois, o combate terminou. A cabeça da cobra estava dependurada, sem vida. Jaeger viu que grande parte do crânio tinha sido desfeita pela saída da bala de precisão a alta velocidade. Uma a uma, Jaeger começou a desenrolar as voltas letais da serpente, acabando por libertar Santos com a ajuda de Alonzo e Kamishi.

Enquanto os três tentavam bombear a água que lhe invadira os pulmões, Jaeger observou Narov. Estava em pé no pântano, ainda com a Dragunov ao ombro, para o caso de precisar de dar um segundo tiro.

Santos voltou a si, a tossir descontroladamente, ofegante. Jaeger pediu que a imobilizassem, mas ela estava muito traumatizada e a tremer de medo por causa do ataque. Alonzo e Kamishi acederam a carregá-la ao longo do resto do caminho até aos destroços, deixando Jaeger livre para se juntar a Narov à frente do grupo.

– Belo tiro – comentou ele, friamente, quando já tinham retomado o caminho. – Mas como é que tiveste a certeza de que ias rebentar a cabeça da cobra e não a da Letícia?

Narov lançou-lhe um olhar gélido.

– Se ninguém desse aquele tiro, ela estaria morta. Mesmo com a tua ajuda, era uma luta perdida. Com isto – e deu uma palmada na Dragunov –, pelo menos tinha uma hipótese. Tratava-se de uma probabilidade de 50%, mas ainda assim era melhor do que zero. Por vezes, uma bala salva uma vida. As balas nem sempre são disparadas para matar.

– Então confiaste na sorte e puxaste o gatilho... – disse Jaeger, calando-se de seguida.

Estava ciente de que a bala de Narov tanto podia ter acertado em Santos como o podia ter atingido a ele, mas a russa mal hesitara antes de atirar. Era um risco muito grande. Ele não sabia se isso a tornava uma grande profissional ou uma psicopata.

Narov olhou por cima do ombro para o local onde abatera a cobra.

– Foi uma pena isto da constritora. Ela só estava a fazer o que lhe é natural: tentar obter comida. A *mbojuhua. Boa constrictor imperator.* Está listada no *Anexo II* da CITES, o que significa que é uma espécie em risco elevado de extinção.

Jaeger observou-a pelo canto do olho. Ela parecia mais preocupada com a morte da cobra do que com Letícia Santos. Pensou que, se era uma assassina, tinha a vida facilitada por só gostar de animais.

O solo ia ganhando elevação à medida que se aproximavam da zona morta.

À sua frente, Jaeger via o limite onde a vegetação desaparecia a toda a volta. Esta era substituída por alas de troncos de árvore nus, branqueados pelo sol, como fileiras intermináveis de lápides. No topo havia um emaranhado esquelético de madeira morta (o que restava do dossel verdejante) e acima dele estava um banco de nuvens baixas cinzentas.

Reuniram-se no limiar da zona na qual toda a vida desaparecia.

Adiante, Jaeger ouvia a chuva a cair, forte e ensurdecedora, em vez de pingar da cobertura de folhas que os protegera até então. Parecia pouco natural a forma como a zona morta se revelava horrivelmente vazia e exposta.

Jaeger sentiu que Puruwehua estava a tremer.

– A floresta nunca devia morrer – comentou o índio, sucintamente.
– Quando a floresta morre, nós, os Amahuacas, morremos com ela.

– Não morras agora, Puruwehua – sussurrou Jaeger. – Não te esqueças
de que és o nosso *koty'ar*. Precisamos de ti.

Olhavam fixamente para a zona morta. À distância, Jaeger conseguia
distinguir algo negro e enorme, meio coberto pelos dedos esqueléticos que
se estendiam em direção às nuvens. Sentiu o seu ritmo cardíaco a aumentar.
Era a silhueta quase indistinta de um avião de guerra. Apesar da visão da
noite anterior (ou talvez por causa dela), ansiava por entrar naquela aeronave
e descobrir os seus segredos.

Voltou-se para Puruwehua.

– Os teus amigos índios avisam-nos se o inimigo estiver por perto, não
é? Têm homens a vigiar a Força Negra, certo?

Puruwehua anuiu.

– Sim. E somos mais rápidos do que eles. Muito antes de eles se apro-
ximarem, já estaremos avisados.

– Quanto tempo achas que temos? – perguntou Jaeger.

– Os outros índios vão tentar avisar-nos com um dia de antecedência.
Antes de passar um nascer e um pôr do sol, teremos de concluir o nosso
trabalho aqui.

69

— Muito bem. Oiçam! – anunciou Jaeger, para chamar a sua equipa. Estavam todos reunidos sob os últimos metros de cobertura de floresta viva. Era uma zona mais elevada, e não parecia que o nível da água das chuvas ali chegasse.

— Em primeiro lugar, ninguém avança daqui sem fatos NBC de proteção nuclear, biológica e química. Temos de identificar a ameaça, e só nesse momento é que saberemos a gravidade do problema. Assim que determinarmos a toxicidade, poderemos encontrar a melhor forma de nos protegermos. Temos três fatos NBC completos. Quero ser o primeiro a subir para o avião, para tirar amostras de água, de ar, e de tudo o que encontrarmos. Podemos rodar o equipamento de proteção pela equipa, mas temos de minimizar o risco de contaminação mútua.

»Vamos estabelecer um acampamento aqui – prosseguiu. – Pendurem as redes bem longe da zona morta. E entendam a urgência: o Puruwehua calcula que teremos vinte e quatro horas até recebermos uma visita do inimigo. Devemos ser avisados pelos índios, mas gostaria de ter um cordão de segurança em redor da zona. Alonzo, gostava de que tratasses disso.

— Combinado – confirmou Alonzo, fazendo um gesto de cabeça em direção ao avião distante. – Aquela coisa… aquilo dá-me arrepios. Não me importo de ser o último a ver o que lá está dentro.

— Podes participar na segurança? – perguntou Jaeger a Letícia Santos. – Ou precisas de que penduremos uma rede de dormir e uma cobertura impermeável? A cobra com que lutaste não era brincadeira.

— Desde que não tenha de entrar na água… – respondeu Santos, corajosa. Depois, voltou-se na direção de Narov. – E desde que aquela cossaca maluca mantenha o seu fuzil de precisão apontado noutra direção…

Narov não estava a prestar atenção. Parecia totalmente absorta, incapaz de desviar o olhar da silhueta distante do avião.

Jaeger voltou-se para Dale.

– Suponho que queiras filmar isto. Além disso, faço questão de que filmes. É a primeira vez que o avião vai ser aberto em setenta anos; é preciso registar isso. Tu levas o segundo fato NBC, para entrares atrás de mim.

Dale encolheu os ombros.

– Qual é o pior que pode acontecer? Não pode ser pior do que enfrentar um cardume de piranhas ou uma virilha cheia de sanguessugas.

Aquele era o tipo de resposta que Jaeger se habituara a esperar do australiano. Dale não se coibia de demonstrar medo, mas recusava-se a deixar que isso o impedisse de fazer o que era necessário.

Jaeger fitou Narov.

– Tenho a sensação de que sabes mais do que ninguém sobre este avião. Levas tu o terceiro fato. Podes ajudar-nos a perceber o que lá encontrarmos.

Narov concordou com um meneio de cabeça, ainda com o olhar fixo no avião distante.

– Puruwehua, gostava de que levasses os teus homens para o interior da floresta, para nos poderem avisar antecipadamente se surgirem problemas. Os restantes ficam no cordão de segurança do Alonzo. E lembrem-se: não utilizem aparelhos de comunicação e GPS. A última coisa que queremos é enviar um sinal de aviso a quem estiver a vigiar a zona.

Estabelecidas as tarefas, Jaeger foi buscar o equipamento de proteção nuclear, biológica e química. O risco do material tóxico libertado pela aeronave era duplo: em primeiro lugar, podia ser respirado; em segundo, podia ser ingerido por uma membrana porosa viva, como a pele.

Devido à necessidade de cada um carregar o seu material, só tinham conseguido trazer três fatos NBC completos. Eram fatos leves, fabricados pela empresa britânica Avon, e protegiam o corpo de quaisquer gotas ou vapor que pudessem permanecer no ar.

O fato vinha equipado com uma máscara Avon C50: um equipamento de primeira qualidade, com viseira única, proteção elevada e feitio justo. Era a máscara que protegia o rosto e os olhos e impedia que os pulmões respirassem o material tóxico.

Depois de totalmente equipados, estariam protegidos de quase todos os perigos químicos, biológicos, nucleares ou radiológicos, bem como de químicos industriais tóxicos. Estas categorias deveriam englobar todos os riscos concebíveis que os esperassem naquele avião.

Além disso, as máscaras Avon possuíam transmissores/recetores incorporados, que possibilitariam uma comunicação por rádio de curto alcance entre os utilizadores.

Após o esforço de vestir o complicado fato, Jaeger fez uma pausa. Pensou que seria boa ideia ligar o Thuraya e ver se tinha mensagens enviadas em modo de rajada. Depois de colocar a máscara volumosa e as luvas, não seria fácil utilizar aquele equipamento.

Jaeger levou o telefone de satélite para uma zona descoberta e o ícone de mensagem surgiu no ecrã. Recuou para a cobertura da selva e leu a missiva de Raff.

0800 zulu – liguei para todos os telefones de satélite. Um +882 16 7865 4378 atendeu, e depois desligou de imediato. Atendeu com um nome de código (?), parecia Lobo Branco (?). Voz com sotaque da Europa de Leste. KRAL??? Comuniquem – urgente confirmar locstat.

O ex-militar britânico leu a mensagem três vezes para tentar perceber o significado. Raff estava claramente preocupado quanto à localização e ao estatuto da equipa (*locstat*, em jargão militar), ou não teria arriscado efetuar uma chamada de voz. Jaeger teria de enviar uma resposta rápida em modo de rajada a informá-lo de que todos estavam presentes e no local correto onde estavam os destroços.

Ou seja, todos menos um: Stefan Kral.

A avaliar pela mensagem, Jaeger sentiu que uma nuvem de suspeição se abatia sobre o seu operador de câmara ausente.

Percorreu os números de marcação rápida no seu Thuraya, verificando os dos membros da equipa. Em teoria, só traziam três telefones de satélite: o seu, o de Alonzo e o de Dale. Os restantes teriam ficado no esconderijo, no topo das Cataratas do Diabo.

Confirmou que o número +882 16 7865 4378 era de um Thuraya que deveria ter sido abandonado.

Jaeger tentou recordar-se do que acontecera às oito horas (zulu) dessa manhã. Tinham acabado de desfazer o acampamento e de retomar a viagem. Ninguém da sua equipa estaria em posição de receber a chamada de Raff. No entanto, se Kral tivesse escondido um Thuraya no seu equipamento, poderia facilmente receber uma chamada na clareira da aldeia *amahuaca*.

Além de que poderia efetuar chamadas.

A questão era: porque teria escondido um telefone de satélite? E porquê o nome de código *Lobo Branco* (se Raff ouvira bem)? E por que motivo desligara quando se apercebeu de que era Raff a ligar do Airlander?

Jaeger foi acometido por uma suspeita terrível. Acrescentando o facto de Kral não ter desativado o GPS das câmaras de Dale, a única conclusão possível parecia ser que o eslovaco era o inimigo infiltrado. Se, de facto, ele fosse um traidor, Jaeger sentia-se duplamente traído. Tinha caído na conversa do homem de família com dificuldades financeiras.

Pediu a Puruwehua que se aproximasse e, o mais depressa que conseguiu, explicou-lhe o que acontecera.

– Um dos teus homens pode regressar à aldeia e avisar o chefe? Diz-lhe que detenha o Kral até lá chegarmos para o interrogar. Não tenho a certeza de que seja culpado, mas todas as provas apontam nesse sentido. E retirem--lhe tudo menos o indispensável, de modo a dissuadi-lo de tentar fugir.

– Vou mandar alguém – confirmou Puruwehua. – Alguém que consiga andar depressa. Se ele é teu inimigo, é também um inimigo do meu povo.

Jaeger agradeceu ao índio, enviou uma breve mensagem a Raff em modo de rajada e voltou para a tarefa que tinha em mãos.

Inclinou-se para a frente, abriu a parte de trás da máscara de gás Avon e cobriu a cabeça com ela, certificando-se de que a borracha criava um selo hermético com a pele do pescoço. Apertou as correias de fixação e sentiu a máscara a adaptar-se aos contornos do rosto.

Tapou o filtro do respirador, criando um selo hermético com a palma da mão. Inspirou fundo, colando a máscara ainda mais ao rosto, de modo a certificar-se da sua impenetrabilidade. Em seguida, respirou algumas golfadas de ar pelo filtro e ouviu o som arranhado da sucção, bastante amplificado pela máscara.

Colocou o capuz do fato na cabeça e selou as margens com o elástico. Calçou as botas volumosas de borracha de modo a cobrirem completamente as suas botas de selva, e depois apertou vigorosamente os atacadores à volta dos tornozelos. Por fim, calçou as luvas interiores brancas e finas, seguidas das pesadas luvas exteriores de borracha.

O seu mundo estava agora reduzido ao que conseguia ver pela viseira da máscara de gás. O filtro duplo ficava à esquerda na zona dianteira, de modo a não lhe obstruir a visão, mas Jaeger já se sentia claustrofóbico, pois estava cada vez mais quente e abafado.

Totalmente equipados, os três vultos abandonaram a selva viva e penetraram na zona árida.

70

Depois da chilreada das aves e do zumbido dos insetos na selva densa e verdejante, a entrada na zona morta parecia ominosamente silenciosa. As pancadas constantes da chuva no capuz de Jaeger mantinham um ritmo regular que acompanhava a sucção arrastada da sua respiração. A toda a volta, o terreno parecia destituído de vida.

A cada passo que davam, esmagavam ramos apodrecidos e casca de árvores.

Nos locais onde as botas exteriores de Jaeger afastaram esses detritos, viu que os insetos tinham começado a recolonizar a zona morta. Debaixo das suas pegadas, legiões de formigas de carapaça rígida corriam de um lado para o outro, furiosas. Além disso, estavam lá as suas velhas amigas da Prisão de Black Beach: as baratas.

Formigas e baratas. Se ocorresse o cataclismo de uma guerra mundial na qual fossem utilizadas armas nucleares e químicas, seriam muito provavelmente os insetos a herdar o Planeta. Estão em grande medida imunes às ameaças tóxicas produzidas pelo homem, incluindo presumivelmente a contaminação provocada por aquela aeronave.

As três figuras avançaram em silêncio.

Jaeger sentia a tensão emanada por Narov ao seu lado. Um passo ou dois atrás, vinha Dale, a filmar. No entanto, este estava a ter dificuldades em enquadrar devidamente a imagem – as luvas grossas dificultavam-lhe os movimentos das mãos e a máscara de gás limitava-lhe a visão.

Detiveram-se a quinze metros do alvo, onde podiam apreender a magnitude do que tinham à frente. Estava meio coberto pelos cadáveres de troncos de árvores, sem folhas nem casca, mortos até ao cerne. Ainda assim, não havia dúvida de que se tratava das linhas elegantes e aerodinâmicas de um avião gigantesco, escondido na selva há sete décadas ou mais.

Depois da viagem épica até ali chegarem, ficaram a contemplá-lo em silêncio, assombrados.

Até Dale parou de filmar para observar a aeronave.

Era o culminar de toda a missão. Tanta investigação, tanto planeamento, tantas sessões de informação, tanta especulação a respeito da verdadeira identidade do avião e, nos últimos dias de caminho, tantas mortes e tanto sofrimento, para não falar da frieza da traição.

Enquanto observava, abismado, Jaeger surpreendeu-se com o aspeto intacto da aeronave. Era quase como se só necessitasse daquele reabastecimento vital que falhara há tantos anos para os motores poderem funcionar e ficar pronta a levantar voo novamente.

Compreendia perfeitamente o motivo pelo qual Hitler anunciara este avião como o seu Amerika Bomber. Como declarara Jenkinson, o arquivista, parecia feito de propósito para bombardear Nova Iorque com o gás neurotóxico *sarin*.

Jaeger parecia hipnotizado.

Que diabo estava aquele avião a fazer ali? Qual teria sido a sua missão? Se era o último de quatro voos semelhantes, como lhes dissera o chefe *amahuaca*, o que transportaria? O que transportariam *todos eles*?

Jaeger vira apenas uma fotografia de um Junkers Ju 390.

Era uma imagem antiga, a preto-e-branco, que Jenkinson lhe enviara por correio eletrónico; uma das poucas fotografias que existiam do avião. Mostrava uma aeronave escura e esguia, tão grande, que tornava pequenos todos os soldados e pilotos que labutavam em seu redor, como uma multidão de formigas obreiras.

O nariz do avião tinha o formato cruel do perfil de uma cabeça de águia, e os lados da cabina inclinada e aerodinâmica eram percorridos por uma fileira de janelas semelhantes a vigias. As únicas diferenças significativas entre a aeronave representada nessa fotografia e a que estavam a contemplar naquele momento eram o local onde se encontrava e os seus emblemas.

A fotografia mostrava um Ju 390 no seu último destino conhecido – uma pista de aterragem em Praga, gelada e coberta de neve, na Checoslováquia ocupada, numa manhã fria de fevereiro de 1945. Em cada uma das enormes asas via-se a forma distintiva de uma cruz negra sobre um fundo branco (a insígnia da Luftwaffe alemã), com símbolos semelhantes na parte traseira da fuselagem.

O avião que Jaeger observava naquele momento, em contraste, possuía uma insígnia igualmente distintiva: uma estrela branca de cinco pontas sobre faixas azuis e brancas – os símbolos inconfundíveis da Força Aérea dos Estados Unidos. As insígnias estavam gastas pelo sol, quase a ponto de desaparecer, mas Jaeger e a equipa ainda as conseguiam reconhecer perfeitamente.

Os pneus gigantescos das oito enormes rodas do avião estavam corroídos e meio vazios, mas ainda assim atingiam aproximadamente a altura dos ombros de Jaeger. Quanto à cabina, o britânico calculou que ascenderia até um terço da altura do antigo dossel florestal, agora um emaranhado de ramos mortos lá em cima.

Como Carson garantira na sede londrina da Wild Dog Media, o avião era muito maior do que um Hercules C-130 moderno (aquele no qual Jaeger e a equipa ali haviam chegado). Excetuando algumas trepadeiras definhadas que tinham rodeado a fuselagem e a madeira morta que caíra sobre os cinquenta metros da envergadura das asas, a aeronave parecia incrivelmente intacta, o que representava uma prova de que aterrara ali.

É certo que exibia os efeitos de sete décadas de abandono na selva. Jaeger notou que alguns dos rebites que fixavam a fuselagem estavam enferrujados e que, nalgumas secções, as placas de cobertura do motor tinham caído. As asas e a fuselagem estavam cobertas com um tapete húmido de musgo e, na superfície dorsal do avião, abundavam restos de fetos mortos e de plantas epífitas.

No entanto, a deterioração era sobretudo estética.

Ao nível da estrutura, a aeronave parecia em bom estado. Jaeger calculou que, com uma recuperação rápida, estaria praticamente em condições de voar.

Ouviu-se um grasnar agudo no céu, enquanto um bando de papagaios verdes fluorescentes esvoaçava pela floresta de esqueletos. O ruído acordou Jaeger do seu estado de alheamento.

Voltando-se para Narov, declarou:

– Só há uma forma de entrarmos. – As palavras foram abafadas pela máscara de gás, mas tinham sido ouvidas através do intercomunicador interno. Jaeger esboçou uma linha com a mão enluvada a partir da cauda do avião, ao longo da fuselagem e até à cabina.

Narov fitou-o através da máscara.

– Eu vou primeiro.

71

Como a roda traseira da aeronave estava vazia, o estabilizador horizontal encontrava-se ao alcance de Narov, mas apenas se esta utilizasse uma árvore morta para se apoiar. A russa agarrou-se à superfície superior do avião e içou-se até estar de pé em cima do estabilizador.

Jaeger foi atrás. Esperou por Dale, recebeu a câmara que o australiano lhe passou e ajudou-o a subir para a superfície plana. Narov não esperou – avançou apressadamente pela superfície dorsal do avião e desapareceu da vista dos outros membros da equipa.

A zona inferior da fuselagem do Ju 390 era relativamente plana, mas a superfície superior era arredondada. Jaeger subiu lá para cima e seguiu Narov pelo dorso da aeronave, contornando a cúpula situada pouco antes da cabina, onde estaria o navegador, rodeado de uma série de painéis de vidro. Era a partir daí que o navegador fazia cálculos com base nas estrelas, de modo a nortear o avião durante milhares de quilómetros de oceano e selva sem outros pontos de referência. Jaeger notou que alguns isolamentos de borracha em volta da cúpula se tinham deteriorado e que um ou dois dos painéis de vidro tinham caído.

Quando alcançou a cabina, desceu e juntou-se a Narov, que estava equilibrada em cima do nariz do avião. Aquela era uma posição perigosa; estavam a cerca de doze metros do chão. O nariz do avião era liso e aerodinâmico, mas estava sujo com detritos florestais acumulados ao longo de setenta anos. Jaeger tentou afastar a maioria com os pés, de modo a poder caminhar em relativa segurança.

Dale surgiu acima deles, com a câmara em riste, e baixou-se para filmar.

Jaeger retirou um pedaço de cordão de paraquedas de uma bolsa do seu fato NBC, atirou-o a Dale e pediu-lhe que o atasse à antena de rádio que se erguia no topo traseiro da cabina. Depois de o fazer, Dale deixou-o desenrolar-se até Jaeger, que o atou até criar dois laços aos quais ele e Narov se pudessem agarrar.

Narov estava a espreitar por um dos dois painéis de vidro dianteiros. Jaeger viu as manchas esborratadas do local onde a russa utilizara as luvas para tentar afastar o grosso da fuligem, da sujidade e do musgo.

Por um breve instante, Narov voltou-se na direção dele.

– Acho que a janela lateral está destrancada. Podemos entrar por aí.

A russa avançou para a zona lateral, com a sua faca distintiva na mão. Com destreza, inseriu a lâmina na borracha vedante semiapodrecida e pressionou. A maioria daquelas aeronaves tinha janelas de correr, de modo a permitir aos pilotos falarem com os membros da tripulação que se encontrassem na pista de aterragem.

Narov estava a tentar abrir aquela janela com a força de uma alavanca.

Centímetro a centímetro, afastou-a até obter uma abertura suficientemente grande para descer para o interior. Agarrada a um laço da corda de Jaeger, balançou-se pelo lado da cabina, utilizando os pés no flanco do avião, e enfiou as pernas no interior. Ágil como um gato, fez deslizar as ancas e o tronco pela janela aberta. Praticamente sem olhar para Jaeger, desapareceu.

Agarrado ao cordão de paraquedas, Jaeger balançou-se e seguiu Narov, com as botas a fazerem um grande estrondo ao aterrarem no chão metálico da cabina.

Foram precisos alguns segundos para que os olhos de Jaeger se adaptassem à penumbra.

A primeira impressão que sentiu foi a de ter entrado numa máquina do tempo. Como é evidente, não sentia o cheiro, devido aos filtros da máscara, mas conseguia imaginar o odor bafiento, decadente, dos assentos de pele, misturado com o cheiro acre a alumínio corroído dos inúmeros mostradores que preenchiam o enorme painel de instrumentos.

Atrás dele estava o que deveria ter sido o assento do copiloto, enfiado no seu próprio nicho, voltado para a traseira, com muitos mostradores e alavancas à frente. Mais atrás ainda, ficava o assento do navegador, num plano elevado da cúpula. A seguir, na sombra, havia uma separação que isolava a cabina da zona de carga.

O interior do avião parecia assustadoramente intocado, como se a tripulação o tivesse abandonado há poucas horas. Havia uma garrafa de metal junto ao assento do piloto, com uma caneca ao lado. Jaeger pensou que a caneca deveria ter café incrustado no fundo.

Em cima do assento do piloto estavam uns óculos escuros de aviador, como se ele os tivesse atirado para ali enquanto ia à zona traseira conversar com a equipa de descargas. Tinha tudo um ar muito fantasmagórico, mas Jaeger não poderia estar à espera de outra realidade.

Havia algo aparafusado por cima do lugar do piloto que lhe chamou a atenção. Era um aparelho estranho (quase parecia de outro planeta) montado num suporte giratório, como se pudesse ser deslocado até cobrir a visão do piloto. Jaeger olhou para o assento do copiloto. Viu um aparelho semelhante montado na mesma posição.

Sentiu que Narov o estava a observar.

– Aquilo é o que eu acho que é? – perguntou Jaeger.

– Zielgerät 1229, o Vampir – confirmou Narov. – Visão noturna de raios infravermelhos, como lhe chamamos hoje em dia. Para aterrar e levantar voo em escuridão total.

Ver ali o sistema Vampir claramente não a surpreendera. Porém, durante grande parte da idade adulta, Jaeger acreditara que a visão noturna era algo inventado pelo Exército americano, e apenas há poucas décadas. Ver esse equipamento montado num avião alemão da Segunda Guerra Mundial era deslumbrante.

Na mesa do navegador, Jaeger descobriu os restos bafientos de um mapa, bem como, ao lado, um lápis e um compasso. Ficava bem patente que o navegador fumava muito. Havia um monte de beatas semidecompostas num cinzeiro embutido, ao lado de uma carteira de fósforos da Luftwaffe.

Dentro do que seria a pasta do navegador estava uma imagem antiga e amarelecida. Jaeger pegou-lhe. Tratava-se de uma fotografia aérea, e ele percebeu imediatamente que retratava a pista de aterragem com o aspeto que teria quando tinham desbravado a selva para a criar, há cerca de setenta anos.

Estava marcada com várias palavras em alemão, uma das quais – *Treibstofflager* – com o símbolo de um tambor de combustível desenhado ao lado. Fora sem dúvida o *Treibstofflager* que se esgotara, deixando a aeronave ali presa, aparentemente para sempre.

Jaeger voltou-se para mostrar a imagem a Narov, mas a russa estava de costas para ele, numa postura algo dissimulada. Estava debruçada sobre uma sacola de cabedal de aviador, a remexer freneticamente num monte de documentos. Pela linguagem corporal de Narov, Jaeger concluiu que ela tinha encontrado o que procurava e que ninguém lhe iria tirar o que estava naquela sacola.

A russa deve ter sentido o olhar do britânico. Sem uma palavra, tirou a mochila das costas, enfiou a sacola no seu interior e voltou-se para o compartimento de carga do avião. Virou-se para Jaeger. Daquilo que o ex-militar conseguia ver do rosto por detrás da máscara, Narov parecia corada de entusiasmo. No entanto, havia também dissimulação no seu olhar; uma expressão defensiva.

– Encontraste o que procuravas? – perguntou ele, incisivamente.

Narov ignorou a pergunta e limitou-se a apontar para a retaguarda da aeronave.

– Se queres mesmo conhecer os segredos deste avião, vamos por ali.

Jaeger tomou uma nota mental para a interrogar sobre os documentos daquela sacola quando acabassem de içar o avião dali. Não havia tempo para confrontos.

72

Narov apontou para o separador. Tinha uma porta oblonga, que havia sido trancada com um manípulo que se encontrava na posição vertical. Havia uma seta a apontar para baixo, com as palavras alemãs ZU ÖFFNEN ao lado.

Não era preciso traduzir.

Jaeger agarrou no manípulo. Por um instante, hesitou; enfiou antes a mão na bolsa peitoral e retirou de lá uma lanterna de cabeça Petzl. Alargou as correias e colocou-a sobre o capuz e a máscara. Depois, alcançou novamente o manípulo e puxou-o até à posição horizontal, antes de abrir a porta pesada.

A traseira cavernosa do Ju 390 estava totalmente às escuras.

Jaeger tateou com a mão enluvada e rodou a cabeça da lanterna para a acender. Uma luz azul penetrante surgiu do par de lâmpadas de xénon da Petzl. O raio duplo cortou a escuridão, percorrendo o interior como num espetáculo de *laser*, revelando camadas do que parecia nevoeiro denso no compartimento.

O nevoeiro avançou na direção de Jaeger, rodeando-o de gavinhas fantasmagóricas.

O ex-militar espreitou mais para o fundo. Até àquele ponto, o compartimento de carga do Ju 390 tinha pelo menos a altura de dois homens adultos, e era ainda mais largo na base. Tanto quanto Jaeger conseguia vislumbrar, todo o comprimento da fuselagem estava cheio de caixotes empilhados. Todos os caixotes se encontravam presos a argolas de aço montadas no chão da aeronave, de modo a impedir que a carga se deslocasse em pleno voo.

Jaeger deu um primeiro passo cauteloso no interior do compartimento. Tinha plena confiança no fato NBC da Avon, mas, ainda assim, entrar num local perigoso como aquele era assustador. Não havia nenhum agente tóxico que conseguisse penetrar naqueles fatos e naquelas máscaras de proteção, mas... e se o compartimento de carga tivesse sido armadilhado com explosivos?

A fuselagem estava inclinada, pois o avião encontrava-se mais perto do chão na retaguarda. Enquanto olhava em volta, Jaeger reparou que o raio da lanterna iluminara longos filamentos prateados, suspensos de um lado ao outro do compartimento. A princípio, pensou que tinha descoberto fios escondidos, deixados pela tripulação que abandonara a aeronave, talvez ligados a cargas explosivas.

Contudo, depois, reparou que cada fio fazia parte de um conjunto maior de padrões geométricos, que se prolongavam em espiral até a uma massa escura no centro.

Aranhas.

Porque encontrava sempre aranhas?

– A *Phoneutria* também é conhecida como «aranha errante» – anunciou a voz de Narov no intercomunicador. – Enfia-se em todo o lado. Tem cuidado.

A russa avançou à frente dele de faca em riste.

Apesar de já ter sido mordida pela *Phoneutria*, não demonstrava medo, e ia cortando habilmente as teias, fazendo-as tombar à sua frente para abrir caminho. Enquanto efetuava piruetas de um lado para o outro, a cortar os fios sedosos e a afastar os corpos das aranhas, movia-se com a elegância de uma bailarina.

Era hipnotizante. Jaeger acompanhou-lhe os movimentos, impressionado com a pura coragem da russa. Era de facto única (e perigosa?) como a *Phoneutria* que tão destramente anulava.

Seguiu o caminho desbravado por Narov, a tatear, com medo de tropeçar em fios ligados a explosivos. O seu olhar foi atraído por um enorme caixote mesmo à sua frente. Era tão grande, que teria de se encostar à parede para o contornar e avançar pelo avião. Por um momento, perguntou-se como o teriam conseguido carregar para ali. Só podia imaginar que tivessem utilizado veículos pesados para o transportar pela rampa da cauda da aeronave.

Enquanto analisava o caixote, a lanterna de Jaeger incidiu sobre o texto estampado num dos lados:

«Kriegsentscheidend: Aktion Adlerflug
SS Standortwechsel Kommando
Kaiser-Wilhelm-Gesellschaft
Uranprojekt – Uranmaschine»

Por baixo, estava a inconfundível imagem escura de... uma *Reichsadler.*

Jaeger reconheceu imediatamente algumas palavras, além do símbolo, mas foi Narov quem esclareceu a informação em falta. Ajoelhou-se em frente ao caixote, a acompanhar as palavras com a luz da sua lanterna de cabeça.

– Pois é, isto não me surpreende... – começou.

Jaeger agachou-se ao seu lado.

– Eu conheço algumas palavras – comentou. – *Kriegsentscheidend*: mais do que ultrassecreto. *SS Standortwechsel Kommando*: o Comando de Deslocalização das SS. E as outras?

Narov leu e interpretou o texto, com a lanterna de Jaeger a reluzir no vidro da sua viseira.

– *Aktion Adlerflug*: Operação Voo da Águia. *Kaiser-Wilhelm-Gesellschaft*: a Sociedade Kaiser Wilhelm, o principal instituto de investigação nuclear dos nazis. *Uranprojekt*: o projeto de armas nucleares do Reich. *Uranmaschine*: reator nuclear.

E voltou-se para Jaeger.

– Os componentes do programa nuclear nazi. Tinham feito experiências com a energia nuclear e os modos como poderia ser utilizada como arma, a níveis que ninguém imaginara até então.

A russa avançou para um segundo caixote, com uma mancha de texto semelhante, além de uma segunda *Reichsadler*.

«Kriegsentscheidend: Aktion Adlerflug
SS Standortwechsel Kommando
Mittelwerk Kohnstein
A9 Amerika Rakete»

– Então, as duas primeiras linhas são iguais. Depois está Mittelwerk, um complexo subterrâneo escavado nas montanhas de Kohnstein, no centro da Alemanha. Foi o local para onde Hitler incumbiu Hans Kammler de transferir os principais mísseis nazis, depois de o centro de investigação de Peenemunde ter sido bombardeado pelos Aliados.

Durante o verão de 1944 e a primavera de 1945, vinte mil trabalhadores forçados do campo de concentração vizinho de Mittelbau-Dora morreram de exaustão, fome e doenças, para construírem Mittelwerk. Ou trabalhavam até à morte, ou eram executados quando estavam demasiado fracos para serem úteis.

Narov apontou para o caixote.

– Como vês, nem todo o mal de Mittelwerk desapareceu no final da guerra.

Jaeger percorreu a última linha do texto.

– O que é o A9?

– Um substituto do V-2. O *Amerika Rakete*, ou *Foguetão América*, criado para voar a quase cinco mil quilómetros por hora e para atingir o solo norte-americano. No final da guerra, tinham versões funcionais em túneis aerodinâmicos e haviam obtido sucesso em voos de teste. É evidente que não desejavam que o A9 morresse com o Reich.

Jaeger percebeu que Narov sabia muito mais do que revelava. Tinha sido assim desde o início da expedição. Agora tinham feito um conjunto de descobertas deslumbrantes: um avião alemão secreto, disfarçado com as cores dos Estados Unidos, perdido há décadas na Amazónia e (sob qualquer ponto de vista) com um carregamento de horrores nazis.

Não obstante, nada parecia chocar ou surpreender minimamente Irina Narov.

73

Procuraram ainda mais na escuridão.

O calor dentro da fuselagem era abrasador, e o desconforto era agravado pelo fato volumoso e pela máscara, mas Jaeger não duvidava de que o equipamento NBC lhe estava a salvar a vida. Não sabia de que gases tóxicos estaria repleto o avião, mas, caso ele, Narov ou Dale tivessem tentado ali entrar sem aquela proteção, estariam certamente agora em grande sofrimento.

Por um instante, Jaeger voltou-se para averiguar como estava Dale.

Viu o australiano a fixar um foco amovível de bateria no topo da câmara. Quando o ligou (com a luz necessária para filmar), o interior da aeronave tornou-se um contraste de luz intensa, penetrante, e de sombras.

De todos os cantos eram observados por pares minúsculos de pontos de luz: olhos de *Phoneutria*.

Jaeger quase sentiu que os fantasmas de quem pilotara aquele avião seriam acordados pela luz ofuscante e surgiriam das sombras, de pistolas Luger em riste para defender os seus mais pérfidos mistérios até ao fim.

Parecia quase inconcebível que aquele avião pudesse ter sido abandonado assim, com todos os seus segredos.

Narov agachou-se em frente ao último caixote e Jaeger sentiu uma mudança quase instantânea no comportamento da russa. Quando leu a inscrição, Narov soltou uma exclamação abafada de espanto, e Jaeger concluiu que havia pelo menos um elemento com o qual ela não contara.

O britânico agachou-se para ler as palavras estampadas na zona lateral do caixote.

«Kriegsentscheidend: Aktion Adlerflug
SS Standortwechsel Kommando
Plasmaphysik – Dresden
Röntgen Kanone»

– Não contávamos com isto – murmurou Narov, voltando-se para Jaeger. – Quase todas as linhas são óbvias, mas... e a última? Percebes a terceira linha?

Jaeger anuiu.

– «Física de Plasmas – Dresden».

– Exatamente – confirmou Narov. – Quanto a *Röntgen Kanone*, não há uma tradução literal. Podemos chamar-lhe raio mortal ou arma de energia dirigida. Dispara um raio de partículas, ou radiação eletromagnética, ou até ondas sonoras. Parece ficção científica, mas há muito que se suspeitava de que os nazis possuíam uma arma deste tipo e a tinham utilizado para abater um avião dos Aliados.

O olhar de Narov procurou o de Jaeger através da máscara.

– Parece que isso era verdade e que eles tentaram preservar o seu *Röntgen Kanone* até ao fim.

Jaeger sentia o suor a escorrer-lhe pelo rosto. O calor estava a aumentar até níveis intoleráveis e a transpiração começava a condensar-se dentro da sua máscara, desfocando-lhe a visão. Concluiu que seria melhor dirigir-se para a zona traseira e tentar abrir uma das portas laterais junto à cauda da aeronave.

Enquanto avançavam a custo, Narov apontou para outros caixotes cheios de armamento impressionantemente avançado.

– A bomba planadora BV 246. Tinha um alcance de duzentos quilómetros e conseguia seguir o sinal de radar do alvo... A bomba guiada Fritz-X possuía uma ogiva com detetores de calor ou radar/rádio. Estas são basicamente as precursoras das nossas bombas inteligentes modernas.

A russa debruçou-se sobre uma fileira de caixotes compridos e baixos.

– O Rheintochter R1, um míssil guiado terra-ar para abater bombardeiros aliados... O X4, um míssil ar-ar, guiado pelo piloto. O Feuerlilie, o «Lírio de Fogo», um míssil de defesa antiaérea...

Narov deteve-se em frente a um conjunto de caixas mais pequenas.

– Uma unidade de visão noturna ativa Seehund, utilizada a par de um holofote de infravermelhos, tinha um alcance ilimitado... E aqui estão materiais furtivos produzidos pelo IG Farben, para o programa Schwarzes Flugzeug, ou «Aviões Negros». Estes foram os precursores dos nossos aviões furtivos modernos.

»Além disso, temos aqui materiais para revestir os submarinos XXI. O revestimento absorvia radar e sonar, tornando o XXI praticamente indetetável. – Narov fitou Jaeger. – Era tão revolucionário, que a imitação da Marinha chinesa, o submarino de classe Ming, ainda está em funcionamento *hoje*. Além disso, o Projeto 633 dos russos, o seu submarino de classe Romeo, que se manteve durante toda a Guerra Fria, era uma cópia direta do XXI.

Narov sacudiu o pó de outro caixote, revelando o texto nele inscrito.

– *Sarin*, *tabun* e *soman*. Os agentes neurotóxicos de ponta dos nazis, ainda hoje mantidos pelas maiores potências do mundo. Em 1945, não tínhamos quaisquer defesas eficazes contra eles. Nada, sobretudo porque nem sequer sabíamos que existiam.

»Aqui ao lado está um caixote cheio de agentes biológicos. – Inspirou profundamente. – O nome de código atribuído por Hitler ao programa de armamento biológico era Blitzableiter: «Para-raios». O seu criador foi o cientista nazi Kurt Blome. Eles sempre negaram a sua existência, fazendo-o passar por um programa de investigação oncológica, mas temos aqui a prova definitiva de que o Blitzableiter existiu: peste, febre tifoide, cólera, antraz e agentes à base de nefrite. É evidente que tencionavam continuar após o final da guerra.

Quando chegaram à cauda do avião, Jaeger sentia-se tonto, tanto do calor sufocante, como de tudo o que haviam descoberto. A confiança plena de Hitler na tecnologia (de que, contra todas as probabilidades, venceria a guerra para o Reich) dera os seus frutos, e de formas que Jaeger nem imaginara.

Tanto na escola, como no Centro de Formação de Combate dos Royal Marines, onde concluíra o seu treino de oficial, Jaeger aprendera que os Aliados tinham derrotado o inimigo nazi em termos militares e tecnológicos. No entanto, a avaliar pelos conteúdos daquela aeronave, essa lição tinha pouco de verdadeira.

Mísseis guiados, bombas inteligentes, aviões e submarinos furtivos, equipamento de visão noturna, armas químicas e biológicas, até *raios mortais*. As provas dos avanços impressionantes dos nazis estavam nos caixotes amontoados no compartimento de carga cavernoso daquela aeronave.

74

As portas da zona de carga traseira do Ju 390 revelaram-se exemplos típicos da eficiente engenharia alemã. Em ambos os lados, havia duas portas com cerca de um metro e oitenta de altura, que abriam para o exterior. Estavam trancadas com duas barras de metal, que percorriam o centro e entravam em orifícios no chão e no teto da aeronave.

As dobradiças e o mecanismo de trancamento pareciam bem oleados, e Jaeger depreendeu que se moveriam facilmente. Fez força numa das alavancas, que mal chiou quando a puxou para cima, destrancando as portas. Empurrou-as, abrindo-as de imediato. Nesse instante, a poeira espessa dos sedimentos que se haviam acumulado no interior começou a invadir o exterior. Jaeger ficou surpreendido por ver que parecia mais pesada do que o ar. Saía do avião, serpenteava até ao chão e mantinha-se aí, como uma densa sopa tóxica. Quando um raio de luz incidia na nuvem de gás, parecia reluzir no seu interior com um brilho metálico estranho.

Foi então que Jaeger se lembrou de que tinha a responsabilidade de realizar alguns testes, de determinar a fonte de toxicidade que emanava do avião de guerra. Aquela exploração absorvera-o a tal ponto, que quase se esquecera disso.

No entanto, teriam tempo para isso depois.

Naquele momento, sentia-se a arder; precisava de alguns minutos de descanso e de algum ar. Sentou-se a um dos lados da porta aberta. Narov posicionou-se em frente ele. Pelo canto do olho, viu Dale a filmar, a tentar captar com a lente da câmara todas as imagens possíveis daquela descoberta admirável.

Com a luz que penetrava pela porta aberta, Jaeger reparou no que parecia ser um sistema portátil de defesa antiaérea MANPAD desenhado num dos lados de um caixote ali perto. Baixou-se para o inspecionar. De facto, representava algo semelhante a um míssil terra-ar, do tipo que se lança do ombro.

Narov leu o texto que percorria a zona lateral da caixa.

– *Fliegerfaust.* Significa literalmente «piloto primeiro». Foi o primeiro míssil terra-ar portátil, destinado a abater aviões aliados. Mais uma vez, felizmente apareceu tarde de mais para fazer grande diferença no resultado da guerra.

– É impressionante... – murmurou Jaeger. – Tantas invenções... Vai ser preciso uma eternidade para catalogar todos os segredos que há por aqui.

– Qual é a surpresa? – perguntou Narov, enquanto contemplava os ossos brancos da selva morta. – O facto de os nazis terem esta tecnologia? Tinham esta e muito mais. Procura bem neste avião... quem sabe o que mais poderás encontrar?

Depois de uma pausa, prosseguiu:

– Ou estás surpreendido por este avião ter insígnias americanas? Os Aliados apoiaram os esforços nazis para distribuírem o seu armamento – o seu *Wunderwaffe* – pelos cantos recônditos do Planeta. No final da guerra, estávamos perante um novo inimigo: a Rússia Soviética. Era mais uma situação na qual «o inimigo do meu inimigo é meu amigo». Os Aliados, aos mais altos níveis, deram autorização para que o transporte desse armamento nazi. Daí que este avião tenha as cores da Força Aérea dos Estados Unidos. Por essa altura, os Aliados (os norte-americanos) eram os donos dos céus, e ninguém conseguiria efetuar um transporte deste tipo sem a sua conivência. – E acrescentou:

»No final da guerra, era uma corrida contra os russos. Ao nos apoderarmos dos segredos nazis, da sua tecnologia e dos seus principais cientistas, nós conseguimos vencer a Guerra Fria, para não falar da corrida espacial. Na época, foi assim que justificámos tudo isso.

– *Nós?* – exclamou Jaeger. – Mas tu és russa. Tu própria o disseste: no final da guerra, vocês eram o inimigo.

– Não sabes nada sobre mim – resmungou Narov, calando-se depois durante um longo momento. – Posso ter sotaque russo, mas o meu sangue é britânico. Nasci no teu país. Antes disso, a minha ascendência distante é alemã. E agora vivo em Nova Iorque. Sou uma cidadã do mundo livre. Isso faz de mim o inimigo?

Jaeger encolheu os ombros, um pouco em tom de desculpa.

– Como é que eu podia sabê-lo? Não me contaste nada sobre ti ou...

– Não me parece que seja o momento apropriado – atalhou Narov, enquanto apontava para o compartimento de mercadorias do Ju 390.

– Tudo bem. Mas continua; conta-me mais a respeito do avião.

– Vê por exemplo a fábrica subterrânea de Mittelwerk – prosseguiu Narov, retomando o seu raciocínio. – No início de maio de 1945, as tropas americanas ocuparam-na, e os primeiros sistemas de mísseis V-2 foram enviados para os Estados Unidos. Poucos dias depois, os oficiais do Exército soviético chegaram para tomar conta do complexo, pois este ficava na zona de ocupação deles. As alunagens americanas Apollo foram concebidas com base na tecnologia dos V-2.

»Ou então vê o exemplo de Kurt Blome, o diretor do Blitzableiter. Um dos motivos para o avanço do programa nazi de armas biológicas ser tão avançado era o facto de eles disporem de milhares de vítimas nos campos de concentração para as testar. No final da guerra, Blome foi capturado e julgado em Nuremberga. Sem se saber bem como, foi ilibado, o que permitiu aos americanos contratá-lo para a sua Unidade de Armas Químicas, um programa de armamento ultrassecreto.

»Fizemos acordos – anunciou, incapaz de conter o ressentimento na voz. – E, sim, fizemo-los com pessoas execráveis, com os piores dos nazis. – Fitou Jaeger. – Já ouviste falar da Operação Paperclip?

Jaeger fez que não com a cabeça.

– Era o nome de código dos americanos para um projeto de realojamento de milhares de cientistas nazis nos Estados Unidos. Receberam novos nomes, novas identidades, além de cargos de poder e influência. Desde que passassem a trabalhar para o outro lado... Vocês tiveram um programa semelhante, mas, com a típica ironia britânica, chamaram-lhe Operação Darwin: sobrevivência dos mais aptos.

»A existência de ambos os projetos foi negada perentoriamente – continuou. – A operação Paperclip foi negada até ao nível do presidente dos Estados Unidos. – Fez uma pausa. – Mas havia camadas de negação ainda mais profundas. As palavras *Aktion Underflug*, «Operação Voo da Águia», estão estampadas em todos os caixotes deste compartimento de carga. *Aktion Underflug* era o nome de código para o plano de Hitler de transferência da tecnologia nazi para locais onde pudesse ser utilizada para reconstruir o Reich. Era um projeto que nós, os Aliados, apoiávamos, desde que se aliassem a nós contra os soviéticos.

»Em suma, estás sentado em cima de um avião que se encontra no cerne da conspiração mais negra do mundo. O secretismo em torno dela era, é, a tal ponto, que a maioria dos ficheiros britânicos e americanos relacionados com esta atividade (para não falar dos ficheiros russos) ainda não foram disponibilizados ao público. E duvido de que alguma vez o venham a ser.

Narov encolheu os ombros.

– Se tudo isto te surpreende, não devia. Os alegados «bons da fita» fizeram um acordo com o Demónio. Fizeram-no porque achavam que isso era necessário, em prol dos valores do mundo livre.

75

Jaeger fez um gesto em direção aos caixotes que enchiam o compartimento de carga do Ju 390.

– Tudo isso só torna esta descoberta mais incrível. Este avião deve constituir a maior coleção de sempre de segredos de guerra. Por isso, é ainda mais importante que o consigamos içar daqui, até a um local onde possamos...

– Onde possamos o quê? – interrompeu Narov, fitando-o. – Contar ao mundo? Grande parte desta tecnologia já foi aperfeiçoada entretanto. Vê por exemplo o *Röntgen Kanone*, o raio mortal. Recentemente, os americanos aperfeiçoaram algo semelhante. O nome de código é MARAUDER, que significa *Magnetically Accelerated Ring to Achieve Ultra-high Directed Energy and Radiation* («Elo Acelerado Magneticamente para Obter Energia e Radiação Direcionada e Ultraelevada»). Basicamente, é uma arma que dispara esferas em forma de *donut* de plasma magnetizado. Pensa em bolas de relâmpagos.

»É um programa secreto e a sua existência não é admitida – prosseguiu, sem parar. – Ou seja, é o Santo Graal dos segredos. O mesmo se passa com o antecessor direto do MARAUDER: o *Röntgen Kanone* nazi. Por isso, não, Sr. William Edward Michael Jaeger, não vamos apresentar esta descoberta ao mundo num futuro próximo. Mas isso não implica que nos demitamos de fazer tudo o que estiver ao nosso alcance para o salvar, e pelos motivos certos.

Jaeger observou Narov longamente. *William Edward Michael Jaeger?* Qual era a ideia de o tratar pelo nome completo?

– Sabes, tenho milhentas perguntas. – A voz de Jaeger sobrepôs-se ao ruído arrastado da sua respiração através da máscara de gás. – E a maioria tem que ver *contigo*. Importas-te de me dizer como é que sabes tanto? Importas-te de me contar o que sabes? Podes ao menos dizer-me quem és? De onde vens? Para quem trabalhas? Ah, e, já agora, importas-te de me explicar a tua fixação pela faca de comando?

Narov respondeu, com o olhar fixo na floresta morta.

– Posso contar-te algumas dessas coisas, quando estivermos longe daqui e em segurança. Quando estivermos verdadeiramente seguros. Mas neste momento...

– E a sacola dos documentos – atalhou Jaeger. – A que tiraste da cabina do avião. Podes dizer-me o que contém? O manifesto de voo? Mapas aéreos? O destino original deste e de outros aviões de guerra?

Narov ignorou a pergunta.

– Neste momento, William Edward Michael Jaeger, só precisas de saber o seguinte: eu conheci o teu avô, Edward Michael Jaeger. O avô Ted, como lhe chamava quem o conhecia. Foi uma inspiração para todos nós.

»Trabalhei com ele. Ou melhor, trabalhei com a sua memória, com o seu legado. – Narov sacou da faca. – E foi o teu avô que me deu isto. Estava curiosa por conhecer o seu legado vivo: *tu*. Continuo curiosa. Não sei se está à altura do que eu esperava.

Jaeger ficou boquiaberto. Antes que pudesse pensar numa resposta adequada, Narov falou novamente.

– Ele foi o avô que nunca tive. *Que não pude ter.* – Pela primeira vez desde que Jaeger a conhecera, Narov lançou-lhe um olhar muito direto, penetrante, prolongado. – E sabes que mais? Sempre invejei a relação que tinhas com ele... e o facto de poderes seguir os teus sonhos.

Jaeger ergueu os braços.

– Alto aí... Que história é essa?

Narov afastou o olhar.

– É uma longa história. Não sei se estou preparada. Se tu estás preparado... E agora...

As suas palavras foram interrompidas por um grito assustado que soou no intercomunicador.

– Ahhhhhh! Soltem-me! Ajudem-me!

Jaeger voltou-se e viu que Dale se aventurara até a um local onde as teias de aranha pareciam mais densas. O operador de câmara estava tão concentrado na sua lente, que não viu bem para onde estava a ir. Encontrava-se envolto em filamentos grossos e pegajosos, e tinha dificuldades em segurar na câmara e afastar os fios sufocantes das teias, bem como as suas hordas de aracnídeos.

Jaeger correu em seu auxílio. Calculou que haveria poucas hipóteses de as presas da *Phoneutria* penetrarem nas luvas ou na máscara de Dale e que o fato NBC deveria ser capaz de resistir a uma picada. No entanto, Dale não devia saber isso, pois o seu terror parecia muito real.

Jaeger utilizou as suas luvas grossas de borracha para afastar a massa fervilhante de aranhas, sacudindo os seus vultos esponjosos e ciciantes para a escuridão. Com a ajuda de Narov, arrastou Dale dali, ainda agarrado com desespero à câmara. No entanto, enquanto o puxavam do emaranhado de teias, Jaeger avistou a verdadeira causa do pavor de Dale.

No meio da massa esmagada de fios de seda, estava um esqueleto assustador: o rosto descarnado com uma expressão de horror; os ossos do corpo ainda vestidos com um uniforme esfarrapado de oficial das SS. Enquanto Jaeger observava o cadáver (sem dúvida de um dos passageiros originais do Ju 390), ouviu uma voz no intercomunicador.

– Não foram as aranhas que me assustaram! – declarou Dale, ofegante. – Foi ser agarrado pelo esqueleto de um general nazi!

– Estou a vê-lo – confirmou Jaeger. – E sabes que mais? Olhando para ele, quase me pareces bonito. Anda, vamos embora.

Jaeger estava ciente de que estavam fechados naquele avião sufocante há quase uma hora. Chegara a altura de saírem dali. Porém, enquanto conduzia Dale e Narov em direção à cabina, apercebeu-se de algo chocante: ainda não pensara em como aquele avião de guerra poderia conter a chave para descobrir o que acontecera à mulher e ao filho.

Luke e Ruth: o seu desaparecimento estava ligado indissociavelmente ao que descobrissem ali. A *Reichsadler* (o símbolo do mal) estava presente em todo o avião e no rapto da sua família.

Tinha de encontrar uma forma de começar a procurar respostas.

76

Jaeger falava à sua equipa nos limites da selva – Lewis Alonzo, Hiro Kamishi, Letícia Santos, Joe James, Irina Narov e Mike Dale (que continuava a filmar), além de Puruwehua, Gwaihutiga e os restantes índios. Tinha retirado a máscara de gás, de modo a poder falar, mas ainda trazia vestido o volumoso fato NBC.

– Muito bem, todos sabem como vai ser – anunciou, com a voz cheia de tensão e cansaço. – Estamos prestes a iniciar o içamento. A tripulação do Airlander calcula que irá precisar de uma hora para libertar o avião. É esse o tempo que vos peço. Façam o que puderem para atrasar o inimigo, mas não se arrisquem demasiado. Missão número um: vamos tentar ficar todos vivos. E lembrem-se: assim que formos içados daqui, fujam a toda a velocidade.

Jaeger olhou para a aeronave gigante que parecia cobrir o céu por cima deles. O Airlander era uma imagem que inspirava respeito. Planava a menos de trinta metros dos ossos fraturados do dossel morto, tal qual a barriga de uma gigantesca baleia branca suspensa nas nuvens.

Tinha quatro vezes o comprimento da fuselagem do Ju 390, e dez vezes a sua largura (o casco bolboso da aeronave estava cheio com cerca de cem mil metros cúbicos de hélio). Até fazia com que o avião de guerra que tinha por baixo parecesse diminuto.

O piloto do Airlander não se podia arriscar a descer mais, pois os ramos superiores da floresta morta estavam inclinados para cima como pontas de lanças afiadas. A aeronave híbrida tinha um exterior inteligente que se podia remendar a si próprio se fosse perfurado, mas múltiplos rasgões poderiam causar problemas sérios.

Além disso, o Ju 390 estava a derramar uma toxina desconhecida, e ninguém a bordo do Airlander tinha vontade de se aproximar perigosamente dela.

Segundo a última mensagem em modo de rajada que Raff enviara nessa manhã, não havia drones nas imediações. O seu isco (o caiaque que levara o aparelho de localização e o telemóvel) parecia ter atraído a vigilância para um local bastante a norte dali. Colocara o Airlander fora do alcance de vídeo do Predator. De qualquer modo, a aeronave híbrida estava escondida debaixo de uma camada de dois mil e quinhentos metros de nuvens.

Todavia, ainda era possível intercetar o sinal de radar do Airlander, bem como localizar os seus focos de calor com raios infravermelhos, sobretudo os seus quatro propulsores. Bastaria um desses sinais para o Predator chegar até eles. O tempo escasseava, mais do que alguma vez se verificara desde o início da expedição.

Era a manhã do décimo primeiro dia. Se tudo corresse bem, seria o último que ali passariam antes de regressarem à civilização. Pelo menos para Jaeger, Narov e Dale. Ao longo das horas anteriores, Jaeger e a sua equipa tinham estado numa corrida contra o tempo, bem como contra o seu inimigo desconhecido.

Na noite anterior, um mensageiro *amahuaca* chegara sozinho ao acampamento com notícias preocupantes: a Força Negra estava a menos de dezoito horas de distância. Se continuasse a sua marcha durante a noite, poderia chegar ainda mais cedo. A força era constituída por cerca de sessenta operacionais, fortemente armados.

Os índios tinham tentado atrasá-los, mas as zarabatanas e as setas revelaram-se ineficazes contra metralhadoras e lança-granadas. O contingente principal de índios continuaria a segui-los e a atacá-los, mas pouco poderia fazer para os atrasar.

Desde a chegada da mensagem, Jaeger e a sua equipa haviam trabalhado freneticamente, tendo chegado a várias conclusões. Em primeiro lugar, o *cocktail* tóxico emanado pelo avião parecia ser um tipo de plasma de mercúrio irradiado. No entanto, Jaeger não conseguira identificá-lo mais especificamente, pois o seu equipamento de deteção parecia desconhecer aquela ameaça.

O equipamento funcionava através da comparação de uma assinatura química detetada com uma lista de agentes conhecidos. O que quer que fosse parecia estar fora da escala. Por conseguinte, ninguém poderia arriscar aproximar-se sem envergar equipamento de proteção completo.

Em segundo lugar, apesar de o Airlander ter conseguido fazer descer dois arneses para o içamento (Jaeger e os companheiros tinham-nos fixado nos pontos onde as asas do Ju 390 se uniam à fuselagem), não haveria forma de içar a equipa.

O Airlander possuía meios para os içar a todos ao longo de cerca de sessenta metros até à aeronave, mas não dispunham de fatos NBC suficientes (nem de tempo). Os índios tinham enviado uma série de mensageiros ao longo da noite. O último chegou pouco depois do amanhecer, com o aviso de que a força inimiga estava a duas horas de distância e a aproximar-se rapidamente.

Jaeger fora forçado a aceitar o inevitável: a sua equipa teria de se separar. O grupo principal (Alonzo, Kamishi, Santos e Joe James, além de Puruwehua, Gwaihutiga e meia dúzia de guerreiros *amahuacas*) teria de assumir posições de bloqueio entre o avião e o inimigo.

Gwaihutiga voluntariou-se para encabeçar o ataque. Iria com a maioria dos guerreiros índios e prepararia a primeira emboscada. Puruwehua, Alonzo e os restantes membros formariam um segundo grupo de bloqueio mais perto dos destroços. Assim, esperavam conceder algum tempo precioso aos envolvidos no içamento.

Jaeger, Narov e Dale seguiriam dentro do Ju 390 quando o Airlander o levasse da selva. Pelo menos era esse o plano.

Dale tinha sido uma escolha óbvia, uma vez que alguém precisaria de filmar o içamento do avião. Jaeger fora escolhido pelo facto de o chefe da expedição ter de se manter junto ao seu objetivo (o avião). Letícia Santos argumentara que deveria ser a terceira pessoa a bordo da aeronave, porque era brasileira e porque o aparelho tinha sido encontrado no seu país.

Narov enfrentara Santos durante algum tempo, esclarecendo que ninguém a afastaria do seu precioso avião. Jaeger terminara a discussão, ao salientar que Santos talvez devesse prosseguir com a sua missão principal, que era salvaguardar a tribo índia. Destacara também o facto de os três (Jaeger, Dale e Narov) já terem os fatos vestidos, e que trocarem as máscaras, as luvas e os fatos NBC aumentaria o risco de contágio entre utilizadores. Este era um problema real, e fazia sentido que quem já estivesse equipado viajasse no avião.

Nessa altura, Santos concordara relutantemente.

— Alonzo, entrego-te o comando. — Jaeger prosseguiu com as informações. — O Puruwehua prometeu fazer tudo o que estiver ao seu alcance para vos tirar daqui em segurança. Vão voltar para a aldeia *amahuaca* e seguir a pé pelo território de uma tribo vizinha. Essa tribo mantém contacto com o mundo exterior e vai enviar-vos para casa.

— Entendido — confirmou Alonzo. — Puruwehua, estamos nas tuas mãos.

— Vamos fazer com que voltem para casa — respondeu Puruwehua, sucintamente.

— Se tudo correr bem, nós os três seguiremos no avião de guerra até Cachimbo — anunciou Jaeger. — De caminho, avisaremos o coronel Evandro para se preparar para estabelecer um perímetro de segurança na zona de aterragem onde o Ju 390 pousará e será mantido em quarentena, pelo menos até a sua carga poder ser tornada segura.

»Trata-se de uma viagem de mil e quatrocentos quilómetros, pelo que o Airlander deve demorar pelo menos sete horas, sobretudo com toda aquela carga. – Jaeger apontou o polegar na direção do Ju 390. – Desde que o general Hans Kammler e os seus comparsas das SS não o tenham sobrecarregado, o içamento deve ser viável. Nesse caso, estaremos em Cachimbo esta noite.

»Quando lá chegarmos, envio-vos uma mensagem em modo de rajada com uma única palavra: SUCESSO. Espero que tenham rede suficiente no caminho para a receberem. Se não receberem nenhuma mensagem, então algo terá corrido mal. No entanto, nessa altura, a vossa única prioridade deve passar por sair daqui em segurança e voltar para casa.

Jaeger consultou o relógio.

– Muito bem, vamos a isso.

Foi uma despedida emotiva, mas a pressa abreviou o adeus.

Gwaihutiga deteve-se por um instante em frente a Jaeger.

– *Pombogwav, eki'yra. Pombogwav, kahuhara'ga.*

Dito isso, voltou-se e partiu, conduzindo os seus homens numa marcha rápida, entoando um cântico de guerra gutural, ato no qual foi acompanhado pelos outros guerreiros e que ressoou fortemente entre as árvores.

Jaeger voltou-se para Puruwehua com uma expressão de dúvida.

– *Pombogwav* significa «adeus» – explicou o índio. – Creio que não têm uma palavra literal para *eki'yra*. Significa «filho do meu pai», ou «irmão mais velho». Daí, «adeus, irmão mais velho». E *kahuhara'ga* já conheces: é «adeus, caçador».

Mais uma vez desde que conhecera aquela tribo, Jaeger sentiu-se comovido.

Em seguida, Puruwehua obrigou o ex-militar a aceitar um magnífico presente de despedida: a sua zarabatana. Jaeger teve de improvisar algo para lhe oferecer em troca. Acabou por lhe dar a sua faca Gerber, aquela com que combatera na praia de Fernão, em Bioko.

– Esta faca e eu temos uma história – explicou, enquanto a prendia em volta do peito do índio *amahuaca*. – Uma vez, combati com ela muito longe daqui, em África. Salvou-me a vida e a de um dos meus melhores amigos. Para mim, agora és um dos meus melhores amigos; tu e todo o teu povo.

Puruwehua desembainhou a faca e testou o gume.

– Na minha língua, chama-se *kyhe'ia*. Afiada como uma lança cortada ao meio. – Fitou Jaeger. – Esta *kyhe'ia* provou o sangue do inimigo. E vai voltar a fazê-lo, *Koty'ar*.

– Puruwehua, obrigado por tudo – agradeceu Jaeger. – Prometo que voltarei um dia. Vou voltar à tua aldeia e comer contigo um grande churrasco de macaco na casa dos espíritos. Mas só se não me obrigares a consumir *nyakwana*!

Puruwehua riu-se e concordou. Tão cedo não pressionaria Jaeger para que ingerisse «rapé» psicotrópico.

Jaeger encarou os membros da sua equipa, um a um. Guardou um sorriso particularmente caloroso para Letícia Santos. Ela, por sua vez, sorriu e soprou-lhe um grande beijo brasileiro.

– Tem cuidado, está bem? – suspirou-lhe ao ouvido. – Sobretudo com aquela... aquela *ja'gwara* Narov. E promete que me vais visitar ao Rio de Janeiro no próximo Carnaval! Vamos embebedar-nos juntos e dançar!

Jaeger sorriu.

– Está prometido.

Em seguida, os membros da equipa, comandados por Lewis Alonzo (mas conduzidos pelos índios *amahuacas*), pegaram nas mochilas e nas armas e desapareceram na selva.

77

As mensagens de Raff em modo de rajada eram normalmente curtas e incisivas: *Airlander pronto. Segurem-se. Começaremos o içamento dentro de três minutos, 0800 zulu.*

Na opinião de Jaeger, quanto mais depressa, melhor. Nos últimos minutos, ouvira tiros na selva, a norte – na rota de aproximação da Força Negra.

Tinha soado o matraquear repentino e feroz de espingardas de assalto, e Jaeger depreendeu que seria a sua equipa a pôr em prática a sua emboscada. No entanto, o fogo de resposta tinha sido extremamente intenso, com tiros rápidos típicos de metralhadoras ligeiras SAW (*Squad Automatic Weapons*, ou seja, armas automáticas de esquadrão), misturados com rajadas mais intensas do aparente fogo GPMG (*General-Purpose Machine Guns*, isto é, metralhadoras para fins gerais), além do estrondo seco de granadas.

Aquele tipo de armamento era capaz de abrir caminho impiedosamente pela selva.

Aquela Força Negra, fosse quem fosse, estava fortemente armada, além de disposta a travar um combate sangrento. Apesar dos esforços dedicados da equipa, aproximava-se de Jaeger e da aeronave a uma velocidade preocupante.

O tempo escasseava: o Airlander iniciaria o içamento em 180 segundos, e Jaeger mal podia esperar por levantar voo.

Percorreu apressadamente o escuro compartimento de carga do Ju 390, alcançou as portas traseiras, fechou-as e trancou-as com o respetivo manípulo. Regressou à dianteira, contornando as fileiras sombrias de caixotes, fechou a porta do separador com força e trancou-a.

Dale e Narov tinham forçado a abertura das janelas laterais da cabina: quando o avião se começasse a deslocar, o influxo de ar deveria ajudar a dissipar os gases tóxicos. Jaeger tomou o lugar do copiloto e apertou o cinto de segurança e o arnês peitoral. Dale estava no assento do piloto ao seu lado, um lugar que solicitara para poder filmar melhor o avião a ser içado da selva.

Quanto a Narov, encontrava-se debruçada sobre a mesa do navegador, e Jaeger suspeitava do que estaria a fazer. Encontrava-se a estudar um dos documentos da sacola que retirara da cabina do Ju 390. Jaeger vira-o de relance. O texto nas páginas amarelecidas estava escrito em alemão, o que para ele era praticamente o mesmo que chinês.

No entanto, reconhecera uma palavra ou duas da capa. Havia os carimbos habituais de ULTRASSECRETO, além das palavras *Aktion Feuerland*. Do pouco alemão de que se lembrava dos tempos de escola, Jaeger sabia que *feuer* significava «fogo», e *land* «terra». Operação Terra de Fogo. Por baixo, estava escrito: *Liste von Personen*.

Dispensava grandes traduções: «Lista de pessoal».

Pelo que Jaeger constatara, todos os caixotes que se encontravam no compartimento de carga do Ju 390 diziam *Aktion Adlerflug*: Operação Voo da Águia. Ora, o que era então a *Aktion Feuerland*, ou Operação Terra de Fogo? E por que motivo estaria Narov tão fascinada com aquela operação, em detrimento de quase tudo o resto?

Naquele momento, havia pouco tempo para refletir sobre esses assuntos.

O içamento que o Airlander estava prestes a tentar (de um Ju 390 cheio de carga) dependia de uma combinação de fatores. Em primeiro lugar, da força aerostática – devido ao simples facto de o casco do Airlander, cheio de hélio, ser mais leve do que o ar.

Em segundo lugar, da propulsão – da utilização dos quatro enormes propulsores da aeronave híbrida, cada um deles com uma turbina de gás de 2350 cavalos de potência que movimentava um conjunto gigantesco de hélices. Só esse aspeto já equivalia a ter-se quatro helicópteros para cargas pesadas a puxar os cantos da aeronave, à potência máxima.

Em terceiro e último lugar, da sustentação aerodinâmica – proporcionada pelo tecido laminado do casco do Airlander. Tinha o formato de um corte transversal da asa de um avião convencional, com uma zona inferior mais plana e uma zona superior curva. Esse formato era suficiente para se obter 40% da sustentação, mas apenas quando o Airlander se deslocasse em frente.

Durante as primeiras centenas de metros, a aeronave efetuaria o içamento na vertical. Nesse momento, tudo dependeria do hélio e dos propulsores.

Jaeger ouviu o som do Airlander passar de um ronronar quase inaudível para um rugido grave, à medida que se preparava para içar. Nesse instante, os quatro enormes conjuntos de hélices assumiram a posição horizontal, de modo a proporcionar a máxima propulsão vertical para o Airlander soltar o avião de guerra.

A corrente descendente aumentou até se aproximar da força de uma tempestade, criando um remoinho cegante de ramos partidos a toda a volta do avião de guerra. Jaeger sentiu-se como se estivesse atrás de uma ceifeira-debulhadora gigantesca enquanto a máquina devorava um campo de milho enorme, cuspindo-lhe em seguida o joio indesejado no rosto.

Jaeger fechou a sua janela lateral e indicou por gestos a Dale que deveria fazer o mesmo, uma vez que o vento estava a soprar madeira apodrecida para dentro da cabina. Aproximava-se aquele que seria provavelmente o momento mais arriscado de toda esta louca missão.

O Ju 390 tinha um peso bruto máximo de 53 toneladas. Com a sua capacidade de içamento de 60 toneladas, o Airlander deveria ser capaz de aguentar o peso, desde que Hans Kammler e os comparsas não tivessem sobrecarregado o avião.

Jaeger tinha plena confiança na força dos arneses que colocara sob as asas do Ju 390. Tinha igual confiança no piloto do Airlander, Steve McBride. O problema era saber se iriam conseguir libertar-se das árvores mortas. Além disso, estavam a confiar que a engenharia aeronáutica alemã não cederia a sete décadas de apodrecimento e corrosão no meio da selva.

Qualquer erro nessas vertentes poderia revelar-se catastrófico. O Ju 390 (e talvez o Airlander também) poderia cair como uma pedra na selva.

Na noite anterior, Jaeger e a sua equipa haviam abatido algumas das árvores maiores, colocando cargas circulares de explosivos plásticos em volta dos troncos. Contudo, estavam limitados pelo tempo e pelas cargas de que dispunham. Cerca de metade do dossel de madeira morta permanecia intacto.

Tinham feito explodir os troncos maiores e menos apodrecidos, os que poderiam apresentar mais resistência. Estavam a fiar-se no facto de as árvores mortas restantes estarem podres e se desfazerem quando o Airlander arrastasse o avião dali.

O rugido dos propulsores ascendeu até a um uivo ensurdecedor, enquanto a corrente descendente se aproximava da força de um furacão. Jaeger sentiu que o Airlander se estava a aproximar do máximo da sua propulsão e percebeu que algo estava a cair em cima deles, pois viu uma sombra escura e comprida a percorrer a cabina.

Um enorme tronco embateu com estrondo no vértice da cabina do Ju 390, no ponto onde os painéis frontais se uniam. A estrutura metálica vertical que unia os painéis amachucou-se com a pancada e o acrílico deformou-se com o impacto esmagador. Enquanto o ramo se partia em dois e desaparecia, uma racha percorreu a janela frontal, como um raio a rasgar um céu de trovoada.

Ainda assim, pelo menos naquele instante, a janela pareceu resistir.

A cabeça de Jaeger foi preenchida por uma torrente de som. Soprados pelo vento, choviam detritos pesados na superfície metálica do Ju 390. Parecia que estava preso dentro de um tambor metálico gigantesco.

Uma vibração longa zuniu pela fuselagem, pois a turbulência dos propulsores provocava ressonância através dos arneses de içamento que envolviam o avião de guerra. Jaeger sentia que toda a aeronave híbrida se estava a esforçar por içar o Ju 390 e que o próprio avião parecia tentar libertar-se.

De repente, a cabina sofreu uma enorme inclinação e mergulhou para o chão, enquanto a cauda se erguia e se libertava. A traseira da fuselagem subiu, libertando todos os detritos que havia acumulado em cima.

O avião estava agora assente em quatro enormes rodas duplas (oito pneus colossais). A aeronave gigantesca parecia contorcer-se e tremer, como se fosse uma enorme ave a tentar soltar as garras de um pântano pegajoso e levantar voo.

Instantes depois, ouviu-se um ruído, como se alguém puxasse uma faixa de velcro colossal, e o Ju 390 ergueu-se no ar.

A força gerada quando se soltou empurrou Jaeger para baixo, pressionando-o contra o assento, e depois impulsionou-o para a frente contra as faixas que o seguravam. Durante vários segundos, o enorme avião de guerra elevou-se como se a força da gravidade tivesse sido temporariamente suspensa, encaminhando-se a bom ritmo para a coroa irregular do dossel esquelético.

Com as árvores mortas a lançarem uma teia de sombras sobre a cabina, a fuselagem superior do avião abriu caminho pelos ramos mais baixos. Ouviu-se um embate esmagador e o impacto repentino sacudiu Jaeger no seu assento, fazendo com que o seu arnês lhe magoasse os ombros.

A toda a volta, ramos ósseos arranhavam a cabina, como se uma mão gigantesca tentasse penetrá-la, arrebatar Jaeger, Dale e Narov, e atirá-los ao chão. Enquanto o avião abria caminho na vertical, um dedo de madeira particularmente grosso penetrou através da janela lateral de acrílico, quase fazendo tombar a câmara de Dale, e lançou-se em direção a Jaeger, no extremo contrário.

O britânico baixou-se e o ramo pontiagudo espetou-se no assento, no lugar onde a sua cabeça estivera momentos antes. O impacto partiu o galho em dois, deixando a extremidade dependurada da janela do avião.

Jaeger sentiu que a velocidade ascendente estava a diminuir. Arriscou uma espreitadela rápida para o seu lado esquerdo. Viu as enormes hélices a bombordo do Ju 390 (cada uma delas com o dobro da altura de um homem adulto) emaranhadas nos ramos. Pouco depois, o dossel esquelético apertou a pressão das suas garras em torno do avião, que se deteve com um estremeção.

Estavam suspensos a cerca de trinta metros do solo, e bem presos.

78

Durante vários segundos, o Ju 390 ficou ali suspenso no seu ninho de ossos de madeira.

Jaeger ouviu uma alteração no rugido dos propulsores vinda de cima e a corrente descendente reduziu-se até a uma brisa ligeira. Por um instante, receou que o piloto tivesse desistido, que tivesse sido obrigado a admitir que as árvores mortas o haviam derrotado. Nesse caso, Jaeger, Narov e Dale estariam prestes a enfrentar uma força inimiga de sessenta homens.

Arriscou ligar o seu Thuraya e recebeu instantaneamente uma mensagem de Raff em modo de rajada.

O piloto vai tentar avançar em frente, utilizando a sustentação do casco para vos libertar. AGUARDEM.

Jaeger desligou novamente o telefone de satélite.

O casco do Airlander proporcionava quase metade da sua sustentação. Ao tentar avançar em frente, poderia quase duplicar a sua força de arrasto.

Jaeger gritou a Narov e a Dale que se segurassem bem perante o que se seguiria. Assim que o fez, ocorreu uma mudança abrupta na direção da força exercida sobre o Ju 390, pois a aeronave híbrida estava a arrancar em frente a toda a força.

As arestas das asas do Ju 390 embateram nas árvores mortas, com o nariz pontiagudo do avião a servir de broca. Jaeger e Dale esconderam-se debaixo do painel de instrumentos enquanto a cabina perfurava o emaranhado de ramos descolorados pelo sol tropical.

Instantes depois, o dossel florestal pareceu diminuir a olhos vistos, e a luz inundou a cabina do avião. Com o ruído de um rasgar ensurdecedor, o poderoso avião de guerra libertou-se e foi catapultado para o ar. À esquerda e à direita, uma nuvem de madeira podre e detritos tombou das asas e das superfícies superiores, rodopiando até à floresta por baixo.

Liberta das copas das árvores, a aeronave balançou pesadamente, ultrapassando o ponto diretamente abaixo do Airlander. Depois, oscilou outra vez, até ficar suspensa mesmo por baixo da cabina de pilotagem do veículo híbrido. Assim que a oscilação abrandou e se tornou gerível, o Airlander começou a içar o Ju 390.

Fortes guindastes hidráulicos fizeram subir o avião de guerra até ficar à sombra do Airlander. As asas do avião encostaram-se à face inferior do sistema de aterragem com amortecedor de ar (os patins de aterragem semelhantes a um *hovercraft*). O Ju 390 estava agora efetivamente acoplado ao fundo do Airlander.

Com o avião de guerra na posição certa, o piloto do Airlander programou os propulsores para avançarem à velocidade máxima e orientou-o para as coordenadas certas, iniciando a longa ascensão até à altitude de cruzeiro. Iam a caminho de Cachimbo, com pouco mais de sete horas de caminho pela frente.

Jaeger agarrou triunfantemente na garrafa de metal do copiloto que estava entalada na zona lateral do seu assento e agitou-a na direção de Dale e Narov.

– Vai um café?

Nem Narov conseguiu conter um sorriso.

– O avião pura e simplesmente não está lá – repetiu o operador de rádio conhecido como *Lobo Cinza Seis*.

Estava a comunicar através do seu rádio por satélite, na mesma pista de aterragem remota e desconhecida no meio da selva, com a fileira de helicópteros de hélices pendentes à espera de ordens, de uma missão.

O inglês do operador parecia suficientemente fluente, mas tinha um sotaque marcado, por vezes com entoações ásperas e guturais típicas dos europeus de Leste.

– Como é que pode não estar lá? – explodiu a voz do outro lado.

– A nossa equipa está nas coordenadas que recebemos. Está naquela zona de selva morta. Encontraram as marcas de algo pesado. Encontraram árvores mortas desfeitas. Dá a impressão de que o avião foi arrancado da selva.

– Arrancado como? – exigiu saber o *Lobo Cinza*, incrédulo.

– Desculpe, mas não fazemos ideia.

– Tem um Predator a sobrevoar a zona. Tem imagens do local. Como é que pode não ter visto um avião do tamanho de um Boeing 727 a ser içado da selva?

– O nosso Predator estava a sobrevoar um ponto a norte dali, à espera de um contacto visual nítido com o local do dispositivo de localização. Existe uma cobertura de nuvens até três mil metros de altitude. Não se consegue ver nada com um obstáculo desses. Quem fez o içamento manteve um silêncio total de comunicações e agiu sob a cobertura das nuvens. – Após uma pausa, acrescentou: – Eu sei que parece incrível, mas acredite: o avião desapareceu.

– Muito bem, então vamos fazer o seguinte... – A voz do *Lobo Cinza* adquirira agora um tom de calma fria. – Tem um grupo de Black Hawks à sua disposição. Mande-os levantar voo e vasculhar o espaço aéreo. Você vai, repito, *vai* encontrar esse avião. Vai recuperar o que precisa de ser recuperado. E depois vai destruir o avião. Entendido?

– Entendido.

– Presumo que isso tenha sido obra do Jaeger e da sua equipa.

– Suponho que sim. Enviámos mísseis Hellfire para a sua localização no rio, utilizando o dispositivo de localização e um telemóvel para obter as coordenadas. No entanto...

– Foi o Jaeger – interrompeu a voz. – Só pode ter sido. Matem-nos a todos. Ninguém pode testemunhar aquilo e sair dali com vida. Entendeu? E coloquem naquele avião explosivos suficientes para que não sobrem vestígios. Quero que desapareça. Para sempre. Não me desiluda desta vez, *Kamerad*. Faça uma limpeza. Não pode sobrar nenhum. Mate-os a todos.

– Entendido.

– Então, mande os seus Black Hawks levantar voo. E mais uma coisa: vou pessoalmente a caminho da vossa localização. Isto é demasiado importante para deixar nas mãos de... amadores. Vou levar um dos jatos da agência. Estarei aí dentro de menos de cinco horas.

O operador conhecido como *Lobo Cinza Seis* mordeu o lábio. *Amadores*. Como desprezava o seu contratante americano. No entanto, este pagava bem e proporcionava-lhe fortes probabilidades de poder causar um valente caos e grande carnificina.

Nas horas que se seguiriam, Vladimir Ustanov iria mostrar ao *Lobo Cinza* aquilo de que ele e os seus ditos amadores eram capazes.

79

Jaeger desligou o seu telefone de satélite. A mensagem que acabara de receber em modo de rajada dizia: *Cor. Evandro confirma preparação de local de descontaminação. Hora prevista de chegada 1630 zulu. CE vai mandar escolta aérea para o resto da viagem.*

Consultou o relógio. Eram 09h45 (no horário zulu). Teriam pela frente seis horas e quarenta e cinco minutos de voo antes de aterrarem na zona do aeroporto de Cachimbo que o diretor das Forças Especiais do Brasil preparara para eles. O «local de descontaminação» seria uma zona onde Jaeger e a sua equipa se poderiam descontaminar e, posteriormente, suprimir a radioatividade do avião. O coronel Evandro iria até enviar uma escolta aérea para os acompanhar, muito provavelmente um par de aviões supersónicos.

Estava tudo a correr esplendidamente.

Durante cerca de uma hora, o Airlander foi ascendendo progressivamente até à sua altitude de cruzeiro de três mil metros. Quanto mais subia, mais rarefeita era a atmosfera, e menos combustível consumia a aeronave (crucial para garantir o seu alcance até Cachimbo).

Por fim, libertaram-se da cobertura de nuvens e o Sol brilhou pelas janelas da cabina. Naquele momento, Jaeger pôde ver claramente o espetáculo fantástico que estavam a proporcionar: uma aeronave da era espacial com um avião da Segunda Guerra Mundial acoplado por baixo, a voarem como uma unidade.

Com o formato arredondado da superfície inferior do Airlander, as pontas das asas do Ju 390 destacavam-se uns quinze metros para os lados, terminando em extremidades aguçadas. Jaeger pensou que as asas contribuiriam para a sustentação quando o Airlander avançasse a quase 200 km/h, ajudando a que a aeronave híbrida os levasse ao destino com celeridade.

Com Narov embrenhada nos seus documentos e Dale a filmar tudo o que conseguia, Jaeger deu por si sem nada para fazer, a não ser contemplar a vista. Por baixo deles, estendia-se um tapete de nuvens brancas e fofas até ao horizonte, coroado por um céu azul totalmente límpido. Pela primeira vez em muito tempo, teve um momento para refletir sobre o que acontecera e sobre o que se poderia seguir.

Teria de investigar seriamente Narov e as suas revelações chocantes (de que tinha conhecido o seu avô e trabalhado com ele, tendo quase sido tratada como membro da sua família). Havia ali todo um mundo de incertezas. Assim que chegassem a Cachimbo (e estivessem «verdadeiramente seguros», como ela dissera), teria de manter uma longa conversa com Irina Narov. Ali, a seis mil metros de altitude, e por meio de rádios e máscaras de gás, não havia grande privacidade nem condições para isso.

A principal prioridade de Jaeger seria determinar como lidar com o Ju 390 e a sua carga. Estavam a viajar num avião nazi cheio de segredos de guerra de Hitler, pintado com as cores da Força Aérea dos Estados Unidos, descoberto presumivelmente em território brasileiro (mas que poderia ser igualmente boliviano ou peruano) e recuperado por uma equipa expedicionária internacional.

A questão era: quem tinha verdadeiramente direito à descoberta?

Jaeger depreendia que o cenário mais provável seria o aparecimento de uma enxurrada de agências em Cachimbo assim que a descoberta fosse divulgada. O coronel Evandro era inteligente e certamente teria escolhido uma parte do grande complexo aéreo bem longe de olhares indiscretos (do público e da imprensa).

O mais provável era que essas agências exigissem (e obtivessem) o silêncio dos meios de comunicação até determinarem que versão da história divulgariam ao público mundial. Segundo a experiência de Jaeger, normalmente era isso que acontecia.

O Governo norte-americano tentaria negar a sua conivência face àquele voo, e o mesmo sucederia com os seus aliados (sobretudo a Grã-Bretanha), que sem dúvida teriam participado no plano.

Como Narov sugerira, pelo menos parte da tecnologia presente no compartimento de carga do Ju 390 ainda seria provavelmente secreta, e assim deveria continuar. Teria de ser suprimida de quaisquer declarações que se fizessem ao público mundial.

No entanto, Jaeger conseguia imaginar o tipo de história que acabaria por surgir na imprensa:

«Após setenta anos de esquecimento na selva amazónica, as insígnias no avião da Segunda Guerra Mundial eram quase indecifráveis – mas poucas dessas poderosas aeronaves cruzaram os céus. Os intrépidos exploradores que o descobriram reconheceram-no de imediato como um Junkers Ju 390, apesar de poucos poderem esperar que contivesse um carregamento tão deslumbrante ou imaginar o que nos diria do último estertor do regime nazi de Hitler...»

Kammler e os seus comparsas seriam descritos como alguém que tentava salvar o melhor da sua tecnologia das cinzas do Terceiro Reich, agindo sem o apoio dos Aliados. Algo nessa linha. Quanto ao projeto televisivo da Wild Dog Media, Dale filmava loucamente, ciente de que tinha a história da sua vida.

Jaeger calculava que não haveria melhor e mais fascinante narrativa de aventura/mistério para superar o sucesso de bilheteira de *Indiana Jones*. Não lhe agradava muito representar o papel de Harrison Ford, mas Dale tinha imenso material de entrevistas registado.

O que estava filmado filmado estava, e o máximo que Jaeger poderia fazer seria ver uma versão embelezada na série de televisão, na qual pelo menos alguns dos conteúdos do avião seriam censurados, para não falar das insígnias dos Estados Unidos. Ainda assim, concluiu que seria um programa cativante.

Outro aspeto que sem dúvida seria expurgado das filmagens de Dale era a Força Negra que os perseguira. Já tinham drama suficiente com as «tribos perdidas» e o *Mundo Perdido* da selva, algo muito mais facilmente digerível para as famílias que acompanham esses programas de televisão.

Jaeger depreendia que a Força Negra teria cancelado a perseguição, pois o alvo já estava fora do seu alcance. Porém, uma vez que tinham pelo menos um Predator e uma brigada terrestre fortemente armada à sua disposição, não duvidava de que se tratasse de uma agência obscura com origem nos Estados Unidos, uma organização que operava na clandestinidade.

Quando se permite a criação de tantas agências clandestinas, concedendo-lhes poder total sem qualquer responsabilização, é inevitável que surjam «danos colaterais». A determinado ponto perde-se o controlo sobre as agências, e uma delas começa a operar à margem da lei.

80

Mesmo que a Força Negra tivesse desistido da sua perseguição, Jaeger não podia fazer o mesmo. O seu instinto nunca se enganara, e o britânico previra que encontraria os assassinos de Andy Smith no final do percurso da expedição. Tinha a certeza de que Smith tinha sido torturado e atirado para a morte, com o intuito de a Força Negra chegar primeiro ao avião de guerra.

Jaeger perdera dois membros da equipa – Clermont e Krakow – às mãos dessa mesma Força Negra. Tinha contas a ajustar com quem, no mínimo, ordenara a tortura e a execução do seu melhor amigo, bem como de dois membros da sua expedição. Como prometera a Dulce na casa da família de Andy, em Wiltshire, seria sempre fiel aos amigos.

Todavia, primeiro tinha de resgatar os restantes membros da sua equipa (naquele momento a cargo de Lewis Alonzo) da serra dos Deuses, o que implicava um pesadelo de logística. Entre tudo isso, tinha de encontrar tempo para procurar as respostas que mais queria (*precisava*) e que o poderiam conduzir à mulher e ao filho desaparecidos.

Tinha uma certeza persistente de que Ruth e Luke estavam vivos. Não dispunha de qualquer prova disso, apenas das memórias reavivadas por uma mistela de líquido psicotrópico. Contudo, ainda estava convencido de que as pistas do destino dos familiares se encontravam algures naquele avião.

Viu as suas divagações interrompidas por um toque no ombro. Era Dale.

O operador de câmara sorriu, exausto.

– E que tal umas palavrinhas? Um género de resumo de como é estar aqui, agora, na cabina deste avião, a caminho de o mostrar ao mundo?

– Tudo bem, mas nada de muito longo.

Dale estava a enquadrar a imagem quando Jaeger reparou que a cabeça de Narov se elevara abruptamente da mesa do navegador. As janelas recuadas da cúpula concediam uma vista das zonas laterais da aeronave, e a loira olhava fixamente por aí.

– Temos companhia – anunciou. – Três helicópteros Black Hawk.

– É a escolta do coronel Evandro – comentou Dale. – Só pode ser. – Voltou-se para Jaeger. – Só mais um segundo. Já fazemos a entrevista depois de eu gravar algumas imagens disto.

Dale dirigiu-se à zona lateral do avião e começou a filmar. Jaeger seguiu-o.

De facto, três helicópteros negros e esguios acompanhavam o Airlander, cerca de cento e cinquenta metros a estibordo da aeronave. Quando Jaeger os observou, sentiu que algo não batia certo. Estavam pintados com um material preto-mate, para se tornarem indetetáveis, e nenhum deles tinha emblemas de identificação.

Era verdade que a Força Aérea do Brasil tinha Black Hawks. Talvez até tivesse uma frota de modelos furtivos, mas não era nada daquilo que Jaeger esperava. Faria sentido o coronel Evandro enviar alguns aviões supersónicos de Cachimbo (muito provavelmente, F16) para os escoltar em segurança e em grande estilo.

Mas Black Hawks descaracterizados... Algo não fazia sentido para Jaeger.

Apesar de aqueles helicópteros disporem de forte armamento, destinam-se sobretudo ao transporte de tropas, e não teriam o alcance necessário para chegar até à base aérea de Cachimbo. O alcance de combate dos Black Hawks é de menos de 600 quilómetros, menos de metade do que seria necessário naquele caso.

Jaeger não acreditava de forma alguma que se tratasse da escolta do coronel Evandro.

Voltou-se para Narov. Entreolharam-se.

Jaeger abanou a cabeça, preocupado. *Isto não bate certo.*

Narov imitou-o.

O ex-militar acionou o telefone de satélite Thuraya e ligou a Raff. Já não era relevante evitar as comunicações. Ou se tratava de uma escolta amigável, e, nesse caso, estavam a salvo, ou tinham sido encontrados pela força inimiga. Em ambos os casos não fazia sentido tentarem manter-se ocultos.

Assim que o telefone captou rede, Jaeger ouviu o tom de chamada, seguido de uma resposta instantânea. No entanto, não foi a voz de Raff que surgiu em linha. Ao invés, escutou algo que lhe pareceu uma comunicação de rádio vinda do comandante do esquadrão misterioso de Black Hawks. Raff estava a utilizar a ligação do Thuraya para partilhar a mensagem com Jaeger e a sua equipa.

– Daqui Black Hawk descaracterizado, chama Airlander em frequência aberta – afirmou a voz. – Confirmem se me estão a ouvir. Daqui Black Hawk descaracterizado. Escuto.

«Em frequência aberta» referia-se à frequência de rádio geral, não encriptada, que todos os aviões recebem. Estranhamente, a voz do piloto parecia ter um ligeiro timbre da Europa de Leste (russo), uma entoação monocórdica e gutural que, por um instante, fez com que Jaeger se lembrasse... do sotaque de Narov.

Narov ouvia atentamente a voz no telefone de satélite. Porém, por um segundo, deitou um olhar a Jaeger, no qual o britânico detetou algo que nunca esperara ver na loira.

Medo.

81

Jaeger digitou uma mensagem rápida em modo de rajada: *Estou a ouvir as vossas comunicações.*

Assim que a enviou, ouviu os tons graves do grande maori a entrarem em linha:

— Black Hawk, aqui Airlander. Afirmativo. Estamos a ouvir.

— Com quem estou a falar? — perguntou o comandante do Black Hawk.

— Takavesi Raffara, oficial de operações, Airlander. Estou a falar com quem?

— Sr. Raffara, quem faz as perguntas aqui sou eu. Sou eu quem manda. Ponha o Sr. Jaeger em linha.

— Negativo. Sou o oficial de operações desta aeronave. Todas as comunicações passam por mim.

— Repito, ponha o Sr. Jaeger em linha.

— Negativo. Todas as comunicações passam por mim — repetiu Raff.

Jaeger viu o Black Hawk mais próximo abrir fogo, utilizando a sua GAU-19, uma metralhadora Gatling temível de calibre .50 e seis canos rotativos. Durante a rajada de três segundos, o ar por baixo do helicóptero ficou negro com os invólucros das balas. Naqueles breves segundos, disparara mais de cem projéteis perfurantes, cada um deles com o tamanho do punho de uma criança.

A rajada passara quase trezentos metros à frente da cabina de pilotagem do Airlander, mas a mensagem era inequívoca: *Temos capacidade para vos desfazer em mil pedaços.*

— A próxima rajada vai acertar em cheio na vossa gôndola — ameaçou o comandante do Black Hawk. — Ponha o Jaeger em linha.

— Negativo. Não tenho o Jaeger a bordo da minha aeronave.

A escolha de palavras de Raff era muito cuidadosa. Tecnicamente, era verdade: Jaeger não se encontrava a bordo da aeronave.

– Ouça com atenção, Sr. Raffara. O meu navegador identificou uma clareira 150 quilómetros a este, nas coordenadas 497865. Aterre nessa localização. E pode ter a certeza de que nessa altura irei identificar todos os elementos da sua tripulação. Confirme que entendeu as minhas instruções.

– Um momento.

Jaeger ouviu o apito de uma nova mensagem no seu telefone de satélite: *Resposta?* Enviou a resposta: *Se nos apanham no solo, vão-nos matar. A todos. Resiste.*

A voz de Raff voltou à linha.

– Black Hawk, daqui Airlander. Negativo. Vamos seguir para o nosso destino, como planeado. Somos uma equipa internacional numa expedição civil. Não, repito, não interfiram com este voo.

– Nesse caso, olhe bem para a porta aberta no helicóptero que vai à frente – retorquiu o comandante dos Black Hawks. – Vê aquela figura na porta? É um dos vossos queridos amigos índios. E temos também alguns dos membros da vossa equipa connosco.

Jaeger tinha a cabeça num turbilhão. O inimigo devia ter capturado um dos seus grupos de emboscada e capturado pelo menos alguns com vida. Depois, teria sido fácil pô-los a bordo de um helicóptero, utilizando como zona de aterragem o local onde permanecera o Ju 390.

– Creio que alguns de vocês conhecerão este selvagem – troçou o comandante do Black Hawk. – O seu nome significa «grande porco». Foi muito bem escolhido. Agora, vejam-no voar.

Instantes depois, um vulto semelhante a um palito tombou do Black Hawk principal.

Mesmo àquela distância, Jaeger viu que se tratava de um guerreiro *amahuaca*, a gritar silenciosamente enquanto caía. Foi engolido rapidamente pela massa de nuvens, mas não antes de Jaeger reconhecer o colar de penas curtas que levava ao pescoço – o *gwyrag'waja* –, no qual cada pena significava um inimigo morto.

Sentiu-se invadido por uma raiva cega, enquanto o corpo que lhe parecera do irmão de Puruwehua caía até desaparecer de vista. Gwaihutiga salvara a vida de Jaeger na ponte de corda, e agora tinha muito provavelmente sido atirado numa queda mortal devido à fuga do britânico e da sua equipa. Jaeger deu um murro na parede do avião, com a cabeça a rodopiar de ira e frustração.

– Tenho mais alguns desses selvagens – prosseguiu o comandante do Black Hawk. – Por cada minuto que não aceder a alterar o seu rumo e a dirigir-se às coordenadas 497865, um índio será atirado para a morte. Ah, e a vossa equipa da expedição... esses irão a seguir. Façam o que mandei. Alterem o rumo. O tempo está a contar.

– Um momento.

Uma vez mais, o telefone de Jaeger apitou com uma mensagem: *Resposta?*

O britânico olhou para Dale e Narov: que diabo haveria de responder? Em jeito de resposta, Narov agitou a sacola de documentos na sua direção.

– Existe algo que eles querem neste avião – declarou ela. – Algo de que necessitam. Não nos podem abater.

A mão de Jaeger estava suspensa sobre o teclado do Thuraya, enquanto se convencia a escrever o que sabia ser inevitável. Com uma onda de agonia a subir-lhe do estômago, digitou a mensagem: *Eles precisam do avião intacto. Não nos vão abater. Não cedas. Resiste.*

– Vamos seguir para o destino como planeado. – A voz de Raff estava de novo em linha. – E estão avisados: estamos a filmar tudo o que fazem e a enviar para um servidor em tempo real, onde está a ser transmitido para a Internet.

Isso não era bem verdade, claro, mas constituía um toque clássico da capacidade de improvisação e *bluff* de Raff.

– Estão a ser filmados e vão ser presentes a tribunal e acusados dos vossos crimes...

– Tretas – interrompeu a voz do comandante inimigo. – Somos um esquadrão de Black Hawks descaracterizados. Será que não percebes, idiota? Ninguém nos pode acusar. Nós não existimos. Achas que se pode julgar fantasmas por crimes de guerra? Estúpido. Muda de rumo como eu mandei, ou vais sofrer as consequências. A responsabilidade é tua...

Mais uma figura minúscula tombou do helicóptero.

Enquanto caía pelo azul ofuscante, Jaeger tentou não imaginar Puruwehua a estatelar-se na selva lá em baixo. Era impossível identificar exatamente que índio é que a tripulação do Black Hawk teria atirado borda fora, mas não havia dúvidas de que morreria, de que se tratava de um assassínio.

Quanto sangue teria nas mãos?

– Por enquanto, tudo bem – continuou o comandante do Black Hawk. – Já gastámos dois elementos da nossa quota de selvagens. Ainda temos um. Vai seguir as minhas ordens, Sr. Raffara, ou o último também vai ter de aprender a voar?

Raff não respondeu. Se alterassem a rota e aterrassem o Airlander (e o Ju 390) nas coordenadas indicadas, seriam aniquilados. Ambos sabiam disso. Durante o treino de *krav maga*, Raff e Jaeger tinham aprendido a nunca cumprir duas ordens: uma é deixar-se levar para outro local; a outra é deixar-se amarrar. Ambas se revelariam desastrosas. Obedecer a uma ordem dessas nunca dá bom resultado.

Jaeger desviou o olhar enquanto uma terceira figura rodopiava pelo céu límpido, a agitar os braços em desespero, numa tentativa de se agarrar à atmosfera rarefeita. O britânico teve uma memória súbita: Puruwehua dizia-lhe que voara como a *topena*, o grande falcão branco que sobrevoava as montanhas.

– Voei como a *topena* – dissera-lhe Puruwehua. – Sobre grandes oceanos e até montanhas distantes.

A recordação torturou Jaeger a um ponto quase insuportável.

– Agora, Sr. Raffara, agora passamos à parte verdadeiramente interessante. Segundo ato: os vossos colegas de equipa. Olhem para a figura na nossa porta aberta, o primeiro candidato. Não parece com muita vontade de aprender a voar. Mudem a rota para as coordenadas que dei, ou ele vai aprender como se faz puré. – O comandante do Black Hawk riu-se com a própria piada. – Têm um minuto...

O telefone de satélite de Jaeger apitou. *Resposta?*

Jaeger viu uma cabeleira de um louro quase branco a cintilar ao sol, enquanto um vulto era empurrado para a porta do Black Hawk. Apesar de Jaeger acreditar que Stefan Kral era um traidor, não tinha a certeza absoluta disso, e a ideia de a jovem família do eslovaco estar à sua espera em casa, em Luton, deu-lhe ainda mais a volta ao estômago.

Contrariado, escreveu mais uma mensagem: *Avisa-o de que o coronel Evandro tem aviões supersónicos a caminho. Mantém-no em linha.*

– Vamos seguir para o nosso destino, como planeado – anunciou a voz de Raff. – E fique sabendo que temos uma escolta de aviões supersónicos da Força Aérea brasileira a caminho...

– Sabemos tudo sobre os vossos amigos da B-BOE – atalhou o comandante do Black Hawk. – Vocês pensam que têm amigos influentes! – Riu-se. – Não fazem ideia da importância dos nossos amigos. Seja como for, os aviões do coronel estão a uns noventa minutos de distância. Sigam as minhas ordens, ou vai haver mais mortes.

– Negativo – repetiu Raff. – Vamos seguir para o nosso destino, como planeado.

– Nesse caso, vou aproximar-me um bocadinho mais – anunciou o comandante do helicóptero. – Assim podem desejar boa viagem ao vosso amigo.

Os três helicópteros acercaram-se, mantendo a formação compacta, até estarem a pouco mais de duzentos metros do Airlander e do Ju 390. Já nessa posição, a figura distinta do operador de câmara eslovaco foi obrigada a avançar até ao limiar da porta aberta do helicóptero.

– É a vossa última oportunidade – insistiu o comandante do Black Hawk. – Alterem a rota, como mandei.

– Negativo – replicou Raff. – Vamos seguir para o nosso destino.

Instantes depois, Stefan Kral foi obrigado a saltar.

Enquanto o seu corpo tombava para o solo, a rodopiar no azul ofuscante, Jaeger ouviu Dale a vomitar para o chão atrás de si. O próprio Jaeger sentia-se dilacerado.

Traidor ou não, era uma forma horrível de se morrer, sobretudo tratando-se de um pai jovem.

82

— Parabéns, Sr. Raffara — anunciou o comandante do Black Hawk. — Teve a felicidade de ver morrer quatro dos seus amigos. Agora, o último candidato ao passeio mortal é: a Sra. Letícia Santos! Ah, pois, e todos sabemos como estas senhoras brasileiras gostam de dar uma volta. Mudem de rumo, Sr. Raffara. Obedeçam às minhas ordens. Ou a morte da encantadora Sra. Santos irá assombrá-los para o resto da vida.

O telefone de satélite apitou: *Resposta?*

Jaeger ficou a olhar fixamente para o ecrã, com a cabeça num turbilhão incontrolável. Por mais que pensasse, não encontrava alternativas. A carnificina tinha de terminar. Não podia deixar que Letícia fosse sacrificada. Mas qual era a alternativa?

Involuntariamente, a sua mão livre procurou o lenço carnavalesco que trazia atado ao pescoço. Uma ideia repentina passou-lhe pela cabeça, instalando-se depois mais solidamente no seu consciente. Era uma ideia louca, pouco lúcida, mas naquele momento não tinha melhor.

Digitou uma mensagem no teclado do Thuraya: *Finge que obedeces. Muda de rota. Aguarda novas instruções.*

A voz de Raff soou no rádio:

— Afirmativo, vamos cumprir as suas ordens. Estamos a alterar a rota para as vossas coordenadas de destino. Chegada prevista dentro de quinze, repito, *um, cinco*, minutos.

— Excelente, Sr. Raffara. Ainda bem que começou finalmente a aprender como pode manter vivos os elementos da sua equipa...

Jaeger não esperou para ouvir as últimas palavras. Agarrou em Narov, destrancou a porta que dava para o compartimento de carga do Ju 390 e correu para o caixote que estava nos limites traseiros e sombrios do avião.

Debruçou-se sobre o caixote comprido que continha os mísseis portáteis Fliegerfaust. Instintivamente, procurou a faca, mas lembrou-se de que a havia oferecido a Puruwehua. Pouco depois, Narov estava ao seu lado, a atacar o caixote com a sua Fairbairn-Sykes de lâmina comprida.

Uma vez cortadas as cintas de corda grossa e retirados os pregos com a lâmina, Jaeger e Narov ergueram a tampa de madeira.

Retiraram de lá o primeiro dos lança-mísseis. Era surpreendentemente leve. Contudo, não era o peso que preocupava Jaeger naquele momento. Era o mecanismo da arma. A maioria dos lança-mísseis portáteis modernos utiliza um sistema de disparo eletrónico de bateria. Se o Fliegerfaust tivesse algo semelhante, há muito que as baterias teriam perdido a carga, e estariam perdidos.

Jaeger contava que o lança-mísseis funcionasse com um mecanismo simples. Nesse caso, ainda estaria operacional. Com o olhar, percorreu a pega dianteira e o mecanismo de gatilho na retaguarda. Colocou-o ao ombro e encostou o olho ao metal frio da mira: era apenas um tubo metálico que percorria a superfície dorsal, para espreitar e fazer pontaria.

Como esperava, o mecanismo do Fliegerfaust parecia totalmente mecânico. Tinha sido guardado bem oleado e aparentemente não apresentava vestígios de ferrugem. Até os canos múltiplos pareciam limpíssimos. Depois de sete décadas num caixote, não havia motivo para não funcionar na perfeição.

Narov vasculhou o caixote e retirou de lá o conjunto de nove mísseis – projéteis de 20 mm com cerca de vinte centímetros de comprimento. Enquanto Jaeger segurava no lança-mísseis, a loira enfiou as munições nos canos, que foram ressoando secamente enquanto atingiam o fundo.

– De cada vez que premires o gatilho, ele dispara duas salvas de mísseis – explicou Narov, com a voz tensa. – Uma de quatro, seguida de uma de cinco, com o intervalo de uma fração de segundo.

Jaeger anuiu.

– Precisamos de ambos os lança-mísseis carregados e prontos a disparar. Consegues disparar o outro?

Os olhos de Narov reluziram com um sorriso rasgado.

– Com muito gosto. Eles tinham razão quando te deram a alcunha de *Caçador*.

Prepararam o segundo lança-mísseis e, depois, encaminharam-se para a porta traseira do compartimento de carga do Ju 390. Cerca de uma hora antes, Jaeger fechara-a na preparação do içamento da selva. Não podia imaginar que precisaria de a abrir tão cedo, e para o tipo de ação que tinha agora em mente.

Pegou no seu Thuraya e escreveu uma mensagem: *Vou abrir fogo sobre os Black Hawks pela retaguarda do Ju 390. Não vou atingir o helicóptero da Santos. Aguarda novas ordens.*

O telefone de Jaeger apitou uma vez. *Afirmativo.*

Jaeger voltou-se para Narov.

– Estás pronta?

– Pronta – confirmou Narov.

– Vou atirar sobre o que está às nove horas; tenta atingir o das três horas. Não acertes no helicóptero da Santos.

Narov concordou com um breve aceno de cabeça.

– Assim que abrirmos as portas – acrescentou Jaeger –, dá-lhe com força.

Alcançou a tranca da porta de carga e destrancou-a. Em seguida, sentou-se no chão do avião e encostou as botas à porta do seu lado. Narov fez o mesmo na outra porta. Jaeger estava seguro de que o comandante do Black Hawk não fazia ideia de que havia uma equipa dentro do Ju 390.

Estava prestes a descobri-lo.

– AGORA!

Jaeger pontapeou a sua porta com força, e Narov imitou-o. As portas abriram-se e Jaeger ergueu-se sobre um joelho, com o Fliegerfaust apoiado no ombro. O Black Hawk mais próximo não estava a mais de cento e oitenta metros. Alinhou a mira de metal com a cabina de pilotagem do helicóptero, proferiu uma oração rápida, pedindo que o lança-mísseis funcionasse, e premiu o gatilho.

Foram disparados quatro mísseis, e o rasto da sua erupção deixou uma nuvem espessa de fumo sufocante no compartimento de carga do Ju 390. Jaeger manteve a pontaria e, uma fração de segundo depois, os cinco projéteis restantes voaram em direção ao alvo. Ao lado, Narov disparou a sua arma e nove mísseis cruzaram os céus em direção ao segundo Black Hawk.

Perfurantes e altamente explosivos, aqueles mísseis eram estabilizados por um conjunto de pequenos furos na sua cauda. Uma porção dos gases de escape do míssil saía por esses orifícios, fazendo-o rodar sobre o seu eixo. Era essa rotação que garantia que os mísseis acertariam no alvo, da mesma forma que uma bala disparada por uma arma é levada a girar pelo estriamento do cano.

Jaeger viu cinco dos seus mísseis falharem o alvo, mas quatro acertaram. Os projéteis de 20 mm deixaram pequenas nuvens de fumo cinzento no flanco do Black Hawk quando as pontas perfurantes penetraram no exterior metálico. Uma fração de segundo depois, as cargas explosivas de alta potência foram detonadas, enchendo o interior do helicóptero com uma chuva de estilhaços incandescentes.

A explosão despedaçou as janelas frontais e laterais, e os estilhaços desfizeram os corpos das pessoas que viajavam no interior. Instantes depois, o helicóptero abandonou a rota e entrou em queda vertiginosa, deixando um rasto enfurecido de fumo cinzento.

Atrás dele, o segundo alvo tivera ainda pior sorte. No momento em que era mais necessária, a atiradora furtiva (assassina?) que havia em Narov veio ao de cima. Oito dos seus mísseis atingiram o alvo, e apenas um único projétil falhou a pontaria.

Pelo menos um dos foguetes de 20 mm terá atingido o tanque de combustível do Black Hawk. Suficientemente cheio para concluir um voo de combate de seiscentos quilómetros, tinha muito combustível para arder. Uma língua de fogo alaranjado eclodiu furiosa no helicóptero, que em seguida se tornou uma enorme bola de fogo ofuscante.

Jaeger sentiu o calor da explosão a percorrer-lhe o corpo, enquanto tentáculos de estilhaços ardentes eram disparados do epicentro em todas as direções. Por um momento, a explosão furiosa pareceu ameaçar o Airlander por cima dele, mas as plumas de estilhaços ardentes mergulharam para o banco de nuvens lá em baixo e desapareceram da sua vista.

A carcaça incinerada do segundo Black Hawk tombou em direção ao solo como uma pedra. Tudo o que restava das duas aeronaves era uma nuvem escura de fumo a pairar no ar quente tropical.

Restava um Black Hawk contra um Airlander/Ju 390, a navegarem em céu aberto.

O Black Hawk restante guinara fortemente, criando uma distância de segurança face a mais salvas de mísseis. Mal sabia que Jaeger e Narov não poderiam disparar mais: tinham esgotado os Fliegerfausts. De qualquer modo, Letícia Santos estava a bordo daquele helicóptero e Jaeger não estava disposto a sacrificar também a vida da brasileira.

— Sr. Raffara, vai arrepender-se de ter feito isso! — gritou uma voz, descontrolada de raiva. — Agora vou começar a atirar sobre os vossos motores!

— Se fizer isso, nós vamos cair — retorquiu Raff. — E connosco virá o vosso precioso avião. Vai desfazer-se na selva...

Uma rajada de grande precisão vinda da GAU-19 do Black Hawk abafou as palavras de Raff. Os tiros atingiram o Airlander no propulsor frontal de estibordo. Nesse mesmo instante, Jaeger sentiu o Ju 390 a inclinar-se fortemente para a direita, pois uma das quatro enormes hélices da aeronave híbrida tinha sido desfeita em mil pedaços.

Lá dentro, a tripulação do Airlander estaria certamente a tentar mantê-lo no ar com apenas três propulsores, ajustando a direção e a potência do impulso, para tentar estabilizar a aeronave atingida e bombear hélio entre os seus três cascos gigantescos.

– Airlander chama Black Hawk – declarou Raff, via rádio. – Se destruírem mais algum propulsor, não poderemos manter-nos no ar com esta carga e seremos forçados a soltar o Ju 390. É uma queda de três mil metros. Parem com isso.

– Não me parece – retrucou o comandante do Black Hawk. – Vocês têm uma equipa a bordo desse avião. Não me parece que a deixassem cair. Sigam as minhas instruções, ou abato mais um propulsor.

O Thuraya de Jaeger apitou com mais uma mensagem: *Resposta?*

Jaeger não sabia o que responder.

Agora tinham mesmo esgotado as alternativas.

Era um impasse.

83

Pela terceira vez, a GAU-19 do Black Hawk abriu fogo.

Uma rajada feroz penetrou no propulsor traseiro esquerdo do Airlander. De volta à cabina do Ju 390, Jaeger e Narov sentiram que o avião estava a ser fortemente sacudido para a esquerda, pois um segundo conjunto de hélices fora inutilizado.

Durante alguns segundos frenéticos, o Airlander tentou estabilizar-se, com os dois propulsores restantes em extremidades e lados opostos, em esforço para equilibrar a carga pesadíssima. No entanto, quando o Airlander finalmente atingiu um novo equilíbrio provisório, era evidente que já não poderia suportar o peso que carregava.

Quase instantaneamente, a velocidade do Airlander sofreu uma diminuição drástica, uma vez que a aeronave estava privada de metade da propulsão para avançar. Além disso, ia perdendo altitude. Com o Ju 390 pendurado na zona inferior, estava a descair para a desgraça.

O Black Hawk mudou de posição, ficando para trás e colocando-se fora do ângulo de visão da cabina do Ju 390. Jaeger não acreditou por um instante que o comandante teria desistido do ataque. Que diabo estaria a preparar?

Surgiu uma mensagem no Thuraya: *BH a movimentar-se na vossa retaguarda. Aproxima-se da ponta da vossa asa esquerda. Vão subir a bordo do vosso avião???*

Jaeger ficou a olhar para a mensagem durante alguns segundos: o Black Hawk estava a fazer o quê?

Espreitou pela janela esquerda.

De facto, o piloto do helicóptero estava a aproximar a sua porta lateral da ponta da asa esquerda do Ju 390. Jaeger viu uma dúzia de homens fortemente armados apinhados junto à porta, equipados com fatos NBC pretos e máscaras de gás.

Sentiu Narov a aproximar-se ao seu lado.

– Eles que tentem! – rosnou ela quando avistou as figuras de negro.

Uma fração de segundo depois, a loira agarrou no fuzil de precisão Dragunov, disposta a atirar sobre quem tentasse subir a bordo do Ju 390.

– Não! – Jaeger forçou-a a baixar o cano da arma. – Por enquanto, eles não fazem ideia de onde estamos. Se abrires fogo, vão desfazer esta cabina e fazer-nos em carne picada.

– Então deixa-me ao menos abater o piloto do Black Hawk! – protestou Narov. – Ao menos isso!

– Se abateres o piloto, o copiloto vai assumir o controlo, e vão abrir fogo sobre nós na mesma. Além disso, a Santos está a bordo daquele helicóptero.

– Às vezes é preciso tirar uma vida para salvar outra – respondeu Narov, friamente. – Ou, neste caso, tira-se uma vida para salvar *muitas outras*.

– Não! – Jaeger abanou a cabeça, violentamente. – Não! Tem de haver uma alternativa melhor.

O britânico varreu desesperadamente a cabina do avião com o olhar. Deteve-se num monte de pacotes empoeirados que haviam sido guardados debaixo do assento do navegador. Tinham todos uma etiqueta com a inscrição *Fallschirm*. Apesar de não falar alemão, depreendeu o que seria. Aproximou-se e agarrou num pacote.

Fazer o inesperado.

Agitou-o na direção de Narov.

– Paraquedas, certo?

– Paraquedas – confirmou Narov. – Mas...

Jaeger espreitou pela janela. A velocidade do Ju 390 diminuíra drasticamente, e viu o primeiro vulto de negro a saltar da porta aberta do Black Hawk para a enorme ponta da asa e a agachar-se na queda. Momentos depois, uma segunda figura imitou-o, e começaram a avançar com firmeza, ainda agachados.

Jaeger atirou um paraquedas a Narov e outro a Dale. Em seguida, agarrou num terceiro para si.

– Coloquem-nos às costas – gritou. – E esperemos que, como a maioria das coisas alemãs, tenham sido feitos para durar!

Enquanto se debatiam com os arneses dos paraquedas, chegou uma mensagem ao Thuraya: *Inimigo reunido na vossa fuselagem. A colocar cargas explosivas.*

Os operacionais de negro preparavam-se para abrir um buraco com explosivos na fuselagem central do Ju 390, para poderem ter acesso ao compartimento de carga.

Jaeger respondeu à mensagem: *Quando todos os inimigos estiverem a bordo, liberta-nos. Deixa-nos cair. E, Raff, não discutas. Sei o que estou a fazer.*

A resposta não tardou: *Afirmativo. Encontramo-nos no Paraíso.*

Felizmente, Jaeger tinha Raff a bordo do Airlander. Mais ninguém teria obedecido àquela ordem sem a questionar. Era um laço único que os unia, forjado ao longo de muitos anos de vida militar radical.

Jaeger sentiu uma explosão abafada na retaguarda do avião. O Ju 390 tremeu por um instante, enquanto os explosivos abriam um buraco do tamanho de uma pessoa no revestimento. Na sua imaginação, o ex-militar viu os mercenários de negro a penetrarem na escuridão do compartimento enfumarado, de armas em riste.

Demorariam alguns segundos a orientar-se e a procurar Jaeger e os camaradas na traseira do avião. Depois, avançariam para o separador e aí colocariam uma segunda carga de explosivos. A porta do separador, quando trancada, só poderia ser aberta pelo lado da cabina, daí terem de abrir caminho por meio de explosivos.

Ainda assim, Jaeger, Narov e Dale só dispunham de mais alguns segundos.

– OK, o plano é o seguinte – gritou Jaeger. – O Airlander vai-nos soltar a qualquer instante. Como qualquer avião que é solto com algum impulso para a frente, vamos ganhar velocidade enquanto perdemos altitude e, depois, começaremos a planar. Assim que nos libertarem, atiramos isto tudo borda fora – apontou para os restantes paraquedas – e depois saltamos.

– Não abram os paraquedas até estarmos mesmo no meio das nuvens – acrescentou –, ou o Black Hawk pode vir atrás de nós. Tentem manter-se juntos e unir-se na queda. Ordem de salto: Dale; Narov; e eu. Prontos?

Narov anuiu. Os seus olhos reluziam com a ânsia de combate e a adrenalina.

Quanto a Dale, estava lívido, como se estivesse prestes a vomitar uma segunda vez. Ainda assim, ergueu um polegar, sem grande convicção. Jaeger estava surpreendido com ele: tinha suportado provações suficientes para desalentar um soldado temperado pelo combate, mas estava a aguentar-se muito bem.

– Não te esqueças da câmara, ou pelo menos dos cartões de memória – exclamou Jaeger. – Aconteça o que acontecer, não podemos perder essas gravações!

Agarrou nos paraquedas restantes e empilhou-os num dos lados da cabina de pilotagem. Depois, abriu ambas as janelas, de modo a disporem do máximo de espaço para sair.

Voltou-se para Narov.

– Não te esqueças dos teus documentos, sejam lá o que forem. Prende bem essa sacola, e não a percas de...

Jaeger foi forçado a engolir o resto do discurso, pois o Ju 390 sofreu uma inclinação súbita e estonteante enquanto iniciava a sua queda. O Airlander libertara-o e, por alguns segundos horríveis, o Ju 390 pareceu cair na vertical como uma pedra, antes de as asas o travarem e começar a planar, inclinado, ainda assim vertiginosamente.

– Vamos! Vamos! Vamos! – gritou Jaeger, enquanto começava a atirar os paraquedas pela janela.

Um a um, atirou os restantes *Fallschirms* para o vazio ululante.

Dale aproximou-se da janela, saiu até à cintura, mas depois ficou imobilizado. A deslocação do ar sacudia-lhe o tronco, mas os pés pareciam colados ao chão de metal do avião.

Não se mexia.

Jaeger não hesitou. Baixou os seus ombros fortes, agarrou nas pernas de Dale e ergueu-o com toda a força, obrigando-o a saltar (aos gritos).

Ouviu vozes que berravam do outro lado do separador. Os mercenários de negro estavam a preparar-se para abrir caminho com os explosivos. Narov saltou para a cadeira do piloto, agarrou-se ao teto da cabina e enfiou as pernas pela janela.

A loira olhou para trás, na direção de Jaeger.

– Também vens, não vens?

Narov teria provavelmente detetado a indecisão que percorrera o olhar de Jaeger. Por um instante, a sua mente estava de regresso àquela encosta de montanha escura, enquanto a mulher e o filho eram raptados. Podia ter feito mais (*pois se nem tinha feito nada*) para procurar pistas naquele avião que indicassem quem os sequestrara, e porquê.

Por um segundo perturbante, ouviu novamente a voz (algo familiar) que lhe dissera por detrás da máscara de gás: «Nunca te esqueças: não conseguiste proteger a tua mulher, nem o teu filho. *Wir sind die Zukunft!*»

Jaeger sentiu-se pregado ao chão, incapaz de se mover.

No fundo, estava desesperado por respostas.

Se abandonasse aquele avião, podia perdê-las para sempre.

– Vai para a janela! – gritou Narov. – AGORA!

Jaeger deu por si a olhar para a boca do cano de uma arma. Narov tinha sacado de uma pistola Beretta de cano curto, compacta, e tinha-a apontada à cabeça do britânico.

– Eu sei de tudo! – berrou ela. – Eles mataram o teu avô. Vieram à tua procura e da tua família. Algo os levou a fazer isso. É assim que vamos encontrar as respostas. Mas, se te despenhares com este avião, eles vencem!

Jaeger tentou forçar os seus membros a movimentarem-se.

– SALTA! – gritou-lhe Narov, com o dedo em tensão no gatilho. – NÃO VOU PERMITIR QUE DESPERDICES A TUA VIDA!

De repente, ouviu-se um estrondo ensurdecedor vindo da retaguarda. O separador explodiu e a cabina foi invadida por uma nuvem opaca de fumo sufocante. A força da explosão atirou Jaeger contra a janela lateral e trouxe-o de volta à realidade. Enquanto ele procurava uma saída, Narov abriu fogo com a Beretta, disparando para a massa de vultos negros que passavam pela abertura.

Instantes depois, Jaeger atirou-se pela janela, mergulhando no azul rarefeito e ululante.

84

Assim que saltou, Jaeger deu por si a rodopiar em queda livre, tal como fizera no mergulho quase mortal do C-130. Abriu os braços com esforço e arqueou o corpo para se estabilizar. Em seguida, encostou os braços aos flancos e estendeu as pernas para trás, de modo a chegar o mais depressa possível ao banco de nuvens.

Enquanto a velocidade da queda aumentava, recriminou-se por ter sido tão idiota. Narov tinha razão. De que serviria se tivesse morrido naquele avião? Em que é que ajudaria a sua mulher e o seu filho? Tinha sido tolo em hesitar, e colocara a vida de Narov em risco. Nem sequer sabia se ela tinha saído do avião com vida, e não tinha como sabê-lo naquele momento, no turbilhão louco da queda livre.

O Ju 390 tinha vindo a acelerar desde que o Airlander o soltara. Calculou que estaria a cruzar os céus a cerca de 300 km/h, como um enorme dardo-fantasma. Só podia rezar para que Narov se tivesse safado com vida.

Segundos depois, foi engolido pelas nuvens. Quando o vapor de água espesso o envolveu, Jaeger agarrou no punho de abertura, puxou-o com força... e rezou. Nunca desejara tanto que os nazis tivessem criado algo duradouro.

Não aconteceu nada.

Jaeger olhou bem, para ver se tinha puxado o punho certo. Nada era fácil à meia-luz do vórtice branco, sobretudo quando se era sacudido como um boneco de trapos. Contudo, tanto quanto podia ver, o paraquedas permanecia na mesma.

À medida que o chão se aproximava, lembrou-se de uma sequência de palavras: *procurar-localizar-soltar-agarrar-puxar-arquear*. Era um procedimento de recurso que aprendera muitos anos antes, para casos de emergência em queda livre nos quais o paraquedas principal falhasse.

São os mesmos princípios, num sistema diferente, pensou.

Agarrou o que lhe pareceu ser o punho do paraquedas de reserva. Era um sistema antiquado, mas não havia motivo para não funcionar. Era agora ou nunca, uma vez que o solo se aproximava rapidamente. Puxou com toda a força e o paraquedas sobresselente (uma calota de seda alemã que tinha estado dobrada durante setenta anos, à espera de mais uma oportunidade para voar) insuflou-se no ar acima dele.

Como a maioria dos artigos alemães, aquele *Fallschirm* tinha sido concebido a pensar na qualidade, e abriu-se na perfeição. De facto, era ótimo planar com ele. Se Jaeger não estivesse tão perturbado, poderia até ter desfrutado do salto.

Os alemães tinham utilizado um paraquedas de modelo semelhante ao das tropas aerotransportadas britânicas da Segunda Guerra Mundial. Era um modelo de calota alta e em forma de cogumelo, estável e sólida no ar, ao contrário das versões militares modernas, mais achatadas, rápidas e manobráveis.

A cerca de cento e cinquenta metros de altitude, Jaeger emergiu das nuvens. Os seus primeiros pensamentos centraram-se em Dale e Narov. Olhou para oeste e pareceu-lhe identificar a marca distintiva de um paraquedas no solo, a marcar o local onde aparentemente Dale teria aterrado. Quando olhou para este, viu uma mancha branca a destacar-se do fundo das nuvens.

Narov. Tinha de ser ela. Certamente teria conseguido saltar da cabina do Ju 390 e, pelo aspeto do corpo suspenso do paraquedas, ainda estaria viva.

Jaeger memorizou ambas as localizações e, em seguida, analisou o solo debaixo de si.

Era selva densa, sem nenhum local óbvio para aterrar.

Outra vez.

Enquanto pairava em direção ao dossel florestal, Jaeger pensou momentaneamente no Ju 390. Partindo de três mil metros de altitude, o avião de guerra poderia planar velozmente durante muitos quilómetros, mas estava condenado. A cada segundo que passasse depois de o Airlander o ter libertado, ganharia velocidade, mas perderia altitude.

Mais tarde ou mais cedo, acabaria por se despenhar na selva a mais de 300 km/h. O lado positivo era que arrastaria consigo os mercenários de negro, pois o Black Hawk não teria hipótese de os resgatar do avião descomandado. Além disso, Jaeger atirara todos os outros paraquedas pela janela da cabina de pilotagem.

O lado negativo era que aquele avião se perderia para sempre, bem como os segredos que continha (para não falar da carga tóxica que se espalharia pela floresta tropical).

Porém, Jaeger pouco poderia fazer a esse respeito naquele momento.

O Black Hawk descaracterizado aterrou sozinho na pista perdida no meio da selva.

O operador com o nome de código *Lobo Cinza Seis* (de nome verdadeiro Vladimir Ustanov) desceu da aeronave com o telefone de satélite colado ao ouvido. Tinha o rosto apreensivo e cinzento, perturbado pelos acontecimentos das últimas horas.

— Desculpe, mas tem de compreender a situação — disse, com a voz tensa de exaustão. — A minha equipa está reduzida a mim e mais quatro pessoas. Não temos capacidade para montar uma operação significativa.

— E o avião? — inquiriu o *Lobo Cinza*, incrédulo.

— Está reduzido a destroços fumegantes, espalhados por várias dezenas de quilómetros de selva. Sobrevoámo-lo mesmo até ao momento em que se despenhou.

— E a carga? Os *documentos*?

— Arderam com os destroços, bem como uma dúzia dos meus melhores homens.

— Se não os conseguimos recuperar, é melhor que tenham sido destruídos. — Uma pausa. — Então, Vladimir, finalmente foi bem-sucedido nalguma coisa.

— Perdi dois Black Hawks, mais dezenas de homens...

— Valeu a pena — interrompeu o *Lobo Cinza*, implacável. — Foram pagos pelo serviço, e muito bem pagos, portanto não esteja à espera de pena da minha parte. Diga-me uma coisa: alguém saiu daquele avião com vida?

— Vimos três pessoas a saltarem. Perdemo-las nas nuvens. Duvido que tenham sobrevivido. Não sabemos se tinham paraquedas, mas, mesmo que os tivessem, estavam a sobrevoar território desconhecido de selva.

— Mas podem ter sobrevivido? — ciciou o *Lobo Cinza*.

— Podem — admitiu Vladimir Ustanov.

— Podem ter sobrevivido, o que significa que podem muito bem ter retirado daquele avião alguns dos objetos que procurávamos, certo?

— Podem.

— Vou dar meia-volta ao meu avião — retorquiu secamente o *Lobo Cinza*. — Sem nenhuma força operacional, não vale a pena dirigir-me ao terreno. Quero que você e os seus camaradas sobreviventes tirem umas férias num sítio qualquer remoto e pouco conhecido. Mas não desapareça. Mantenha-se em contacto comigo.

— Entendido.

– Os sobreviventes, se houve algum, terão de ser encontrados. Se levaram o que procurávamos, teremos de o recuperar.

– Entendido.

– Manterei o contacto pelas vias normais. Entretanto, Vladimir, talvez queira recrutar mais alguns soldados, para substituir os que perdeu por falta de cuidado. A mesma missão, com as mesmas condições.

– Entendido.

– Só mais uma coisa: ainda tem a brasileira em seu poder?

Vladimir olhou para um vulto deitado no chão do Black Hawk.

– Está aqui.

– Fique com ela. Podemos vir a precisar dela. Entretanto, interrogue-a à sua maneira especial. Descubra tudo o que ela sabe. Com sorte, talvez nos possa conduzir aos outros.

Vladimir sorriu.

– Com prazer.

A bordo de um Learjet 85 que sobrevoava o golfo do México, o comandante conhecido como *Lobo Cinza* fez uma segunda chamada telefónica. A ligação foi encaminhada para um escritório cinzento e sombrio, num complexo de edifícios cinzentos situado numa zona de floresta cinza da Virginia rural e remota, na costa oriental dos EUA.

A chamada foi recebida num edifício equipado com os sistemas mais avançados do mundo em termos de interceção e localização de comunicações. Junto à entrada do edifício havia uma pequena placa de metal que dizia: «CIA – *Division of Asymmetric Threat Analysis* – DATA» (Departamento de Análise de Ameaças Assimétricas).

Uma pessoa vestida de forma casual, mas com algum aprumo, atendeu:

– DATA. Harry Peterson.

– Sou eu – anunciou o *Lobo Cinza*. – Vou a caminho no Learjet e preciso de que localize aquele indivíduo do ficheiro que lhe mandei. Jaeger. William Jaeger. Utilize todos os meios possíveis: Internet, *e-mail*, telemóveis, reservas de voos, passaporte, *tudo*. A última localização conhecida foi na zona ocidental do Brasil, perto da fronteira entre a Bolívia e o Peru.

– Entendido.

O *Lobo Cinza* desligou a chamada.

Recostou-se no assento. Não conseguira resolver a situação como queria na Amazónia, mas tinha sido apenas um contratempo, disse a si mesmo. Tinha sido um de muitos combates travados numa guerra muito mais longa, na qual ele e os seus antepassados estavam envolvidos desde a primavera de 1945.

Um contratempo, de facto, mas resolúvel, e nada comparável com o que haviam sofrido no passado.

Pegou num *tablet* de aparência moderna que estava pousado na mesa à sua frente. Ligou-o e abriu um ficheiro com uma lista de nomes dispostos por ordem alfabética. Percorreu-a com o cursor e escreveu algumas palavras ao lado de um nome: *Desaparecido em combate. Se estiver vivo, eliminar. PRIORITÁRIO.*

Depois, pegou numa mala de documentos que tinha ao lado, pousou-a na mesa e guardou o *tablet* lá dentro. Fechou a mala com um clique sonoro e manipulou a fechadura de combinação para a trancar com segurança.

Na aba da pasta estavam escritas as seguintes palavras: *Hank Kammler, diretor-adjunto, CIA.*

Hank Kammler (nome de código *Lobo Cinza*) acariciou as letras gravadas, com reverência. No final da guerra, o seu pai fora obrigado a mudar de nome. Hans Kammler, *Oberst-Gruppenführer* das SS, tornara-se Horace Kramer, de modo a facilitar o seu recrutamento pela Agência de Serviços Estratégicos, a precursora da CIA. Enquanto se esforçava por subir na hierarquia da CIA, Horace Kramer nunca se esquecera da sua verdadeira missão: manter-se escondido à vista de todos, reagrupar forças e reconstruir o Reich.

Quando a vida do pai fora interrompida prematuramente, Hank Kammler decidira dar continuidade à missão e seguir-lhe as pisadas na CIA.

Kammler sorriu ligeiramente para si mesmo, com um toque de troça no olhar. Como se alguma vez se contentasse em servir como funcionário da CIA, esquecendo a glória dos antepassados nazis.

Recentemente, optara por recuperar o que lhe pertencia por direito. Apesar de lhe terem atribuído o nome Hank Kramer à nascença, mudara oficialmente o apelido para Kammler, reclamando assim o legado do pai e aquele que considerava ser um direito inato.

Para Hank Kammler, esse processo estava apenas no início.

85

Jaeger sentou-se no seu lugar para o curto voo de ligação até ao aeroporto de Bioko.

O voo de Londres para a Nigéria estivera à altura das suas expectativas: rápido, direto e confortável, apesar de o seu orçamento desta vez não dar para viajar em primeira classe. Em Lagos, tinha subido a bordo de um velho avião regional que atravessaria o golfo da Guiné e o levaria à ilha capital da Guiné Equatorial.

O contacto que recebera de Pieter Boerke tinha sido tão inesperado como intrigante. Cerca de duas semanas depois de ter saltado daquele avião condenado que mergulhava em direção à selva, Jaeger chegara a um local de relativa segurança – a base aérea de Cachimbo. E fora em Cachimbo que Boerke conseguira contactá-lo por telefone.

– Tenho os seus papéis – anunciara o sul-africano. – A sétima página do manifesto, tal como me pediu.

Jaeger não teve coragem de dizer a Boerke que naquele momento não tinha cabeça para se preocupar com um navio de carga obscuro da Segunda Guerra Mundial que ancorara no Porto de Bioko por alturas do final do conflito. Pediu ao líder do golpe de Estado que digitalizasse os documentos e lhos enviasse por correio eletrónico. Não recebeu exatamente a resposta que esperava.

– Nada disso, não pode ser – dissera-lhe Boerke. – Tem de cá vir ver, em pessoa. Sabe, amigo, é que isto não são apenas documentos. Há algo físico. Algo que não posso enviar por e-*mail* nem pelo correio. Acredite em mim: é melhor cá vir ver.

– Pode dar-me uma pista? – perguntara Jaeger. – É uma viagem longa. Além disso, depois das últimas semanas...

– Digamos que – interrompera Boerke – eu não sou nazi. Na verdade, odeio os sacanas dos nazis. E também não sou neto de nenhum nazi. Mas, se fosse, iria bem longe (de facto, iria aos confins do Planeta, e talvez até matasse muita gente) para garantir que isto nunca seria divulgado. Só posso dizer isto. Confie em mim, Jaeger, tem mesmo de cá vir.

Jaeger ponderara as suas opções. Partia do princípio de que Alonzo, Kamishi e Joe James ainda estavam vivos e de que os índios sobreviventes os conduziriam a um local onde pudessem retornar ao mundo exterior. Tinha a certeza de que Gwaihutiga estava morto, pois fora atirado do Black Hawk com Stefan Kral (o operador de câmara presumivelmente traidor).

Quanto a Letícia Santos, ainda estava desaparecida e o seu destino era desconhecido. O coronel Evandro prometera fazer tudo o que estivesse ao seu alcance para a encontrar, e Jaeger sabia que ele e as suas equipas da B-BOE não se poupariam a esforços nesse sentido.

Sem dúvida que a jogada de Jaeger de fazer com que o Airlander soltasse o Ju 390 poupara a vida da tripulação da aeronave híbrida, incluindo a de Raff. O Black Hawk foi obrigado a perseguir o avião de guerra que acelerava no seu mergulho planado, deixando o debilitado Airlander em paz para regressar a Cachimbo.

Dale ferira-se quando o seu paraquedas mergulhou no dossel florestal, e Narov fora atingida por estilhaços no braço quando a Força Negra explodira a porta da cabina do Ju 390. No entanto, Jaeger conseguira encontrá-los no solo e ajudá-los a seguir caminho (ainda assim, não sem a certeza de que sairiam dali com vida).

Como seria de esperar, Dale e Narov afirmaram que tinham apenas feridas superficiais e que estavam em condições de sobreviver à viagem. Jaeger, porém, receara que, na selva quente e húmida, sem grandes oportunidades de descanso, nem alimentos ou cuidados médicos adequados, os ferimentos pudessem infetar.

No entanto, o britânico apercebera-se de que Narov e Dale não estavam dispostos a dar ouvidos às suas preocupações (além disso, pouco mais poderia fazer para os ajudar naquele momento). Ou saíam da selva pelo próprio pé, ou morriam.

Jaeger localizou um pequeno curso de água e seguiram-no durante dois dias, avançando o mais depressa que o seu estado permitia. O ribeiro acabou por desembocar num afluente que, por sua vez, os conduziu a um grande rio navegável. Por sorte, Jaeger conseguiu fazer sinal a uma barcaça de madeira que por ali passou (e que transportava troncos de árvore para as serrações por via fluvial).

Seguiu-se uma viagem de três dias pelo rio, na qual, aparentemente, o maior perigo foi o facto de Narov se ter desentendido com o capitão brasileiro alcoólico. Mas a calma não durou muito.

Assim que a loira e Dale subiram a bordo da embarcação, como Jaeger temera, as infeções propagaram-se, e com gravidade. Quando a viagem terminou (e Jaeger os deixou de táxi em Cachimbo, aos cuidados do hospital moderníssimo e de alta segurança da base aérea), ambos ardiam em febre.

Foi-lhes diagnosticada septicemia (uma infeção geral devido à pululação de bactérias patogénicas no sangue). No caso de Dale, a situação foi agravada pelo cansaço extremo. Já nos cuidados intensivos, foram tratados sob a vigilância do coronel Evandro.

Depois de salvar aqueles elementos da sua equipa do pior perigo (e sem poder fazer muito para ajudar Letícia Santos), Jaeger concluíra que podia arriscar comprar um bilhete de avião do Brasil para Bioko, tendo-se assegurado de que o coronel o manteria constantemente informado.

Prometeu que voltaria a tempo de levar Dale e Narov para casa, assim que estes estivessem em condições de viajar. Colocou Raff em guarda permanente à porta do hospital, para garantir mais um nível de segurança.

Antes de partir, Jaeger passara alguns momentos com Narov, que acabara de receber alta da unidade de cuidados intensivos. Tinha lido obliquamente os documentos que a loira retirara do Ju 390. Não percebera a maioria do texto em alemão. Além disso, grande parte do documento *Aktion Feuerland* apresentava uma sequência de números aparentemente aleatórios, que, segundo Narov, deviam estar escritos em código.

Sem decifrar o código, não havia muito mais que Narov ou Jaeger pudessem obter do documento.

A determinado momento, a loira pediu a Jaeger que a levasse de cadeira de rodas até ao jardim, de modo a poder sentir o sol no rosto e respirar ar puro. Quando chegaram a um local relativamente privado, Narov explicou-lhe parte do que acontecera nos últimos dias. Como seria de esperar, teve de começar com a Segunda Guerra Mundial.

– Viste o tipo de tecnologia que estava naquele avião – começou debilmente. – Na primavera de 1945, os nazis tinham testado mísseis balísticos intercontinentais. Tinham equipado ogivas com gás neurotóxico *sarin*, já para não falar da toxina botulínica e da peste. Bastava um punhado dessas armas (destinadas a Londres, Nova Iorque, Washington, Toronto e Moscovo) para o desfecho da guerra ser totalmente diferente.

»Nós tínhamos a bomba atómica para contra-atacar, mas ainda não estava suficientemente aperfeiçoada. E não nos esqueçamos de que só podia ser transportada por um bombardeiro muito pesado, em vez de um míssil guiado que viajasse muito acima da velocidade do som. Não tínhamos qualquer defesa contra os mísseis deles.

»Os nazis tinham a ameaça final, e ofereceram um acordo aos Aliados, uma solução que permitiria ao Reich transferir-se para esconderijos à sua escolha, levando consigo o seu armamento mais avançado. Contudo, os Aliados fizeram uma contraproposta. Disseram: "Muito bem, relocalizem-se. Levem as vossas *Wunderwaffe* convosco. Mas com uma condição – apoiam-nos na verdadeira luta, no combate que se avizinha contra o comunismo".

»Os Aliados acordaram apoiá-los na relocalização para locais secretos. É claro que não podiam ter os principais nazis a aparecerem no território do Reino Unido ou dos Estados Unidos. Os cidadãos não concordariam com isso. Em vez disso, enviaram-nos para o seu quintal: os norte-americanos para a América do Sul; os britânicos para as colónias, para a Índia, a Austrália e a África do Sul, locais onde seria fácil escondê-los.

»Assim, forjaram um novo pacto. Indescritível. O pacto aliado-nazi. – Narov parou um instante, a ganhar forças para continuar. – *Aktion Adlerflug* (Operação Voo da Águia) foi o nome de código de Hitler para o plano de relocalização da principal tecnologia e do principal armamento dos nazis. Daí aquilo que estava gravado nos caixotes do compartimento de carga do Ju 390. *Aktion Feuerland* (Operação Terra de Fogo) era o nome de código para a relocalização do seu pessoal de topo.

Narov fitou Jaeger com um olhar sofrido.

– Nunca tivemos uma lista que identificasse essas pessoas. Nunca. Apesar de a termos procurado durante muitos anos. É isso que espero que os documentos recuperados daquele avião contenham. Isso e uma noção de para onde foram exatamente esses indivíduos e essa tecnologia.

Jaeger sentiu-se tentado a perguntar de que é que isso serviria. Tinham decorrido sete décadas. Era algo que fazia parte do passado. No entanto, Narov deve ter-lhe adivinhado os pensamentos.

– Há um velho ditado – e fez-lhe sinal para que se aproximasse, pois a sua voz começava a fraquejar de exaustão. – Quem sai aos seus não degenera. Os Aliados fizeram um pacto com o Diabo. Quanto mais tempo permaneceu secreto, mais poderoso e controlador ficou, até se tornar praticamente inatacável. Acreditamos que persiste a todos os níveis do Exército, da banca e dos governos mundiais, ainda hoje.

Narov deve ter lido a dúvida no olhar de Jaeger.

– Achas que é rebuscado? – sussurrou, em tom de desafio. – Pensa no tempo que durou o legado da Ordem dos Templários. O nazismo tem menos de cem anos; o legado dos templários durou dois mil anos, e ainda está presente hoje em dia. Pensas que os nazis se evaporaram de um dia para o outro? Achas que os que se mudaram para os esconderijos iam permitir que o Reich acabasse? Julgas que os seus filhos terão abandonado o que consideravam um direito inato?

»Acreditamos que a *Reichsadler*, com o seu estranho símbolo circular debaixo da cauda, seja a sua insígnia, o seu emblema. E sabes muito bem que começaram a atuar novamente.

Por um instante, Jaeger pensou que Narov teria terminado, uma vez que a exaustão a silenciara. Porém, ela ainda encontrou forças para algumas palavras finais.

— William Edward Michael Jaeger, se ainda tens dúvidas, há algo que te pode provar que é verdade. Pensa nas pessoas que nos tentaram deter. Mataram três elementos da tua equipa, e muitos mais índios. Tinham um Predator, Black Hawks e sabe Deus o que mais. Eram totalmente obscuros e a sua existência podia ser facilmente negada. Imagina quem é que pode ter tanto poder ou agir com tanta impunidade.

»Os filhos do Diabo estão a ganhar força. Têm uma rede mundial e o seu poder está a aumentar. E, do mesmo modo que *eles* têm uma rede, também existe uma rede com o objetivo de os deter.

Narov deteve-se, lívida de cansaço.

— Antes de falecer, o teu avô era o chefe dessa rede. Quem fosse convidado a fazer parte dela recebia uma faca, um símbolo de resistência, semelhante à que eu tenho.

»Mas quem é que quer este presente envenenado? Quem? O poder do inimigo está a aumentar, enquanto o nosso... está a esmorecer. *Wir sind die Zukunft.* Já ouviste o lema deles: *Somos o futuro.*

Narov ergueu os olhos para Jaeger.

— Aqueles que, como eu, se dedicam a caçá-los não costumam chegar a velhos.

86

— D esculpe, o senhor deseja uma bebida antes de aterrarmos? – repetiu a hospedeira pela terceira vez.

Jaeger estava muito longe, a reviver a conversa que tivera com Narov. A loira não dissera muito mais. A exaustão e as dores tinham-na vencido, e Jaeger levara-a de volta à cama de hospital na cadeira de rodas.

O britânico sorriu para a hospedeira.

— Um Bloody Mary, por favor. Com muito molho Worcestershire.

O aeroporto de Bioko não mudara muito desde a última visita de Jaeger. Uma nova força de segurança e de fiscalização aduaneira tinha substituído a guarda corrupta do presidente Honore Chambara, mas tudo o resto parecia praticamente na mesma. A figura familiar de Pieter Boerke esperava-o nas «Chegadas», acompanhada de dois homens enormes e hercúleos que Jaeger reconheceu como sendo os seus seguranças.

Boerke tinha acabado de destituir um ditador e não favorecia um tipo de proteção de proximidade discreta e descontraída. O sul-africano estendeu-lhe uma mão de boas-vindas, antes de se voltar para os seguranças e dizer:

— Muito bem, rapazes, agarrem-no! Vamos levá-lo outra vez para Black Beach!

Por um instante, Jaeger contraiu o corpo para o combate, mas Boerke desatou-se a rir.

— Calma, homem, calma! Nós, os sul-africanos, temos um sentido de humor tramado. É bom revê-lo, amigo.

No caminho de carro até Malabo, a capital da ilha, Boerke contou a Jaeger que o golpe de Estado correra muito bem. As informações que o major Mojo (o ex-carcereiro de Jaeger em Black Beach) fornecera tinham sido cruciais para o seu sucesso, e era mais um motivo para Boerke querer cumprir o favor que prometera.

Quando chegaram ao Porto de Santa Isabel, em Malabo, dirigiram-se para a costa, estacionando em frente a um edifício colonial grandioso com vista para a água. Durante os três anos que passara na ilha, Jaeger tentara manter um perfil discreto e raramente tivera motivos para visitar os edifícios governamentais.

Boerke conduziu-o aos cofres, onde os sucessivos regimes tinham escondido os documentos mais sensíveis do país (se bem que não havia muitos num local como a Guiné Equatorial). Tinha as portas do cofre bem fechadas e trancadas, com seguranças à porta. O sul-africano e Jaeger foram os únicos a penetrar no interior fresco, escuro e húmido.

Boerke retirou uma pasta de cartão amarelecida de uma prateleira. Estava cheia, com um monte grosso de documentos. Colocou-a na mesa que tinham à frente.

– Isto – e tocou com um dedo na pasta –, meu amigo, justifica que se percorra meio mundo.

Esboçou um gesto com a mão, a abarcar as prateleiras que enchiam a sala.

– Não vale a pena manter muito do que está aqui. A Guiné Equatorial não tem muitos segredos de Estado. No entanto, a ilha teve o seu papel na guerra... e, perto do fim, aí então o seu envolvimento foi quase inacreditável.

Boerke deteve-se por um instante.

– Ora bem, comecemos com um pouco de história. Presumo que já conheças uma grande parte, mas, sem ela, os conteúdos desta pasta não farão muito sentido. Na altura, Bioko era uma colónia espanhola chamada Fernando Pó. Espanha foi, em teoria, um país neutro durante a guerra, bem como Fernando Pó. Na prática, o Governo espanhol era essencialmente fascista e aliado dos nazis.

»Este porto domina o golfo da Guiné – continuou. – O controlo deste pedaço de oceano era essencial para a vitória no Norte de África, pois todas as rotas de abastecimento passavam por aqui. Os submarinos alemães patrulhavam estas águas e impediam praticamente a passagem de navios aliados. O Porto de Santa Isabel era o centro secreto de rearmamento e reabastecimento desses submarinos, com a aprovação do governador espanhol, que odiava os britânicos.

Os olhos de Boerke brilhavam.

– Em inícios de março de 1945, a situação começou a tornar-se verdadeiramente interessante. Um cargueiro italiano, o *Michelangelo*, atracou no porto e atraiu a atenção dos espiões britânicos destacados na ilha. Eram três, destacados no consulado britânico, disfarçados de diplomatas. Eram todos agentes ativos do SOE (Special Operations Executive), os serviços secretos britânicos.

Voltou-se para Jaeger.

– Presumo que conheças o SOE. Diz-se que Ian Flemming baseou o seu personagem James Bond num agente do SOE.

Abriu a pasta e retirou de lá uma fotografia antiga a preto-e-branco. Mostrava um grande navio a vapor, com uma enorme chaminé vertical em destaque no meio dos outros navios.

– Aquele é o *Michelangelo*. Mas repara: está pintado com as cores da Compania Naviera Levantina, uma companhia marítima espanhola.

»A Compania Naviera Levantina foi criada por Martin Bormann – prosseguiu Boerke –, um homem que era conhecido por ser o banqueiro de Hitler. O seu único objetivo era enviar o saque dos nazis para os quatro cantos do mundo, sob a bandeira de um país neutro, a Espanha. Bormann desapareceu no fim da guerra. Sem deixar rasto. Nunca foi encontrado.

»O papel principal de Bormann era supervisionar o saque da Europa. Os nazis levaram para a Alemanha todo o ouro, o dinheiro e as obras de arte que conseguiram roubar. No final da guerra, Hitler tinha-se tornado um dos homens mais ricos da Europa, talvez até do mundo. E tinha adquirido a maior coleção de arte de todos os tempos.

Boerke deu uma palmada no ficheiro.

– O trabalho de Bormann era garantir que toda essa riqueza não desapareceria com o Reich. Ao que parece, Fernando Pó tornou-se o local de passagem de grande parte do saque nazi. Entre janeiro e março de 1945, passaram mais cinco carregamentos pelo Porto de Santa Isabel, todos cheios de tesouros, que foram transferidos para submarinos. Seguiram viagem, não se sabe com que destino.

»Este esquema foi documentado em grande pormenor pelos agentes do SOE.

E continuou:

– Mas sabe o que é estranho? Os Aliados não parecem ter-se preocupado em deter os nazis. Publicamente, deram a entender que estavam prestes a confiscar esses navios. Na prática, nada fizeram para os deter.

Os agentes do SOE estavam no fundo da hierarquia. Não percebiam o motivo de esses carregamentos nunca serem intercetados. E a mim isso também não me parecia fazer muito sentido, pelo menos até chegar às últimas páginas desta pasta. É aí que entra em cena o *Duchessa*.

Boerke retirou mais uma fotografia da pasta.

– Aqui está, o *Duchessa*. Repara na diferença, em comparação com os navios anteriores. Tem novamente as cores da Compania Naviera Levantina, mas é uma embarcação de transporte marítimo regular, concebida para levar pessoas e mercadorias. Porque enviariam um navio destes se a carga consistisse essencialmente em obras de arte valiosíssimas e em ouro, roubados de toda a Europa?

Boerke fitou Jaeger.

– Passo a responder: porque transportava sobretudo passageiros. – Exibiu uma folha de papel em cima da mesa. – A sétima página do manifesto marítimo do *Duchessa*. Contém uma lista de cerca de duas dezenas de passageiros, mas estão todos identificados por séries de números. Não têm nomes. Não parece suficiente para justificar um voo até Bioko, pois não?

»Felizmente, os nossos agentes do SOE eram muito expeditos.

Retirou uma última fotografia e passou-a a Jaeger.

– Não sei se está muito familiarizado com as figuras de topo nazis na primavera de 1945. Esta foi tirada com uma teleobjetiva, suponho que a partir de uma janela do consulado britânico, com vista para o porto.

»Não adora estas fardas? – perguntou Boerke, sarcasticamente. – Os casacos compridos de cabedal? As botas altas de couro? As caveiras? – Acariciou a barba densa. – O problema é que, assim vestidos, parecem todos iguais. Mas não há dúvida de que estes tipos são altas patentes nazis. Só podem sê-lo. E, se conseguirmos decifrar o código segundo o qual estão escritos os nomes, vamos ter provas disso.

– E para onde foram eles quando saíram daqui? – perguntou Jaeger, incredulamente.

Em resposta, Boerke mostrou-lhe o verso das imagens.

– Têm um carimbo com a data na parte de trás: dia 9 de maio de 1945; ou seja, dois dias antes de os nazis assinarem a sua rendição incondicional aos Aliados. Mas é aí que o rasto termina. Ou talvez isso também esteja descrito algures no código. Passei uma eternidade a estudar esta pasta. Quando percebi de que se tratava, quando juntei as pistas todas e depreendi o que implicavam, fiquei cheio de medo.

Abanou a cabeça.

– Se é tudo verdade, e não acredito que este cofre contivesse um documento falso, teremos de questionar todas as nossas certezas a este respeito. Toda a história do pós-guerra. É verdadeiramente perturbante. Tenho tentado não pensar muito nisto. Sabe porquê? Porque me deixa borrado de medo. Pessoas como aquelas não tendem a desaparecer em silêncio e a dedicar-se à agricultura.

Jaeger analisou a fotografia atentamente.

– Mas, se é uma pasta do SOE, como é que acabou nas mãos do governador espanhol de Fernando Pó?

Boerke riu-se.

– Essa é a parte engraçada. O governador percebeu que os alegados diplomatas britânicos eram, na verdade, espiões. Por isso, decidiu tomar medidas. Encenou um assalto ao consulado e roubou todos os ficheiros. Não foi muito leal, mas destacar espiões numa ilha a fazerem-se passar por diplomatas também não tinha sido propriamente honesto.

»Conhece o ditado "quem brinca com o fogo queima-se"? – Boerke passou-lhe a pasta completa. – O meu amigo pediu isto. É todo seu.

87

Boerke não era pessoa de exageros.

O ficheiro do Palácio do Governo de Bioko era tão chocante como revelador. Quando Jaeger o guardou na sua bagagem de mão para o voo de regresso, recordou-se de uma expressão que Narov empregara recentemente: «presente envenenado».

A mala com os documentos parecia-lhe pesar uma tonelada. Era mais uma peça para o quebra-cabeças, algo que levaria certamente a Força Negra a matar para o obter.

Já com a sua bagagem, Jaeger voltou a encontrar-se com Boerke. O sul-africano oferecera-se para lhe fazer uma visita guiada à ilha antes da hora do voo para Londres. Tinha prometido mais revelações extraordinárias, ainda que Jaeger duvidasse de que pudessem superar as dos documentos do Palácio do Governo.

Abandonaram Malabo de automóvel em direção a oriente, encaminhando-se para a floresta tropical densa. Quando Boerke virou para o caminho de terra batida que conduzia à costa, Jaeger percebeu para onde iam. Estavam a dirigir-se para Fernão, o local onde passara três longos anos a ensinar inglês às crianças de uma aldeia piscatória.

Jaeger tentava desesperadamente pensar no que diria ao chefe da aldeia, cujo filho, o *Pequeno Mo*, morrera no combate na praia. Ainda nem tinham passado dois meses, mas Jaeger sentia que tinha sido noutra vida e noutro mundo.

Boerke deve ter-lhe lido a preocupação no rosto. Riu-se.

– Jaeger, olhe que parece mais assustado agora do que quando mandei os meus seguranças prendê-lo outra vez em Black Beach. Calma. Vem aí uma grande surpresa.

Quando fizeram a última curva do caminho, Jaeger ficou surpreso por ver algo semelhante a um grupo de boas-vindas à espera.

Ao aproximarem-se, pareceu-lhe que a aldeia em peso tinha comparecido. Mas... para quê? Para o receber? Depois do que acontecera, não merecia nada daquilo.

Jaeger reparou numa faixa improvisada que tinha sido atada entre duas palmeiras, uma de cada lado do caminho de terra.

Dizia: «BEM-VINDO A CASA, WILLIAM JAEGER».

No momento em que Boerke travou o veículo e os antigos alunos de Jaeger o rodearam, o britânico sentiu um aperto na garganta. Boerke e os seus guardas deixaram-no, enquanto pequenas mãos o puxavam do carro e o conduziam até à casa do chefe. Jaeger preparou-se mentalmente para o que seria certamente um reencontro agridoce.

Entrou na habitação. Depois da luz intensa, o interior escuro deixou-o momentaneamente cego. O som familiar da rebentação na praia vizinha ecoava nas paredes finas de adobe da cabana. Primeiro estendeu-lhe a mão, mas o cumprimento do chefe depressa se tornou num grande abraço.

– William Jaeger... William Jaeger, bem-vindo. A aldeia de Fernão será sempre a sua casa.

O chefe parecia à beira das lágrimas. Jaeger tentou conter a emoção.

– *Inxalá*. Fez boa viagem? – perguntou o chefe. – Depois da sua fuga, não sabíamos se teria conseguido fazer a travessia pela água, juntamente com o seu amigo.

– *Inxalá* – respondeu Jaeger. – O Raff e eu sobrevivemos a essa e a muitas mais aventuras.

O chefe sorriu e fez um gesto em direção a um canto escuro da cabana.

– Anda – ordenou. – Já fizemos o Sr. Jaeger esperar tempo de mais.

Um vulto saltou das sombras e atirou-se para os braços de Jaeger.

– Professor! Professor! Bem-vindo! Bem-vindo! E olhe! – O rapazinho apontou para os óculos escuros que trazia em cima da cabeça. – Ainda os tenho! Os seus óculos! Os seus Oakley!

Jaeger riu-se. Quase não conseguia acreditar. O *Pequeno Mo* ainda trazia uma ligadura grossa em volta da cabeça, mas estava bem vivo!

Jaeger deu-lhe um abraço apertado, saboreando o doce milagre da sobrevivência do rapaz. Porém, sentiu simultaneamente a dor de uma perda irreparável no fundo do coração. O seu filho teria mais ou menos a idade do *Pequeno Mo*. Isso se ainda fosse vivo...

Boerke chegou mesmo no momento em que o chefe ia começar a narrar a história da sobrevivência milagrosa do *Pequeno Mo*.

– Temos de agradecer a Deus, e ao Sr. Jaeger, por este... este milagre. Bem como ao Sr. Boerke, claro. A bala disparada na noite da sua fuga atingiu o meu filho de raspão. Foi abandonado como morto e receámos que, de facto, viesse a falecer. É claro que não tínhamos dinheiro para o mandar para o tipo de hospital onde o poderiam salvar.

»Foi então que ocorreu o golpe de Estado e este senhor apareceu aqui – o chefe apontou para Boerke – com um papelinho e alguns números. Isso deu acesso a uma conta bancária, na qual o Sr. Jaeger tinha deixado... dinheiro. Com esse dinheiro, e com a ajuda do Sr. Boerke, enviei o *Pequeno Mo* para o melhor hospital de África, na Cidade do Cabo, e eles conseguiram salvá-lo.

»Porém, era muito dinheiro, e ainda sobrou uma boa parte. – O chefe sorriu. – Então, primeiro comprei barcos novos, para substituir os que tinham sido levados e destruídos. Depois, decidimos construir uma escola nova. Com condições, para os alunos deixarem de ter aulas debaixo de uma palmeira. Por fim (e peço à Sra. Topeka que se chegue à frente), contratámos uma professora permanente.

Uma mulher jovem e bem vestida aproximou-se e sorriu timidamente na direção de Jaeger.

– Os miúdos falam todos de si com muito carinho, Sr. Jaeger. Estou a tentar dar seguimento ao bom trabalho que iniciou.

– É claro que ainda há lugar para um professor do seu talento – acrescentou o chefe. – E o *Pequeno Mo* tem muitas saudades das habilidades futebolísticas que lhe mostrava na praia! No entanto, suspeito de que possa ter compromissos no mundo exterior, e talvez isso seja bom. – Após uma pausa, concluiu: – *Inxalá*, William, encontrou o seu caminho.

Teria mesmo? Teria encontrado o seu caminho?

Jaeger pensou naquele avião negro, cujos escombros estavam agora espalhados pela selva; pensou em Irina Narov e na sua preciosa faca; pensou em Ruth e em Luke, a mulher e o filho desaparecidos. Parecia ter muitos caminhos à sua frente naquele momento, mas talvez, de certo modo, todos estivessem a convergir.

– *Inxalá* – concordou Jaeger. Passou a mão pelo cabelo do *Pequeno Mo*, despenteando-o. – Mas façam-me um favor: mantenham essa oferta de emprego, para o caso de me arrepender!

O chefe prometeu que assim faria e anunciou:

– Agora chegou o momento. Tem de vir ver o local que escolhemos para a escola. Tem vista para a praia de onde fugiu, e gostaríamos de que assentasse a primeira pedra. Estamos a pensar chamar-lhe Escola William Jaeger e Pieter Boerke, porque sem vocês ela não existiria.

Boerke abanou a cabeça, surpreso.

– Seria uma honra. Mas não; Escola William Jaeger é suficiente. Eu... fui apenas o mensageiro.

A visita ao local da futura escola foi um momento especial. Jaeger assentou a primeira pedra, que serviria de base para as paredes, e ficou para o indispensável banquete, na companhia de Boerke. Até que chegou o momento das despedidas.

Boerke tinha mais um destino no seu périplo pela ilha, e Jaeger um voo para apanhar.

88

Depois de Fernão, Boerke dirigiu-se a oeste, novamente em direção a Malabo. Quando chegaram à estrada marginal, Jaeger teve quase a certeza do seu destino. Como suspeitara, aproximaram-se da Prisão de Black Beach e transpuseram os portões, abertos por uma nova força de guardas, com um ar muito mais eficiente e profissional.

Boerke estacionou à sombra de um muro alto.

Voltou-se para Jaeger.

– De volta a casa, não é? Ainda é utilizada como prisão, mas os detidos são muito diferentes agora. Além disso, as celas de tortura estão vazias e os tubarões estão esfomeados. – Fez uma pausa. – Tenho uma coisa para lhe mostrar, e algumas para lhe devolver.

Desceram do veículo e penetraram no interior escuro da prisão. Jaeger não podia negar que se sentia desconfortável por voltar ao local onde tinha sido alvo de espancamentos intermináveis e onde as baratas se tinham banqueteado com os seus miolos. Mas não havia nada a fazer, e talvez fosse uma boa forma de se expurgar dos seus demónios.

Quase de imediato, Jaeger soube até onde Boerke o estava conduzir: à sua antiga cela. O sul-africano bateu nas grades, pondo um vulto quase em sentido.

– Olha, Mojo, chegou a altura de conheceres o teu novo carcereiro. – Apontou para Jaeger. – Vejam só como a situação se inverteu.

O novo detido na ex-cela de Jaeger fitou-o, com uma expressão de horror a invadir-lhe o rosto.

– Agora, se não te portares muito, muito bem – prosseguiu Boerke –, vou deixar aqui o Sr. Jaeger preparar uma nova tortura só para ti. – Voltou-se para Jaeger. – Parece-lhe bem?

Jaeger encolheu os ombros.

— Claro. Acho que ainda me lembro das piores, do tempo em que os papéis estavam invertidos.

— Ouviste, Mojo? — perguntou Boerke. — E sabes uma coisa: os tubarões… ouvi dizer que agora estão com muita, muita fome. Tem cuidado, companheiro. Muito, muito cuidado.

Deixaram o ex-carcereiro de Jaeger e seguiram para o escritório da prisão. Pelo caminho, Boerke deteve-se perante um corredor lateral que conduzia ao bloco de isolamento. Voltou-se para Jaeger.

— Sabe quem é que temos ali? — Indicou o corredor com um gesto de cabeça. — O Chambara. Apanhei-o no aeroporto, a tentar fugir. Quer ir cumprimentá-lo? Foi ele que o mandou prender, não foi?

— Foi. Mas deixemo-lo no seu isolamento. No entanto, aceitava um dos iates dele — acrescentou Jaeger, com um sorriso.

Boerke riu-se.

— Vou acrescentá-lo à lista. Mas não pode ser. Não estamos aqui para saquear nada. Estamos aqui para reconstruir este país.

Subiram até aos escritórios da prisão, o local onde Jaeger fora inicialmente admitido em Black Beach. Boerke disse algo ao guarda da receção, que lhe deu um pequeno monte de objetos pessoais (sobretudo roupas), amarrados com o cinto que Jaeger trazia no momento da sua detenção.

Boerke passou o monte a Jaeger.

— Creio que isto é seu. A corja do Mojo roubou tudo o que tinha valor, mas estão aqui alguns objetos pessoais que deve querer de volta.

O sul-africano conduziu Jaeger a uma sala lateral e deixou-o a sós para que pudesse verificar os seus objetos pessoais com alguma privacidade.

Além das roupas, estava lá a antiga carteira de Jaeger. Tinham roubado todo o dinheiro e os cartões de crédito, mas ele estava contente por a recuperar. Tinha sido um presente da mulher. Era feita de cabedal verde-garrafa e tinha o lema do SAS, «Quem se atreve vence», gravado discretamente no verso de uma aba interior.

Jaeger abriu-a e verificou o compartimento secreto no fundo do forro da carteira. Felizmente, os guardas de Black Beach não se tinham lembrado de procurar aí. Retirou de lá uma pequena fotografia de uma mulher bonita, jovem, de olhos verdes, com um recém-nascido ao colo; Ruth e Luke, pouco depois de o rapaz ter nascido.

Havia um pequeno papel enfiado atrás da fotografia. Era um registo dos códigos do seu cartão de crédito, mas escritos de forma a ninguém os perceber. Jaeger utilizara uma forma simples de codificação: somara a cada um dos quatro dígitos o algarismo correspondente do seu ano de nascimento – 1979.

Assim, 2345 tornava-se 3.12.11.14.

Simples.

Código.

Por um instante, os pensamentos de Jaeger regressaram ao velho baú do tempo da guerra que tinha no apartamento do Wardour Castle e ao livro que lá estava: uma cópia rara de um texto medieval extremamente ilustrado, escrito numa língua há muito esquecida. Daí, os seus pensamentos passaram à conversa que mantivera com Simon Jenkinson, o arquivista, na sede da Wild Dog Media, em Soho, naquele almoço de *sushi* pouco fresco.

Existe algo chamado «código de livro». A sua beleza é a pura simplicidade. Isso e o facto de ser totalmente indecifrável. A não ser, claro, que saiba em que livro é que a pessoa se baseou.

Depois, o arquivista escrevera uma sequência de números aparentemente aleatória...

Jaeger pegou na sua bagagem de mão, retirou de lá o ficheiro do Palácio Governamental de Malabo e abriu-o na página do manifesto do *Duchessa*. Passou os olhos pela lista de números aparentemente aleatórios, enquanto sentia a excitação a apertar-lhe o estômago.

Irina Narov confirmara que o avô Ted tinha sido um grande caçador de nazis. Do pouco que o tio-avô Joe lhe conseguira dizer, Jaeger sabia que este também participara no trabalho do avô. Ambos mantinham cópias do mesmo livro raro e antigo (o manuscrito *Voynich*) à mão.

Talvez houvesse um método por trás da aparente loucura.

Talvez o manuscrito *Voynich* constituísse a chave do código.

Talvez o avô Ted e o tio-avô Joe se tivessem apoderado de documentos nazis do final da guerra e estivessem a descodificar a linguagem, na sua caça aos criminosos de guerra.

Nesse caso, Jaeger tinha a chave para descodificar os códigos em seu poder. Se ele, Narov e, talvez, Jenkinson se pudessem reunir e ter acesso aos livros e aos documentos relevantes, era possível que tudo começasse a fazer algum sentido.

Jaeger sorriu sozinho. Boerke tinha razão: valera indubitavelmente a pena fazer aquela viagem até Bioko.

O sul-africano bateu à porta e entrou na sala.

– Então, parece muito satisfeito. Suponho que afinal terá gostado de vir até aqui.

Jaeger anuiu.

– Fico em dívida para consigo, Pieter. Mil vezes em dívida.

– Nada disso, companheiro. Era eu que estava a pagar uma dívida, mais nada.

Jaeger retirou o seu iPhone da bagagem de mão.

– Preciso de enviar dois *e-mails* rápidos.

– À vontade, desde que tenha rede – disse-lhe Boerke. – A rede em Malabo costuma ser muito má.

Jaeger ligou o telefone, entrou na sua conta de correio eletrónico e escreveu a primeira mensagem:

Simon,
Estou a caminho de Londres; chego amanhã de manhã. Tem tempo para uma reunião, durante cerca de uma hora? Eu vou ter consigo, onde lhe der jeito. É urgente. Acho que vai gostar do que talvez tenhamos descoberto. Responda-me assim que for possível.
Jaeger

A mensagem ficou a enviar, enquanto redigia a segunda:

Irina (se me permites a familiaridade),
Espero que estejas bem e quase recuperada. Muito em breve voltarei a Cachimbo. Boas notícias: talvez tenha decifrado o código. Digo-te o resto quando te vir.
Um beijo,
Will

Premiu «enviar» e, quase simultaneamente, o seu telefone apitou, indicando que tinha captado uma rede local chamada Safaricom. O sinal de enviar rodopiou durante alguns segundos, mas o telefone pareceu ter perdido a rede.

Jaeger estava prestes a reiniciá-lo e a tentar novamente, quando o iPhone se apagou por vontade própria e se voltou a ligar. Uma mensagem pareceu escrever-se sozinha no ecrã:

Pergunta: Como é que o encontrámos?
Resposta: Uma pessoa sua amiga disse-nos onde procurar.

Pouco depois, o ecrã voltou a apagar-se, antes de revelar uma imagem que Jaeger aprendera a conhecer e a detestar: uma *Reichsadler*.

No entanto, aquela *Reichsadler* adornava uma bandeira de estilo nazi que estava presa a uma parede. Abaixo dela estava Andy Smith, com os pulsos e os tornozelos amarrados, deitado de barriga para o ar num chão de mosaicos. Pelo aspeto do tecido com o qual haviam coberto o rosto e o balde de água que lhe estavam a despejar em cima, estava a ser alvo de uma simulação de afogamento.

Jaeger ficou a olhar fixamente para a imagem, siderado.

Só podia depreender que fora tirada no quarto de hotel de Smithy, em Loch Iver, antes de o arrastarem para as montanhas tempestuosas, o forçarem a beber uma garrafa de *whisky* e o atirarem para o abismo negro. O mais provável era ter sido Stefan Kral a levar Smithy a abrir a porta do quarto aos seus torturadores.

Smithy pouco poderia ter revelado aos seus captores antes de morrer, à exceção do local aproximado dos destroços, uma vez que o coronel Evandro ainda não divulgara as coordenadas exatas.

Surgiram mais palavras por baixo da imagem.

Devolva o que nos pertence.
Wir sind die Zukunft.

Devolva o que nos pertence. Jaeger só podia depreender que se referissem aos documentos que estavam na cabina de pilotagem do Ju 390. Mas como é que sabiam que Narov os tinha levado e não tinham sido destruídos com o avião de guerra? Jaeger não fazia ideia... Foi então que percebeu: *Letícia Santos.*

Teriam certamente obrigado a sua prisioneira brasileira a falar. Como todos os membros da equipa, Letícia estava ciente de que algo extremamente importante tinha sido descoberto na cabina daquele avião. Só podia ser isso: sob tortura, ela deve ter revelado o que sabia.

Jaeger ouviu uma voz atrás de si.

— Quem diabo é que te enviou isso? E porquê? — Era Boerke, enquanto olhava fixamente para a imagem no telefone de Jaeger.

As suas palavras serviram para acordar o britânico da sua divagação. Nesse momento, teve um sobressalto quando se apercebeu de algo. Ergueu o braço e atirou o telefone por uma janela aberta, lançando-o o mais longe possível para o mato no exterior.

Em seguida, agarrou no seu saco de viagem e começou a correr, gritando a Boerke para o seguir.

— CORRA! Mande sair toda a gente! AGORA!

Saíram a correr do bloco de escritórios, enquanto chamavam os guardas. Assim que chegaram às antigas celas de tortura, na cave, o Hellfire caiu. Acertou no local onde o telefone de Jaeger aterrara, abrindo um enorme

buraco no muro que rodeava a prisão e fazendo desabar o edifício de escritórios adjacente (onde Jaeger e Boerke tinham estado sentados instantes antes).

Na cave, os dois homens escaparam ilesos, bem como a maioria dos
guardas. No entanto, Jaeger já não tinha ilusões: a Força Negra por pouco
não o eliminara na prisão onde quase falecera anteriormente.

Mas uma vez, William Jaeger estava a ser alvo de uma perseguição
mortal.

89

Felizmente, Malabo tinha alguns cibercafés. Com a ajuda de Boerke, Jaeger escolheu um e conseguiu enviar uma mensagem muito sucinta:

Encerrem todas as comunicações ativas. Viajem como planeado. Regressem como combinámos.
WJ

Mesmo na vida civil, Jaeger tendia a viver segundo um velho lema militar: «Quem não estiver preparado para fazer planos deve preparar-se para o fracasso».

Antes de abandonar Cachimbo, tinha estabelecido planos alternativos de viagem e de comunicações, para o caso de suceder uma situação como aquela, na qual a perseguição mortal recomeçara. Depreendeu que o inimigo teria agora um objetivo duplo: recuperar os documentos, ou aniquilar todas as pessoas que sabiam da sua existência. O ideal seria concretizar ambos.

Através de um endereço de correio eletrónico ao qual o núcleo da sua equipa (Narov, Raff e Dale) tinha acesso, Jaeger criou uma mensagem na pasta dos rascunhos. Eles saberiam como ler o rascunho sem que fosse enviado, o que o tornava impossível de intercetar.

A mensagem marcava uma reunião alguns dias depois, num local acordado anteriormente. Se a pasta de rascunhos não recebesse nenhuma mensagem a cancelar, a reunião manter-se-ia. Graças à informação de que deveriam viajar «como planeado», Narov, Raff e Dale saberiam que deveriam regressar ao Reino Unido utilizando passaportes obtidos graças aos conhecimentos do coronel Evandro nos serviços secretos brasileiros.

Se fosse necessário, viajariam ao abrigo da diplomacia brasileira, tal era a vontade do coronel de conseguir que chegassem a casa em segurança e de resolver o enigma do Ju 390.

Jaeger apanhou os seus voos de Bioko até Londres, como planeado.

Não fazia sentido alterá-los, sobretudo quando tinham sido comprados em nome do passaporte «limpo» que o coronel Evandro lhe arranjara, um documento supostamente impossível de localizar.

Quando chegou a Londres, apanhou o Heathrow Express para Paddington, e daí seguiu de táxi. Pediu ao taxista para o deixar a quase um quilómetro da marina de Springfield, de modo a percorrer a pé a última etapa do caminho até à sua casa de Londres. Era mais uma precaução para garantir que não tinha sido seguido.

Viver num barco tinha algumas vantagens, entre elas o facto de não o poderem localizar. Jaeger não pagava impostos municipais, não estava recenseado, não estava registado na conservatória do registo predial, e optara por não receber correio na marina.

O barco estava registado em nome de uma empresa anónima com sede *offshore*, bem como o aluguer do posto de amarração. Em suma, aquela embarcação do Tamisa era um bom local para agendar a reunião.

A caminho da marina, Jaeger parou num cibercafé com mau aspeto. Pediu um café, ligou-se à Internet e verificou a pasta de rascunhos. Tinha duas mensagens. Uma era de Raff, a adiar a reunião por algumas horas, o tempo suficiente para lá chegarem.

A outra mensagem estava em branco, mas tinha uma hiperligação. Jaeger clicou em cima dela e foi redirecionado para um sistema de armazenamento de dados chamado Dropbox.

A pasta da Dropbox continha uma imagem, um ficheiro JPEG.

Jaeger abriu-a.

A ligação de Internet era lenta e, enquanto a imagem ia sendo descarregada, Jaeger sentiu-se como se estivesse a levar uma série de socos no estômago. A imagem mostrava Letícia Santos, nua, ajoelhada com as mãos e os pés amarrados, a olhar para a câmara com os olhos muitos abertos e encarnados de pavor.

Atrás dela estava algo que parecia um lençol rasgado e manchado de sangue, onde tinham escrito as já familiares palavras:

Devolva o que nos pertence.
Wir sind die Zukunft.

Estavam escritas toscamente com o que parecia ser sangue humano.

Jaeger nem se deu ao trabalho de encerrar a sessão no correio eletróni-co. Saiu a correr do estabelecimento, sem tocar no café.

Até no seu sistema de comunicação por rascunhos de *e-mail* tinham conseguido penetrar. Nesse caso, quem sabe com que rapidez poderia surgir um drone a atirar-lhe um míssil Hellfire? Jaeger duvidava de que o inimigo tivesse os meios necessários para destacar um drone para Londres oriental, mas seria pouco sensato presumir que estava seguro.

Sabia por instinto que o inimigo estava por perto.

Estava a atormentá-lo deliberadamente. Este era um modo comprova-do de travar um combate, algo a que os nazis chamavam *Nervenkrieg* (guerra mental). Estavam a torturá-lo com um plano cuidadoso, na esperança de o levarem a manter-se a uma distância localizável durante o tempo suficiente para o encontrarem e eliminarem.

Caso esse plano falhasse, esperavam que se sentisse suficientemente provocado para os tentar encontrar, sozinho.

Na verdade, a *Nervenkrieg* estava a funcionar.

Depois de ver surgir aquela imagem agoniante no ecrã, Jaeger mal con-seguia resistir à tentação de sair imediatamente à procura dos torturadores de Letícia Santos. E sozinho.

Tinha várias pistas que poderia seguir. O piloto do C-130, para come-çar. Carson teria o registo dos seus dados, o que seria suficiente para Jaeger o começar a procurar. Além disso, o coronel Evandro tinha prometido um número generoso de novas pistas obtidas através das suas próprias investi-gações.

No entanto, Jaeger tinha de se conter.

Precisava de reagrupar os elementos da sua equipa, ouvir o que tinham descoberto, estudar o terreno, o inimigo e a ameaça, e depois criar uma estra-tégia e agir com base nela. Tinha de encontrar forma de recuperar a iniciativa, de tomar decisões proativas, em vez de reagir no calor do momento.

Mais uma vez, tratava-se do velho adágio: *Quem não estiver preparado para fazer planos deve preparar-se para o fracasso.*

90

O primeiro a chegar à reunião dessa noite foi Simon Jenkinson, o arquivista.

Jaeger tinha passado grande parte do dia em cima da sua Triumph Explorer, pois fizera uma visita rápida ao apartamento do Wardour Castle. Aí, recuperara a sua edição do manuscrito *Voynich* (a que o avô Ted lhe deixara).

De volta à sua embarcação, pousara o volume grosso na sua secretária com alguma reverência, enquanto aguardava pela chegada de Simon Jenkinson.

O arquivista chegou cerca de meia hora mais cedo, e parecia-se ligeiramente menos com um urso hibernado do que a última vez que Jaeger o vira. A pedido do ex-militar, tinha conseguido encontrar um exemplar da tradução do manuscrito *Voynich*. Trazia-o consigo, bem apertado debaixo do braço.

Jaeger mal teve tempo de lhe oferecer um chá antes de ele se sentar com o manuscrito e o ficheiro de Bioko, colocando a tradução ao lado dos dois documentos. E pronto: com os óculos grossos empoleirados na ponta do nariz, Jenkinson começou a trabalhar na lista de números aparentemente aleatórios do *Duchessa*, a desvendar o código (pelo menos, assim depreendia Jaeger).

Uma hora depois, o arquivista ergueu a cabeça da sua tarefa, com os olhos a reluzirem de excitação.

– Já está! – exclamou. – Até que enfim! Já fiz dois, para garantir que o primeiro não era um erro. Então... o primeiro é: Adolf Eichmann.

– Conheço esse nome – confirmou Jaeger. – Mas relembra-me os pormenores.

Jenkinson já se tinha debruçado novamente sobre os livros e documentos.

– O Eichmann era do piorio. Foi um dos principais arquitetos do Holocausto. No final da guerra, fugiu da Alemanha nazi, mas foi encontrado na Argentina nos anos sessenta.

»O seguinte é: Ludolf von Alvensleben – declarou Jenkinson.

Jaeger abanou a cabeça em negação. O nome não lhe dizia nada.

– Era o *Gruppenführer* das SS e um assassino em massa por excelência. Foi o responsável pelo Vale da Morte em Bydgoszcz, no Norte da Polónia, onde sepultaram milhares de pessoas. Também fugiu para a Argentina, onde viveu até a uma idade provecta.

Jenkinson concentrou-se novamente nos livros, a virar páginas para a frente e para trás até decifrar o terceiro nome.

– Aribert Heim – anunciou o arquivista. – Deve ter ouvido falar deste. Esteve no centro de uma das maiores caças ao homem de todos os tempos. A sua alcunha durante a guerra era *Dr. Morte*, adquirida nos campos de concentração, onde fazia experiências com os detidos. – Jenkinson estremeceu. – Também se acredita que esteja escondido na Argentina, apesar de os boatos dizerem que morreu de velho.

– Parece estar aqui a surgir um padrão – comentou Jaeger. – Um padrão sul-americano.

Jenkinson sorriu.

– De facto.

Antes de ele poder revelar mais nomes, o resto do grupo chegou. Raff conduziu Irina Narov e Mike Dale ao interior da embarcação. Estes pareciam cansados das viagens, mas também incrivelmente recuperados e muito mais nutridos do que quando Jaeger os vira pela última vez.

Cumprimentou-os um a um e fez as apresentações necessárias a Jenkinson. Raff, Narov e Dale tinham viajado diretamente do Rio de Janeiro para Londres, tendo partido de Cachimbo num voo de ligação. Estavam em viagem há quase dezoito horas, e a noite prometia ser longa.

Jaeger fez café forte e, em seguida, transmitiu-lhes as boas notícias: o livro do código parecia estar a funcionar, pelo menos para os documentos de Bioko.

Reuniram-se os cinco em torno do manuscrito *Voynich* e da sua tradução, enquanto Narov mostrava a sacola de documentos que retirara da cabina de pilotagem do Ju 390. O ambiente no barco-casa estava elétrico com a expectativa. Será que setenta anos de história negra e secreta iriam finalmente ser revelados?

Narov apresentou o primeiro conjunto de documentos.

Dale sacou da sua câmara de filmar. Agitou-a na direção de Jaeger.

– Pode ser? Aqui?

– O que é que se passa contigo? – instigou Jaeger. – Primeiro, filma-se; depois, pergunta-se, não é?

Dale encolheu os ombros.

– A casa é sua. É um pouco diferente de filmar no meio da selva.

Jaeger sentiu que o rapaz estava mudado. Tinha um ar de maturidade e de preocupação sincera, como se as provações das últimas semanas de alguma forma o tivessem feito crescer.

– Força – disse-lhe. – Vamos registar isto. Tudo.

Sob a orientação inicial de Jenkinson, Narov começou a trabalhar no documento da *Aktion Feuerland*, enquanto Dale fazia os seus enquadramentos e Raff e Jaeger mantinham uma guarda informal. O arquivista parecia invulgarmente dotado para fazer várias tarefas ao mesmo tempo. Não tardou a apresentar uma lista a Jaeger: era a sétima página do manifesto do *Duchessa*, totalmente descodificada. Em seguida, salientou alguns dos indivíduos de maior relevo.

– Gustav Wagner, também conhecido como *a Besta de Sobibor*. Wagner foi o fundador do programa T4 (destinado a exterminar os deficientes). Depois tornou-se o diretor de um dos principais campos de extermínio. Fugiu para a América do Sul, onde viveu até a uma idade avançada.

Com o dedo, apontou outro nome da lista.

– Klaus Barbie, *o Carniceiro de Lyon*. Um assassino em massa que torturou e assassinou muitas pessoas em França. No final da guerra...

Jenkinson calou-se, pois Annie, a vizinha de Jaeger, estava a espreitar pela entrada da embarcação. O ex-militar fez as apresentações.

– A Annie mora no barco-casa aqui ao lado. É... uma grande amiga.

Do lugar onde estava debruçada sobre os documentos, Narov declarou:

– São todas, não é? As mulheres e o Will Jaeger... São atraídas como traças para a luz. Não é assim?

– Quem conseguir fazer um bolo de cenoura como a Annie conquista o meu coração, disso não há dúvida – replicou Jaeger, fazendo o seu melhor para salvar a embaraçosa situação.

Apercebendo-se de que Jaeger e os amigos estavam ocupados, e tendo sentido a tensão no ar, Annie entregou-lhe o bolo que trazia e afastou-se rapidamente.

– Não trabalhem de mais, rapaziada – disse, enquanto se despedia com um aceno.

Narov debruçou-se ainda mais sobre os seus documentos. Jaeger observou-a, irritado pelo que ela acabara de fazer. Que direito tinha ela de ser mal-educada para os amigos dele?

– Obrigado por contribuíres para as minhas boas relações com os vizinhos – comentou, sarcasticamente.

Narov nem sequer ergueu a cabeça do que estava a fazer.

— É simples. Ninguém fora destas quatro paredes deve saber o que estes documentos vão revelar. Isto se os conseguirmos decifrar. Ninguém, por melhores amigos que sejam.

— Então, o Klaus Barbie... — prosseguiu Jenkinson.

— Sim, fala-me do *Carniceiro de Lyon*.

— No final da guerra, o Klaus Barbie foi protegido pelos serviços secretos britânicos e americanos. Foi destacado para a Argentina como agente da CIA, com o nome de código *Adler*.

Jaeger ergueu uma sobrancelha.

— *Adler*: águia?

— Águia — confirmou Jenkinson. — Podem não acreditar, mas o *Carniceiro de Lyon* tornou-se agente vitalício da CIA com o nome de código *Águia*. — O arquivista apontou um nome mais abaixo. — E este. Heinrich Müller, que foi chefe da Gestapo, é o nazi de maior relevo cujo destino continua a ser um mistério total. A teoria mais comum é que tenha fugido para... bem, já devem ter adivinhado: a Argentina.

»A seguir vem Walter Rauff, um dos principais comandantes das SS. Foi o inventor dos veículos móveis nos quais os nazis gaseavam pessoas. Fugiu para a América do Sul. Viveu até a uma idade provecta, e conta-se que o seu funeral foi uma grande celebração do nazismo.

E anunciou:

— Por fim, o próprio *Anjo da Morte*, Joseph Mengele. Foi responsável pela realização de experiências indescritíveis em milhares de detidos de Auschwitz. No final da guerra, fugiu para... escusado será dizer... a Argentina, onde se diz que continuou com as suas experiências. Um verdadeiro monstro humano, se é que lhe podemos chamar humano.

Ah, e antes que me esqueça: Bormann também está na lista. Martin Bormann, o braço-direito de Hitler...

— O banqueiro de Hitler — interrompeu Jaeger.

— Isso mesmo — confirmou Jenkinson, fitando-o. — Em suma, é a maior galeria de malfeitores nazis de sempre. Apesar de faltar o malfeitor-mor: o tio Adolfo. Dizem que morreu no seu *bunker* de Berlim. Eu nunca acreditei nisso.

Jenkinson encolheu os ombros.

— Passei grande parte da minha vida adulta nos arquivos, a investigar a Segunda Guerra Mundial. Nem acreditam na indústria que se criou em torno deste assunto. Porém, nunca encontrei nada que rivalizasse minimamente com isto. — Apontou para o monte de documentos em cima da mesa. — E devo dizer que me estou a divertir muito. Importam-se que me dedique a outro documento?

– À vontade – confirmou Jaeger. – Há demasiado trabalho para a Sra. Narov fazer numa noite. Mas estou curioso em saber o que aconteceu àquele ficheiro sobre o Hans Kammler que encontrou nos Arquivos Nacionais. Aquele a partir do qual me enviou algumas páginas por *e-mail*.

Jenkinson pareceu estremecer ligeiramente, com um toque de preocupação no olhar.

– Desapareceu. Evaporou-se. *Kaput*. Mesmo quando verifiquei nos sistemas de armazenamento em nuvem na Internet, constatei que não sobrou uma única página. É um ficheiro que nunca existiu.

– Alguém se esforçou muito para o fazer desaparecer – sugeriu Jaeger.

– Foi mesmo – confirmou Jenkinson, nervosamente.

– Só mais uma coisa – acrescentou Jaeger. – Porque utilizaram algo tão básico como um código de livro? Ou seja, os nazis tinham as Enigma, as moderníssimas máquinas de criptografia, não tinham?

Jenkinson anuiu.

– Tinham. Mas, graças a Bletchley Park, decifrámos o código Enigma e, no final da guerra, as chefias nazis sabiam disso. – Sorriu. – Um código de livro pode ser simples, mas também é totalmente indecifrável se não se tiver o mesmo livro ou, neste caso, os livros nos quais o código se baseia.

Dito isto, Jenkinson juntou-se a Narov, concentrando a sua mente apurada na descodificação de mais um documento.

91

O trabalho com números não era o forte de Raff e Jaeger. Ocuparam-se a fazer chá e café, bem como a vigiar o ancoradouro lá fora. Jaeger não esperava propriamente que ocorressem problemas na marina, mas ele e Raff ainda estavam vivos porque tinham sido treinados para esperar o inesperado, uma postura que ainda mantinham.

Cerca de uma hora depois, Dale foi ter com eles. Enquanto dava um grande trago no seu café, anunciou:

— Não faz sentido fazer mais imagens de pessoas a lerem documentos.

— Por falar em filmar, como vai isso? — perguntou Jaeger. — O Carson está satisfeito, ou estás prestes a ser fuzilado?

Dale encolheu os ombros.

— Por estranho que pareça, parece muito otimista em relação a isto tudo. Como tínhamos prometido, localizámos o avião e erguemo-lo da selva. O facto de o termos perdido no caminho só implica que não haverá uma segunda temporada da série. Quando terminar aqui, tenho de me dirigir a um estúdio de edição, para começar a preparar a série.

— Como é que me vais retratar? — perguntou Jaeger. — Vais retirar os meus «hums» e «ahs»?

— Vou fazer com que pareça um idiota chapado — replicou Dale, na brincadeira.

— Faz isso e vais mesmo ser fuzilado.

— Faça isso e não vai haver série.

Riram-se os dois.

Já havia uma certa camaradagem entre os dois, algo que Jaeger nunca julgaria possível quando se conheceram.

Era quase meia-noite quando Narov acabou de decifrar o seu primeiro documento. Comprovava-se que o manuscrito *Voynich* era a chave para descodificar o seu significado, mas mesmo assim esse era um trabalho lento e minucioso. A loira juntou-se a Raff, Dale e Jaeger na zona traseira descoberta da embarcação.

– Tenho talvez cinquenta por cento de certeza – anunciou. – E já assim é incrível. – Voltou-se para Jaeger. – Já sabemos exatamente para onde foram os primeiros três Ju 390 (*Adlerflug I, II* e *III*), bem como para onde iria a nossa aeronave, o *Adlerflug IV*, se não tivesse ficado sem combustível. Isso significa que sabemos exatamente onde os nazis tinham os seus esconderijos.

»A *Aktion Feuerland* – prosseguiu. – Sabes porque lhe chamaram assim? O nome vem da Terra do Fogo. Sabes onde fica? É a faixa de terreno onde a extremidade sul da Argentina se encontra com o Atlântico... Para mim, a Argentina não é grande surpresa. Foi sempre o local mais suspeito para os nazis de maior relevo.

»Mas o documento revela vários outros locais. Outros esconderijos. E são um verdadeiro choque. – Narov deteve-se, a tentar controlar as emoções. – Sabes, nunca tivemos a informação, as competências e os meios necessários para terminar este trabalho. Para o concluir de uma vez por todas. Com o deciframento destes códigos, talvez o possamos fazer agora.

Antes que Narov pudesse continuar, ouviu-se um grito triunfante vindo do interior. Era a voz de Jenkinson, e calcularam que devia ser algo de extraordinário, uma vez que o arquivista não correspondia ao tipo de pessoa que se exaltava sem motivos para isso.

Correram para o interior.

Jenkinson mostrou-lhes uma folha de papel.

– É... é... isto – gaguejou, sem fôlego. – Isto muda tudo. Seria tão fácil menosprezá-la, uma página de números, aparentemente insignificante... Mas tudo começa finalmente a fazer sentido. Um sentido horrível, assustador.

Fixou os outros quatro com o lábio inferior a tremer de... quê? Seria excitação, ansiedade, ou receio?

– Não faria muito sentido enviar o saque, as altas patentes e a *Wunderwaffe* (as armas fantásticas) para os quatro cantos do mundo sem um motivo. Um programa. Um *plano diretor*.

– Isto. – E agitou o papel. – É isto. *Aktion Werewolf.* Operação Lobisomem: o plano para o Quarto Reich.

Observou os outros membros da equipa com uma expressão de medo. – Saliento: Quarto Reich. E não Terceiro Reich. *Quarto Reich.*

Aproximaram-se em silêncio, de estupefação, enquanto Jenkinson iniciava a sua leitura.

– Começa assim: «Por ordem do *Führer*, das cinzas do Terceiro Reich, a *Ubermensch*», ou seja, a raça superior, «desenvolverá esforços para se reerguer...»

O arquivista procedeu à leitura de todo o documento, que delineava um plano para utilizar a maior fraqueza dos Aliados contra eles (o seu receio paranoico da ascensão do Bloco de Leste e do comunismo soviético). No próprio momento de vitória dos Aliados, os nazis utilizariam essa paranoia como o seu Cavalo de Troia, algo que lhes permitiria sobreviver e retomar o poder.

– Recorrendo à enorme fortuna que acumularam durante a guerra, iriam infiltrar «fiéis seguidores» em todos os níveis da sociedade. Aparentemente, encontravam-se a utilizar a sua tecnologia em prol dos novos mestres, quando na verdade estariam a ludibriá-los. As tecnologias mais promissoras de *Wunderwaffe* continuariam a ser desenvolvidas, mas em segredo absoluto, e em prol de um nazismo renascido através do Quarto Reich.

E leu no último parágrafo do documento:

– «Ninguém deve subestimar a tarefa que temos em mãos. A Operação Lobisomem não se concretizará de um dia para o outro. Teremos de ser pacientes. Teremos de reconstruir o nosso poder e comandar as nossas tropas. O *Führer*, apoiado pelos maiores cérebros do Reich, envidará esforços em segredo com essa finalidade. E, desta vez, o Reich, quando renascer das cinzas como uma fénix, será imparável, a um nível mundial».

Continuou:

– «Muitos de nós poderão não viver para testemunhar esse dia, mas os nossos filhos sem dúvida lá estarão. Eles farão valer o seu direito inato. O destino da *Ubermensch* será cumprido. E a vingança, a vingança será finalmente nossa».

Jenkinson voltou a página e dedicou-se a uma segunda folha.

– Falam em infiltrar o seu pessoal na Agência de Serviços Estratégicos (a precursora da CIA), no Governo dos EUA, nos Serviços Secretos britânicos, em multinacionais... a lista é enorme. E falam num prazo de setenta anos. Setenta anos a partir da data da sua pior humilhação: a rendição incondicional aos Aliados em 1945.

O arquivista ergueu o olhar, apavorado.

– O que significa que o novo Reich deveria estar prestes a renascer, como uma fénix das cinzas.

Voltou o documento ao contrário, de modo a que ficasse virado para Jaeger e os outros. No fundo da segunda página, estava estampada uma imagem familiar: uma *Reichsadler*.

– Este – indicou – é o seu símbolo. É o emblema do Quarto Reich. Aquele símbolo circular sob a cauda da águia tem uns dizeres em código. Na verdade, está triplamente codificado, mas consegui decifrá-lo.

Descodificado, diz: *Die Ubermensch des Reich – Wir sind die Zukunft*. «A raça superior do Quarto Reich – nós somos o futuro.»

92

Jaeger olhou para Irina Narov através da água verde-azulada.

– Esta onda é tua – desafiou-a. – Se tiveres coragem.

Atrás deles, uma vaga colossal dirigia-se para as areias brancas e reluzentes, cada vez mais alta e vigorosa, à medida que se aproximava da praia.

– *Schwachkopf!* Vamos fazer uma corrida! – retorquiu Narov, em tom de desafio.

Voltaram-se e começaram a nadar furiosamente em direção à costa. De repente, Jaeger ouviu o estrondo da rebentação e sentiu um forte impulso a levantar-lhe a traseira da prancha. Deu braçadas mais fortes, na tentativa de apanhar a onda e de se tornar parte dela, enquanto se dirigia ruidosamente para a faixa estreita prateada que constituía aquela praia.

Acelerou, com a prancha de *surf* a rasgar a superfície da água, e, num movimento ágil, pôs-se de pé, com as pernas dobradas ao nível dos joelhos para amortecer as oscilações. À medida que a velocidade aumentava, Jaeger ia sentindo a habitual descarga de adrenalina e decidiu executar uma volta rápida sobre si mesmo, só para garantir que batia Narov com estilo.

Rodou os ombros no sentido da onda, fazendo a prancha galgar os três metros da muralha de água. Quando atingiu a crista de espuma branca, rodopiou, para poder voltar a descer a toda a força. No entanto, subestimara os efeitos de cinco semanas na Prisão de Black Beach, seguidas de outro período quase igual na Amazónia.

Quando tentou balancear o seu peso sobre o pé dianteiro, Jaeger apercebeu-se da rigidez das pernas. Perdeu o equilíbrio e, um segundo depois, tombou da prancha. A enorme onda engoliu-o, puxou-o para o fundo e sacudiu-o em todas as direções das suas profundezas estrondosas.

Jaeger sentiu que a força pura do oceano se estava a apoderar dele e rendeu-se. Era a única forma de sobreviver àquele turbilhão. Como ele dissera ao filho quando o levara a praticar *surf* pela primeira vez: «Vai com calma. Imagina que tens dez segundos para salvar o mundo; passa sempre cinco a beber leite e a comer bolachas». Era o seu modo de ensinar Luke a manter a calma na tempestade.

Quando a onda se fartasse dele, Jaeger sabia que o cuspiria para o lado contrário.

E assim foi: vários segundos depois, veio à superfície.

Inspirou uma enorme golfada de ar e procurou o *shop* da prancha. Encontrou-o, puxou a prancha para junto de si, montou-se nela e deu umas braçadas no sentido da margem. Narov estava à espera na areia, com os olhos a brilhar de triunfo.

Tinha decorrido uma semana desde a sessão de descodificação no barco--casa de Jaeger e da descoberta da Operação Lobisomem. A ideia de irem às Bermudas tinha sido dele. A intenção era passarem uns dias a recarregar baterias e a fazer planos, alojados em casa dos pais de Jaeger.

Um descanso antes do combate que se avizinhava.

Sendo um território britânico ultramarino minúsculo situado mesmo no meio do oceano Atlântico, as Bermudas estavam o mais longe possível de olhares curiosos. Os pais de Jaeger nem sequer viviam na zona mais importante da ilha principal. Tinham-se alojado em Horseshoe Bay, na deslumbrante zona de Morgan's Point.

Totalmente isolada. Extremamente aprazível.

E muito longe da serra dos Deuses...

Estranhamente para alguém tão motivado pela sua missão (a caça), Narov não hesitara em visitar aquela pequena ilha paradisíaca. Jaeger calculou que, quando estivessem longe de tudo, ela se disporia finalmente a falar do seu passado oculto, sobretudo sobre a ligação ao seu avô.

Jaeger já tentara abordar o assunto algumas vezes em Londres, mas até aí Narov parecera atormentada por demónios.

A viagem às Bermudas constituía uma oportunidade para Jaeger falar com os pais sobre a forma como o avô Ted falecera, algo que já há muito deveria ter acontecido. Confirmou-se que havia suspeitas de mão criminosa, apesar de na altura Jaeger ser demasiado jovem para se aperceber disso.

Como a polícia não encontrara quaisquer provas, a família fora obrigada a aceitar um veredicto de suicídio. No entanto, as suas suspeitas permaneciam.

Previsivelmente, os pais de Jaeger interpretaram mal a sua chegada com Narov. O pai chegara ao ponto de levar Jaeger ao seu escritório para terem uma conversa privada.

Comentou que Narov, apesar do seu comportamento por vezes algo estranho, era muito bonita e que era muito reconfortante ver que Jaeger tinha novamente uma... amiga. Jaeger teve de salientar que o pai estava a ignorar um facto essencial – que ele e Narov dormiam em quartos separados.

O pai explicou que não acreditava em nada daquilo. Para ele, aquilo dos quartos separados era apenas fachada. Para disfarçar. Tendo em conta que a mulher e o filho de Jaeger tinham desaparecido há quase quatro anos, o pai anunciou que ele e a mãe consideravam que já passara tempo suficiente.

Era o momento de Jaeger seguir com a sua vida.

Jaeger adorava os pais. O pai, sobretudo, transmitira-lhe o gosto pela Natureza (pelo mar, pelas montanhas e pelas florestas). O ex-militar ainda não tivera ocasião de lhe dizer que nunca se sentira mais convencido de que Ruth e Luke estavam vivos. O mais provável era não o ter feito para poupar os pais a mais incertezas e angústia.

Não sabia explicar muito bem as suas novas certezas. Como poderia dizer ao pai que um *cocktail* psicotrópico fornecido por um índio da Amazónia, um irmão de armas, lhe avivara a memória e, com ela, a esperança?

93

Nessa manhã, quando terminaram o *surf*, Jaeger e Narov encaminharam-se para casa. Os pais dele tinham saído, e a loira foi tomar banho, para retirar o sal da pele e do cabelo. Jaeger dirigiu-se ao quarto e agarrou no iPad. Tinha de ver se havia notícias do resto da equipa.

Até terem saído todos em segurança da Amazónia, não se sentia à vontade para planear os passos seguintes. É evidente que o facto de descobrirem a existência de um plano geral para o regresso do Reich (um ataque ao poder a um nível mundial por parte dos nazis) não implicava necessariamente que essa conspiração estivesse a ser colocada em prática. Porém, as provas eram demasiado fortes, e Jaeger receava o pior.

Primeiro, Andy Smith foi assassinado. Depois, Jaeger e a sua equipa foram perseguidos na Amazónia. A Força Negra tentou ao máximo aniquilá-los e enterrar para sempre os segredos presentes no voo-fantasma do Ju 390. Era evidente que tinham um alcance mundial e uma grande capacidade tecnológica e militar à sua disposição. Além disso, um ficheiro oficial do Governo britânico tinha sido anulado, tinha desaparecido dos arquivos.

Tendo em conta todas essas vertentes, os filhos do Reich pareciam de facto estar a ressurgir. E, aparentemente, ninguém estava ciente disso, nem a fazer muito para os deter – a não ser Jaeger e a sua pequena e desgastada equipa.

Quando Jenkinson descobriu os documentos da Operação Lobisomem, Jaeger sentiu-se tentado a revelar a existência de um documento com o mesmo nome no baú de guerra do avô. Contudo, algo instintivo o deteve. Esse era um trunfo que manteria escondido até ao momento certo de o jogar.

Com a ajuda do coronel Evandro, tinha conseguido criar um sistema seguro de correio eletrónico encriptado, de modo que todos os membros sobreviventes da equipa pudessem comunicar com alguma segurança. Quer dizer, todos menos Letícia Santos. O coronel Evandro tinha os seus melhores soldados, apoiados por especialistas em raptos, resgates e extorsão, a vasculharem o país à procura da brasileira. Porém, até ao momento, todas as pistas se tnham revelado infrutíferas.

Jaeger ligou o iPad e iniciou sessão no ProtonMail, o sistema de *e-mail* com encriptação total que a equipa estava a utilizar. Havia uma nova mensagem, de Raff, com boas notícias. Nas últimas vinte e quatro horas, Lewis Alonzo, Hiro Kamishi e Joe James tinham aparecido. Conseguiram abandonar a serra dos Deuses com a orientação de Puruwehua e de alguns elementos da tribo vizinha, os Uru-eu-wau-waus.

Os três homens estavam relativamente bem, e Raff encontrava-se agora a trabalhar com o coronel Evandro no sentido de garantir que regressariam o mais depressa e seguramente possível. Jaeger respondeu-lhe, pedindo notícias das buscas por Letícia Santos.

Apesar de saber que pouco poderia fazer para ajudar, em parte tinha vontade de regressar ao Brasil para apoiar o coronel Evandro nas suas buscas. Era isso que pretendia fazer quando abandonasse as Bermudas, caso Letícia não tivesse sido resgatada entretanto. Prometeu a si mesmo que a encontraria e a salvaria.

Havia uma segunda mensagem na caixa de entrada, essa de Pieter Boerke. Jaeger estava prestes a abri-la quando lhe bateram à porta.

Era Narov.

– Vou dar uma corrida.

– Tudo bem – respondeu Jaeger, sem tirar os olhos do ecrã. – Quando voltares, talvez possamos ter finalmente aquela conversa sobre como conheceste o meu avô. E sobre o motivo pelo qual tens tantos ressentimentos para comigo.

Após alguma hesitação, Narov respondeu:

– Ressentimentos? Talvez agora já não tenha tantos. Mas, sim, aqui talvez possamos falar.

A porta fechou-se e Jaeger abriu a mensagem.

Em primeiro lugar, descarrega a fotografia em anexo. É algo que estava nos arquivos do cofre e que não tinha visto. Depois, liga-me pelo Skype. Mesmo que não esteja ao computador, vou atender no meu telemóvel, para me poderes contactar sempre. Não percas tempo. Não fales disto a mais ninguém.

Jaeger seguiu as instruções. Era uma fotografia a preto-e-branco, «granulosa», e tinha sido tirada com uma teleobjetiva. Mais uma vez, era claramente do *Duchessa* e mostrava um grupo de altas patentes nazis aglomeradas ao longo da amurada do navio. Não encontrou nada de estranho, pelo que, com a imagem aberta no ecrã, ligou a Boerke via Skype.

O sul-africano atendeu com a voz muito tensa.

– Olhe para o quarto tipo a contar da esquerda, mesmo no centro da imagem. Vê? Esse tipo. O sobrolho franzido, o corte de cabelo horrível, as rugas na testa. Faz-lhe lembrar alguém? Agora imagine essa cara com um bigodinho estúpido à Charlie Chaplin...

De repente, Jaeger sentiu um aperto na garganta.

– Não acredito – declarou, estupefacto. – Não pode ser. Nós decifrámos o código e ele não estava na lista. Estavam lá os principais nazis, mas ele não.

– Pois é melhor verificares – retorquiu Boerke. – Se não é o sacana do Adolf Hitler, então eu não me chamo Pieter Boerke! E mais uma coisa: a foto tem um carimbo no verso com a data. Sete de maio de 1945. Creio que não preciso de salientar a importância desse dia.

Assim que Boerke desligou, Jaeger aumentou a imagem no ecrã. Observou atentamente as feições do homem, sem querer acreditar nas provas que tinha à frente dos olhos. Não havia margem para dúvidas: era a cara chapada do *Führer*, o que indicava que estaria no convés de um navio no Porto de Santa Isabel uma semana antes de alegadamente se ter suicidado no seu *bunker* de Berlim.

Jaeger demorou algum tempo até conseguir retomar a tarefa que tinha em mãos. A revelação de Boerke, presumivelmente o último dos segredos do *Duchessa*, deixara-o totalmente atordoado. Uma questão era descobrir que muitos dos adjuntos do *Führer* (os principais arquitetos do mal) tinham sobrevivido ao final da guerra. Outra muito diferente era descobrir que o mesmo poderia ter sucedido ao próprio *Führer*.

Através do sistema ProtonMail, Jaeger entrou na pasta de rascunhos da sua conta de correio eletrónico (a que tinha sido violada). Não conseguiu resistir à tentação de espreitar. Além disso, sabia que era quase impossível descobrirem a sua localização através do ProtonMail. Era um sistema que se gabava de nem a NSA dos Estados Unidos, a organização mais poderosa do mundo em matéria de vigilância eletrónica, conseguir espionar o tráfego que passava pelos seus servidores, sediados na Suíça.

Havia uma nova mensagem na pasta dos rascunhos.

Já lá estava há vários dias.

Jaeger sentiu-se mais desconfortável.

À semelhança da primeira vez, estava em branco, apenas com uma hiperligação para uma pasta da Dropbox. Com um receio crescente, Jaeger abriu a Dropbox e clicou no primeiro ficheiro JPEG, convencido de que seria mais uma foto horrível de Letícia Santos, como parte da *Nervenkrieg* do inimigo.

Disse a si mesmo que tinha de ver, uma vez que o inimigo poderia ter deixado inadvertidamente uma pista da sua localização naquelas imagens doentias, uma pista que Jaeger e outros pudessem usar para o perseguir.

A primeira imagem surgiu: eram apenas seis linhas de texto.

Férias no paraíso...
Enquanto os seus entes queridos ardem.

Pergunta: como é que sabemos tanto?
Resposta: o pequeno Lukie diz-nos tudo.

Pergunta adicional: onde está o pequeno Lukie agora?
Resposta: *Nacht und Nebel.*

Nacht und Nebel — a noite e o nevoeiro.

Com o coração aos pulos, Jaeger clicou no segundo ficheiro JPEG. A imagem que surgiu foi a de uma mulher de olhos verdes, outrora bonita, e de um rapaz adolescente, ambos com rostos cadavéricos, olhares assustados e grandes olheiras debaixo de olhos encovados.

Mãe e filho estavam acorrentados e ajoelhados perante uma espécie de bandeira nazi dominada por uma *Reichsadler*. Ambos seguravam um exemplar do *International Herald Tribune*. Com mãos trémulas, Jaeger ampliou o cabeçalho do jornal. A data revelava que a fotografia tinha menos de uma semana. Era uma prova de que ambos estavam vivos há cinco dias.

Abaixo da imagem, havia duas linhas de texto:

Devolva o que nos pertence.
Wir sind die Zukunft.

94

Jaeger tinha o estômago às voltas e vomitava em seco. Tremia e tinha dores como nunca sentira antes, nem durante as piores torturas por que passara em Black Beach. Deixou-se cair da cadeira, com o corpo encolhido, mas, mesmo no chão, não conseguia afastar o olhar daquela imagem arrasadora.

Tinha visões constantes, imagens tão negras e horríveis, que se sentia como se o crânio estivesse prestes a explodir. Ficou muito tempo deitado ao lado da secretária, em posição fetal. As lágrimas corriam-lhe silenciosamente pelo rosto, mas quase nem dava por elas.

Perdeu a noção do tempo.

Sentia-se esgotado. Totalmente vazio.

O ruído que o trouxe de volta à realidade foi o da porta do quarto a abrir-se.

Sem saber como, estava de volta à cadeira, debruçado sobre a secretária e o ecrã.

Voltou-se.

Irina Narov estava em pé atrás dele, enrolada numa pequena toalha, que a cobria até pouco acima dos seios. Devia ter tomado um banho depois da corrida, e Jaeger não duvidava de que estaria nua debaixo da toalha.

Mas isso não lhe importava.

— Uma vez, quando estávamos presos nas copas das árvores, expliquei-te os motivos para duas pessoas atingirem um determinado nível de intimidade — comentou Narov, no seu tom estranho, factual, mecânico. — Uma proximidade destas pode ser necessária por três motivos — repetiu. — Um: por necessidade prática. Dois: para partilhar calor corporal. Três: para o sexo. — A loira sorriu. — Neste momento, gostaria de que acontecesse pelo terceiro motivo.

Jaeger não respondeu. Não estava particularmente surpreso. Já se tinha apercebido de que Narov tinha uma incapacidade quase total de ler as emoções dos outros. Parecia estranhamente alheia, mesmo a expressões faciais e à linguagem corporal.

Jaeger moveu o seu iPad até a um ponto que permitisse que ela conseguisse ver a imagem no ecrã.

Narov levou a mão à boca em choque.

– Oh, meu Deus...

– A data no jornal – interrompeu Jaeger, com a voz a aparentar vir de um túnel muito fundo e escuro. – Tem cinco dias.

– Oh, meu Deus – repetiu Narov, atónita. – *Estão vivos.*

Entreolharam-se.

– Vou-me vestir – prosseguiu Narov, sem o mínimo indício de vergonha ou embaraço. – Temos muito que fazer.

Voltou-se para a porta, mas deteve-se e olhou para Jaeger com uma expressão preocupada.

– Confesso que não fui apenas correr. Também tinha um encontro... Encontrei-me com alguém que afirma conhecer o local onde Letícia Santos está detida.

– Tinhas o quê? – perguntou Jaeger, a tentar sacudir a confusão do pensamento. – Onde? E com quem, afinal? E porque é que não avisaste?...

– Tu não ias querer que me encontrasse com eles – interrompeu Narov. – Se soubesses quem eram, não ias querer.

– É melhor dizeres-me! – rosnou Jaeger, apontando um dedo furioso para o ecrã. – Uma pista sobre a Letícia! Isso pode levar-me a eles!

– Eu sei. Agora sei disso – protestou Narov. – Mas há uma hora... nem fazia ideia de que estavam vivos.

Jaeger pôs-se de pé. A sua postura era agora verdadeiramente ameaçadora.

– Diz-me lá então: quem diabo esteve no teu encontro secreto, e o que te disse?

Narov recuou um passo. Estava claramente na defensiva, mas desta vez não tinha a sua faca consigo.

– Uma das ilhas mais próximas das Bermudas é Cuba, que ainda é território russo, pelo menos na opinião do Kremlin. Encontrei-me com um dos meus contactos...

– Encontraste-te com um agente do SVR? Partilhaste com *eles* informações do que estamos a fazer?

Narov negou com a cabeça.

– Um membro de uma máfia russa. Um correio de droga ou, melhor, um dos principais chefes de uma rede de tráfico de droga. Eles têm uma rede espalhada pelas Caraíbas. Sabem tudo e conhecem todos. Só assim é que conseguem traficar a sua cocaína nestas ilhas. – Olhou para Jaeger, ofendida. – Quando queremos encontrar um demónio, por vezes temos de lidar com o próprio Diabo.

– E então, o que te disse ele? – questionou Jaeger, rispidamente.

– Há duas semanas, um grupo de europeus de Leste apareceu em Cuba. Começaram a esbanjar dinheiro e a festejar à grande. Nada de invulgar até aqui. No entanto, o meu contacto reparou em dois aspetos. Primeiro, eram mercenários. Segundo, mantinham uma mulher prisioneira. – Os olhos de Narov reluziam provocadoramente. – Essa mulher... é brasileira. E o apelido dela é Santos.

O olhar de Jaeger deteve-se nas feições de Narov. Estranhamente, em toda a sua complexidade psicológica, a loira parecia incapaz de mentir. Era capaz de representar um papel na perfeição, mas, com alguém em quem confiava, acabava sempre por dizer a verdade.

– Muito bem – rosnou ele –, que se lixe o modo como os encontraste. – O olhar dele regressou à imagem no ecrã do iPad. – Primeiro, encontramos a Letícia, e depois...

Os olhos de Jaeger adquiriram uma nova expressão, uma calma gelada, de aço. Tinha a sua equipa, tinha uma pista e, acima de tudo, tinha de salvar o mundo e a sua família.

Voltou-se novamente para Narov.

– Faz as malas. Vamos viajar.

– Vamos mesmo – confirmou Narov. – Tu, Will Jaeger. E eu. Chegou a hora de irmos à caça.

Will Jaeger regressará...